龍嘯夜行抄

目錄

自序

寫完《大唐懸疑錄》後我給自己安排了一個長假，旅行放鬆。第一站就是西安。

選在作品完成之後，而不是之前或者之中去西安，是因為我早就知道，除了腳下的土地，我在西安找不到絲毫長安的影子。當我浸淫在一千多年前的長安城中，用盡筆墨去捕捉它的呼吸、描摹它的身姿時，我不能讓「舉目見日，不見長安」的現實打擊我的創作激情。

那一天，我終於站在了含元殿的石垣舊址上，這是3.2平方公里的大明宮遺址公園中，僅剩的大唐的斷壁殘垣。時值暮春，遺址公園裡的櫻花盛放如粉色煙霞，我忽然有些恍惚了。因為我看不清那煙霞的盡頭，李世民在玄武門前射箭時有沒有剎那心痛，玄奘踏上西行路時有沒有駐足回首，武媚娘再嫁時有沒有落淚，飛騎入長安的嶺南荔枝有沒有幾顆熟過了頭……長安，隱士，劍客。霓裳羽衣，詩酒牡丹。這一切究竟存在過嗎？為什麼美得如同一場幻夢？

離開西安，我又去了日本的京都和奈良。

在京都的東寺裡，我看到了弘法大師空海栽種的櫻花樹，還有大唐順宗皇帝賜給空海的手串和曼荼羅；在奈良的唐招提寺，我拜謁了鑑真大師之墓，大師圓寂時面朝西方的故國，所以他的坐像永遠向著西方；奈良正倉院每年秋季開展，雖然遺憾沒能趕上，但我還是買到了正倉院藏品的精美畫冊，封面上印著楊貴妃贈給日本的紫檀琵琶。一千多年過去了，歷經戰亂災禍，這把琵琶仍然完好無損地珍藏在皇家庫房中，即使只看圖片，也會禁不住讚嘆它的華貴舉世無雙。

多麼奇特的對比啊。一個真正承載了過去的地方已經滄海桑田，哪怕大雁塔下的牡丹再濃再豔，也不復往日的國色天香。而在另一個隔著茫茫大海的東方島嶼上，有些東西卻被活生生地保存下來，不是遺址也不是墓葬，而是實實在在的，曾經被溫熱的雙手觸摸過的東西。那些人早已化作塵埃，但他們的氣息猶在，在大海的那一頭。

我困惑了。什麼才是真實？此刻還是彼時？歷史又在何方？他鄉還是故國？

恰在這時，我看到一則讀者發在網上的留言：「讀完了《大唐懸疑錄》最後一部，看到皇帝被陳弘志殺死的那一瞬間，我的心跳都停了一拍，忽然像有什麼哽在喉嚨裡。彷彿自己就站在現場，想要拚盡一切去阻止這件事情的發生，卻發現自己根本什麼都做不了，像那種透明人，只有自己看得見他們，他們看不見我。再看到結尾的時候，以第三人稱去評價歷史上的主角人物，又會有一種被時光機帶著穿越回現實的感覺。歷史的第三人稱是冰冷無情的。我有時候恨這種無情冷酷，有時候又很愛這種旁觀冷眼的角度。」

所以，千年前的歷史對今天的我們到底意味著什麼？是充滿情感溫度的悲歡離合，還是隔著歲月長河的冷冰冰的第三人稱？

我有了寫一本新書的想法。我希望，早已逝去的歷史能以另外一種可能性鮮活地存在於今日，被感知、被感動。為了聯結起此刻和彼時，我特意選擇妖怪作為新書的主要角色。是的，你們沒有看錯，就是傳說中上天入地、變幻多端，隨隨便便就可以活上千年、萬年的妖怪。妖怪們沒有時光機也能輕鬆穿越，是最客觀的歷史見證者。妖怪們從不多愁善感，所以不會慨嘆一座長安城的繁榮和覆滅，卻會見證每一朵花的綻放與凋零。有了妖怪的參與，故事也增添了更多的奇遇、奇幻和奇情，變得趣味盎然。故事的發生地則分別在敦煌和日本。他鄉和故國，神界與凡塵在這個全新的故事中彼此交融，無法分割。

故事中有一條龍和一群烏鴉，有狸妖和狐狸精，有陰陽師和式神們，還有失去記憶的男生和臉上有疤的女生。所有角色中，人類的力量最弱小，生命最短暫，人類打不贏妖怪，更對抗不了時間。但人類擁有愛和記憶，由愛而生的勇氣和信念，足以戰勝神力；由記憶引發的希望和堅持，能夠達致永恆。

這才是蘊藏在歷史中的真相吧。

由於情節需要，這本書的女主人公應該同時懂得中文和日文，擁有華人的血脈和日本的身分，幾乎是不假思索地，我將她設定為台灣裔。新書完成後，我亦第一時間將稿件交給了最信任的春天出版社莊宜勳總編輯。正是春天出版社的妙手包裝和盡心推廣，使得台版《大唐懸疑錄》在取得市場佳績的同時，更因充滿了中華古典氣息而廣受讚譽。所以我決心將這本新書在台灣首發，作為一件小小的禮物，回饋台灣讀者的熱情支持。

我相信，對於我在書中所寫的：此刻與彼時，他鄉與故國，弱小與強大，短暫與永恆的對比，台灣讀者會有更深的體悟與共鳴。

希望你們喜歡！

我還有一個建議，在翻開這本書的時候，請戴上耳機，為自己播放BGM。曲目可以是書中提到的山口百惠的〈良日啟程〉，或者中島美雪的〈騎在銀龍的背上〉，也可以是我沒能寫進書中，卻完美地詮釋了書的主題，中島美雪的另一首經典之作〈誕生〉：

別忘記，你來到了人世。
別忘記，別忘記你和我相遇。
別忘記，我們一起生活的點點滴滴，以及曾擁有的一切回憶。

唐隱

第一章　一千年前

敦煌應該不遠了。

他不記得自己究竟走了多久，才到達這一片無邊無際的沙漠。晝夜輪轉，寒暑交迭，或許僅僅是幾個月的光陰，又或許是幾年，甚至幾十年……誰知道呢？現在，他唯一知道的事情就是：自己要死了。

對於死亡，他並不感到陌生，甚至相當熟悉。每當他回想過去的時候，映入腦海的總是一次又一次的死亡。他看到父母雙親在亂軍叢中被活活砍殺；他看到懷孕的妻子在逃難途中讓馬蹄踐踏而死；他看到懷中的女兒張大饑渴的小嘴，他卻連一滴粥都給不了她，只能眼睜睜地等著她的小身軀在自己的雙手中變得僵硬冰冷……所有親人都死了，以至於他常常問自己：為什麼我還活著？

現在，他終於也要死了。

他斜倚在一棵半倒的胡楊樹下，太陽越升越高，沙原反射著日光，舉目望去，只見一片刺眼的白色。眼皮越來越沉重，他平靜地等待那一刻的到來。

那是什麼？

忽然，沙海的遠端出現了一座青灰色的城樓。是敦煌嗎？他情不自禁地瞪大眼睛。看清了！那絕不是敦煌，而是一座比敦煌大許多許多倍的、壯麗巍峨的城池——長安！

長安，萬眾景仰的輝煌都城，大唐帝國榮耀的象徵，多少回魂牽夢縈的故鄉，又一次出現在了他的眼前。他興奮不已，忘記了自己正瀕臨死亡，竟然掙扎起身，匍匐向前，朝他的長安城爬過去。

近了，更近了……突然，他又停了下來，呆呆地眺望著遠方的天際。

只見一條條赤紅的火柱從長安城中冒出，濃煙滾滾而起。下一刻，城門洞開，金戈鐵馬的軍隊馳騁往來，肆意殺戮，人們哀號著向城外奔逃。城中，朱門甲第在烈火中紛紛倒塌，屍骨堆積如山，把世上最寬闊的朱雀大街也堵塞了，就連護城河也被血水染成了通紅色。在被稱頌為千宮之宮的大明宮中，一座座殿宇已成斷壁殘垣，瘋狂的搶掠卻仍在持續，甚至每一根尚且完好的樑柱都被拆了下來，沿渭河之水浮游而下。

「內庫燒為錦繡灰，天街踏盡公卿骨。」他從乾裂的雙唇中唸出詩句，隨即仰天大笑，直笑得涕淚橫流。

哈哈！他全都記起來了！

大唐滅了，長安毀了，親人們死了。唯獨他還苟延殘喘著，一路向西。只因他聽說，在西域邊陲的敦煌城外有一座鳴沙山，僧人們在山中鑿出了一個千佛洞，把經卷和佛像藏在裡面。僧人們堅信，即使在堪比煉獄的亂世之中，廣袤的沙漠都將會庇護著這些瑰寶，直到永遠。

他也想把他的寶貝，送到敦煌的千佛洞去。

正是這個可笑的念頭，支撐著他一直走到了這片沙海。敦煌就快到了，可是他卻要死了。

「咦，怎麼還不醒呀？醒醒！快醒醒！」

他睜開眼睛，正在一個勁搖晃他的姑娘露出驚喜的笑容，「啊！你果然沒有死呢！」說著，又晃了晃手中的羊皮水袋，「還要喝水嗎？」

沒等他回答，她就把水袋口塞進他的嘴裡。水質清冽甘甜，真是救命的靈藥，怎奈她的動作太莽撞，灌得虛弱的他連連嗆咳起來。

「哎呀！」姑娘又手忙腳亂地收起水袋，氣鼓鼓地說，「就這麼點水，都讓你咳掉了！」

他還沒有力氣說話，只能哭笑不得看著眼前這位「救命恩人」。

原來已經入夜了，一輪滾圓的紅月亮掛在上空，黑暗綿延的沙漠上彷彿覆蓋了一層淡淡的血色。月光也使姑娘的臉顯出些微紅潤，但他明白，這只是眼睛的錯覺。她的臉瘦得只剩下一層皮，又黑又乾，嘴唇裂出一道道的血口子，顯然也備受饑渴的煎熬，唯獨兩隻大大的眼睛仍然充滿神采，目光像孩童一般清澈、生機勃勃。

他忽然驚呼起來：「你、你……」

「我怎麼啦？」順著他那驚惶的眼神，姑娘摸了摸自己的髮髻。她的頭髮亂糟糟的，髮辮鬆散，但頭頂上的髮髻卻十分精巧，宛若一條小龍盤在頭頂上，還閃著隱約的銀光。

她笑起來：「我的頭髮漂亮嗎？」這姑娘看起來有十七、八歲了，但一言一行都充滿了稚氣，更像一個十來歲的孩童。

「是很漂亮。」他似有所悟，頓了頓又問，「姑娘，你怎麼獨自一個人在這沙漠中？」

「我嗎？」她看了看周圍，也有些困惑似的，「反正，每天晚上我都在沙漠中醒來。」

「我也不知道。你呢？你要去哪裡？」

「白天呢？」

「白天……我在睡覺吧！」

「你要去哪裡？」

「去哪裡？」姑娘皺起眉頭，「我也不知道。你呢？你要去哪裡？」

「敦煌。」

「敦煌是哪兒？」

她還真是什麼都不懂。他無言地看了她一會兒，抖抖索索地從懷裡掏出一個包裹，「我要把它送到敦煌的千佛洞裡去。」

「是嗎？給我看看！」她一把搶過包裹，打開來，露出一個紙卷，「咦，這是什麼？」攤開紙卷，只見上面黏著一張張冊頁，每頁上都畫著一幅畫，旁邊還配著一些字。

「這些字，我看不懂。這些畫嘛……哎呀，好嚇人！」她真的嚇得手一抖，差點兒把紙卷甩出去。

他說：「這是《白澤圖》，記錄著從古至今世上所有的妖物，有名有形。」

「你是說妖怪嗎？」

「對。」

「怎麼有些撕掉了？」

「因為那些妖怪已經不在了。」

「不在了？死了嗎？」

「有些是死了。有些，是走了。」

「去哪兒了？」這姑娘什麼都不明白，好奇心倒很旺盛。多麼可愛啊，如果女兒能夠長大，應該也和她一樣吧。想到這裡，他不禁對她微笑起來，「它們去了東方的東方的扶桑國。」

「扶桑國？很遠麼？」

「很遠，在海上。」

「哇，妖怪們為什麼要去那麼遠的地方？」

「因為這裡是亂世，上古的神聖之妖不願陷入其中，所以就都走了。凡是離開了的妖怪，我就把它的紀錄從《白澤圖》上撕掉。」他喘了一口氣，艱難地說，「所以，你願意幫助我嗎？把這部《白澤圖》送到敦煌去？」

「我……」姑娘為難地搔了搔頭，「你自己為什麼不送去呢？」

「因為我就要死了，走不到敦煌了。」

「不會的！」

「是真的。」他說，「我能夠與妖靈交流，亦能夠看透生死。這是我與生俱來的能力，這份《白澤圖》，就是我聽上古神獸白澤所言，逐一記錄下來的。隨著越來越多妖怪的離開，世人正在失去與妖界交流的能力。所以，必須把這份《白澤圖》流傳下去，讓後人瞭解它們。」

她似懂非懂地點了點頭，「那好嘛，你就自己送去唄。你不會死的。」

「不要再安慰我了。」他抬起手，指向胡楊樹枝頭的黑影，「你看，那是什麼？」

「是烏鴉。」

「沙漠裡怎麼會有烏鴉？尋常鳥類是不可能在沙漠中存活的。所以，牠們是來給我報喪的。牠們在等著我死去，就可以吃我的肉，喝我的血了……」

姑娘目瞪口呆。

忽然，胡楊枝頭的烏鴉騰空飛起。一隻、兩隻……沒想到牠們竟有那麼多隻，不計其數，彷彿是從胡楊樹的黑色樹幹上源源不斷地長出來似的。烏鴉們飛入血月亮的光環中，旋即轉頭向下，朝他猛撲過來。

「啊！」他大叫一聲，失去了知覺。

再度醒來時，熾烈的陽光直接照在眼睛上。全身皮膚滾燙，五臟六腑卻是冰涼的。他知道，當這種冰涼的感覺蔓延到每一寸肌膚時，就是自己的大限到了。

他感到奇怪，黑白無常為什麼還在拖拖拉拉？

「這是你的嗎？」有人在問他。

仍然是昨夜的那位姑娘。他勉強還能看見她的輪廓，聽到她的聲音。但卻發現，她的舉止變得十分溫文，說話也柔和婉轉多了。

她用雙手捧著的，正是他的寶貝《白澤圖》。

他說：「是我的……」

她溫柔地問：「對不起，昨夜我可曾冒犯了你？」

「不曾。」

「那就好。」她露出羞澀而歉疚的笑容。

「昨夜的那個，不是你吧？」

她略略一驚，便從容地回答：「是我的妹妹。」

「哦……」

「她還未滿十歲，仍然是個稚童。所以……」她欲言又止。

他接著說下去：「所以她的身子柔弱，禁不住逃難中的磋磨，活不成了。於是，你就把你的身子分給了她，我猜得對嗎？」

「我本想把自己的身子都給她的。她卻執意不從，只答應在每天夜間出現。」

「因為她不想獨活。」他感慨地說，「只有這樣，你們姐妹倆才能共用一個身體，同時活下來。」

「是的。」姑娘抬起手，輕輕地拭去眼角的淚花。

「來，把《白澤圖》拿給我。」

他在她的攙扶下坐起身，顫抖著手掀開《白澤圖》，翻到其中的一頁。那上面畫著一條小小的龍。

他喘息著說：「蜃龍，龍之幼子。吸取人之將死的意念，為其靈力之源。凡人間浩劫之時，則必現身，故世人視為邪妖……說的是你嗎？」

他仰起臉，注視著姑娘頭頂的髮髻。它正在慢慢地起變化，最終現出一條小龍的樣子，盤在那裡，發出淡淡的銀光。

姑娘說：「是的，是我。」

但是他聽得出來，這是蜃龍在借她的口說話。

「也是你，使這姐妹二人共用一具軀體？」

「我在荒漠中見到她們，被逃難的隊伍遺棄了。妹妹只剩下最後一口氣，姐姐卻無論如何不肯拋下她，即使我為她指明綠洲的方向，她還是堅持說，失去妹妹，她亦不願獨活世上。因此我便……」

「明白了。」他端詳著銀色的小龍，溫和地說，「所以你並不像《白澤圖》上說的那麼邪惡。」

蜃龍沒有回答。

「可是我聽說，你被高僧封印了？」

「我逃出來了。」

「什麼時候的事？」

「一百年前。」

他呵呵地笑起來：「那你為何還在此地徘徊？上古之妖都去了扶桑。你也應該和它們一起去。」

「我雖逃了出來，卻失落了一件最重要的東西。我要把它找回來。」

「最重要的東西？」

「是的，為此我已經尋找了一百年，可是一直沒有找到……」蜃龍通過姑娘說出的話語，聽起來悲傷極了。

他喃喃地說：「聽我的建議，去扶桑吧。在那裡睡上一覺，醒來就是另一個人間了。到時，再找也不遲。」

蜃龍沉思著。

他用了最後的力氣，將《白澤圖》上的那一頁撕下來，手一揚，紙片便向空中飛去。胡楊樹頂的烏鴉隨之而起，呱呱的叫聲響徹沙海。

蜃龍說：「你別怕，牠們是我的朋友。」

「你吸取瀕死者的意念……牠們食腐屍之肉。你們……總是結伴而行……現在，該輪到我了。」他的話音越來越微弱了，「你能答應我，把《白澤圖》送到敦煌去嗎？」

蜃龍說：「好的，我答應你。不過，現在我還可以為你做一件事。回想你一生中最美好的情景吧，讓我來吸取它們。」

他已經無法回答了，但仍然竭盡全力按蜃龍所說的，去回想……

如果此時有人路過，就會看到沙漠的上空升起一道奇異的彩虹。彩虹之上，是亭台樓榭，茂樹繁花。彩虹下有一家人，女子正為年邁的雙親奉上香茶，男子則牽著女兒的小手，從花叢中摘下最豔麗的那一朵，插在她的頭上。

烏鴉們鳴叫盤旋，落到這具新鮮的屍體上。

他的嘴角帶笑，混濁的雙目依舊瞪得大大的，凝望著只屬於他一個人的海市蜃樓。

第二章　第一天—第四天

1

仙台機場候車區，路岸一直找到第三輛計程車，才和司機用英語勉強溝通清楚了目的地。計程車一路向北駛去。大約二十分鐘後，司機把車停在路邊，向窗外一指道：「鹿克！虎太魯！」見路岸沒反應過來，日本司機又說了一遍：「虎太魯！」

「Oh! Here? The KAL Hotel?」

「耶死！」至少這個英語單詞，司機先生說得很地道。

路岸深吸了一口氣，推門下車。

公路已到盡頭，兩側都是整齊劃一的大片空地，彼此相連，一直延伸到海邊。陰天，風中帶著濕氣，寒意侵骨。朝哪個方向看，都找不到任何一棟像旅館的建築物。

「咚咚咚！」背後傳來敲車窗的聲音。

路岸回頭，只見司機從車窗裡探出腦袋，大聲說：「賴特！賴特！」

Right。路岸在心中默默地翻譯著，朝司機先生豎了豎大拇指，以示感謝。

他向右看去。幾公尺外的空地邊緣處，豎立著一塊木牌。木牌指向空地的中央位置，那裡有一座金屬搭建的塔台，孤零零地矗立在冷風中，像個瞭望哨。難怪路岸一開始沒注意到，誰會把它和旅館聯繫起來呢。

路岸徑直走到木牌前面，只見簇新的原木上並排印著兩大幅黑白照片，分別配有日文和英文的說明文字。他不懂日文，就讀了英文版的：

「二〇一一年三月十一日當地時間 14:46，宮城縣以東太平洋海域發生震級為9.0級的強烈地震，震央距仙台約一百三十公里，震源深度二十公里。此次地震以及隨後引發的巨大海嘯對日本東北部的岩手縣、宮城縣、福島縣等地造成毀滅性破壞。地震中共有近三萬人死亡或失蹤，其中宮城縣的傷亡和失蹤人數超過一萬一千人，損壞房屋四十九萬棟。人員傷亡和房屋損毀均佔全國總數的近一半。照片是地震前後仙台港區的對比畫面。」

仙台港區，也就是路岸現在所處的區域。

在地震前的照片上，路岸看到了林立的貨櫃和倉庫，港口停泊的船隻以及高聳入雲的起重設備。整幅畫面中最醒目的，是一棟五層樓房。玻璃幕牆裝飾的流線型外觀，即使在黑白照片中也發出熠熠的光芒。五層的樓頂上，有一排字體典雅的英文標識：The KAL Hotel。

路岸把視線移到另一幅照片上——

遍地漫浸後殘留的黑色海水，歪倒的貨櫃和散亂變形的貨物、機械、汽車，和已經難以區分究竟是什麼的殘片。骯髒不堪。畫面中央的五層漂亮樓房，則變成了一個由鋼筋和水泥組成的奇形怪狀的外殼，原先的窗戶位置掛著七零八落的碎玻璃，像一個個令人望而生畏的畸形洞穴。樓頂上的 KAL 旅館標識已蕩然無存。

這幅照片下的說明文字寫道：「仙台港區中原有的豪華旅館——The KAL Hotel在海嘯中被徹底摧毀，旅館中共計四十七人遇難。經仙台市政府和旅館投資方共同商定，KAL旅館不再恢復重建，而是在原址建立一座海嘯避難台。根據設計，當發生與311同等程度的海嘯時，這座避難台將能拯救至少一百人的生命。」

原來如此。

路岸抬頭四顧，這裡，就是兩幅照片的現實狀態了。日本式的強迫症造就出一片廣闊而整潔的廢墟，鋼筋鐵骨的避難台充滿了科幻感，看上去足夠扎實靠譜。不過，對於已經遇難的人來說，它永遠不會起作用了。

木牌上沒有提到的一個事實，卻是路岸此行的原因：在KAL旅館的四十七名遇難者中，有兩名中國人。

肅立片刻，路岸走回等候在路邊的計程車。車子朝仙台市中心的方向駛去。

剛剛在自動售票機買好去東京的火車票，路岸的手機就響了。

「你怎麼一上午都不開機啊？」盛冬日在另一頭質問，「急死我了！」

路岸隨口應道：「下飛機時忘了開。」

「……還以為你被日本人綁架了呢。」

「不至於。」路岸笑笑。盛冬日是他最好的朋友，兩人從小一起長大，雖然現在的生活領域大相徑庭，一年也未必能見上幾面，但彼此的交情卻不減反增。人往往就是這樣，在現實中跌打滾爬得越多，越懂得發自純粹的友情是多麼難能可貴。

盛冬日緊接著又問：「事情辦完了？」

「嗯，完了。」

路岸回答得簡要，盛冬日也就心照不宣地轉變了話題：「去東京的車票買好了？」

「剛買好。」路岸看了看手機上的時間，「喂，西班牙現在是早上四點吧？你這是剛起床呢還是沒睡？」

「不睡了。再過幾小時就要談判，太興奮了，只想著和西班牙人大幹一仗！」

「談判的時候別睡著就行。」路岸說，「那就祝你成功嘍。」和西班牙快銷巨頭的這份訂單對盛冬日的家族企業至關重要，一旦簽約成功，不僅收入和利潤大增，企業整體的營運規模和水準也會更上層樓，所以盛冬日提前一周就帶著團隊抵達巴塞隆納，做談判前的各項準備。最後衝刺的關鍵時刻，他還惦記著自己，真讓路岸挺感動的。

盛冬日卻發出嘿嘿的怪笑聲：「不成功算你的麼？」他好像能隔空看透路岸的心思。

路岸說：「可惜我太窮了，賠不起你的巨額訂單。」

「呸呸！誰要你賠！有我盛冬日出馬，怎麼可能失手！」

「就是嘛。」

「哎喲，我得掛了。」盛冬日急急地說，「趕緊告訴我車次。」

路岸遲疑了一下，才說：「真的不用了吧，我在東京就待一個晚上。」從仙台直飛上海的班機太少，所以路岸必須轉道去東京搭回滬的航班，但無意在東京多做停留。

「不行，我都和霏霏說好了。車次！」

路岸無奈：「那先掛了吧，我把車票拍了發給你。」

「沒問題。反正你見到霏霏之後，吃的、玩的、住的要求儘管提。她在日本專業幹這個的，保證讓你滿意。」

因為要到西班牙談合約，盛冬日不能和路岸一起來日本。為此他耿耿於懷，非要給路岸在東京安排一個地陪，招待他吃喝玩樂。路岸再三推辭無果，憑著多年來對盛冬日的瞭解，倒是琢磨出一些別的意思來，便故意逗他：「欸，我和你的這個霏霏素昧平生，怎麼找呢？要不你發一張她的照片給我？我也好有個心理準備，免得等下見到美女失態。」

手機裡靜默了足足三秒鐘，盛冬日才悻悻地說：「我沒她照片。」

「她不是你女朋友嗎？你怎麼會沒她照片？」

「誰說她是我的女朋友！」盛冬日更加忿忿然，「我和她的關係很微妙，微妙。」

「哦。」

「所以才要你幫忙嘛。我就是要讓她瞧瞧，我盛冬日的朋友絕非等閒之輩。」

「哈？那你可太瞧得起我了。」

「真的，她肯定買你的帳。記住啊，見到她之後，你得多說我的好話。」

「真實目的暴露了吧？」路岸嘆氣，「說你的好話？唉，我盡量編吧。」

「嘿嘿，這才是我的好兄弟嘛。」

被盛冬日這麼一攪和，路岸的情緒倒是好了一些。掛了電話，他覺得肚子餓了。火車站的店家裡擺著琳琅滿目的日式便當，搭配精美如同工藝品，把眼睛都看花了，猶豫片刻，最後還是拐進麥當勞。路岸點了餐，找了個角落位子坐下，正要把「杭不穀」往嘴裡送，手機發出「滴」的一聲響。

盛冬日推送了一張微信名片過來——「細雨霏霏」。

路岸編輯了「我是盛冬日的朋友路岸」的請求發過去。那邊馬上就驗證通過了，「我是任霏霏，請多多關照。」還加了一個握手的表情。

路岸也發了個握手的表情過去，「很高興認識你。」

「那麼五點半，東京車站見。」

「五點半見。」

路岸擱下手機，啃了一口漢堡，又把手機拿起來。

「細雨霏霏」的頭像是一個長髮女孩的後腦勺，滿頭烏髮在腦後紮成馬尾，繫著一枚Hello Kitty的髮夾。

「呲——」路岸倒吸一口涼氣。八百年都沒發生過的事，居然咬到了自己的舌頭。

因為知道車次，所以任霏霏早就等在相應的閘口外，路岸剛出站，她就一眼認出了他。高大挺拔的身材，在一眾日本人中間鶴立雞群，格外顯眼。路岸的頭髮剃得很短，膚色黝黑，五官顯得更加立體，確實符合盛冬日所吹噓的，常年野外工作的特徵。

她快步迎上去，伸出右手，「是路岸吧？你好，我是任霏霏。」

「你好。」

兩人熱情地握了握手。路岸的手粗糙有力，又很溫暖，和任霏霏所熟悉的城市男生很不一樣。她不由得在心中暗讚，盛冬日沒有瞎扯，路岸還真是個與眾不同的大帥哥。淺灰色的衝鋒外套與他的氣質十分和諧，都有一種屬於山川河谷的沉靜和清冷，但又充滿了行動的力量。衝鋒衣穿在他的身上，任霏霏能立即腦補出一幕野外徒步、翻山越嶺的畫面，而不像穿在別人身上，最多想像到健身房為止。

路岸也在觀察任霏霏。她的身材苗條，穿了一件束腰的米色長風衣。日本女性似乎很流行這種春裝，從仙台到東京的火車上，路岸見到不少穿長風衣的女子，各個年齡層都有。任霏霏有一張白皙的鵝蛋臉，五官姣好，長髮披肩，是個美女。應該是受了環境的薰陶，她的舉止中帶著一種日式的溫婉，但眼神鋥亮，又透出中國女生特有的自信與主見。

盛冬日的眼光總算靠譜了一回。路岸心想，這次真得幫幫他。

「先去酒店把行李放下？」任霏霏瞅了一眼路岸的雙肩背包，出國就跟逛街似的，真夠瀟灑的。「幫你訂了丸之內四季酒店，就在附近。晚餐可以去銀座，走走就到。要不要嚐嚐懷石料理？米其林三星的怎麼樣？我也預訂好了。」

路岸沒有吭聲。

任霏霏又說：「盛冬日說要最好的，所以我就選了四季，反正他出錢……」

路岸知道她會錯意了，連忙說：「不是，我想先去一趟新宿。」

「新宿？你想住新宿嗎？那要麼換柏悅？就是不知道現在還有沒有房間。自從在那裡拍了電影《迷失東京》，柏悅的房間就不容易訂到了。」任霏霏一邊嘟囔著一邊滑手機，「其實丸之內四季更好些，而且新宿太吵了。」說著，她又悄悄地瞥了一眼路岸，為什麼非要去新宿？難道人不可貌相，衝著二丁目去的？不會吧！沒聽盛冬日提過啊……

路岸把自己的手機遞到她的鼻子底下：「我要去這個地方。」

GOOGLE地圖上，一個紅色的地標一閃一閃的。

任霏霏問：「這是哪兒？」

「你也不知道嗎？那我自己叫車去吧。」

「別叫車了。」任霏霏說，「還是地鐵快，跟我走吧。新宿那裡像個迷宮似的，GOOGLE也不怎麼管用。」

搭地鐵只花了十幾分鐘。但正如任霏霏所說的，雖然有GOOGLE地圖加上任霏霏這半個本地人，出了新宿站以後，他們還是花了將近十分鐘才找到地方。原來路岸要找的，竟是一家設在民宅裡的小旅館，門口連個招牌都沒有。要不是正好有人拖著行李箱出來，大概還得再找上一陣子。

站在破舊的民宅外，任霏霏直發愣。從五星級豪華大酒店到連國內如家都不及的小破旅店，她有點兒轉不過彎來。

路岸說：「麻煩你等我一下，最多五分鐘，我進去打聽個事就來。」

可是還不到半分鐘，他就去而復返了。

「裡面沒人會說英語……」

2

樓梯拐角處的一張櫃檯、一把椅子，外加背後的一排窄木櫃，三樣傢俱擺在一起活像一個打開蓋子的香菸盒，就是所謂的旅館前台了。接待客人的是一個瘦小的日本女孩，像個沒發育好的初中生。也虧得她這體型，否則真擠不進櫃檯裡去。

櫃檯上斜插著一塊紙牌，手寫房價，只有標準間和家庭房兩種房型。難怪服務生不懂英語，明擺著只接待日本人，還是比較缺錢的那一批。這類小旅館在新宿遍地開花，條件簡陋，但勝在位置好，交通便利，所以也能一直經營下去。

路岸對任霏霏說：「請你幫我翻譯一下，我想問她，五年前是不是有個中國人在這裡住過？」

「五年前？」

「對，二〇一一年三月八日入住的，名字叫姜國波。」

任霏霏翻譯給日本女孩聽了。她露出驚訝的表情，連忙對著面前的電腦敲起鍵盤來。不一會兒就抬起頭說：「查到了。二〇一一年三月八日，是有中國人入住，不過是兩個人。登記的名字一個是姜……果……包，還有一個是姜……吃？」

「姜塵。」沒等任霏霏翻譯，路岸就說了出來，「你再幫我問問她，他們是什麼時候退房走的？」

「三月十一日退房，一共住了三個晚上。」

「哦。」

任霏霏小聲問路岸：「你認識這兩個人？」

「是。他們是父女倆，姜國波曾經是我的大學老師。」

「那你是在找他們嗎？他們現在在日本？還是……」任霏霏有些糊塗了。

他們在日本嗎？某種意義上，可以這麼說。

二〇一一年三月八日，姜國波帶著女兒姜塵從中國上海飛抵日本東京，入住新宿的這家小旅館。三天之後的一大早，他們退房離開。同一天的下午兩點多，東日本發生芮氏九級的強烈地震和海嘯，人員傷亡慘重。姜國波父女二人的名字，最終出現在宮城縣仙台市的遇難者名單上。也就是說，二〇一一年三月十一日早上，他們離開東京去往仙台，出發時一定不曾預料到，這將是一趟死亡之旅。

路岸喃喃：「……為什麼？」

「什麼為什麼？」任霏霏問。

路岸說：「請你再幫忙問她一下，姜國波入住的三天都在幹什麼，他為什麼要突然退房？退房後去了哪裡？」

「這……」任霏霏心想，五星級酒店也沒管得這麼寬啊，更何況是五年前的事。不過她也看出來了，這件事對路岸至關重要。所以幫人幫到底，她還是很耐心地把這幾個無的放矢的問題都翻譯了過去。

不出所料，日本女孩對路岸的問題愛莫能助。路岸低聲說：「請幫我謝謝她，我們走吧。」

任霏霏鬆了口氣，剛轉過身，日本女孩又在背後叫道：「請等一等。如果你們想瞭解更多的情況，方便的話可以晚上九點再過來。今天晚上值班的鈴木先生在這裡工作十多年了，也許他會知道些什麼。」她一邊說，一邊悄悄瞄著路岸。

小妹妹你這不是多此一舉嗎？任霏霏忍不住腹誹，帥哥的能量也太強大了吧！

儘管如此，她還是仁至義盡地翻譯給路岸聽了。

「太好了！」路岸的眼睛放光了，「我們一定來！」又衝著櫃檯裡面深深一鞠躬，「啊裡嘎多！」

日本女孩的臉上騰地升起兩朵紅雲，任霏霏的嘴都快撇到一邊去了。

既然九點鐘還得回來，米其林什麼的就只能放棄了。任霏霏領著路岸去了歌舞伎町的一家居酒屋。大堂還有一桌空位，坐下後任霏霏就自己作主點起菜來。路岸根本神遊天外，連進店時脫鞋都要提醒兩遍，乾脆不為難他了。

菜一道接一道地上來，黑毛和牛刺身、海膽、鵝肝、大蝦天婦羅……花團錦簇地擺了一桌。任霏霏自得其樂地吃著，每吃一道菜前都不忘用手機消毒。至於路岸，她除了在他飛快地乾掉一瓶清酒後，又替他叫了一瓶之外，就沒再搭理過他。

喝嗨了的日本人喧譁陣陣，從每一間包廂往外湧。好在他們彼此沒話要說，否則還真有點難度。

路岸手邊的酒瓶很快又空了。他下意識地抬眼看了看任霏霏，沒來得及開口，她就舉起手機，正對著他按下快門。

路岸一愣。

「我得向盛老闆彙報，事無巨細，證明我在盡心盡力地為你服務。」任霏霏看著手機，皺起眉頭，「怎麼回事？你這一臉愁容的，讓盛冬日看了，還以為我欺負你呢。」

「我有嗎？」

「你自己看。」任霏霏把手機推給路岸。

路岸端詳著自己的照片，「我覺得……挺開心的嘛。」

「哼。」

「這樣吧，我再擺拍一張，等下你發給他。」路岸用筷子夾起一個大蝦天婦羅，朝任霏霏擠出一個假笑。

任霏霏嫌棄地說：「吃天婦羅要用手，別那麼不專業。」

「真的嗎？」路岸狐疑地看了看四周。

「當然啦。就像吃披薩該用手還是刀叉一樣，都屬於美食界的公案。」

「好吧。反正日本人吃牛排都用筷子的。」路岸高舉筷子，把天婦羅送到嘴邊。

任霏霏笑著按了拍攝鍵。

路岸由衷地說：「謝謝你啊。」

「你說什麼？」任霏霏把手籠在耳朵邊上。旁邊的日本人越鬧越嗨了。

路岸大聲說：「我說，謝謝你的款待！」

「不客氣，」任霏霏也扯著嗓子喊，「我的本職工作嘛。盛冬日再三叮囑，說你是他最好的哥們，第一次來日本，要我務必好好招待。」

盛冬日告訴過路岸，任霏霏在東京讀旅遊管理專業的碩士學位，空閒時在網上接一些私人導遊的工作。主要客戶是國內的富裕人士，除了旅遊觀光之外，還有陪同購物、買房、醫療和遊學等等需求。有錢人出手闊綽，任霏霏掙了不少錢，補貼掉相當一部分在日本的生活費。

路岸問：「盛冬日也是你的客戶嗎？」

任霏霏回答：「雖然日本人聽不懂我們在聊什麼，可再這麼嚷下去，我的嗓子受不了啦。」

由於語言上的弱勢，結帳時路岸沒搶過任霏霏。她理直氣壯地說：「吃的都算盛冬日的，你別瞎起勁。」聽她的口氣，路岸覺得盛冬日就像是任霏霏的私人信用卡，想怎麼刷就怎麼刷；抑或是一隻洗得乾乾淨淨，隨時可以下鍋的小羊羔。

到九點還有半個多小時，從歌舞伎町走回小旅店綽綽有餘，所以他們散步過去。

三月初的東京，夜風颼颼的。路岸把衝鋒衣的拉鍊一直拉到頂，看著自己呼出的熱氣在暗夜中化作一小團白煙。路越走越窄，帶了一點緩緩下行的坡度。隨著地勢的變化，周圍也變得越來越幽暗，密佈在歌舞伎町的霓虹燈和五光十色的櫥窗漸漸消失不見，只剩下稀疏的路燈光。僅容一輛車通行的窄巷上方，電線縱橫交錯。簇擁在十字路口的奇裝異服殺馬特❶們也看不見了，小拉麵店的布簾後，昏黃的煙氣氤氳中卻露出一雙雙疲憊的腿。

才不過幾步路，就從繁華走到了落寞。

任霏霏說：「盛冬日常給我介紹客戶，但他自己從來沒當過我的客戶。」

「你們是怎麼認識的？」

她嫣然一笑，「相親時認識的。」

「相親？」

「嗯，每次放假回家，爸媽都要安排好幾輪相親。就這麼認識的。」

路岸差點脫口而出：那你們倆究竟算不算在談戀愛呢？想想唐突，又把問題咽了回去。他正琢磨著怎麼才能幫上盛冬日的忙，任霏霏慢悠悠地開口了：「你都問過我了。是不是也該滿足一下我的好奇心了？」

「你想問什麼？」

「你的老師和他的女兒，究竟是怎麼回事？」

頓了頓，路岸回答：「五年前的三月十一日，他們在仙台。」

任霏霏震驚地停下腳步，看著他問：「今天早上你從上海先飛到仙台去辦事，就是為……」

---

❶ 從英文單詞「smart」音譯過來的中國大陸流行語，殺馬特屬於非主流的一種，並流行於城市移民青年。可類比台灣的台客一辭，皆含貶義。

路岸點了點頭。

311地震發生以後，死亡和失蹤人員的數量太龐大，使身分確認成為一項極其艱巨的工作。姜國波的遺體被發現後，先是在遺體保管中心放置了一段時間，無人認領。後來還是憑著他衣服內袋裡的中國護照，聯繫到中國領館，才最終確認了他的身分。因為姜國波在國內沒有關係密切的親友，是由姜國波戶籍所在地的公安局派了個行政人員到日本，領回了姜國波的骨灰。

「自從311之後，因為害怕輻射殘留，去日本東北地區的旅遊者銳減。盛冬日告訴我說你要先去仙台，我還納悶呢。」任霏霏嘖舌，想了想又問：「不是說父女二人一起來日本的嗎？怎麼只有爸爸的骨灰？」

姜國波口袋裡的中國護照是兩份，包括他的女兒姜塵。他的錢包裡還夾著一份旅館帳單和一張酒店的便簽條。帳單正是路岸馬上要再次拜訪的小破旅店開具，表明了父女二人在東京三天的落腳點。便簽條則是仙台港區的The KAL Hotel。該酒店已在海嘯中被徹底摧毀，姜國波的屍體就是在距離這家酒店一公里外的海灘上被發現的。至於姜塵的下落，則始終沒有任何線索，因此被認定為失蹤。

「屍體只發現了一具，領回國的骨灰也只有姜國波一個人的。不過，311地震中的失蹤人員其實也等同於遇難者。」

「你是說他女兒也……？」

「311大地震太慘烈了，那麼多的活不見人死不見屍。姜塵如果還活著，五年了不可能沒有一點消息。所以，她應該是死了。」路岸停下腳步，望著馬路對面的破舊民宅，門洞裡的燈光白得陰森。

「再進去問一次，問過也就死心了。」

3

「你說那對中國父女啊？怎麼不記得！」

鈴木先生至少六十歲了，和白天的女孩一樣乾癟瘦小，擠在櫃檯裡就是一尊活的日本人偶。任霏霏剛一說明來意，他就急不可待地談開了。顯然，白班女孩已經對他提過這件事了。

路岸覺得心跳加速，腦袋有些發暈，也不知是否清酒的後勁太大。

鈴木先生說了一段之後，任霏霏翻譯給路岸聽：「太巧了，五年前姜國波入住的那幾天，鈴木先生上的正好是白班。因為這家旅店幾乎沒有外國人入住，所以姜國波父女一來就引起了他的注意。鈴木先生對他們記憶猶新。據他說，姜國波的日語相當不錯。」

路岸點頭，「這個我知道。」

「嗯。關於你的那三個問題，鈴木先生的回答是——第一，姜國波入住的三天裡，每天早出晚歸，就是去參觀各種博物館。」

「參觀博物館？」

「是的。因為他向鈴木先生打聽過路線，都是關於博物館的。而一般旅遊者在東京觀光必去的景點，比如東京塔、皇居、銀座、表參道什麼的，姜國波連提都沒提過。所以鈴木先生的印象挺深。他還特意問過姜國波，為什麼別的地方都不去，只看博物館。姜國波回答說，自己是考古學者，參觀博物館是為了研究需要。姜國波還說，參觀完東京的博物館，他要接著去京都和奈良，也是去參觀博物館。」

「去京都和奈良？」路岸一驚，「這麼說他原計劃並不是要去仙台？」

「不是。」任霏霏搖了搖頭，又和鈴木交談了幾句，轉過臉來對路岸說，「姜國波入住的時候說好住五天，押金也按這個數交的。所以他提前退房的時候，鈴木先生很意外，也很為難。因為這家店的規矩，已經交的押金是不能退的。還是鈴木先生同情姜國波手頭緊，硬性違反規定，才把剩下的兩天押金退給了他。」

路岸情不自禁地抬高了聲音：「到底發生了什麼？姜國波為什麼要臨時改變行程？鈴木先生知道原因嗎？」

「你別嚷嚷啊，小心影響別人！」任霏霏瞪了路岸一眼，和鈴木嘰哩呱啦地聊起來。這一通聊了好一會兒，路岸百爪撓心地等著，總算任霏霏又回頭對他說起中文來。

「鈴木先生也不知道具體原因，但他似乎認為與姜國波的女兒……嗯，她是叫姜靨吧？與她有關。」

「和姜靨有關？」

「對。鈴木先生說，他記得姜靨是個特別沉悶的女孩子，每天跟在爸爸身邊出出進進，從不與任何人交談。就算不懂日語吧，但這麼年輕的女孩，臉上成天沒有一絲笑容，連目光都不與別人交流，看著很奇怪也很可憐。鈴木先生當時就認為，被爸爸帶著成天看博物館，她大概沒什麼興趣，十分勉強吧。所以有一天早上，當姜國波又來打聽去博物館的路線時，鈴木先生就向他建議，可以帶女兒去逛逛秋葉原或者迪士尼，讓她也開開心。起初，姜國波斷然拒絕了，但不知怎麼的，後來他又改變了態度，主動向鈴木先生詢問怎麼去三麗鷗彩虹樂園。」說到這裡，任霏霏的語調起了微妙的變化，「路岸，你知道三麗鷗彩虹樂園嗎？」

路岸當真一無所知。

「就是Hello Kitty的主題樂園。」

明白了。路岸的眼眶突然有些發潮，「那他們去了嗎？」

「去了。因為那天他們回來的時候，鈴木先生第一次看到了姜塵的笑容。而且，父女倆都是一副興高采烈的樣子。也就在那天，姜國波告訴鈴木先生要提前退房。他沒說明原因，只是一再感謝鈴木先生，說今天去三麗鷗太對了，不但女兒高興，他自己也得到了一個意外之喜。」

「意外之喜？」

「對。具體是什麼就不得而知了。總之，姜國波在第二天的一大早，也就是三月十一日便帶著女兒退房走了。」

路岸沉默。

任霏霏小聲問：「你還有什麼要問的嗎？」

路岸搖了搖頭。

這時，鈴木先生又對任霏霏講了幾句話。

「鈴木先生說，姜國波父女當時入住的302號房，今天空著呢。你要不要去看看？」

路岸苦澀地說：「不必了。」五年前曾經入住過的房間，今天去看，又能看出什麼來呢？他只覺得筋疲力盡，頭痛欲裂，恨不得立刻躺下來，睡他個地老天荒。

「謝謝，我們走吧。」

與來時相比，街上更加陰暗冷清了。雖說時令已到初春，體感依舊是滴水成冰的嚴冬。

任霏霏低聲抱怨：「盛冬日這個傢伙，什麼都沒說清楚。原先我還納悶呢，誰挑這個時候來東京玩啊。往前半個月有雪景看，往後半個月，櫻花就開了。偏偏三月中，要什麼沒什麼，最尷尬了。」

路岸說：「他是一片好心。」其實，盛冬日完全知道路岸來日本的用意，只是不便向任霏霏明說。他認為路岸去過仙台之後，紀念姜國波父女的事兒就算完了，所以才特意安排任霏霏在東京陪路岸放鬆心情。

一陣酒氣撲鼻而來，兩個摟抱著的男女歪歪斜斜地從他們身邊走過。

任霏霏衝著他們的背影說：「新宿有三樣東西特別多：烏鴉、醉鬼和大麻。這個地方來逛逛就行了，我從來不建議客人們住在新宿。哪怕預算有限，也可以選擇離市區遠一點的地方住，價格低條件也好。其實，姜國波也完全沒必要擠到新宿來住。他只是看博物館，又不要逛夜店。」

「是因為窮吧？找了這麼一家小旅館。」

「對了，剛才鈴木先生還有一段話我沒來得及翻譯給你聽。姜國波告訴他，自己到了東京以後，就直接坐地鐵來到新宿，滿大街找便宜旅館。可是像樣一些的，姜國波都覺得太貴了，住不起。後來，還是某家旅館的前台給他建議了這一家，他才找過來的。三月初是淡季，房間有的是，姜國波還嫌標準間貴，所以鈴木先生給他開了302房間，那是個大床加小床的家庭房。因為朝向差，窗戶特別小，通風不暢，價格最便宜。」

「可是……」路岸突然說，「他在仙台入住的卻是豪華酒店KAL！」

「是嗎？這就奇怪了。」任霏霏皺起眉頭，「KAL是日本全國連鎖的五星級。雖然仙台的會比東京的便宜一些，但一個晚上的房費也抵新宿這家起碼一星期了。」

「不對，肯定不對。」

任霏霏沒來得及追問哪裡不對，路岸招了招手，一輛計程車停在他們面前。

「霏霏，很晚了，你趕緊回家去吧。」

「那你？」

「我就回剛才那家旅店去住，鈴木先生不是說了嗎？302房間空著。」

任霏霏目瞪口呆，「可是四季酒店……」

「別管四季了。」路岸替她拉開車門，「今天太感謝你了，我們明天再聯繫。」

坐到計程車裡，司機連問了兩遍，任霏霏才想起把地址報給他。手機在包裡響個不停，她接起來，是盛冬日，應該是趁談判間歇打來的。

「喂？你們倆還在一塊兒嗎？你把路岸招待得好不好？」

「這話你該問他，不是問我。」

「他不接電話啊！」

「他喝醉了。」

「不會吧？他很少喝酒的啊……」

「我剛把他送回旅館。我也累了，要回家了。」

「哦，霏霏，謝謝你啊。等我忙過這一陣子，專程去東京請你吃飯。」

「不客氣。」掛了電話，任霏霏把剛才拍的照片一股腦兒發過去。盛冬日立即回了一排大拇指。任霏霏又翻出給路岸拍的第一張照片，唯獨這張，她沒有發給盛冬日。盯著看了一會兒，她似乎有點看懂路岸的眼神了。

「已經五年了呀。不知不覺，311大地震都過去那麼久了。真是一轉眼的工夫。」

任霏霏猛然意識到，司機是在對自己說話。車上音響裡放著廣播，說的正是全日本各地對大地震五周年的紀念活動。五年前任霏霏還沒來日本留學，對311大地震並沒親身體驗。不過此時她想，五年，足夠忘卻太多事情了。

但是很顯然，路岸沒有忘記。

任霏霏禁不住猜想，姜塵究竟是個怎樣的女孩呢？路岸又為何對她念念不忘？

看到路岸回來，鈴木先生簡直喜出望外。他親自把路岸送到302房間，用鑰匙開了門，還站在門口嘮叨了好幾句。看那架勢，要不是路岸對日語一竅不通，鈴木先生大概會和他聊個通宵。

鈴木先生終於依依不捨地走了。路岸關上門，站在門邊沒動。

整個房間一覽無餘。一張雙人床和一張單人床並排，就把狹小的空間塞滿了，連走路都困難。兩張床之間隔著一個小小的床頭櫃，上面擺著檯燈和電話。床對面的牆上開了一扇門和一扇窗。門後是洗手間。窗戶則是窄窄的一條，看著都憋悶。

路岸把背包甩到單人床上，走到窗邊，試了幾次才把窗推開一條縫。寒氣從窄縫裡湧進來，路岸覺得頭腦清醒了一些。他想把窗就這麼開著透氣，但立即發現，有奇怪的聲音隨著寒氣一起進入。

朝窗下望去，不斷有人從對面的樓裡出出進進，看起來都和街上遇到的那對男女很相似，摟摟抱抱，穢聲浪語，即使聽不懂，也知道說的不是什麼好話。路岸恍然大悟，這間房賣不出價的原因還在於：唯一的窗戶所對的，恰好是一個風月場所。

不奇怪，這裡是新宿。想必五年前亦是如此。

路岸感到一陣心酸，又把窗戶拴牢了。

他仰面躺倒在大床上，酒勁一陣陣湧上來，腦海裡浮起各種各樣的念頭，但都無力捕捉。路岸閉上眼睛，先睡一覺吧，睡醒了再說。

剛剛迷糊睡去，電話鈴卻響了。路岸下意識地接起來，話機裡傳來一個女聲，說的是日語。路岸自然是一個字都聽不懂，但對她的意思卻心知肚明。

只要是對男人，這種語言全世界通用。

路岸隨手把電話掛了。片刻，電話鈴再次響起。還是日本女人在說話，不過似乎換成了另外一個。這麼不屈不撓的，是非把生意做成不可嗎？路岸茫然地看著電話機上的日文標識，憑感覺胡亂撥弄了幾下。很好，電話鈴不再響了。

……他走入了一片寒氣彌漫的樹林。松樹、楓樹和水杉，他只能認出這些來。挺直的枝幹和針狀的樹葉，說明這是一個極寒之地。周圍白霧嫋嫋，霧裡好像包裹著冰冷的水珠，或許是冰粒也未可知。

真冷啊。但他沒有退卻，而是堅定地往前走。因為他看見，前方有一個背影，若隱若現，似幻還真。他情不自禁地加快腳步，生怕一不小心，她就再度消失了。近了，更近了！那柔弱而倔強的背影在他的視線中越來越清晰，以及後腦上紮著的烏黑馬尾，還是上面的髮夾——Hello Kitty。

他脫口喊出：「姜塵！」

前方的背影應聲停下，緩緩地、緩緩地向他轉過身來……

「啊！」路岸大叫一聲，醒了過來。

他騰地坐起身，夢中的場景宛在眼前，只是最後一幕，姜塵轉過來的面目卻是一片混沌。

心臟還在突突亂跳，路岸抬起手，擦了擦額頭上的汗。屋裡漆黑一片，他剛要扭開檯燈，卻發現電話機上有個紅色的燈在閃。

怎麼回事？他記得睡前不是這樣的。

路岸一把抓起話機，放到耳邊。

「爸爸，爸爸！你在嗎？爸爸，你快來呀！來救救我……救救我……」

4

西班牙時間午夜十二點，巴塞隆納市中心的這棟辦公大樓裡，仍然有一整層燈火通明。盛世集團和西班牙快銷巨頭的合約談判經過了十幾小時的鏖戰，終於在絕大多數條款上達成了共識，只要再解決一、兩個關鍵問題，就大功告成了。

會議室的桌子上一片狼藉，堆滿了大大小小的文件資料、咖啡杯和吃剩下的三明治紙袋。在座各位的臉也像極了這張桌子，已然疲憊不堪，卻還為了即將到來的勝利而勉力支撐著。

盛冬日的手機又在口袋裡瘋狂地振動起來。他瞥了一眼，十幾通未接電話，都是任霏霏的。他向翻譯使了個眼色，起身閃到會議室門外。

「霏霏，我這兒正忙著。晚點給你回電行嗎？」

「盛冬日！你的朋友是不是腦子有毛病啊！」

「你說什麼？誰有毛病？」

「路岸啊！他怎麼想到一出是一出，我伺候不了了！」

「霏霏，你說清楚……路岸出什麼事了？」

「他突然要去日光！」

「日光？」盛冬日只聽說過日月光購物中心，「他要去逛商場？」

「什麼商場！是日光，日光國立公園，東京附近的一個郊野景點！」

盛冬日鬆了口氣，「那你就陪他去玩玩吧。你這幾天不是正好沒課嘛。我早跟你說過的，路岸這人，品味比較獨特，喜好野外生活……」

「太獨特了！我陪他去見鬼啊！」

「鬼？什麼鬼？」盛冬日還從沒聽任霏霏說過髒話，情況似乎比想像的嚴重？可是她已經把電話掛了。他再打過去，那邊卻拒絕接聽了。

盛冬日茫然地回到會議室，滿屋子黑色和藍色的目光都聚焦在他身上。他摸摸鼻子，尷尬地笑了笑，「Hehe, Let's continue.」

任霏霏吐槽完畢，總算是出了一口惡氣。計程車恰逢其時地停下，她朝窗外一看，路岸揹著背包在馬路邊來來回回地踱步，滿臉憔悴，見她下車，就三步併作兩步地奔過來：「你來了，我想現在就去火車站……」

任霏霏沉默地看著他。

路岸猶豫了一下，說：「霏霏，你特意趕過來，我真的很感謝。不過，我剛才在電話裡也說了，其實我自己去日光就行，不好意思再麻煩你——」

任霏霏打斷他，「給我聽。」

「聽什麼？」

「錄音電話啊。你不是說昨天夜裡，死去五年的姜塵打電話到你的房間了？我也想聽聽。」

「錄音給刪了。」路岸懊喪地低下頭。

「刪了？」

路岸被噩夢驚醒時已經快天亮了。他後來才弄明白，這家旅店客房中放置的電話機，還是那種非常老式的錄音電話。在接了幾通騷擾電話之後，路岸稀裡糊塗地把電話機調到了自動錄音模式。所以，昨晚午夜十二點打進302房間的這個電話就被錄了音。直到路岸醒來後，看見電話機上顯示的紅燈信號，才鬼使神差般地按下了重播鍵。

聽完這通電話，路岸的心臟差點兒停跳。等他回過神來，想重放時，又怎麼都搗鼓不出來了。於是他衝出房間，從前台拽來鈴木先生，兩人一個中文一個日語，雞同鴨講地折騰得天翻地覆，好不容易又把錄音調了出來。然而，正當路岸想把它轉錄到自己的手機裡時，鈴木先生慌亂中的一個錯誤操作，居然把錄音檔給刪了。

路岸說：「鈴木先生也聽過那段錄音的，他還沒下班，你要是不信，可以進去問他。」

任霏霏問：「錄音裡說的是中文？」

「當然。」

「鈴木先生聽得懂中文？」

「……他聽不懂。」愣了愣，路岸才說，「但他至少能證明，確實有這麼一通電話存在，而不是我在做夢，或者產生了幻覺。」

不知為什麼，任霏霏覺得他的這幾句話說得很是淒涼。半個多小時前接到路岸的電話時，她以為他宿醉未醒，後來又認為他在發神經。可是現在，她的臉卻板不住了，便放緩語氣問：「錄音都沒了，你怎麼能斷定是從日光打來的電話呢？」

路岸掏出一張小紙條，「號碼有顯示，我記下來了。」

任霏霏接過紙條看了看，「0288是日光的區號，沒錯。」

當時，鈴木先生指著號碼一個勁地說：「尼扣！尼扣！」還從櫃檯的抽屜裡翻出一張旅遊宣傳單來給路岸看，他才明白鈴木說的是東京附近的一處旅遊勝地——日光，日語發音是NIKKO。

任霏霏說：「後面兩位數54，說明大致在市區的範圍，但具體從哪個地方打出來的，還得到當地的電信局或者警署去查。」

「是的，所以我想立即動身。」

「你真的要去日光？」任霏霏盯著路岸問，「去找姜塵嗎？可你自己都說，她在五年前就死了。」

「霏霏，你相信鬼嗎？」

「我不信。」

「我也不信，所以我認為，姜塵一定還活著，錄音電話就是證據！」

「你就那麼肯定是姜塵的聲音？」

「說實話，音色聽不太清楚。不過，二〇一六年三月十一日午夜打進新宿小旅館302房間的中文電話，又是那樣的內容。除了姜塵，我想不可能再有其他人。」

「好，就算這個電話是姜塵本人打的。但她是什麼用意呢？她既然活著，為什麼五年來一點音訊都沒有？她不和國內的親戚朋友聯繫，卻深更半夜打電話到五年前住過的旅店房間找爸爸？她到底想幹什麼？她的爸爸已經死了呀！」

「也許她不知道？」

「怎麼可能！」

路岸嘆了口氣，「正因為有太多的不可思議與不合情理，我才要去找出真相。我現在特別後悔，早知道就不把話機轉到自動錄音上，我就能接到姜塵的電話了！」

任霏霏哼了一聲。

路岸又說：「霏霏，給你添了這麼多麻煩，真的很過意不去。等我從日光回來，再請你吃飯吧。」

「哦，這就打算過河拆橋了？」任霏霏冷口冷面。

「我不是這個意思。」

「你想去日光怎麼查？」任霏霏問，「就用你的『木西木西』和『阿裡嘎多』水準的日語嗎？」

「我可以講英文。」

「好吧，就算你能找到會英語的日本人。日本人說的英語你聽得懂嗎？」任霏霏再次冷笑，「建議你先喝一杯迷露克清醒清醒。」

「迷露克？」

「就是Milk！」

路岸愣了愣，說：「聽不懂，不是還有漢字可以看嘛。」

「漢字嗎？」任霏霏扭頭，指著街邊的一個燈箱問，「你說說那是什麼地方？說對了，你就一個人去日光吧。」

路岸一字一句地唸道：「無料案內所？難道是……報案的地方？」

「是免費介紹所的意思！至於介紹什麼生意，就不用我再解釋了吧？」

路岸的自信心被她徹底擊垮了。

日光是個小地方，從東京去沒有直達火車。虧得任霏霏是個中老手，上網查明了換乘的路線和班次。距離發車還有兩個多小時，路岸陪任霏霏回家收拾了簡單的行李，再一起趕往火車站。

坐在東京車站的星巴克裡，任霏霏埋頭操作了一番手機，對路岸說：「從東京到日光要在宇都宮轉車，到了JR日光站以後還得搭當地的東武日光巴士才能到市中心區，估計到時天都黑了。」

路岸連聲稱謝，又說：「今天我真覺得自己挺無能的。」

「術業有專攻嘛。」

任霏霏的言行中有一種輕描淡寫的從容，這點很中路岸的意，他越來越明白，盛冬日為何對她另眼相看了。任霏霏說：「其實日光是個蠻不錯的旅遊點，有美麗的自然風光、列入世界遺產名錄的神社和寺廟。對了，那裡還有一個著名的湯元溫泉。許多東京人週末愛去日光度假，所以日光又被稱為東京的後花園。怎麼說呢，東京就像一隻巨大的怪獸，光怪陸離的。反而是日光這種小地方，恬靜安詳，才能讓人領略到村上春樹或者川端康城筆下的日本，體會到那種獨特的詩意。」

路岸隨口應道：「也許吧。」他不願拂了任霏霏的好意，但真沒有旅遊的興致。現在他滿心琢磨的都是：假如打電話的人真是姜璽，她怎麼會跑到日光那樣一個地方去？她在那裡做什麼？整整五年了，她又是如何生存下來的呢？

任霏霏說：「我告訴盛冬日，日光這兩天有個旅遊節，我帶你去看看。詳細情況以後你自己對他說，現在一句兩句的也講不清楚，沒必要讓他擔心。」

路岸同意，他自己也只在微信裡簡單提了一下，盛冬日看樣子正忙，沒多追問。

「盛冬日還挺關心你的。」任霏霏又漫不經心似地說。

「是啊。」路岸總算逮到機會了，忙說，「盛冬日這個傢伙，其實挺靠譜的。」

「靠譜嗎？」任霏霏若有所思地轉了轉面前的咖啡杯，「你知道嗎？我們相親那次，他見到我說的第一句話是：我是做鞋的。」

「沒錯啊，他家裡是開了鞋廠。」

「可我誤會了。聽他的口氣，我還以為他說自己是作家協會的呢。我當時就納悶了，介紹人說是個富二代，怎麼變成作家了？看他的樣子也不像啊，難不成是個寫網路修仙小說的？」

「他還寫小說？當年他高考時的作文，都是我按老師猜的幾類大題先寫好了，教他背出來，他自己再根據題目的近似程度往上生套。他要是能當作家，我就是文豪了。」

任霏霏噗嗤一笑，看著路岸說：「別說，你倆笑起來還真有點像，都挺……」她心裡想的是，都挺可愛的，斟酌了一下改成：「……都挺真誠的。」頓了頓，又補充說：「盛冬日很崇拜你的呢。」

路岸無言以對，只能搖頭。

「快到站了，我們走吧。」任霏霏站起身來，「在火車上，你給我說說姜塵的事吧。」

5

那就從頭說起吧。

我的父母很早就過世了，是奶奶把我撫養長大的。上小學時，我和盛冬日就認識了。他的父母忙於做生意，沒工夫管他，連吃飯都有一頓沒一頓的。我奶奶聽說之後，就讓我把他帶回家一起吃飯。結果，盛冬日就成了我奶奶的另一個孫子。他比我會拍馬屁，懂得討老人家的歡心，所以我時常覺得，奶奶疼他比我還多些。（笑）

後來，我們又上了同一所中學。我們的家鄉海城是一座歷史悠久的古城，東面臨海，市區面積雖然不大，人文氣息卻非常濃厚，還擁有一所大學——海城大學。海城大學在全國高校中的排名算不錯的，有幾個專業名列前茅。考慮到奶奶年紀大了，我又是她唯一的親人，所以高考時，我就沒打算考到外地去，而是鎖定了海城大學。

唯一需要選擇的是專業，起初我挺迷茫的，是姜國波讓我打定了主意。

高三的上半學期，學校裡安排我們去海城大學參觀，感受一下大學的氛圍，這也是大學招生的準備工作之一。很湊巧，那次我旁聽到了考古系的一堂課。考古系是海城大學最著名的科系，那天上課的正是考古系的教授姜國波。他的板書很漂亮，講課的時候也很有風度，這些都給人留下很好的印象。但真正吸引了我的，是姜國波在那堂課上講述的，良渚古城的考古過程：最初發現的只是幾座帶玉器的墓葬，後來是基座，再後來是城牆。接著，在古城的周邊山坡上又發現了土牆，經研究是古老的水利設施。在城裡發現了碼頭，在城外發現了一些建築聚落，類似於古城的城廓，拱衛著古城。聚落中有不同時期的器物，周圍還有大型的水田遺址……所有這些發現環環相扣，彼此呼應，把它們連綴起來，大約五千年前的良渚文化的點滴就呈現在今人的眼前。從生產力水準、社會組織到技術工藝等等，層層推理出了中國文明的起源。

我記得姜國波在總結時說，考古學是與古人、與田野對話的學科。我當時就覺得，這不正是我理想中的生活嗎？我的性格喜歡獨處，不擅長與人交際，對名利缺乏興趣。即使選讀了實用的專業，我也無法想像自己畢業以後，要麼在機關單位裡搞人際關係，要麼出入高級辦公室跑客戶。我壓根不是那塊料。但是我熱愛自然，嚮往野外生活，尤其喜歡杳無人煙的地方。因為在那裡，就不必和人打交道。所以，長年累月奔波在山川田野之中，尋找和挖掘各種遺址，通過殘磚碎石和數千年前的古人交流，把他們的生活想像並描摹出來，恐怕是最適合我的工作了。

在那堂課結束的時候，我就定下了自己的高考志願，也是終生的事業——考古。

我如願考上了海城大學考古系。盛冬日也考上了經濟管理系。我們又上了同一所大學。大學四年，我最喜歡上的還是姜國波的課。他是發自內心地熱愛考古，這種感情洋溢在他的講課中，使他的課具有了一種不同尋常的魅力。其實，真的念了以後才知道，考古學是一門特別枯燥的學問，因為它的研究物件都是遺跡，是古人甚至史前人類的生活，與現實的距離實在太遙遠了。比起其他實用的學科來，考古學的枯燥中帶著一種虛無感，缺乏現實意義。

然而，只要在姜國波的描述中，這一切卻變得浪漫起來。他總愛說，考古是在和古人對話。他又形容，考古是在尋找失落的記憶。由於文獻的缺乏和遺落，許多記憶消失在時間的長河中。

考古學者的使命就是把這些記憶找回來。姜國波曾經在課堂上反覆強調，不要覺得幾千年前的記憶與我們的現實生活無關，就輕視它們的價值。如果你都不知道那是怎樣的記憶，如何就能肯定它無法影響現世呢？

姜國波還是一個頗為特立獨行的學者。他每年都要花好幾個月從事田野發掘的工作，研究成果豐碩。但在正經八百的研究之外，他還會投入相當的精力去做一些純屬興趣的事，比如研究古人的風流韻事，再比如，對上古神話的考證……他有許多奇思妙想，其中最有趣的一個觀點就是——傳說中的上古神獸很可能是存在的。

聽到這裡，任霏霏忍不住插嘴問：「什麼是上古神獸？」

「就是存在於神話傳說中的動物，也可以稱之為妖怪。」

「恐龍嗎？」

路岸微笑了，「恐龍是中生代時，地球上確實存在過的動物，有化石為證。而上古神獸嘛，普遍認為是古人想像出來的。傳說中最古老的神獸是太陽燭照和太陰幽熒，類似於日神和月神，現在已經很少有人知道了。比較常被提起的神獸是四靈：青龍、白虎、朱雀、玄武。此外林林總總的不少，為人所熟知的有麒麟、鳳凰等等。哦，還有一個凶獸你想必聽說過，饕餮。」

「明白了。可這些都是迷信吧？」

「一般是這麼認為的。」

「可姜國波為什麼說它們是存在的呢？」

「姜國波的觀點是，我們所認為的，實際上都是在某種觀念指導下的看法。比如風雨雷電，在持科學觀念的現代人看來，是自然現象。但在古人看來，就是神怪之力。姜國波的觀點是，這兩種看法都沒錯，差異只在於它們的哲學基礎。」

「……我不太理解。」

「其實就是一種唯心的理論。當代中國的哲學體系是建立在唯物主義基礎上的，我們從小接受的教育也是唯物論的，所以比較不好理解。」

「那妖怪到底有沒有呢？」

「按照姜國波的理論，相信妖怪，就能看見它們。所以對於古人來說，妖怪是真實存在的。但對於我們來說，因為不信，就看不見，妖怪也就不存在了。簡而言之，信則有，不信則無。」

「還是迷信啊。」任霏霏皺起眉頭，想了想又說，「我不能同意。你說，現代人都沒見過恐龍，但有化石為證，說明它曾經存在過。如果妖怪在古代是存在的，那麼也應該留下一些證據，比如化石什麼的吧？」

「化石是留存下來的古生物遺體。但如果妖怪至今還活著，也就找不到遺體了。」

「妖怪能活那麼久？」

「傳說中的妖怪都能活成千上萬年的。況且，即使沒有化石證明它們的存在，但在古人的岩壁畫上、青銅器上、各種傳說的畫本中，都有妖怪的形象。對此，姜國波還有一種理論：被遺忘才是真正的死亡。只要還有人記得，就不會死，不會滅亡。」

「這……」任霏霏想反駁，又有些詞窮，便問，「你呢？你怎麼認為？」

路岸沉吟了一下，說：「我認同姜國波的看法。只要還有人記得，就不會消亡。」

「啊？」任霏霏感到不可思議。

「扯遠了，還是說回姜國波和姜塵吧。」

妖怪理論，只是姜國波的種種「異端邪說」之一。他有著最常見的學者的外表，其貌不揚，還有些木訥，但他的學說卻充滿了激情，天馬行空，富於想像力，不像嚴謹的科學研究成果，反而更像浪漫的藝術創作。

在學校裡，姜國波絕對是一個異類。他沉迷在和古人與自然的對話中，但大學終究是一個現實的人際社會，教書和治學，都不可能脫離約定俗成的規範。姜國波的理論被指缺乏科學精神，雖然他自己不在乎，仍然在課堂上津津樂道，但這也使得他多年來始終只是一個普通的教授，職稱停滯不前，學術帶頭人之類的稱號也與他無關，出書上電視做講壇節目等等更是輪不到他，甚至連研究生都招不滿，因為跟著他，遠不如跟著別的教授有諸多機會。

我倒不介意那些。我選擇海城大學考古系，至少一半的原因是姜國波，所以我早就計畫好了，本科畢業就申請姜國波的碩士研究生。可我怎麼也沒想到，就在大學四年級開始的時候，姜國波從海城大學辭職了。

當我得到這個消息時，姜國波已經離開學校了。我只好貿然去了他家，想找他當面聊一聊今後的計畫。導師都沒有了，我還要不要考研究所呢？

在姜國波的家裡，我並沒有見到他，卻見到了他臥床不起的病妻和他的女兒姜塵。姜國波的妻子告訴我，姜國波應聘了一家私人博物館，到北京上班去了。她說自己得了重病，需要一大筆錢治療。姜國波在大學教書多年，兩袖清風，根本沒什麼積蓄。私人博物館開出高薪，姜國波才不得已接受了。

那天在姜國波家中所看到的一切，既現實又殘酷。他的家又舊又破，他的妻子奄奄一息，而他的女兒姜塵……當時還在讀高中，卻和我所認識的其他女孩都不一樣，始終沉默地躲在陰暗中，就像一片黑色的剪影。從我進家門到離開，她都沒有開口說過一句話。我連她的模樣都沒看清，只記得她縮在沙發裡，懷裡抱著一隻大號的毛絨凱蒂貓。那個家連同姜塵都是灰濛濛的，唯獨凱蒂貓是粉紅色的，所以給我留下了深刻的印象。

沒過多久，奶奶因病去世。我忽然發現，讓我留在海城的理由都消失了。我決定申請美國的研究所，去國外繼續學習考古。接著就是畢業考試和論文、準備GRE、投申請資料等等，最終順利地拿到了美國密西根大學的通知書。

臨出發前，我聽說姜國波的妻子病逝，姜國波回家來料理後事。於是我又去了一趟他家，算是與他告別。

6

才一年多不見，姜國波好像老了十歲。牆上掛著妻子的遺像，彷彿對他無聲的譴責。他在虛無縹緲的學術迷思中沉醉太久，忘記了現實中一家之主的責任。待想亡羊補牢，怎奈為時已晚。

姜國波的精神似乎也被妻子的死擊垮了，路岸和他的談話斷斷續續，見他毫無心緒，只得匆匆告辭。剛走下樓梯，姜塵卻從背後叫住了他。

姜國波的家在一棟老式民宅裡，樓道裡堆滿了雜物，牆上滿是紅色和黑色顏料寫的手機號碼，從搬家公司到老中醫應有盡有。空氣裡飄蕩著一股漚餿的味道，不知什麼正在悄悄腐爛。樓道裡沒有窗，只能靠底樓敞開的鐵門送進光線和空氣。

姜塵站在樓梯的上一層，面孔隱在暗處，所以他仍然看不清她的樣貌，只知道她很瘦，全身裹在厚厚的外套中。

她居高臨下地說：「我想跟你走。」

路岸沒明白她的意思，「跟我走嗎？去哪兒？」

「隨便什麼地方。」她的聲音微微顫抖著。

路岸更摸不著頭緒了，「……為什麼？」

「媽媽去世了，我不用再照顧她。我想離開家，離開這裡。」

「可是，你還有爸爸啊。」

頓了頓，姜塵說：「求你帶我走吧，我再也不想待在這個家裡了。」

路岸完全不知所措了。遲疑片刻，才憋出一句：「你爸爸……姜教授知道嗎？」

姜塵沒有回答。

「那，你還是先和他商量吧？」路岸想溜。

她問：「你不願意嗎？」

「我覺得，你應該先徵求姜教授的意見。」路岸朝她點點頭，「我先走了，再見。」便急忙往樓下走去。

走了幾步，他又覺得心中不安，不由自主地停下腳步，向上看去。姜塵仍然站在原處，一動不動。從他的角度望過去，恰好有一抹熹微的光線落在她的臉上。

她在哭，淚流滿面。

路岸一下子懵了，走也不是留也不是。忽然，他從背包裡翻出紙筆，寫上自己的郵箱地址，跑上樓塞進姜塵的手裡。

「這是我的郵箱，你今後有事，就給我寫郵件。」說完，他便飛快地逃出了那棟民宅。

「那是我最後一次見到姜塵。」路岸說，「我總共見過她，兩次。」

良久，任霏霏才問：「她給你寫過郵件嗎？」

「沒有。」

兩人都沉默了。新幹線的列車開得又快又穩，車廂裡靜悄悄的，輕微的機械噪音富有韻律和節奏，帶給人一種奇異的出世之感。窗外是暮色蒼茫中的日本原野，比平時更顯得憂鬱而清冷。遠山暗影中，還能看到未及融化的積雪，軌道旁不時掠過的日式小屋前種植的櫻花樹，依舊只見深褐色的枝椏，一蓬一蓬的在風中搖擺著。

任霏霏的心中莫名失落。在得知路岸要追尋姜塵的下落時，她就抱有了某種浪漫的想法：愛情，一定是生死不渝的愛情呀！她被自己的想像感動了，所以主動要求陪路岸來日光。

路岸的講述卻打碎了她的美好幻想。居然，只是因為愧疚嗎？雖也有其動人之處，但對於任霏霏來說，就好像原本期待著一塊玲瓏剔透的寶石，得到的卻是一片清冷孤寒的月光。儘管都很美，但前者是她可以捧在手心裡把玩的，後者卻只能憑欄遠眺了。

路岸打破了沉默：「也許在姜塵的生活中，根本就遇不上能夠信賴的人，所以才會向我提出那麼唐突的請求吧。」

「應該是吧。」

「姜塵讀初中的時候，媽媽就得病了。姜國波對日常生活一概不理，家庭的重擔全部落在姜塵的身上。家裡這種情況，使她根本交不上同齡的朋友，也沒有同齡人的快樂生活。高考前夕，恰好遇上母親病危，所以姜塵的高考成績不理想，沒能考上大學。她求我帶她走，肯定是太想擺脫原來的生活了。可是……我卻拒絕了她。」

「但當時那種情況下，你也只好拒絕吧，總不可能帶她去美國。」

「我至少應該做些什麼。」

「你能做什麼呢？」

路岸默默地搖了搖頭。

過了一會兒，任霏霏又問：「後來呢？」

「後來我就去了美國。二〇一一年的三月十一日，我在美國聽說日本發生了大地震和海嘯，和大家一樣唏噓一番。但實話說，總覺得那是一個與自己離得特別遙遠的災難。直到幾個月後的一天，盛冬日突然打電話給我，我才知道姜國波父女在日本出事了。我怎麼都不敢相信是真的……」路岸抬起頭，看著任霏霏問，「你說，如果我當時沒有拒絕姜塵，事情會不會就不一樣了？他們……她，是不是就不會遇上那場災難？」

「胡說！」任霏霏正色道，「這我可得糾正你。你的心情我理解，你覺得對他們父女有歉疚，良心上感到不安，這些都可以理解。可311是天災啊，誰都想不到姜國波會帶著女兒，恰好挑在那一天跑到仙台港區去。他們遇難，絕不是你該承擔的責任。」

「可我總覺得自己不是東西。」

「你……」任霏霏嘟囔，「你非要這麼想，那就沒辦法了。」

「就算我不能帶姜塵離家出走，至少應該想辦法幫她改變生活狀況。比如說，介紹她去盛冬日家的鞋廠上班……總有辦法可想的，可我卻什麼都沒做，是我太冷漠，讓她失望了。」

「姜塵不是也沒給你寫郵件嗎？」

「假如你是姜塵，你會寫嗎？」

任霏霏嘆了口氣，「不會。」忽然，她想到一個問題：311大地震都過去五年了，為什麼路岸現在才想起來追溯往事？但是，她問不出口。

火車在一片寂靜中行進著。

良久，路岸喃喃地問：「你說，我能找到姜塵嗎？她還活著嗎？」

任霏霏說：「你剛才不是說到，姜國波有一種理論：被遺忘才是真正的死亡。只要還有人記得，就不會死，不會消亡。」

路岸的神色一凜，「說得對。所以，必須趁我還記得……」

「你聽。」任霏霏把一邊耳機遞給他。她的手機裡在放一首日文歌，女歌手的聲音婉轉低沉，旋律裡有一種無法形容的動人意味。

她問：「知道山口百惠嗎？日本的一個老歌星。」

「知道。姜國波很喜歡她，辦公室裡就放著她的CD。」

任霏霏輕聲說：「這是山口百惠的一首老歌，歌詞是：

『當我面向即將融雪的北方天空，

高喊著那些逝去往日曾有過的夢想時，

一去不回的人們，掠過我熾熱的胸臆。

就從今天起，我將展開一個人的旅程。

啊，在日本的某個地方，有人正在等待著我。

良日，啟程……』」

日光火車站很迷你，其實就是一所蓋在鐵軌外側的小平房。從車站的另一頭出去，便來到一個站前小廣場。這是今天的最後一班JR日光線，除了路岸和任霏霏，同車只下來了幾個身穿衝鋒衣手持登山杖的老外。

問詢窗口早就下班了。櫃檯上的文件盒裡擺著火車和巴士時刻表，牆邊的書報架上插著旅遊宣傳單，各種文字齊備。路岸挑了簡體中文的，才拿到手裡，任霏霏就在外面喊他，巴士來了。

日光東武巴士沒有編號，全靠顏色區分。赤橙黃綠紫藍，一共六條線路。巴士裡寥寥坐了幾個人，任霏霏拉著路岸在車門邊的座位坐下，小聲說：「我們先去市役所，那裡是中心區域，每種顏色的巴士都停，隨便搭。」

巴士在火車站前廣場繞了一圈，便調頭朝市內的方向開去。暮色深沉，鐵軌後的山巔上升起一輪孤月，把山頂的茂樹照成了一片朦朧的青白色。火車站中還亮著幾盞黃燈，對面的房子則一片漆黑，除了幾個候車的老外，整個廣場上再無其他人影。

路岸突然領會了任霏霏的話——到了日光，才算到了真正的日本。

巴士在一條狹窄而曲折的道路上行駛著。兩旁都是一棟連一棟的和式建築，兩、三層樓高，小巧簡潔，白天可能是販售旅遊紀念品的鋪子或者飯館，現在都已關門閉戶，只有屋簷下懸掛的紙燈籠散發出溫柔的光。屋子後面是一層層的群山，連綿起伏的山脈漸漸融入夜色之中。

巴士在一片肅穆寧靜的氛圍中悄然前行，車廂內沒人說話。偶爾停靠，也只有下客。路岸掃了一眼手錶，剛過七點。他一驚，在任霏霏的耳邊問：「電信局現在還開門嗎？」

「早關了。」

「那我們……」

「噓！」任霏霏一拽路岸的背包帶，「到了。」

兩人剛跳下車，巴士便悠然遠去了。又是一個小廣場，對面有一棟稍成規模的穹頂建築，想必就是日光市役所。廣場上的路燈稍亮些，不再給人電力不足的錯覺。

路燈下有一塊畫著地圖的牌子。任霏霏在圖上細細地查看著，對路岸說：「日光是個小地方，市役所就等於政府綜合辦事樓，電信局之類的機構都設在裡面。」

「可是已經關門了？」從這個角度就能清晰地看到，市役所的大門緊閉。

「人家五點半就下班，我們來得太晚了。不過……」任霏霏伸出手，指著圖上的一處，「那個地方二十四小時都有人值班的。」

日光警署。

7

從地圖上看，警署離得不遠。認準方向，走了幾分鐘後，道路左側出現了一條河。天完全黑了，看不清河面，但湍急的水流聲一路相傍。夜風中的寒氣更甚，周遭開始有了一種山野的味道。

忽然，任霏霏指著前方說：「你看，就在那兒。」

亮著一個英文字母「P」的燈箱下面，一棟長方形的房子立在公路邊，有點像一座加油站。

任霏霏說：「你等著，我進去問。」

路岸問：「為什麼不讓我去？」

「你語言不通，去了也白去。」任霏霏理直氣壯地說，「只我一個人去，員警叔叔們肯定更樂意幫忙。」

聽上去很有道理，路岸只好點頭，「那我在外邊等你。」

「不行，最好別讓裡面的人看見你。」任霏霏指著馬路對面說，「喏，你去河那邊等著吧。」

路岸只得遵命。他看著任霏霏按了警署的門鈴，玻璃門打開，放她進去之後，才過到馬路對面，靠在河堤上望著警署。

河水在身邊流淌，水流聲轟隆隆的，腳下的地面似乎也隨之輕顫。路岸微微合上眼睛，任潮濕的寒風拍打在臉上，彷彿又一次置身於久違的曠野之中。

在密西根大學拿到考古學碩士學位後，本來應該繼續攻讀博士，但路岸看到了一則聯合國教科文組織下屬的文物保護機構的招聘啟事。該機構和國際刑警組織合作，在全球範圍內打擊文物走私與地下交易，需要考古學的專業人士加入。路岸前往應聘，憑藉優異的專業背景和綜合素質得到了這個職位。

之後的幾年，路岸是在北非、中亞腹地和南美的叢林中度過的。他終於實現了選擇考古專業的初衷：一年中有三百多天待在野外，跋涉在山川、沙漠、叢林和荒原之間，從一個遺跡走向另一個遺跡，與各種背景的盜墓賊和文物走私販子鬥智鬥勇，搶在他們前面，把應該屬於人類共同財產的珍貴文物保護下來。

這是一個極其艱苦的工作，每天都會面臨各種各樣的風險。對於考古學者來說，又算不上真正的研究工作，無法達成學術上的成就。為數不多的幾名同事，很快就走得只剩下路岸一個人，而他卻堅持了下來，直到幾個月前發生的一樁意外，才使他不得不離開。

這幾年來，他彷彿一直在追尋著什麼，又彷彿在逃避著什麼，他不清楚那具體的緣由，只是在不停歇地孤獨奔波著。當這段長長的旅途戛然而止，回到城市中生活，路岸驀然發現，自己已經不太能適應時時刻刻與人打交道了。

想來可笑，作為一個獨自跑遍了全球六大洲的男人，今天居然要由一個女生陪著從東京到日光來。當然，路岸心裡明白，使自己萌生怯意的絕不是可笑的日式英語。

那又是什麼呢？

路岸睜開眼睛，嘆了一口氣。

他想起在車站拿的旅遊宣傳單，就把它從背包的外袋裡掏出來，在路燈光下勉強看到：這條河的名字叫做大谷川，自霜降高原而下，在前方的山谷中與田母澤川交匯。

默唸著這些陌生的日本名字，路岸越發有了一種不可思議的感覺。此時此刻，自己竟會來到這個一無所知的地方，尋找一個被認定在五年前就已死亡的女孩。

姜塵，雖然只見過她兩次，但路岸知道，她是一個怯懦內向不見世面的單純女孩。就算她真的從311大地震中幸運逃生了，他也無法想像她獨自一人生活在異國他鄉。

這可能嗎？路岸自嘲地搖頭，我大概是瘋了吧。

「喂！」任霏霏突然出現在他面前，「你發什麼呆呀！」

「問到了？」

任霏霏晃了晃手裡的一張紙，「有我出馬，什麼搞不定。」

紙上是用原子筆畫的簡易地圖。任霏霏說：「那個號碼是一個公用電話亭的。神奇吧？日本到現在還有不少這種公用電話亭，尤其是鄉下，不像中國，差不多人人都用手機。」又指著圖說，「你看，還挺近的，沿著這條河往前走，員警說最多五分鐘就到。」

「太好了！」路岸拎起背包就要開步走。

任霏霏攔住他，「等一下，我還有個問題。」

「嗯？」

「去看了公用電話亭後，怎麼辦呢？」

路岸一愣——是啊，他事先並沒有想到，那是一個公用電話。如果姜塵昨天夜裡用過那個公用電話，並不等於她今天、此刻，還會在那裡。所以現在過去，又能發現什麼呢？

他說：「去看了再說吧，說不定正好能遇上姜塵？」

任霏霏朝他翻了個白眼。

路岸尷尬地說：「至少能瞭解一下周邊的環境。她是半夜十二點打的電話，應該就住在那附近吧。」

「嗯，這話還有些道理。不過我已經向員警叔叔打聽過了，公用電話亭旁沒有監視設備，所以我們也不可能像電影裡演的那樣，把監視錄影調出來一看，就真相大白了。」

「明白，這裡是日本鄉下，不能靠高科技。」

「那靠什麼呢？」

路岸認真地想了想，說：「靠神明吧。」

五分鐘之後，他們就站在了公用電話亭前。

大谷川的濤聲還近在耳邊，河面卻被新出現的一片房屋擋住了。一棟又一棟獨立住宅排列得疏密有序，每棟住宅前都有一個小院子，樹葉從院牆上探出頭來。院外停著小汽車，每一輛都乾淨得反光。這裡應該是個比較好的住宅區。一條小巷穿過住宅區，向黑暗的前方延伸。主路和小巷交叉的十字路口，電話亭孤立一隅，亭裡亮著燈，像個玻璃水晶的柱子，在黑沉沉的夜色中閃閃奪目。

亭子裡空空蕩蕩。

路岸拉開門，進入電話亭。只見一台款式陳舊的按鍵電話懸掛在金屬面板上，下方的小擱板上，擺著一本厚厚的黃頁。他拿起來翻了翻，沒有夾頁，也沒有可疑的字跡。金屬面板和四周的玻璃乾乾淨淨。電話亭的內外纖塵不染，充分體現日本式的整潔。

路岸拿起電話，撥通了自己的手機。他看著手機上的來電顯示，沒錯，正是記在紙上的號碼。剎那間，他有幾分激動，又有幾分失落。

任霏霏從外面敲了敲玻璃，「有什麼發現嗎？」

路岸搖搖頭，環顧著四周，說：「這個住宅區看起來還不錯，也許……她就住在其中。」

「我覺得不像。你看看這些人家，像裝不起電話的嗎？有什麼必要半夜三更跑到外面來打公用電話呢？這個公用電話亭，是為旅遊者服務的。」

路岸無話可說了，再看一眼任霏霏，披肩長髮被夜風吹亂了，露出些許疲態。這一天，還真是辛苦她了。

於是他說：「要不，我們先找個地方住下？別的明天再說。」

「也好。」任霏霏低下頭，邊滑手機邊說，「原先不知道會找到哪裡去，所以我沒敢訂旅館。好在是淡季，問題不大。我看看……附近倒是有兩家旅館，你想住貴一點還是便宜一點的？」

路岸心頭一動，「最近的一家在哪兒？」

「最近的一家？嗯……沿著這條巷子一直往前走，有一家小旅館，叫魁之庵。」

「魁之庵？」路岸有點驚奇，「是旅館的名字？」

任霏霏沒好氣地回答：「放心，不是尼姑廟。你等著，我問問還有沒有房間。」她撥通手機說了幾句，掛斷後對路岸說，「還真有兩間房，去不去？」

「去！」

路岸的心頭再度升起一絲隱約的期待。假如姜塵並非本地居民，而像他們一樣，只是途經的過客，那麼她必然要住旅館，而且很可能就住在附近！

不過——他心裡嘀咕著，魁之庵，這個名字也太怪了吧。

小巷蜿蜒下行，兩側的窗戶裡都是漆黑的。路岸心裡嘀咕，還沒到九點呢，日本人睡得這麼早？整片區域裡彷彿只有他們兩個活人，腳步聲帶著回音，伴著越來越響亮的嘩嘩流水聲。

忽然，眼前豁然開朗。小巷已到盡頭。前方是一座鐵橋，架在黑黢黢的溝壑之上。憑聽覺可知橋下水流湍急，但河面被夜色遮蓋得嚴嚴實實，看上去就是一整片的黑。

住宅區到此為止了，鐵橋的對面，山影重重，好似杳無人煙。

任霏霏看看手機，「過了這座橋向右轉，旅館很近了。」

路岸說：「我怎麼覺得，過了橋就該進山了？」

任霏霏也有些拿不準了，「你等等，我再滑一下……糟糕！」

「怎麼了？」

「沒信號了。」

路岸一看自己的手機，不知何時信號也消失了。

任霏霏問：「還要往前走嗎？」

她的話音中有些不安，更多的卻是躍躍欲試。路岸反倒猶豫起來。

任霏霏拔腿就走，「怕什麼，還真能見了鬼不成？」

路岸才一愣神，她就已經飛快地上了鐵橋，三步併作兩步到了橋中央。路岸剛要跟上，卻瞥見一團黑影，從鐵橋的外側冒出來。任霏霏正好與其擦身而過，毫無察覺，但路岸卻看得分明，從那團黑影中伸出一隻大手，猛地朝任霏霏的後背抓去！

「霏霏，小心！」路岸大叫一聲，衝上橋面。

不知從何而來的白霧瞬間將他包裹住了。四周一片濃重的白色，什麼都看不見了。水流聲震耳欲聾，哪怕說腳底下是萬丈深淵，也由不得人不信。

路岸都要急瘋了，一手扶著橋欄杆，一手向前摸索，「霏霏！霏霏！你在嗎？！」

「撲通。」似有什麼墜入水中。緊接著，濃霧倏地散去，就如來時一樣突然。頃刻間，周遭的景物清晰如前。路岸舉目一望，任霏霏已經站在了橋的另一頭，正滿臉疑惑地朝他看著。

「路岸，你愣在那裡幹嘛？過來呀。」

路岸定了定神，任霏霏安然無恙，使他狂跳的心略微平緩了些。他邁步向橋對面走去。經過剛才冒出黑影的地方，路岸停下腳步，朝欄杆的外側張望了一下。可是實在太黑了，看不出什麼。他又伸手摸了摸橋欄杆，黏黏濕濕的。鏽蝕中，隱隱有幾道抓痕。

鐵橋並不長，再走幾步就到頭了。來到任霏霏身邊時，她不解地問：「你在橋上幹什麼呢？」

「霏霏，橋上剛才是不是起了一陣濃霧？」

「霧？」任霏霏瞪大眼睛，「沒有啊。」

「你什麼都沒發現？」

「我……應該發現什麼嗎？」

路岸緊皺眉頭，「我喊了你好幾聲，你聽見了嗎？」

「沒有……」

「那你在橋上的時候，有沒有碰到什麼東西？」

任霏霏毛骨悚然地說：「路岸，你可別嚇唬我啊！」

「沒有任何感覺？」

「真沒有啊。」

兩人一齊朝橋上望過去，此刻的鐵橋看來毫無異樣，既沒有白霧，也沒有伸手的黑影。

路岸不由自主地握緊雙拳。從新宿小旅館的夜半電話開始，他就似乎被一步步地引向某種不可思議的境地。而且，所有的詭異現象似乎也只有他才能接觸到。

這究竟是怎麼回事？路岸的腦袋亂作一團，只能先自我安慰：不管是什麼，應該都是衝著自己來的。反正，絕對不能牽連到任霏霏！

「路岸，我們可以走了嗎？」任霏霏在他身邊小聲問，「一直站在這兒，我有點怕。」

「好。但從現在起，我們盡量不要分開行動，一切小心為妙。」

雖然還有些狀況不明，看著路岸的嚴肅表情，任霏霏乖乖地點頭稱是：「知道了。」她掃了一眼手機，「咦？信號又恢復了。」

GOOGLE 地圖顯示，魁之庵已近在咫尺了。

8

從鐵橋下來之後，沿著碎砂石鋪就的小路向右轉，「魁之庵」的長燈籠就豎立在眼前了。兩層小樓掩在樹蔭婆娑中。花崗岩的外牆，比普通的日式民居看起來更結實些。一扇頗具時代感的金屬門闔著，透過門旁整片的落地玻璃窗，可以望見裡面桌椅擺放整齊，像是一個小餐廳，幾盞光線柔和的燈籠點綴其間，散發出溫馨的氣息。

這分明就是一座氣氛祥和的鄉間小旅館。

路岸和任霏霏互相看了一眼。從陰氣森森的鐵橋到這裡，不過十來公尺的距離，就畫風突變，讓他倆都有點兒恍惚，幾乎分不清現實和臆想了。

路岸推開門，讓任霏霏先進，自己緊跟在她身後。

迎面的櫃檯是空的，路岸按了按櫃檯上的鈴，立即有人掀開櫃檯後的布簾迎出來。

任霏霏用日語說：「你好，我們訂了兩……」她的話音突然斷了。路岸順著任霏霏的眼神望過去，也吃了一驚。

出來接待的是一個年輕女孩，瘦瘦高高的個子，身穿白色高領毛衣，外面罩著一襲藍色的圍裙。短髮，五官清秀，左邊的面頰上卻有一大塊顯眼的瘢痕。昏暗的燈光下，乍一眼看去，這副容貌著實有些驚悚，難怪任霏霏會失態。

那女孩似乎也受了驚嚇，呆呆地看著路岸他們，一言不發。

路岸覺得很失禮，連忙捅了捅任霏霏，她反應過來了，頓時漲紅了臉。

接下去便溝通順暢了，很快辦妥入住手續。在登記姓名時，臉上有疤的女孩捏著路岸的護照看了又看。路岸差點兒想說，有問題嗎？她終於看完了，把護照還給路岸，問：「路……安？」

「路岸。」路岸微笑著說。

她指了指胸口別著的名牌，「樹里。」但沒有笑。

第二天路岸才知道，她姓菅，大名叫菅樹里。

辦完入住手續，菅樹里從牆上取下兩把房間鑰匙。路岸借機觀察了一下，牆上有兩排掛鑰匙的鉤子，每排四個，所以總共八個房間。還真是一家小旅館。所有鉤子上的鑰匙都取走了，也就是說，加上路岸和任霏霏，八間房全部住滿了。

他忍不住想，裡面會住著姜塵嗎？

菅樹里先帶他們參觀了小餐廳。小旅館裡沒有廚房，只供應簡單的早餐，住客得自己在外面解決中、晚餐。然後，她領著他們來到走廊的盡頭。朝下看，幾級樓梯通往兩扇並排的小門，門上畫著男女的標誌。

難道是公用廁所？路岸正瞎琢磨著，任霏霏對他說：「沒想到吧，這麼個小旅館裡還可以泡溫泉。她向我們推薦，說是富含礦物質的乳白色溫泉，和日光最著名的八代之溫泉屬於同一水系，緩解疲勞，治療各種肌肉痠痛。」

正說著，標誌為女的小門開了。兩個披著浴袍，頭上紮著毛巾的白人女孩熱氣騰騰地走上來，歡快地向他們打招呼：「哈囉！」

菅樹里又對任霏霏說了幾句。任霏霏告訴路岸：「池子小，每次最多泡兩個人，所以泡湯之前要先到前台登記，大家輪流來。現在男湯女湯都空了，她問我們要不要去泡，晚上九點半關門，還可以泡半小時。」

路岸搖頭。任霏霏說：「我也不去了，今天太累。」

總算參觀結束。先上二樓把任霏霏送進房間，菅樹里又領著路岸往下走。他才知道自己的房間在底層。餐廳和前台佔了底層的大部分空間，所以只有並排的兩間客房。打開外側那間的房門，菅樹里把鑰匙交給路岸，就退了出去。

房間小得出奇，正對門的牆上有一扇紙糊的木格窗。窗下放了一台取暖器，左側的牆邊則突兀地豎著一面大穿衣鏡，除此之外，房間裡空空如也。

路岸站在玄關處，完全不知所措。新宿的旅館雖小，房間裡起碼還有桌有椅有床，這間屋子就只鋪著席子，只能往地上坐了。他把鞋脫在玄關處，一步就邁到屋子中央，卻見自己的影子投在席上，扭曲變形像一頭怪獸。屋子裡就像冰窖一樣冷。從窗外傳來瀑布奔流般巨大的水聲，簡直讓人懷疑，這個房間是不是建在河道之下。

剛剛建立起來的現實感又開始搖搖欲墜。路岸頭疼欲裂，呼吸困難。他來到窗前，用力將紙窗拉開一半，發現後面還安著厚實的玻璃。再想打開玻璃窗，纏著粗鐵絲的把手卻無法移動半分。他只好把額頭貼在玻璃上，讓冰涼的感覺滲透進皮膚。窗外的黑暗結實得像一整塊墨，上面映著自己的臉，有點猙獰。

忽然，他聽到有人在敲門。很輕的一下，又一下。

路岸過去將門打開。

「是你？」

菅樹里半低著頭，顯然是不想讓臉上的疤直接對著他的視線。她的嘴裡嘟囔了一句什麼，路岸領會了她的意思，是要進屋。

路岸連忙讓到一邊。菅樹里脫鞋進屋，迅速地關上紙窗，放下棉布窗簾，扭開取暖器的開關，又拉開壁櫥的門，從裡面抱出被子，飛快地在榻榻米上鋪展開。轉眼間，一個被窩就呈現在屋子中央，取暖器也適時地發揮起作用，房間變得溫暖了。

「謝謝。哦，阿裡嘎多。」路岸祭出唯一的日語大殺器。

菅樹里還是半低著頭，向路岸微鞠一躬，便擦著他的身子出去了，輕捷得像一縷微風。她始終不發一言，也許是明知語言不通，省得囉嗦；也可能是因為容貌的缺陷，在路岸這樣帥氣的年輕男人面前，她終究是自卑的。

這天夜裡，在不停歇的水流聲中，路岸睡得特別沉。不知什麼時候，他猛地從無夢的睡眠中驚醒。屋子裡沒有一點光，但奇怪的是，牆邊的穿衣鏡中卻似有影像在晃動。

路岸半昂起頭，盯著鏡子。他看見了，那是一個女孩在對鏡梳理頭髮。她慢慢地把黑髮束起，紮成一個馬尾，又往髮根處夾了一個 Hello Kitty 的髮夾。

路岸一動不動地看著，沒有去按燈的開關。片刻之後，鏡中微光消散，女孩的形象化為烏有。

第二天早上，路岸洗漱完畢來到餐廳時，任霏霏已經坐在裡面，津津有味地吃著夾了火腿生菜和番茄的可頌三明治。路岸到自動咖啡機前接了一杯黑咖啡，坐到任霏霏對面。

有人把一個盛著麵包和水果的籃子放到他們面前。路岸抬頭一看，正是菅樹里。她仍然穿著昨夜的那件白色高領毛衣，卻改繫了一條黑色短圍裙，還挺像那麼回事的。見路岸朝自己看，她衝著他淡淡地笑了。這是她第一次露出笑容，路岸發現，如果忽略那塊疤痕，菅樹里有著典型的日本女孩的容貌，清秀可人。

籃子裡的麵包香氣撲鼻，任霏霏說：「我剛才看見了，麵包是麵包房一大早送過來的，新鮮烤製。菅樹里一個人要分麵包、準備冷食、擺桌子，工作量還真不小。」

「這家旅館就菅樹里一個人幹活？」

「可能洗滌的工作外包，別的就靠這女孩了。」

路岸問任霏霏：「休息得好嗎？」

她笑而不答，但是眼神明亮臉色紅潤。路岸心中頗感安慰，又問：「昨天也是菅樹里去給你鋪床的嗎？」

「沒有啊。為什麼要鋪床？」

「不鋪床怎麼睡？」

任霏霏一愣，隨即笑道：「我知道了，你住的那間是日式房吧？我住的是西式房，有大床的。」

原來如此。路岸笑著點點頭，一邊吃早餐，一邊觀察餐廳中的其他人。

窗邊的大桌圍坐著一家四口，父母親帶著一男一女兩個不到十歲的孩子，都是淡黃色頭髮的白種人，說話像北歐語系。旁邊的桌前是兩個白人女孩，純正的美國口音，昨天已經遇見過了。再過去一桌，是一對東方老夫婦，慈眉善目，滿頭銀髮梳得整整齊齊，衣著也很雅致體面，像是生活優渥的日本老人。此外還有一張桌子上，單獨坐著一個中年男人，扁平的寬臉、塌鼻子、大嘴、一對瞇細眼，有點像韓國明星餅叔，又有點像日本老電影裡的農民寅次郎。他的手邊放著一本書，邊喝咖啡邊看書，頗具學者風範。這麼一來，路岸又覺得他神似日本大作家村上春樹了。

路岸在心裡計算了一下，這些人正好佔掉五間房，加上他和任霏霏的兩間，還剩下一間房。

頓時，他莫名緊張起來：那間房裡住的是什麼人？他還沒開口，任霏霏就察覺到了，問：

「你在想什麼？」

路岸說了自己的想法。

「你等等。」任霏霏看菅樹里收拾餐具經過桌邊時，很自然地和她聊了幾句。待菅樹里離開，任霏霏低聲對路岸說：「她說，所有入住的客人都在餐廳裡了。」

「不對啊。那剩下的一間房裡住的是誰？鑰匙沒有掛出來。」

「這話我可不好直接問，得找機會觀察。」

路岸想了想，說：「別觀察了。你現在就去對她說，我住不慣日式房，要換房間。」

任霏霏站起身，到櫃檯前去了。路岸刻意不朝她看，卻發覺一道目光落在自己身上。他抬起頭，只見那個獨坐的中年男子收起書，正要插到牆邊的閱讀架上。他回頭向路岸意味深長地笑了笑，走出餐廳。

任霏霏回來了。

「菅樹里說，剩下的那間空房廁所壞了，等待維修，所以不能住，況且那間也是日式房。人家說，如果你確實不愛住日式房，可以和我換嘛。還有啊，我問過了，昨天和前天入住的就是這幾個人，除了你、我是昨晚新入住的，其他人員沒有變化。也就是說，至少在過去的三天裡，魁之庵中根本沒有過一個單身的中國女孩。」

路岸沉默片刻，問任霏霏：「你的房間裡有穿衣鏡嗎？」

「浴室裡面有大鏡子。」

「不是，是單獨的落地鏡子，可以搬動的那種。」

任霏霏很訝異，「當然沒有。」

路岸不說話了。

過了一會兒，任霏霏問：「現在怎麼辦？線索斷了？」

路岸說：「吃完早餐，我們出去走走。沒有線索，總有風景吧。」

9

城市中擁擠的環境和無處不在的燈光，使得白天黑夜的差距不那麼大。但到了野外，白天和黑夜的景色卻往往截然不同，彷彿換了一個人間。

天藍極了，昨夜使人望而生畏的群山顯露真容，春意尚在一點點延展開來，但枯黃的枝頭都已經覆蓋上了一層薄綠，輕輕淺淺的，讓人心生歡喜。此地的山勢均不高，綿長柔緩的脈絡並無壓迫感，卻別有一種日本式的靈動輕盈之美。

原來，小小的魁之庵就坐落在山腳下。碎石路從門前經過，一頭伸向密林深處，另一頭則通往市鎮中心，也就是昨天路岸和任霏霏來的方向。

沿著小路拐一個彎，前面就是那座鐵橋了。

現在可以看清楚了，大谷川的河水從橋下洶湧而過，一直流向群山之中。河道並不深，水流清澈湍急，河水在鵝卵石堆砌起的河堤上濺出白色的泡沫，澎湃聲一如昨夜。路岸不禁啞然，這水的深度剛剛及腰，就算掉進去也死不掉。反倒是水流的速度太快，萬一被沖到下游去，就不好說了。

魁之庵的一側沿堤而建，直達河面的牆上有好幾扇窗。路岸輕易地從中找出了自己房間的那扇。難怪水聲那麼大，窗戶就對著河道。

鐵橋上，北歐來的一家四口正在指手畫腳地賞景。見到路岸和任霏霏，爸爸興奮地招呼：

「Could you please take a photo for us?」

路岸接過他的單眼反光相機，連按數張。鏡頭中的四張臉都笑得燦如春花。北歐爸爸還主動要幫路岸和任霏霏照合影，估計是把他倆當情侶了。路岸婉拒，一家人這才開開心心地走遠了。

路岸走上鐵橋。山風順著河道迅疾地刮到臉上，雖冷，但不凌厲，已經有了一點春風的和煦。沒有詭異的白霧，也沒有於無聲處伸出的黑手。朗朗乾坤，明麗風景，讓昨夜的惶恐失態顯得特別無稽。

任霏霏緊跟著來到他身旁。路岸對她說：「我給你拍照吧。」

任霏霏把手機交給路岸，自己站到鐵橋的欄杆旁，擺了個姿勢。路岸對著她按了幾下鍵。他從鏡頭裡看見了什麼，便把手機還給任霏霏，自己來到欄杆旁蹲下。

這座鐵橋是由數根柱子架起在河道中的。就在橋中央的一根立柱上方，路岸發現了兩個黑泥鞋印。

「這是什麼？」任霏霏問。

「鞋印。」路岸說，「你不覺得奇怪嗎？這裡怎麼會有鞋印？」

「好像是……有人攀爬在柱子上？」

「沒錯。而且他的雙手就抓在這裡。」路岸指給任霏霏看欄杆上的抓痕，恰好位於鞋印所在的立柱上方。從鞋印和抓痕的大小，以及攀爬所需的體力和柔韌度可以判斷，這是一個健壯的年輕男人。

他沉吟著說：「看來，昨天夜裡我見到的黑影，就是這個人。」

「黑影？」

路岸把昨夜橋上的情形告訴了任霏霏。

「可我什麼都沒發覺啊。」任霏霏的臉都發白了。

「這一點是很奇怪。我先前還在懷疑，是不是那時產生幻覺了？但是你看，這些腳印和抓痕，都是真實的，證明我沒看錯，更沒有產生幻覺。昨夜你上橋的時候，確實有人就攀爬在橋欄杆外面。他曾伸出手去抓你，恰好在那個瞬間，橋上起了一陣濃霧。然後我便聽到了落水的聲音。現在回想起來，應該是那個人跳入了河道。」

「怎麼會這樣？他想幹什麼？」想像著一個盤踞在橋欄杆上的「蜘蛛人」，先是伸手來拉拽自己，後來又默默地隱在黑暗的河水中，留意著他們在橋上的一舉一動。任霏霏後怕不已。

「不知道。但更不可思議的，是那陣突發的濃霧。」

路岸心想，攀爬在鐵橋上的人不可能是特意等候他們的，也許他只是湊巧見到任霏霏上橋，平白動了邪念，又或者僅僅想來一次惡作劇。但不管怎樣，那陣突如其來的濃霧遮蔽了路岸的視線，使他無法接近身處險境的任霏霏。如此看來，濃霧像是惡意的。可是濃霧一起，攀在欄杆上的人就落了水，於是任霏霏毫髮無損，濃霧又似乎保護了她。

「我自始至終都沒見到什麼霧啊。」任霏霏心有餘悸地說。

這才是最蹊蹺的地方。他看得見，她卻看不見。從升起至消散的片刻，這陣濃霧彷彿把他們隔開在了兩個空間。

那真的只是一陣霧、一種自然現象嗎？還有神秘的「蜘蛛人」，是純屬偶然撞上的，還是邪惡的必然？以及，這一切和他正在尋找的，生死未卜的姜壆之間，存在什麼關聯嗎？

路岸從旅遊宣傳單上瞭解到，日光的遊覽線路主要有兩條：一條叫龍尾之路；一條叫憾滿之路。龍尾之路的起點在市役所附近的神橋，沿途有本宮神社、日光山輪王寺、東照宮和二荒山神社等景點，最遠端在龍尾神社和稻荷神社，步行來回三小時左右，是大多數遊客來日光的必行路線。

然而另一條憾滿之路，卻更能引起路岸的興趣。

憾滿之路也從市役所起，沿著大谷川的河道向前，穿越魁之庵後面的植物園，一直進入植被茂密的山野深處。這條路上沒有太多名聲赫赫的古蹟，神社也都是小規模的，以保存完好的自然風貌為主，途經名為憾滿之淵的深潭，一直去往中禪寺。據說，這是千年來僧人所走的路。而這條路線的名字：憾滿，也於冥冥中應和著路岸的心聲。

但他還是聽了任霏霏的，先去龍尾之路。任霏霏在日本這幾年，居然還沒機會到日光來。她想先睹名勝為快，另外對於大谷川旁的山野小徑，即使大白天裡走，她也有些發怵。

於是他們從紅色的神橋開始，沿著石徑向上攀登。山道兩側的古杉筆直地插向藍天，擋住了山風，也擋住了陽光。溫度明顯低於山下，遊人三三兩兩，山道並不顯得太冷清。

在為祭祀德川家康而建的神社東照宮裡，參觀「勿聽勿看勿言」的三隻猴子。趁任霏霏忙於自拍，路岸把她和猴子們拍在一個畫面裡，發給了盛冬日。不出所料，盛冬日果然還沒睡，很快就回覆了一個大大的讚，緊跟著一條留言：「別忘了替我說好話！」

路岸回覆：「說著呢。」心裡卻想，真夠新鮮的。最近這些年，盛冬日家裡的產業越做越大，他的富二代名聲在外，身邊時常圍繞各色美女。盛冬日也曾誇下海口，只要是自己看上的，無一能逃脫他的手心，甚至大言不慚地宣稱：一個香奈兒搞不定的，就來兩個；兩個還不行的，就來一打。雖然路岸對他的此等言行頗不以為然，但也明白，本來就是一個願打一個願挨的交易而已。但讓路岸想不到的是，如今面對一個任霏霏，盛冬日居然只剩下請自己幫說好話這一招，難道他的香奈兒都失靈了？

從手機螢幕裡看任霏霏，她挎著一個小巧的雙肩背包，看不出是什麼牌子，但應該不是香奈兒。

任霏霏和三隻猴子合完影，又興致勃勃地對著彩雕拍起來。東照宮中的建築規式、塑像的造型和色彩，乃至天花上的飛天樂伎，都富有中國唐代的文化遺韻，卻在日本的古蹟中既完好又扭曲地保存著。路岸十分感慨，作為一個考古學者的神思被觸動了。

他知道，姜國波早就神往著一次日本之行。除了對上古時期的妖怪感興趣之外，其實姜國波真正的研究重點是唐朝。日本文化深受中國唐朝的影響，至今保存著不少來自唐代的珍貴文物，也有許多相關的研究成果和著名學者。所以姜國波一直在鑽研日文，翻譯了不少日文的研究著作。海城大學裡的中日交流考察，都由他負責接待日方。他唯一鍾愛的明星，是日本的山口百惠。

路岸還知道，姜國波放棄了學者的清高和學術理想，應聘私人博物館賺的錢，全部換作了醫藥費，仍然沒能挽回妻子的生命。妻子病逝時，姜國波負債累累，卻不願再去私人博物館打工了。此後的兩年中，他光靠寫文章賺稿費還債，生活十分拮据。帶著女兒來日本，對姜國波來說，絕對是一筆大開銷。他是如何湊足旅費，終於成行的呢？他來日本的原計劃是怎樣的？又為什麼會突然改變計劃，轉往仙台？

「路岸，我們走吧。」任霏霏來找他了。

東照宮外，一夥新人的祭拜隊伍把狹窄的山道塞滿了。任霏霏眼珠一轉，「我們到後面去看看。」

繞過圍牆，走入一條參天古木掩映下的小徑，喧鬧聲完全聽不見了。突然，小徑到頭，前方出現一座峭壁，雖不高，但山勢筆直，山壁嶙峋，看上去有點嚇人。峭壁的中央裂開一條縫，縫隙中排列幾尊小小的石頭佛像，無法想像是怎麼放進去的。

任霏霏驚奇地說：「咦，為什麼要把佛像塞在那裡面？讓人怎麼參拜呢？」

路岸說：「我猜，這條裂縫是天然形成的，位於險崖之上，離地那麼高，周圍怪石林立，如同守護的屏障，所以這裡就被當作佛龕了。自會有信奉者捨命爬上懸崖，將佛像送進去，以示虔誠。其實，這種以懸崖上的天然石縫作佛龕的風俗，中國早已有之，日本人是學我們古人的。」說著，他仔細分辨了一下，「嗯，中間的這尊佛像，我看是不動明王。」

「不動明王。吆西！」

一個人影從古杉後閃出來，笑容可掬。正是早晨在餐廳中獨坐的，那位既像韓國餅叔、又像寅次郎，還像村上春樹的大叔。

10

這幾天來，路岸始終處於任霏霏的語言歧視下，突然聽到此君字正腔圓地唸出「不動明王」四字中文，不覺又驚又喜，激動地問：「你好！你也知道不動明王嗎？」

大叔瞇縫著一對小眼睛說：「呵呵，不動明王。吆西！」

路岸：「……」

大叔隨即拋出一長串日語，還衝著任霏霏點頭哈腰。兩人聊得火熱，把路岸丟在了一邊。好不容易等他們告一個段落，任霏霏才對路岸介紹說：「這位是坂本康夫君，日本的民俗研究學者。」

坂本康夫向路岸鞠躬致意，路岸連忙回禮。近看時，坂本的一張圓臉更顯闊大，襯得兩隻小眼睛都有些像岩壁上的佛龕縫隙了。

路岸問任霏霏：「坂本會講中文嗎？」

「他說為了研究方便，學過一些簡單的中文……單詞，比如，不動明王。」

聽到任霏霏的話，坂本連忙又重複了一遍：「不動明王，吆西！」活像一隻得意洋洋的鸚鵡。路岸算是明白了，敢情坂本康夫的中文水準和自己的日文水準堪可一比啊。

任霏霏對路岸說：「坂本誇你專業，因為你一眼就認出了佛岩中的不動明王。他知道我們是從中國來的，所以想向你請教，中國也有類似的佛岩嗎？」

路岸認真地回答：「是有一個類似的。中國唐代時有一位著名的僧人，法號一行，是我國古代的大數學家和天文學家，曾經主持測量過子午線，編制過曆法，還製作了一具水運渾天儀。據說，他用造渾天儀剩下的銅料鑄了三具佛像。三尊銅佛被運到了商州那邊，在古洛源的丹水急流之上，放置於絕壁飛岩的裂隙中，並派了僧侶駐守。古人稱之為銅佛龕，明代時還曾被列為『商州十觀』。現在佛龕還在，但三具銅佛早已不知去向了。」

他說完了，有些擔憂任霏霏無法完整地翻譯給坂本聽。果然，任霏霏微皺眉頭，嘰哩呱啦地對坂本康夫說了一陣，對方仍然表情迷茫。路岸靈機一動，在手機上輸入兩個漢字：「一行」，遞到坂本面前。坂本立刻兩眼放光，一把抓住路岸的胳膊，興奮地大叫：「一行！空海！」拖著他就要往前走。

路岸忙問任霏霏：「他要去哪兒？」

坂本手舞足蹈地跟任霏霏講了一段，她翻譯道：「坂本知道一行法師，還知道一行和日本的弘法大師空海乃是一脈相承。坂本要我告訴你，沿著這條龍尾之路走到頭，龍尾巴上的龍尾神社，就是由弘法大師空海創建的。空海從大唐回日本的次年，就來到了日光，是不是很有意思？他想邀請我們一起前往龍尾神社觀光。」

「太好了。」路岸朝坂本翹起大拇指，「吆西！」

在龍尾神社瞻仰了空海親筆所提的「女體中宮」字匾，又在神泉前品嘗了當年大師用來獻給神靈的泉水。退出神社時，只見唐門前簇擁著一堆年輕人，穿著傳統的和服，正圍在一叢細竹前說笑，熱鬧非凡。

細竹的枝條上密密麻麻地繫滿了神籤，每一片都是用紅色緞帶綁上去的。此時，正有一對青年男女在綁神籤，卻綁得十分費勁，原來他們都各自只用右手的拇指和小指，折騰了好一會兒，才把籤歪歪扭扭地綁好了。圍觀者拍手叫好，兩個年輕人相視微笑，臉蛋都是紅彤彤的。

任霏霏好奇地問：「為什麼要這樣綁？是什麼特別的涵義嗎？」

坂本康夫說：「據說一對男女各用一隻手的大拇指和小指把籤綁到細竹上，這兩個人就會喜結良緣。」

「所以這是求姻緣的？」

「對，這片細竹就叫做月下老人細竹。」

任霏霏轉向路岸，「月下老人，聽到沒有？」

路岸點頭，「日本傳統文化中處處可見中國的影響。這位月下老人想必是中國那位的兄弟，或者說分身。」

任霏霏笑道：「既然供在空海的神社裡，也許這位月下老人是他從中國帶來的？」

「那就應當是元和元年，從大唐而來。」

「元和元年是多少年前？」任霏霏越來越好奇了。

「西元八〇六年，距今正好一千兩百年。」

「哇，一千兩百年前，月下老人搭船東渡日本？不不，他應該會飛，是飛到日本來的。但如果會飛的話，隨時可以來的啊，為什麼要跟著空海來呢？」

「因為他需要弘法大師的引薦。」

「引薦？」

路岸煞有介事地說：「到陌生人家裡去串門，不得有個認識的朋友帶著嗎？就算月下老人是神仙，獨自跑到日本來，人生地不熟，即使展示神蹟，也很難和民眾溝通。不僅得不到敬拜，說不定還要和在地的原生神仙幹上一架，豈不悲劇了。所以嘛，肯定要跟著一位學貫中日、聲望卓著的人來，比如弘法大師空海，才好在此立足。」

任霏霏把路岸的話一翻譯，坂本康夫激動地抓住他的手直搖撼，再度字正腔圓地蹦出了兩個中文字：「妖怪！」

看來這位老兄的漢語雖不怎麼樣，倒是積累了不少奇奇怪怪的詞彙。

任霏霏說：「坂本說，當年跟著空海從大唐東渡而來的，絕不只月下老人，還有許許多多妖怪。」

「中國妖怪東渡日本？」

「他是這麼說的，他還想問你同不同意呢。」

路岸認真地回答：「這可不好說。我沒有進行過這方面的研究。但是我想，即使有妖怪從中國來到日本，也會發生本土化的變遷。」

「你說的是接地氣兒，對嗎？」任霏霏追問。

「可以這麼理解。」

龍尾之路到頭了，大家原路返回。大約一個小時後，又來到了起點的神橋。

所謂神橋，就是一座橫跨在大谷川上的紅色木橋，是日光最著名的景點，入了世界文化遺產的名錄。在路上時，坂本康夫給任霏霏和路岸講了神橋的傳說：日光的開山祖先勝道上人，為了渡過大谷川這條激流，不得不向上天祈求護佑。此時，一條青蛇和一條紅蛇從天而降，橫跨兩岸首尾相連，架起了這座橋，於是勝道上人得以安全渡河。

任霏霏說：「瞧，這不就是白蛇和青蛇的日本化嗎？變紅蛇和青蛇了。」她正想再問問坂本康夫的意見，不料回頭一看，那傢伙卻沒影了。

「這個坂本大叔，也不打聲招呼就閃人。」任霏霏有些不爽。

「大概是怕我們讓他請客吧。」路岸說，「餓了吧？走，我請你吃午飯。」

神橋位於日光的中心位置，周圍全是小飯館，家家捲簾半掩，招牌上的店名無一例外都用毛筆書寫，或工整或秀麗的漢字，讓路岸覺得很親切。他們隨便選了一家人少的店進去，是賣烏龍麵的。任霏霏點了洋風鍋燒烏龍麵，路岸點了店家推薦的正宗天婦羅烏龍麵。

「喜歡天婦羅？」等麵上桌時，任霏霏問。

「是，這次想試試用手。」

她笑了，「日本有種說法，關東的蕎麥麵，關西的烏龍麵。意味著，在關東應該吃蕎麥麵。」

「這裡是關東？」

任霏霏一本正經地說：「路岸君，經過這三天的觀察，我發現你的知識面集中在一千年前，上推至遠古。從那以後到現在的事情，你似乎都不太感興趣。」

「也許吧。不過，這和關東的概念有什麼關係？」

「日本的關東地區大致位於日本中央，是以東京為中心發展起來的，所以較關西、九州要晚，也就是西元十二世紀鎌倉幕府發展後建立的。這不正是你的知識盲點嗎？」

「好吧。」路岸說，「其實中國也有關東的稱謂，但那指的是函谷關。三國時期，曹操、袁紹等諸侯伐董卓時，就稱為關東聯軍。並且，」他夾起一條剛端上桌的烏龍麵，「據說弘法大師空海從大唐帶回日本的，還有一樣東西……」

任霏霏瞪圓雙眼，「不會是烏龍麵吧？」

路岸嚴肅地點了點頭。

「可是中國沒有烏龍麵！」

「說不定是中國麵的當地語系化，說不定烏龍麵在原產地失傳了。」

任霏霏長嘆一聲，「天吶，你讓我這個歷史盲生平頭一次發現，歷史還蠻有趣的。」她的目光在路岸的臉上滴溜亂轉，「我還發現，這幾天來，你說話最多的時候，除了談姜塵和她爸爸那次，就是今天和坂本討論唐朝、空海和妖怪。其他時候，你基本上沉默寡言。」

「嗯，我這人是挺沒意思的。」

「誰說的！對了，找機會跟我說說你的冒險經歷吧。盛冬日告訴我，你從沙漠到叢林，翻山越嶺、風餐露宿，既要和大自然、和野獸搏鬥，又要和各種盜墓賊真刀真槍地幹，還遇上過蹦蹦跳的殭屍——」

路岸啼笑皆非地打斷她，「你可千萬別信，他那是《鬼吹燈》看多了。真相是，我只不過從一個土堆走向另一個土堆，從一處廢墟走向另一處廢墟。員警的身上才有真刀真槍，我們最多配幾件土傢伙防身。」盛冬日這傢伙到處吹噓路岸的經歷，給他自己的臉上貼金，也真是絕了。

任霏霏想了想，忽然問：「路岸，你有女朋友嗎？」

她問得直接，路岸不禁一愣。「沒有。」

「怎麼會？」

「真的沒有。」

「都看不上？」

路岸苦笑：「盛冬日肯定沒說過：我這些年見到的遺骨和殘骸，遠遠多過活生生的女孩子。你覺得，我這樣能有女朋友嗎？」

「哦。」

任霏霏一邊吃烏龍麵，一邊琢磨：路岸這樣的大帥哥，居然沒有愛情，顯然是不合理的；就像他以內疚為名，不遠萬里追蹤姜塵下落的行為，其實也不太合理。

烏龍麵還沒全部送進肚子，就變天了。起初只是飄搖的雨絲，靜得讓人難以察覺，但很快便成摧枯拉朽之勢，巨大的雨點猛烈地拍打在窗玻璃上，聲聲震耳。雨水在窗上流成一條條小瀑布，窗外的景致很快就看不見了。

任霏霏說：「哎呀！坂本康夫說過要下大雨的，還叫我們跟他回魁之庵。那時我看天色好得很，就沒理他。想不到還真下起來了。」

「難怪坂本早就溜了。」

「完蛋了，這雨要下到明天。」任霏霏查了手機，對路岸說，「看來下午走不了憾滿之路了。倒是可以雨中遊中禪寺湖，不過湖上肯定很冷，搞不好我們會凍僵。要是你想去，我也可以捨命陪君子。」

「非常感謝，但是不必了。」本就不是來旅遊的，多看或少看一個景點對路岸根本無所謂。

「好吧，我聽你的吩咐。那麼——接下去你打算怎麼辦呢？」

是啊，接下去該怎麼辦呢？跟隨著一個現已無跡可查的午夜來電，近乎瘋狂地來到日光，除了找到一個空電話亭之外，可以說一無所獲。稀奇古怪的人和事倒是碰到了一堆，從鐵橋上的神秘「蜘蛛人」到魁之庵中臉上有疤的女孩，再到張口閉口不是妖就是佛的怪大叔，各有各的詭異之處。鐵橋上那陣突如其來的濃霧，更是無法用常理來解釋。

然而，所有這一切看似都和路岸的目標無關。他是為了確定姜塵的生死而來的，現在該怎麼往下走呢？

「先回魁之庵吧，下午的時間我好好想想。」

11

幸好烏龍麵店旁就是一家7-11，兩人在店裡買了雨傘、充當晚飯的三明治和便當盒，便打道回府了。

再次跨過鐵橋，大谷川在雨水的助力下激流澎湃，水面比上午時驟升不少，雨水和河水一齊沖刷橋柱，不管鞋印還是抓痕，此刻都蕩然無存了。路岸和任霏霏站在橋上，豪雨從透明雨傘的邊緣傾洩而下，像掛了一層簾幕。不論彼此的面孔還是周遭的景致，忽然都失去了現實感，彷彿幻覺一般漂浮在視線之外。

魁之庵中靜悄悄的，雨聲更增添了這份靜謐感。櫃檯後不見菅樹里的身影。

任霏霏回房去休息，讓路岸有事再叫她。

路岸剛走到自己的房門口，就見一個男人從隔壁房間出來。這人身穿一件工作服，帽兒一直遮到眼睛上，揹著一個沉甸甸的大工具包，走路一瘸一拐的。從路岸身邊經過時，他粗魯地推搡了路岸一把，嘴裡嘟囔了一句日語。

任霏霏提到過，隔壁房間的下水道壞了，這個男人應該是修理工吧。路岸沒有放在心上，打開自己的房門，扔下背包，看著榻榻米發愁。他決定，還是回餐廳去坐，總好過在席子上爬來爬去。

餐廳裡面空無一人，路岸獨自轉悠了一圈。在角落處的閱讀架前，他隨意地掃了一眼，見上面擺著日文和英文的報刊，還有一些日本觀光的書籍。忽然，路岸注意到最底下有一本中文書。

他把書拿起來，竟然真是一部日本小說的中譯版。作者的名字很熟：東野圭吾，在中國市場上暢銷不衰的日本推理小說家。書的名字叫做《秘密》。

路岸從來不看推理小說，對東野圭吾只聞其名不知其詳，但這本書卻令他產生了興趣。整個閱讀架上只有這本書是中文的，又不是旅遊題材，所以顯得格外突兀。而且，他發現這本書是被仔細閱讀過的，書頁的好幾處都有折痕。

路岸拿著書來到一張餐桌邊，坐下來翻了翻。書的情節並不複雜，講的是一對母女發生車禍後，女兒腦死，但身體完好。於是母親的靈魂進入女兒的身體，以這種奇特的方式延長生命。大略一看，路岸覺得這個靈魂遷移的科幻內核算不上新奇，放在推理小說中卻有些與眾不同。他尋思，作者寫這樣一本書，究竟想表達什麼呢？

想著想著，路岸的思緒又回到眼前的困局上。尋找姜塵這件事，確乎已無路可走。或許，最明智的做法就是請任霏霏買好明天回東京的火車票，然後啟程回家，徹底忘掉這件事，該幹嘛幹嘛去。

就這樣放棄了嗎？他問自己，如果現在放棄，就等於永遠放棄了。

路岸的頭又劇痛起來，他閉上眼睛，用力按壓著太陽穴。忽然，他覺得身邊有動靜，抬頭一看，卻見菅樹里站在桌邊，正默默地注視著他。路岸猛地跳起身來，臉居然有點兒發熱。

「這是你的書嗎？」他舉起那本《秘密》，一句中文不假思索地衝出了口。

菅樹里搖了搖頭。

路岸這才想起來，她不懂中文的。那麼，她的搖頭又表示什麼呢？路岸改用英語說：「對不起，我看到這裡放著一本中文書，就拿來看了……」

菅樹里也用英語回答他：「沒關係，這裡的書都可以看，請。」

沒想到，她的英語發音竟好過路岸迄今遇到過的所有日本人。路岸心中大喜，暫時不需要打擾任霏霏了。「謝謝。」他連忙指著書說，「在這裡能看到一本中文書，我很開心。請問，這是特意準備了給中國遊客的嗎？」

「不是。」頓了頓，菅樹里說，「是一個中國人留下的，忘記帶走了。」

路岸大驚，「中國人？什麼樣的中國人？」

菅樹里似乎被他的急切神情嚇到了，呆呆地瞪著他。

路岸連忙改用和緩的語氣，「是不是一個中國女孩子？和你差不多年紀。」

「不是。」

路岸大失所望，又不甘心地追問：「那是一個什麼樣的人？男人嗎？多大年紀。」

菅樹里十分乾脆地回答：「不記得了。」路岸一愣，看著她的眼睛，她也毫不畏縮地回望他，雙眸漆黑，似乎還帶著一種穿透力。她的目光讓路岸頓時感到，自己的焦慮根本無足輕重。

有人在叫：「菅樹里。」

菅樹里答應了一聲，餐廳中的緊張氣氛被打破了，兩人都不約而同地鬆了口氣。呼喚菅樹里的是那對文質彬彬的老夫婦，她撐起傘，攙著老婦人出門了。老先生卻留在原地沒動，看著兩人的背影消失在雨幕中，他才回過身來，對路岸微微一笑，用純正的英語說：「第一次來日本嗎？」

「是的，第一次來。」聽著外面的隆隆雨聲，路岸問：「這麼大的雨，您太太現在出去不要緊嗎？」

「不要緊，就幾步路。」老先生溫和地解釋，「從門前的這條小路往前再走十來公尺，就是一座森林公園。公園的入口處有一座基督教堂，菅樹里和我妻子要去那裡參加彌撒。雖然雨有點大，這麼幾步路沒有問題。」

路岸完全放鬆下來了。自從來到日本，他還是頭一次能夠自如地與人溝通。光是這一點，他就喜歡極了眼前這位氣質優雅的老先生，「您不和他們一起去嗎？」

「我要幫菅樹里看店啊。」老先生露出一抹狡黠的笑。

「您幫她看店？」

「畢竟是個旅店嘛，雖說小，也不能沒人照管。」老人隨意地補充說，「這家店是我投資的。」

原來是老闆！路岸覺得自己實在有眼無珠了。

老人繼續說：「我家在東京。偶爾來日光住幾天，除了散心，主要就是來看望菅樹里這孩子。另外，這次來也是為了參加今天的一年一度的彌撒。唉，已經五年了。」

「五年？」

「311 地震後，教堂每年都為死難者舉辦彌撒，我們都會來。」

路岸莫名地緊張起來，「那麼菅樹里她……」

「她就是在那場浩劫中，成為孤女的。」

老人家名叫小林雅志，曾經是一位成功的商人，現已將產業全部交給子女操辦，而將主要精力放在慈善事業上。由於喜歡日光的風景，老夫婦每年都要到這裡度假，並向當地的教堂捐款。311地震發生後，他們捐助了很多財物，還數次前往災區幫助災民。有一次，他們在一所災民收容站裡見到了菅樹里。當時，她因為重傷而面目全非，並患有嚴重的創傷後壓力症候群，簡而言之就是神志不清，形同瘋傻。更可憐的是，她的家人全部在海嘯中喪生了，要不是倖存的中學老師和同學認出了她，連身分確認都會是個大難題。小林夫婦非常同情菅樹里的遭遇，便將她從收容所裡領出來，送進專門的療養院治療，花了將近一年的時間，菅樹里才逐步恢復正常，不僅回憶起了自己的過去，也接受了自己的現在。

接下來要設法讓她重新步入社會。小林夫婦本想把菅樹里留在身邊，但她更希望能獨自謀生。小林夫婦尊重菅樹里的意見，決定將她送到日光來。他們的考慮是：日光離東京不遠，夫婦二人隨時可以來看望菅樹里。日光又是一個較為純粹的旅遊景區，除了一批批的旅遊者來而復往，幾乎隔絕在紛繁複雜的社會之外，可以給菅樹里提供足夠的空間和時間，讓她慢慢適應全新的人生。魁之庵原本是當地人開的一家簡易民宿，因經營不善出讓，小林夫婦就接手了。他們投資翻新了魁之庵，再次開業迎客，並委派菅樹里負責日常管理。旅館很小，清潔、運輸和園藝等等雜務都外包，菅樹里的主要工作就是接待客人，總共八間客房，淡季時還住不滿，她一個人足夠應付了。

路岸問：「她在這兒多久了？」

「就快滿三年了。」小林先生說，「菅樹里適應得很好，把魁之庵打理得井井有條。人長胖了，性格也開朗了許多。本來我們還擔心她的前途，現在看來應該沒什麼問題了。」

路岸想了想，又問：「除了菅樹里，魁之庵中還有過別的女孩嗎？」

「別的女孩？當然沒有，一直都只有菅樹里一個人。」

路岸還不死心，「那麼，我想再冒昧地問一句，311地震後，您具體是在哪個災區找到菅樹里的？」

老先生的眼神中掠過一絲疑慮，但仍和藹地答道：「是在仙台，仙台港區的附近。」

路岸沒有說話，因為他的腦子忽然變得一片空白。

「仙台港區是距離震央最近的地方，海嘯沖上來，把那個地區整個都淹沒了。簡直慘不忍睹啊。菅樹里的家就在港區裡邊，她的父親是開小型運輸船的。就這麼一下子，全家人都沒了，只活了她一個。」

片刻之後，路岸才又問：「我記得您剛才說，菅樹里獲救後，很長時間都神志不清。那麼，她還記得自己是誰嗎？」

「連話都不會說了，還能記得什麼。」

「她的身分是別人幫著確認的？」

「有鄰居和同學來辨認，為了不要弄錯，還做了DNA鑑定。」

「DNA鑑定？」

「菅樹里父母的屍體最終也沒有找到，大概是被海水帶到很遠的地方去了。不過找到了她哥哥的屍體，把兩人的DNA做了比對，證實了血緣關係。」

門鈴響起。潮濕的冷風一擁而入，是那兩個美國女孩回來了。

「好冷！好大的雨！」她們在門廊脫下雨衣，嬉笑著衝進餐廳。

「來一杯熱茶吧，或者咖啡？」小林雅志慈祥地招呼她們。

「不，謝謝！我們還是去泡溫泉吧。明天就走了，這個下午可不能浪費。」

小林先生向路岸轉過臉來，「你呢？男湯還空著，不去試一試嗎？」

「謝謝，我想看一會兒書。」

「哦，那就不打攪了。」小林先生坐到櫃檯那邊去了。

路岸低下頭，盯著面前的中文書——《秘密》。

姜國波曾經說過，考古學既是一門科學，更是一門藝術。因為考古學中最有價值的發現，都不是經由精密的規劃和測算，反而是「巧遇」或者「邂逅」得到的。當考古學者向一片荒漠伸出鏟子時，從不知道將會遇見什麼。他們所擁有的，只是一個模糊的期待，很大可能會落空，但他們仍然日復一日、月復一月，甚至年復一年地從泥土、砂石和黃沙中，在沙漠、叢林、絕壁和冰川的深處發掘著、尋找著——一段千百年前的記憶、一種傳奇、一個秘密。

姜國波強調，相比專業知識，從事考古研究更需要勇氣和想像力，以及執著於「邂逅」的癡情。姜國波還說，路岸是他所有的學生中，最適合從事考古的人。

路岸知道下一步該怎麼做了。他決定，將《秘密》仔仔細細地閱讀一遍。

自從踏上這段旅程，他就有了一次次的「邂逅」。那麼，接下去該做的，無非是懷抱希望，等待下一次「邂逅」吧。

山口百惠是怎麼唱的？

在日本的某個地方，有人正在等待著我。良日，啟程。

12

整個下午路岸都在餐廳裡專心閱讀。雨下個不停，擊濺在窗上的雨聲時輕時響，隨風勢雨勢而變，彷彿另類的時鐘滴答。

不斷有人進出餐廳。先是菅樹里和小林太太。小林夫婦隨即回房去了，菅樹里獨自留在櫃檯後，偶爾朝路岸瞥一眼，始終沒有過來搭話。

又過了大約一小時，兩個美國女孩腦袋上冒著熱氣來到餐廳，臉上的雀斑都泡深了。她們在自動咖啡機裡接了咖啡，邊喝邊低聲聊天。再過不久，北歐的一家四口也回來了。看來，天氣原因使大家都不得不提前終止遊玩。媽媽帶孩子去泡湯，爸爸一個人在餐廳等待，和美國女孩閒聊打發時間。

期間，民俗學者坂本康夫曾在餐廳外一晃而過。見到路岸坐在那裡看書，坂本面露喜色，似乎要上前打招呼，但轉念想到自己在神橋前把路岸和任霏霏撇下，又覺得尷尬，便鬼鬼祟祟地縮回腦袋，上樓去了。

《秘密》這本書有點厚，路岸全神貫注地讀到最後幾頁時，看不清書上的字了。

餐桌上方懸著一盞燈籠，開關就在桌邊的牆上。路岸正要伸手去按，突然，餐廳中所有的燈籠一齊大放光明。他驚訝地抬起頭，正好和櫃檯後的菅樹里四目相對。她的臉上沒有表情，卻朝他眨了眨眼睛。路岸明白了，燈是菅樹里開的，她那裡應該有統一的總開關。難道，她一直在悄悄觀察他嗎？路岸翕動雙唇，無聲地對她說：「Thank You.」

菅樹里輕輕地笑了。

天黑後不久，人們漸漸集中到餐廳裡來了。

美國女孩和北歐一家挨著坐了一張長桌，玩起了紙牌。旁邊的桌子上，小林先生和太太在下圍棋。坂本康夫坐在一旁觀戰，腦袋上方的燈籠光圈裡煙氣嫋嫋，使他看起來像個練功的修仙者，正不斷從頭頂冒出仙氣來。

路岸看了看時間，將近六點。他把視線移回到書上，快速地讀到了結尾。

他的心中一陣悵然，男主角最終還是被騙了。但是從女主角的角度去想，又覺得她的選擇無可厚非。隱瞞自己的真實身分，借用女兒的身體活下去，給自己，也是女兒一個重生的機會。也許任何人到了那個地步，都會做出這樣的決定吧。向男主角隱瞞真相，也是不得已而為之。男主角因此付出了一生的代價，但命運的殘酷不正在此嗎？非同尋常的獲得，就要用非同尋常的付出來交換。

莫非，這就是秘密的核心？

路岸的心中突地一凜。魁之庵裡為什麼會有這樣一本中文小說？它不應該屬於這裡的。就像那個如同夢魘的午夜來電，為什麼會是從幾百公尺外的一處公用電話亭打出的？

靈魂遷移，借用別人的身體獲得新生……

路岸抄起書，快步走向櫃檯。沒人留意他的舉動，唯獨觀棋的坂本康夫詫異地抬起頭，目光跟蹤著路岸的背影。

路岸徑直走到櫃檯前，菅樹里從櫃檯裡看著他，兩隻烏黑的眸子透出不可捉摸的光，路岸無法將其定義，是挑戰還是鄙視？

路岸不開口，菅樹里卻用英語問：「有什麼可以幫你嗎？路岸君。」她的聲音低低的，略帶沙啞，表情從容淡定。從外貌到性格，她都和路岸記憶中的姜塵截然不同，連一點點相似度都找不到。

他的勇氣瞬間便消失殆盡了：我是瘋了嗎？靈魂遷移！這話說出去只怕會讓人笑掉大牙。暢銷小說家的偽科幻，居然也好意思拿到現實生活中來說事？

路岸把手中的書放在櫃檯上，用低不可聞的聲音說：「還書。」

「放到架子上就行了，謝謝。」菅樹里的語氣是冷的，眼神更冷。

路岸只能點點頭，茫然地拿著書走回餐廳，迎面碰上剛下樓來的任霏霏。她用心滿意足的聲音說：「嘿，可算睡夠了！路岸，我有點餓了，我們出去找地方吃晚飯？」

「好。」路岸巴不得立刻溜出魁之庵。

兩人剛想往外走，小林雅志敲了敲桌子，站起來用英語說：「各位，我有個建議。」

大家都朝他看。

「外面雨下得很大，天氣預報說要下到明天早上。所以我建議，今天晚上大家都不要冒雨出去吃飯了，就留在這裡。菅樹里為大家準備了一些三明治和便當盒，還有水果和蛋糕。沒有廚房，只能用微波爐簡單加熱，但我相信味道還是不錯的。怎麼樣？今夜，我們就在魁之庵裡辦一個小派對吧，我請客。」

美國女孩率先歡呼：「好啊，太棒了！」

「我們也很想參加。」北歐爸爸說，「不過回來前，我們已經在城中的餐廳預訂了晚餐，如果雨不是太大，我們還是想去品嘗難得的大谷川魚鮮。」

小林雅志說：「我不想嚇到大家。不過今天我聽到了一個消息，有一個東北地區的黑幫分子跑到日光來了，幫派的人正在追殺他。日光警署提醒遊客和居民，盡量不要獨自前往山野僻靜之處，夜間也別隨便外出，以免發生意外。」

北歐夫婦驚訝地商量了幾句，朝小林先生點點頭。

「很好，我們的瑞典朋友同意留下來了。萱樹里，請你打個電話給餐廳，取消漢斯先生的預定。」小林雅志又看了看路岸和任霏霏，「你們倆呢？」

他們當然沒有異議。

四張餐桌併在一起，正好坐下魁之庵中所有的客人。萱樹里從冰箱中取出三明治和便當放在桌上，請大家隨意挑選。咖啡和茶水無限供應，水果籃裡的水果也比早上更加豐富，誠然有備而來。

不一會兒，餐廳裡就飄溢起了食物的香味。

萱樹里又提了一個塑膠桶進來，在餐廳角落的一個大銅爐子前蹲下，舉起塑膠桶往爐子裡灌了些什麼，一股微弱的異味傳來。下一刻，淺藍色的火光便從銅爐的空隙中露出來。

路岸悄聲問任霏霏：「這是什麼？」

「煤油爐啊。日本冬天常用這種設備取暖，便宜，環保。唯一的麻煩就是要買煤油。」

「都是用這種大爐子嗎？」那個銅爐子起碼有半人高，質地陳舊，看起來像老貨。

「怎麼可能。日本人的房子小，這種大爐子太不實用了。城市裡用的都是工業化生產的新款煤油爐，至於這個嘛，我猜多半是小林先生的趣味，為了彰顯鄉野古韻吧。」

餐廳裡的溫度在不知不覺中快速升高，路岸的額頭都開始冒汗了。只聽小林先生招呼菅樹里：「樹里，過來一起坐吧。坂本君要講故事。」

菅樹里答應了一聲，走過來。長條餐桌上還有好幾個空位，她卻自自然然地坐在了路岸的對面。

晚餐沒有酒，坂本康夫的臉卻紅彤彤的，像喝醉了似的。他清了清嗓子，站起來大聲說：「鄙人不才，想出一個為大家助興的主意。雨夜漫漫，你我相會在日光，應該講一些怪談奇事才能配得上此情此景。」

小林雅志先生擔任了日譯英的責任。幾位來自西方的客人一聽，登時都來勁了，齊聲鼓掌表示贊成。兩個瑞典孩子更是高興地跳了起來。

坂本康夫的臉更紅了，看了一眼路岸說：「路岸君是內行之人，如果我所說有誤，請隨時指正。另外，路岸君若有奇聞異事要與我們分享，也歡迎哦。」

路岸朝他點頭微笑，心想關於日本和中國歷史文化的淵源流傳，自己或許能扯上幾句，但說到志怪傳說嘛……他忽然覺得有人在看自己，一抬眼，菅樹里沉著地移開目光，轉向侃侃而談的坂本康夫。

坂本康夫的故事從青行燈講起。

日本自古以來流傳著一種說法，只要有人講鬼故事，便會召來真正的鬼怪。浮世繪畫師鳥山石燕的《今昔畫圖繪百鬼》畫卷中，描繪了人們在玩「百鬼燈」遊戲時，點燃用青紙做的行燈，然後輪流講述鬼故事。當青行燈突然熄滅的時候，就會有一種妖怪出現，這種妖怪的名字就叫做「青行燈」。

美國女孩躍躍欲試，「今天我們也要玩這個遊戲嗎？」

小林雅志笑道：「不不，這只是坂本君說的第一個鬼故事而已。」

坂本康夫說：「傳說中的妖怪『青行燈』，其實是一種由鬼怪故事引出的詭異事物，它可以用任何一種形式出現。在日本，這是家喻戶曉的鬼怪傳說，但在座的各位卻不瞭解，所以我用『青行燈』做開場白，就是想給大家提個醒。等一會兒，在我講鬼故事的過程中，如果有什麼不可思議的現象發生，大家可不要驚慌哦，那就是『青行燈』出現了。」

餐廳中片刻靜穆，大家未必真被嚇到了，但坂本的話確實帶來了一種奇異的氛圍，使人無形中開始期待著什麼，又隱約地懼怕著什麼……

忽然，任霏霏「噗哧」一笑。大家都朝她看去，她瀟脫地撥了撥額前的髮絲，說：「我剛才還真有點怕了呢。可又一想，今天餐廳裡的燈籠罩的都是白紙，就鬆了口氣。沒有青燈，當然就不會出現鬼怪了。」

「有青燈。」菅樹里冷冷地說。

「在哪裡？」

菅樹里指著銅爐子，「那不就是嗎？青色的光。」銅煤油爐中的藍色火光在牆上形成奇形怪狀的影子，還在不停地跳躍晃動，真有點像某種活物。

餐廳中的人們都不由自主地打了個寒顫。

13

黑夜早已密密實實地降臨，雨仍然沒有停歇。臨街一面的大玻璃窗等同於一整幅長長的鏡子，將每個人的面貌都清晰地映照出來。豪雨聲中，魁之庵就像一隻孤獨的小船，漂浮在無邊無際的黑色海面上。

坂本康夫乾笑兩聲，「怎麼樣？各位還希望鄙人繼續嗎？」

「當然。」幾個西方人的興致好像更高了。

「路岸君？」坂本看著路岸。

路岸說：「請吧。」他還是不太明白坂本為何時時顧著自己，也許是投緣吧。畢竟在如今的年輕人中，已經很少有對歷史和民俗真正感興趣的了。

坂本康夫說：「那麼我就來說說日光的妖怪吧。日本的妖怪種類繁多，遍佈全國各地，但各地都有一些特色妖怪。日光的歷史悠久，妖怪的種類自然也更多些、年紀也更老些。」

漢斯太太好奇地問：「妖怪們一般多大年紀？」

「這可不好說。老的成千上萬歲，小的嘛也可能剛成精，幾十到上百歲都可能。」

「那麼，日光的妖怪有多老？」

坂本康夫神采奕奕地說：「在下認為，日光的妖怪都是至少上千歲的。」

「哇！」

「大家這幾天都去看過陰陽門了吧？」坂本問，「陰陽門的左側豎立著一根柱子，那就是日光最著名的妖怪，名喚逆柱。據說木工做柱子時，如果沒有按照樹木自然生長的方向豎起柱子，而是底部朝上，就會形成所謂的逆柱。自古以來，人們認為逆柱會引起火災、家門不幸等等，所以是非常忌諱的。而日光陰陽門邊的這根逆柱，就連上面雕刻的花紋也是顛倒的。據說這根逆柱凝聚了上千年來的怨氣，早已化成了老妖。」

美國女孩麗莎說：「但我們看見的逆柱，只不過是一根倒著的柱子而已，怎麼才能證明它成妖了呢？」

坂本康夫反問：「你想看到妖變嗎？不，以鄙人之見，還是別看到的好。」

「可是——」

坂本康夫用力一揮手，打斷了麗莎的話。自從講起怪談，他的神態中就有了一種自信，彷彿身為妖界權威，不接受任何質疑。

接下來，他又談起了一種老妖，名叫垢嘗。這是一種潛伏在澡堂裡，專門舔舐污垢的妖怪。垢嘗雖然為妖，並不害人，只等夜深人靜時出現，以澡堂裡的污垢充饑。

「呃，這種妖怪好噁心啊。」大家紛紛表示。

「所以要想讓垢嘗不出現，就必須把洗澡盆打掃乾淨。」

「原來是勸人保持衛生習慣的說法罷了。」任霏霏有些興味索然，「連這也能編出個妖怪來，想像力太豐富了。」

坂本注視著她，「霏霏小姐不相信？」

「不信。你剛才說的逆柱老妖，我也不信。聽起來都挺牽強附會，而且……」

「而且什麼？」

「而且一點兒都不可怕。」任霏霏撇了撇嘴。

小林先生微笑著問：「妖怪就一定要可怕嗎？」

「不可怕就沒意思了。」

小林先生說：「我倒覺得，即使世界上真有妖怪，也不是為了讓人們覺得有意思。妖怪自有妖怪的生存之道，所以嘛，逆柱或者垢嘗之類的，還是不要以我們人類的邏輯來判斷。至於霏霏小姐所說的沒意思，我覺得，應該由坂本君來負責。」

坂本康夫傻傻地半張開嘴。

「既然是以志怪故事為大家的晚餐助興，坂本君難道不應該挑選一些更有趣、更能讓人浮想聯翩的妖怪來說嗎？」

「哦！是我的錯！」坂本康夫一拍腦門，「請諸位原諒！我這就說一個有意思的妖怪給大家聽！那便是……」說到這裡，又卡殼了，就當周圍的每張臉上都顯露出失望時，他才宛如最後一搏似的，奮力朝窗外一指，「妖怪在此！請諸位細聽，從大谷川的下游是不是傳來隱約的叫聲『來嗎？來嗎？』這就是名喚『遣來水』的妖怪！千萬不能回答它，因為只要有人答應一聲，河水就會暴漲，淹沒周圍的田野和村莊！」

沒有人說話，雨水聲越發凸顯出來，伴隨著遠遠的轟鳴，那應該是大谷川在暴雨的沖刷下加速奔流。

稍待片刻，漢斯太太客氣地說：「太精采了。不過孩子們睏了，我們先回房去睡了。謝謝坂本君的故事。」

瑞典的一家四口撤了，兩個美國女孩也跟著告退。坂本康夫呆呆地看著他們的背影，臉上一陣紅一陣白。任霏霏悄聲對路岸說：「坂本怪可憐的，看來講鬼故事也得有天賦呀。」

「我們也走吧？」

「好啊。」任霏霏說，「昨天晚上沒泡溫泉，今天正好有時間，我得去試試。」

這委實是任霏霏在日本泡過的，最簡陋的溫泉了。

頂多四、五坪大的一個房間，地上鋪的白瓷磚已經發黃了，好在還乾淨。靠門一排木櫃，供人放置衣物。一面牆上裝了幾個淋浴噴頭，另一面牆上則安了幾個掛鉤，掛鉤下邊放了兩把塑膠椅子。佔了大半間房的溫泉池，其實就是一個長方形的瓷磚池子，池水倒的確是乳白色的，熱氣氤氳，有點兒像一池燒滾的牛奶。屋子裡沒有取暖設備，但是任霏霏一進去就熱出汗了。

她沒有急著脫衣服。因為她發現，靠近屋頂的地方有一扇窗，應該是通風換氣用的。窗戶的位置很高，形狀狹長，好像一隻半睜的獨眼。魁之庵的底層位於大谷川的河道旁，這間屋子的位置更低，除非從大谷川涉水而來，沒人能到這扇窗戶的外面。因此客人的隱私不會受到侵擾。想到這裡，任霏霏才鬆了口氣。她將「使用中」的牌子掛到門外，鎖上門，脫掉衣服浸入溫泉水中。

真舒服啊。

任霏霏把頭靠在池邊，毛巾墊在脖子底下，長長地吁了一口氣。水質無話可說，環境就差強人意了。相比日本各地那些有園景、山景，甚至海景的溫泉，這裡能看的只有天花板。假如是白天，從窗戶或許還能望見大谷川後的一脈山影，以及山頂上的藍天，現在卻統統漆黑一片。唯有閉起眼睛，聽水聲滂沱。

明天必須得走了。

任霏霏心想，明天早餐時就這麼對路岸說。不知他會有什麼反應。但情況已經很明朗了，繼續留在日光沒有任何意義，他們不可能找到姜麈的線索，或者說，根本就沒有所謂的線索。

任霏霏尚不忍心斷言，來日光是錯誤的，一切都只是路岸的臆想。但平心而論，任霏霏並不後悔走這一趟。日光的風景不錯，跟著路岸也長了不少歷史和文化知識。更重要的是，她挺高興結識路岸這個人的。盛冬日對路岸的描述雖然略有誇大，但任霏霏覺得，盛冬日並非刻意吹噓，而是發自內心地欣賞自己的這位好兄弟，情不自禁地把路岸誇成了一朵花。在路岸的身上，有著盛冬日心嚮往之卻無法達到的東西，所以他才真心地羨慕他。

下午在房間裡休息時，盛冬日又發了微信給任霏霏，詢問他們在日光的情形。任霏霏仍然沒有透露有關姜麈的細節，只說在日光玩得還不錯，打算明、後天就回東京。盛冬日則說在西班牙的談判很順利，今天就能正式簽約，已經訂好了明天回國的機票，說不定還比路岸先到上海。

他對路岸的關心幾乎到了噓寒問暖、無微不至的地步。要不是任霏霏知道這倆都是真直男，簡直要懷疑他們的關係非同尋常了。

對朋友這麼好的人，應該壞不到哪裡去吧。

任霏霏想到路岸不時提起，盛冬日是個靠譜的。他靠譜嗎？

最初見面，任霏霏就認為盛冬日是那種流連花間的富家子弟。雖然盛冬日的外形不錯，談吐風度也很說得過去，但她就是對這種人不來電。任霏霏的父母都是高知，家境不錯，家教也很嚴格，造就了她那乖巧的外表，文藝的內心。對於愛情，自然也格外挑剔。相親之後，盛冬日便向任霏霏展開了攻勢，左一個右一個的送起名牌包。任霏霏統統收下，拿到二手寄賣店去換了錢，全部捐給救助流浪貓狗的組織，然後把相關的單據一股腦兒寄給了盛冬日。盛冬日受此打擊，消停了一段時間，沒有再糾纏任霏霏。就在她快要忘記這個人的時候，突然有一天，盛冬日出現在東京任霏霏的宿舍外，懷裡抱著一隻英短藍貓。

任霏霏把貓留了下來，精心照顧，還給牠起了一個中日合璧的名字「皮醬」。過年時，她頗費周折地把皮醬從日本帶回上海，約了盛冬日見面，當場將長肥了整整一圈的皮醬還給他。盛冬日很尷尬地拎著寵物箱走了，從那以後就一直養著皮醬，直到今天，他的微信頭像都是皮醬的各種倩影，比任霏霏養的時候更胖了。

自從還貓事件後，盛冬日就再沒有做出帶追求性質的舉動。他似乎學乖了，只和任霏霏保持著普通朋友式的聯繫，除了給她介紹性價比高的客戶之外，偶爾通報一下皮醬的最新狀況。任霏霏也就不鹹不淡地和他來往著。時間久了，她對他的瞭解一天比一天深入，漸漸地發現盛冬日身上的不少優點。比如，他並非坐享其成的富二代，相反很有野心和能力，拚命地經營著家族企業，千方百計擴大業務。她對他也不像最初那麼抵觸和反感了。只是，他們的關係卻停滯不前了……

全身的血液越流越慢，似乎是溫泉中的礦物質滲透進肌膚，讓血液變得黏稠。任霏霏知道泡湯時間不宜過長，便將毛巾拋在池邊，懶懶地從水中站起來。

耳邊響起一聲霹靂，緊接著又是一聲。任霏霏嚇了一跳。不知從何時起，窗外轟鳴的水聲中夾雜了雷聲，由遠及近，從山野的深處滾滾而來。

池水濺了些出來，瓷磚上滑溜溜的。任霏霏小心地邁出一隻腳，再邁出另一隻。

由於窗外不停劃過閃電，房間裡有些明暗不定，彌漫的蒸氣模糊了視線，使她看自己的影子都有些變形了。那是什麼？是肩膀上長出了第二顆腦袋嗎？

任霏霏猛然抬起頭，朝窗戶望去。

恰好一道閃電劈過，如同布幕驟然掀開，原先黑不見底的窗上突變雪白。任霏霏看見一張臉緊貼在玻璃窗的外側，正向她咧開大嘴。

任霏霏尖聲驚叫起來。

14

這個時候，餐廳裡只剩下路岸和坂本康夫兩個人了。

客人們都回房去了，菅樹里也躲進了櫃檯後面的小值班間，從黑色布簾後透出一點幽微的光，無聲無息，不知她在做什麼。餐廳中的大部分燈熄滅後，唯有角落的銅爐藍光熒熒。

任霏霏去泡湯後，路岸本打算回房，卻被坂本康夫拖住了。他用中文神神秘秘地對路岸說：「路岸君，我想告訴你，我來日光的真正原因。」

路岸很意外，原以為坂本的中文僅夠蹦單詞的水準，不料他還能說出完整的句子來，儘管聽起來有些彆腳，但意思表達得很充分。所以說，坂本並不需要任霏霏的翻譯。難道此前他一直在演戲？為什麼？還有，什麼叫做來日光的真正原因？

路岸決定聽一聽坂本的說辭。

餐廳裡只剩下他倆了，完全可以暢所欲言。唯一可能竊聽的是菅樹里，但她又不懂中文。

於是兩人挑了靠窗的座位坐下，坂本沒有先開口，而是從懷裡摸出一支筆來，拿起桌上的餐巾紙，在上面寫了幾筆，遞給路岸。

那是三個繁體漢字：陰陽師。

坂本康夫問：「路岸君，瞭解？」

路岸皺起眉頭，含糊地哼了一聲。

「我就知道，路岸君能懂我！你是唯一的、人！」坂本伸出雙手抓過來，路岸及時地把手藏到桌下，坂本撲了個空，索性自己將雙手握緊，用迪士尼電影中常見的女孩祈禱的姿勢，盯著路岸，無比熱忱地說：「路岸君，請允許我再告訴你一個秘密。」

說到這裡，坂本又停下來，注意著路岸的表情，希望能從他的臉上找到好奇或者興奮，可惜一無所獲，但即便如此，坂本的興致仍然沒有被打擊到。他深吸了一口氣，抑揚頓挫地說道：「我，就是一名陰陽師。」

路岸淡淡地哦了一聲。見坂本失望得快哭了，他才加了一句：「很高興見到你。」

「我也很高興！」坂本康夫的表情立時又活泛了，「路岸君，你知道陰陽師是做什麼的吧？」

路岸差點脫口而出，不就是日本巫師嗎？現在還有人用這個名義招搖撞騙嗎？

他說：「據我所知，陰陽師這種職業早就消失了。」

「當然沒有！陰陽師一直存在著，只是以秘密的方式。」坂本康夫向路岸的跟前又湊了湊，壓低聲音說，「鄙人就是來日光捉妖的！」

路岸沒有吭聲。他自嘲地想，自從飛機降落在仙台機場，自己就彷彿進入了一個光怪陸離的異世界，奇異詭譎的體驗隨著前行的腳步不斷加深。直到此刻，自己居然和一個來歷不明的所謂陰陽師探討起捉妖來。還有什麼可說的呢。

坂本卻一臉敏感地問：「路岸君，莫非你……不相信我？」

路岸想和他開個玩笑，便敲了敲那張寫著字的紙巾，「你是……專業的還是業餘的……陰陽師？」

「我是自學的！」坂本立即回答，「我的專業是研究民俗，但我一向對神怪感興趣，所以就拜了一位陰陽師為師，請他傳授給我法術！我師父是全日本最偉大的陰陽師！」

「哦？全日本最偉大的陰陽師，是誰？」

「是……」坂本康夫的臉突然變得僵硬，兩眼發直，像個被操縱者拋棄的傀儡。

其實路岸對日本最偉大的陰陽師根本不感興趣，純粹是沒話找話的敷衍，誰知隨口一問，卻造成這樣的後果，他連忙舉起右手，在坂本康夫的眼前晃了好幾下，「喂喂？坂本君？你還好嗎？」

坂本康夫如夢方醒，咽了口唾沫問：「路岸君，你問我什麼？」

這就失憶了？看來，最偉大的陰陽師的身分是一個禁忌。既然如此，不問也罷。於是，路岸仍然轉回到自己關心的問題上，「坂本君，你為什麼要專程來日光捉妖？」

「因為日光有妖氣！」

「妖氣？」

「對，」坂本嚴肅地說，「鄙人行法術，觀測到日光的妖氣，故而特意趕來。」

「觀測到妖氣？」路岸覺得自己是在跟著胡說八道，「但我聽坂本君明明說到，日本遍地都是妖怪。為什麼單單觀測到日光的妖氣呢？」

「因為妖怪們平時都躲藏在深山老林中，妖的世界和人的世界不一樣，就算偶爾闖入人間，也只在午夜時分，人們都睡著的時候。」

「為什麼？」

「因為害怕。」坂本憐惜地看著路岸，「路岸君，你連這都不知道嗎？妖怪怕人！」

「可是在傳說中，都是人怕妖作祟。」

「那是很久以前的事了。自從有了陰陽師，情況就完全不同了！我們陰陽師負責捉妖除怪，妖怪們不得不躲得遠遠的，否則就要被清除乾淨了。」

路岸點點頭，「那麼日光的妖怪為什麼不躲起來呢？」

坂本激動地說：「對啊！這就說明它們有特別的企圖，冒險也要出來作怪！」

「它們想做什麼？」

「不知道。」

「你算不出來？」

坂本尷尬地笑了笑，「這可算不出來的，得讓妖怪自己招供。但到目前為止，鄙人還未有機會與它們正面交鋒。」

「你還沒找到日光的妖怪？」

「並……沒有。」坂本的臉紅紅的。

路岸有一種拂袖而去的衝動，終究還是按捺住性子，耐心地問：「既然日光有妖氣，應該能找到它們吧？在我國古代，道士們會用一種法器，推演萬事萬物，你知道嗎？」

他在餐紙上畫出了六壬式盤的圖樣：一個四方形底盤的中央，隆起一個半球體，具體來說：就是半個大饅頭扣在砧板上。這是中國古人發明的一種演算工具，也是一種開啟法術的儀器，最早的出土文物可以遠溯到西漢時期。

果然，坂本一見圖樣便激動地喊起來：「安倍晴明！」

安倍晴明是中國五代時期的日本人，也是日本陰陽師的祖師爺。平安時期，日本陰陽家三分天下，安倍晴明靠著操縱十二式神的法術佔了其中之一，他所用的法器正是這種源自中國的六壬式盤。六壬是古代三式之一，所用之器，稱之為式盤。

據傳說，唐代在長安度過大半生的安倍仲麻呂是安倍晴明的先人，所以安倍晴明運用式盤的法術很可能是這位祖先從唐朝取得，再傳給其後代的。姜國波喜歡中國古代的神怪傳說，也涉獵中日間的文化交流，關於安倍晴明和中國的淵源，也是他對路岸提起過的。

但緊接著，坂本羞赧地說：「可是……我還沒有能夠自如地使用式盤呢。」

路岸簡直無語了，「那你打算用什麼法術除妖？」

坂本左右看了看，壓低聲音對路岸說：「我會操縱式神和咒語。」

「哦？」

「會那麼一點點……」坂本用大拇指和食指比劃了一下，確實只有那麼一點點。「我通過式神，確定了妖怪就在魁之庵附近。」

「魁之庵就有妖？」路岸有些驚駭了。

「對！日光的妖氣集中在魁之庵。這幾天我把附近都走遍了，所有地方的妖氣都處於靜默狀態，唯獨魁之庵的周圍妖氣聳動，非常活躍。」

路岸追問：「你是怎麼看出來？」他起初只把坂本的說辭當笑話來聽，但畢竟親身體驗過圍繞魁之庵的種種詭異，更重要的是，這些詭異還可能和姜塵的生死之謎密切相關。所以，就算坂本再怎麼像在胡言亂語，路岸還是忍不住想聽下去。

「請等一等。」看到路岸這麼當真，坂本露出了得意又忐忑的表情，再一次環顧四周，確認了餐廳中只有他們二人，才說：「路岸君，麻煩您取一份日光的遊覽地圖來。」

路岸從閱讀架上取了一份來。這種遊覽地圖是簡易式的，僅僅標出主要的名勝和路線，也有各種語言的版本，但沒有中文。

路岸乾脆拿了日文版。

回到坂本對面，卻見他已把餐巾紙撕成了很小的碎片，像一大堆頭皮屑似的堆在面前。臉漲得通紅，全神貫注地盯著這堆「頭皮屑」，翕動雙唇唸唸有詞。路岸聽不懂他在唸叨什麼，不過看模樣，猜測是在唸咒。

等了好一會兒，什麼都沒發生。

坂本抬頭看著路岸，有些發急地說：「應該可以的呀，我一直操縱這種式神。奇怪，這次怎麼不靈了呢？」

「這就是你的式神？」路岸瞪著桌上的碎紙屑，嘆為觀止地問。

據說，式神是陰陽師用法術操縱的下界神怪或者靈體，服從於陰陽師的調遣安排。最普通的式神，就是剪紙而成的人形。不過，坂本康夫的式神居然是一堆碎紙屑，這也太簡陋了吧……

「怎麼就失靈了呢？」坂本喃喃著，運氣凝神，準備再次對碎紙屑發出神力。就在這時，從樓下突然傳來一聲尖利的呼喊。

「霏霏！」路岸跳起來就往餐廳外衝。

坂本憋著的氣一不留神全噴了出來，面前的碎紙屑被吹得亂七八糟。

15

路岸幾步就衝到樓下，迎面撞上從女湯奔出來的任霏霏。她披著一腦袋的濕髮，身上只來得及裹了件浴袍，赤著雙腳，狼狽不堪。見到路岸，任霏霏便一頭扎進他的懷裡，一邊哆嗦一邊嚷：「有鬼！浴室裡有鬼！」

路岸摟住她，連聲安慰：「別怕！別怕！」

身後傳來腳步聲，是坂本康夫和菅樹里二人聞聲趕來了。大家異口同聲地問：「出什麼事了？」

人一多，任霏霏的膽子稍微壯起來，意識到自己失態了，忙從路岸的懷中掙脫開，回頭一指女浴室的門，「剛才……那裡有一張臉……」

她奔出來時沒顧得上鎖門，熱氣從女浴室裡飄出，望進去只是一片白茫茫的。菅樹里率先向門內走去。

路岸脫口而出：「小心！」其實剛才任霏霏說的是日語，他並沒有聽懂，卻本能地為菅樹里擔心。

菅樹里朝他瞥了一眼，徑直走進門去。路岸想跟上，卻被任霏霏拉住了，「路岸，別去……」

路岸知道她是不敢獨自留在外面，便朝坂本康夫示意，讓他跟上菅樹里。坂本的臉上還沾了幾片碎紙屑，被路岸連瞪幾下才反應過來，走到女浴室門口，不好意思再往裡進了，只站在門邊向內探頭探腦。

不一會兒，菅樹里就出來了。「裡面什麼都沒有，一切正常。」

任霏霏說：「不可能！我剛才明明看見了……」

「你到底看見什麼了？」路岸問她。

「我看見一個人臉，慘白慘白的，可怕極了！像鬼臉！」任霏霏大聲叫道，「哦對了！那張臉不是在浴室裡面，是在窗戶的外面！」

菅樹里扭頭就朝樓上走，路岸忙用英語問她：「你去哪兒？」

「我到外面去看看。」

「我陪你去吧？」

菅樹里掃了一眼路岸和任霏霏，「你還是守著她吧。」扭頭對坂本說：「你跟我去。」

「我？」坂本康夫眨巴了好幾下眼睛，「哦。」

兩人一前一後上樓去了。

路岸對任霏霏說：「我先送你回房間吧？」

「路岸，我們明天就走吧，這裡我待不下去了。」任霏霏眼圈紅紅地說。

「嗯，先回房去把衣服穿上，別著涼了。」

路岸把任霏霏送回房間，自己在門外等候，心裡卻惦記著外面的情形。雨一點沒有變小的跡象，浴室窗戶的位置緊靠大谷川的河堤，菅樹里和坂本現在過去查看，雨水、河水、漆黑的夜，以及那個不知何方神聖的「鬼臉」，實在讓他擔心。好在任霏霏很利索地收拾好了，路岸連忙和她一起下樓，剛到餐廳，菅樹里就從外面進來了。

她穿著雨衣，手裡還拿著一個大號手電筒。才進門站定，玄關的磚地上就濕了一大灘，可以想見外面的雨有多大。

雨衣上沾了大塊大塊的汙跡，菅樹里的額頭也蹭破了，雨水混著血和泥，一直流到左頰的疤痕上，看上去又可憐又嚇人。路岸剛想問怎麼了，菅樹里卻將頭一偏，一邊脫雨衣，一邊說：「外面的雨太大，天又黑，什麼都看不見。」

「你受傷了啊？」任霏霏湊上去。

菅樹里一把將她推開。任霏霏沒有提防，幾乎摔倒。

路岸喝道：「你幹什麼！」雖然他對菅樹里懷著一種無法釐清的微妙感覺，但她的行為有時真的讓人很難接受。

菅樹里刷地將雨衣摔在地上，把一樣東西拎到任霏霏的面前，「見過這個嗎？」

那是一個白布做成的小人。白布包裹起來的圓腦袋，和腦袋下方垂著的白布權充下半身。圓腦袋上還用墨汁畫著兩隻眼睛和一張嘴，被雨水淋得化開了，淅淅瀝瀝的墨跡蜿蜒而下，使這張臉顯得十分驚悚。

「啊！」任霏霏嚇得倒退半步，「這、這是什麼？」

「這就是你看到的鬼臉！」菅樹里冷冷地說。

「就是它……？」

「這個晴天娃娃就掛在浴室窗外的樹枝上，我爬到樹上才取下來的。你剛才從浴室的窗戶裡看到的，就是這個東西。」頓了頓，菅樹里又說：「我都差點滑到大谷川裡去了。」

任霏霏漲紅了臉說：「對不起，我從來沒見過這麼大的晴天娃娃。」

「大點兒也沒有什麼奇怪的。」

「可是……誰會把晴天娃娃掛在那種地方？」

「是風吹上去，被樹枝纏住了。」菅樹里說著，把髒兮兮的晴天娃娃往旁邊的垃圾桶裡一扔，轉身就進了櫃檯後的小屋。布簾在她的身後落下，從簾下透出扁扁的光線，像極了一道鄙視的目光。

「怪我，都怪我。」坂本康夫說，「我就不該提那種叫垢嘗的妖怪，害得霏霏小姐產生不好的聯想了。」

任霏霏的臉上越發掛不住，忽地一跺腳，轉身向樓上跑去。

路岸卻瞪著坂本康夫，「你怎麼沒出去過？」他這才發現，坂本一直躲在玄關的陰影裡，全身上下連一滴水都沒有，可見根本就沒出過門。

「我……雨太大了……我怕……」

路岸吼起來：「那你就讓樹里一個人到外面去！這麼大的雨，這麼黑！萬一出事了怎麼辦！」真想一拳把坂本的塌鼻子揍進肉裡，讓他的臉徹底變成平底鍋。

坂本康夫連連鞠躬，「對不起，對不起，我……我……」

路岸扭頭就走，上樓來到任霏霏的房外，敲敲門，「霏霏，你沒事吧？」

「我要睡了！」

「那好吧，你早點休息。晚安。」

「等等！」任霏霏打開房門，盯著路岸問：「我們明天走嗎？」

路岸遲疑了一下，說：「霏霏，我可能還想再待幾天。你自己先回去吧。」

「再待幾天？做什麼？」

路岸沉默。

「你明知道不會有任何線索的。」任霏霏咬著牙說，「姜塵早就死了。醒醒吧，路岸！再說，你一個人留下，語言又不通，更是在浪費時間！」

「可是霏霏，在這個世界上，只有我還記得姜塵了。」

任霏霏觀察著路岸的表情，「你不會是，還有其他目的吧……」女生特有的敏感，已經讓任霏霏看出了一些端倪。她和路岸畢竟沒那麼熟，不好意思直接說出口，但心照不宣的效果足矣了。

頓了頓，路岸低聲說：「我們明天一早就走。」便轉身下樓去了。

經過餐廳時，裡面一片漆黑。所有的燈都滅了，只剩下坂本康夫一個人還站在玄關處東張西望。路岸不想再和他糾纏，就直接回了自己的房間。

床鋪已經整理過了。路岸盤腿坐在鏡子前面，望著鏡中的自己。

離開嗎？他問自己，終止這場註定不會有結果的尋覓。壓垮任霏霏的，或許是魁之庵中難以捉摸的氣氛，但打擊路岸的，卻是一次又一次的失望。迄今為止，所有的線索都似是而非，這才是最折磨人的。任霏霏剛才的話更是擊中要害，他確實應該好好想想，自己對菅樹里的莫名關注，真的是出於尋找姜塵的初衷嗎？

靈魂附體這種鬼扯淡，為什麼偏偏會讓他心緒大亂？

路岸仰面躺倒在榻榻米上，剛剛閉起眼睛，門上傳來「篤篤」的敲門聲。

「路岸君，路岸君！」坂本康夫在門外小聲招呼，「請你快來看，有……情況！」

路岸騰地坐起來。坂本的語調非比尋常，喜悅中似乎還帶著隱隱的恐懼。

除了玄關處的一盞燈，整個底樓的空間完全沉沒在黑暗中。煤油爐也熄滅了，溫暖的假象被徹底祛除，徒剩冷酷的現實。雨聲仍然不絕於耳，彷彿從創世起就開始下的雨，還將一直下到世界的末日。

路岸下意識地掃了一眼手錶，夜光顯示剛過零點。他又朝櫃檯的方向看去，黑布簾後的門已經關上，菅樹里應該也睡了。被雨聲襯托得扎扎實實的寂靜，填滿了小小的魁之庵。

坂本貼在路岸的耳邊說：「路岸君，你看。」他說得很小聲，似乎生怕打擾到誰。

路岸朝之前的位置望過去。黑暗中，只能隱約看見桌子的輪廓，桌面上似有微弱的光，一閃一閃，如同聚集著一群螢火蟲。

他屏住呼吸，沿牆緩步走去。看清楚了，是散落在桌面上的碎紙屑在發光。

坂本緊跟著來到他的身邊，「路岸君，那就是我的式神，是我的式神在發光！」他激動得像要哭出來，「我說為什麼不靈了呢，原來是要在午夜唸咒才有用……」

路岸皺起眉頭，「是不是造紙商的螢光劑放太多了？」

「路岸君！」坂本康夫用力扯了扯路岸的袖子，「你看吶！它們在動！」

「動？」路岸定睛一瞧，還真是！

碎紙屑原先是散落在桌面上的，不知不覺中，已經飄浮到了桌面的上方。只有一點點高度，但就是這一點高度，使它們能夠自由而輕靈地移動飛舞，在黑暗中拖出細長的光的尾巴。

路岸看呆了，想再湊近些，又生怕一動就破壞了這幅奇異美妙的畫面，只能屏息凝神地觀望。發光的碎紙屑像水一般飄移，又漸漸地落下來，聚集在一起，終於不動了。

路岸問坂本：「現在可以過去了嗎？」

坂本康夫重重地點頭。

兩人小心翼翼地向光源而去，碎紙屑發出的光越來越微弱，當他們來到桌邊時，最後的一線微光也熄滅了。

「可以開燈嗎？」

「開吧。」

路岸扭亮了餐桌上方的燈籠，光線正照在桌面攤開的日光簡易地圖上。一小堆碎紙屑恰好落在一所旅館的標誌上：魁之庵。

不偏不倚，精準極了，沒有一片碎紙屑掉在別處。

「看見了嗎？路岸君。我的式神說，妖在這裡，就在魁之庵！」

16

坂本康夫告訴路岸，他跟隨日本最偉大的陰陽師學習法術很久了，直到最近方有所成，開始能夠役使自己的式神——紙。按照安倍晴明的理論，式神是凝結了人類願望的一種神力，可以以任何一種形式存在。至於坂本的式神為什麼是碎紙屑，他自己也說不出個所以然來。或許只是因為，紙屑比較容易操縱，也沒什麼威脅性吧。就算搞砸了，最多掃掃地。

總之有一天，當坂本在日本地圖上操縱式神時，碎紙屑聚集在了日光這個點上。

坂本興奮極了，這可是他頭一次成功定位到妖氣！他下決心來日光走一趟。能不能捉到妖，他毫無把握，但身為一名陰陽師，總該有開張的一天。

日光是個小地方，可說到捉妖，範圍還是過大。因此在出發前，坂本又請了一回式神，用的是日光地圖。這一回，碎紙屑全部堆到了魁之庵的標誌上。坂本康夫便一頭扎了過來。其實，他只比路岸和任霏霏早到半天。就當他們兩人在鐵橋上遇到異況時，坂本康夫正在屋子裡專心伺弄式神，想具體定位出妖的位置，最好連妖的種類也鑑別出來。然而他折騰了大半夜，搞了滿地的碎紙屑，卻始終沒能喚出式神來。

第二天白天，正當他在龍尾之路瞎逛時，遇上了任霏霏和路岸。坂本驚喜地發現，路岸居然是個內行的！

路岸問：「我哪裡內行了？」

「路岸君，請不要謙虛！你雖然不是陰陽師，但你精通中國的古文化。在這方面，你的知識恰恰是最有力的武器！」坂本熱忱地說，「小林先生提出大家一起用晚餐，我立刻想到，應該抓住這個機會，青行燈是最古老的妖怪傳說，很可能招出妖物現形。」

「結果妖怪沒召出來，倒把任霏霏給嚇得不輕。」

「那個……純屬意外，純屬意外。」坂本辯解說，「路岸君，總之你親眼看到了，式神在向我們召示，魁之庵中有妖！所以，路岸君能不能和我一起來做這件大事？」

「我？」

「對啊路岸君！我們一起把蟄伏在魁之庵的老妖抓出來吧！」

路岸沉默地盯著坂本。

坂本康夫讓他給看毛了，「路岸君，你……」

路岸問：「你為什麼一口咬定，魁之庵的妖是古老的妖？」

「就是古老的呀。」

「但妖怪不都是古老的嗎？」

「哦，是這樣的！」坂本連忙解釋，「通常來說，精怪的形成需要相當長的時間。比如說狐狸，單單為了修成人形，就需要三千年，還要頭頂骷髏參拜北斗，骷髏不掉落，它才能最終化為人形。這個故事是你們唐人記錄的呢。路岸君知否？」

路岸點了點頭。

唐人段成式的《酉陽雜俎》中確實有這樣的記載。那是一本奇書，記錄了千奇百怪的各色傳說，被稱為志怪小說的鼻祖。看來，其影響早就遠播東瀛了。

坂本繼續熱情洋溢地說：「從人類的眼光來看，上千年已經非常久遠。但對於妖怪而言，上千歲還只是少年兒童呢。至少得三千歲以上，才能算作老妖。路岸君，我可以肯定，我的式神在魁之庵識別出來的妖，應該都超過了三千歲。你熟諳遠古歷史，我們正好合作一起找老妖，怎麼樣？」

「對不起，你說的這一切，我完全無能為力。」

路岸不打算再和此人糾纏下去了。坂本康夫要麼是一個狂熱的神棍，要麼就是一個拙劣的魔術師。從憑弔姜國波父女的悲慘命運開始，到尋找生死未卜的姜璽，再到陷入靈魂遷移和古老妖怪的迷陣。一路走來，路岸可以允許自己瘋狂，但絕對不能荒唐。

他轉身向餐廳外走去，坂本康夫追著說：「路岸君，請你再考慮一下……」

路岸頭也不回地說：「晚安。」

忽然，坂本康夫抬高聲音，在路岸的背後說：「我可以證明我的話！路岸君，你們這兩天有沒有在魁之庵周邊遇到過一陣濃霧？」

路岸停下腳步，「你說什麼？」

「濃霧啊！而且是那種有人看得見，有人看不見，能把人隔離開，連說話都彼此聽不見的濃霧！」

路岸的臉色變了，轉過身問：「你知道這種濃霧？」

「對呀，路岸君！那是一種叫做山伏的妖啊！山伏就是一種古老的妖。據說在本島和九州都曾經出現過。傍晚或者深夜，在山間行走時容易碰到這種妖怪。它像一個巨大的山影，又像一股突如其來的霧氣，人們好好地走著，周圍忽然變得雲遮霧罩，一片朦朧。山伏還會把陷入其中的人藏起來。所以就會發生同伴突然消失的現象。有的人就此失蹤，再也找不到了。山伏這種老妖，還是有些危險的。路岸君，如果你們碰上過它，還能安然無恙，應該算非常幸運啦！」

「這也是你的式神說的嗎？魁之庵的老妖就是山伏？」

「可能還有別的，但山伏肯定是其中的一種！」

這回路岸沉默了很久，坂本的鼻子尖上都開始冒汗了。終於，路岸又開口了：「那麼據你的瞭解，有沒有一種妖可以轉移人的靈魂？」

「轉移人的靈魂？」

「就是把一個死者的靈魂附到另外一個活人的身上。」

坂本康夫愣愣地回答：「附身嗎？這是鬼的作為吧？和妖應該沒什麼關係。」

「有道理。」路岸點點頭，「就當我什麼都沒說。坂本君，我真的要去睡了，你也休息吧。我們明天早上就離開日光了。那麼，祝你捉妖順利。」

他回屋關門，坂本康夫沒有再阻攔他。

路岸筋疲力盡地癱倒在席子上，腦子裡卻像捅破了馬蜂窩，坂本康夫的話在裡面到處亂撞，嗡嗡地叫，讓他感到微微的噁心。到日本來頭一次，他有了一種失控的無力感，彷彿自己正坐在一輛脫離軌道的雲霄飛車上，被高高地抛入雲端，既不知會飛向何處，又不知何時就會調頭向下，一頭栽進無底深淵。

他想勉強自己睡覺，卻怎麼也靜不下心來。不知過了多久，他終於忍無可忍地爬起身，打開門，來到走廊裡。

正是黎明前最黑暗的時候，魁之庵靜得像一個黑洞洞的墓穴。路岸摸索著來到櫃檯前，繞過櫃檯，站在值班室的門外。

雨已經停了，大谷川的濤聲遠遠傳來，彷彿溫柔了許多。

路岸筆直地站著，黑布簾後的房門緊閉著，裡面沒有一絲聲響，但他就是覺得，有人正悄悄地走近，停在門的後面。

路岸在想像中看見，菅樹里隔著一扇薄薄的木門，正朝自己看。他在心裡默唸著：你知道嗎？離開後，我就將忘記這裡的一切，忘記你。

可是他自己都無法確定，這句話是說給哪一個「她」聽的。

路岸又在門口站了片刻，才轉身離開。

第二天早晨，路岸被敲門聲驚醒。任霏霏在門外說：「快起來。今天小林夫婦也要回東京，他們有車和司機，說帶我們一起走。」

路岸打開門，「現在嗎？」

任霏霏掃了他一眼，看見一個雙眼充滿血絲、神情萎靡的人。她有些不知該向何處發洩的憤怒，又有些說不出口的心疼。「半小時以後，餐廳見。」

十分鐘後，路岸下樓，任霏霏坐在餐廳裡等著，身旁放著她的小拉桿箱，看到路岸就招呼：

「過來吃早飯。」

路岸沒有胃口，就泡了一杯黑咖啡。剛在任霏霏的對面坐下，麵包的香氣撲鼻而來。抬起頭，萱樹里正將盛著新鮮可頌和牛油的籃子放到餐桌上。她的臉色也有些蒼白，眼圈烏黑，左頰上的瘢痕顯得更加觸目驚心了。

路岸欲言又止，任霏霏卻搶先開口了：「我剛才還在對樹里說，那個晴天娃娃還是有用的。雖說把我嚇了一大跳，可是你看，今天陽光燦爛！」

確實，從落地窗外照進來的陽光都是金燦燦的，映著一片片樹影搖曳，好似晃動的金色小精靈。天空的湛藍色就像海水一樣潑在餐廳的瓷磚地上。

萱樹里仍然沉默寡言，對任霏霏的話只是點點頭，就回到櫃檯後面去了。

路岸想起身。任霏霏一把拉住他，「你幹什麼去？麵包還沒吃完呢？」

「我去結帳。」

「我都結完了。」

路岸看著任霏霏的臉，似乎也比剛見時小了一圈——的確不應該把她拖進來的。於是他點點頭說：「嗯，好啊。稍後我轉帳給你。」

「用不著，盛冬日早就預付了一大筆錢。他哪裡會想到，我們住的是廉價小旅館，幫他省錢了。」任霏霏悻悻地說。

兩個美國女孩一大早就退房離開了，漢斯一家人計畫中午走，熱情地和路岸、任霏霏道了別。小林夫婦衣冠楚楚地下樓來，在櫃檯前和萱樹里聊了幾句，他們的黑色賓士車已經停在外面了。

菅樹里一直把大家送到門外，不動聲色地將一樣東西塞到路岸手邊。是那本中文書——《秘密》。

她輕聲說：「請收下，做個紀念吧。」

路岸一愣，朝她看時，菅樹里又把目光移開了。

大家上車就坐。小林先生坐在副駕駛位，小林太太和任霏霏坐到後排，路岸最後一個上車。賓士車發動了，菅樹里站在魁之庵的門外，向他們鞠躬道別。

忽然，從魁之庵裡奔出來一個人！坂本康夫蓬頭垢面，衣衫不整，一副剛剛睡醒的樣子，衝著賓士車尾拚命地揮手跺腳，像有什麼急事。

司機問小林先生：「要停車嗎？」

「是不是找你們的？」小林雅志扭頭問。

任霏霏衝著後視鏡俏皮地一笑，「應該不是，我們和坂本先生不熟。」

小林雅志向司機點頭示意，賓士車一個輕快的加速，便從鐵橋上一掠而過，在狹窄曲折的道路上迅速穿行。下一個瞬間，電話亭也從車窗外飛速劃過了。

手機在褲袋裡拚命振動起來，路岸掏出來一看，區號認得，是日光本地的號碼。路岸接起來，坂本康夫急得磕磕巴巴，原本就勉強的中文幾乎聽不懂了。

「坂本君，請慢點說。」

坂本康夫這才把舌頭捋順了些，「路岸君，你怎麼走得那麼快？我剛問了樹里，她從登記簿上找到你的號碼，我是用櫃檯上的電話給你打的……」

此君東拉西扯，永遠抓不住重點的本領著實讓人崩潰，路岸趕緊打斷他的絮叨。「坂本君，你想對我說什麼？」

「我想起來了！是有一種古老的妖怪，能夠吸取人的記憶。」

「記憶？」

「對啊，把一個人的記憶移轉到另一個人的身上，不就等於靈魂遷轉嗎？」坂本康夫激動地說，「路岸君，記憶不正是人的靈魂中最寶貴的部分嘛！」

路岸沒有吭聲，任霏霏卻犀利地看了他一眼。

路岸問：「你說的這種妖叫什麼名字？」

「……妖怪的名字失傳了，但據說外形像一條銀色的龍。總之，的的確確是存在的呀！」

路岸緩緩地放下手機，坂本還在那頭大叫：「喂？路岸君？你聽見了嗎……」

任霏霏問：「出什麼事了？誰的電話？」

路岸掛斷了通話，坂本的聒噪終於聽不到了。他看著任霏霏，說：「霏霏，我得留下。」

「……」

「對不起，這幾天給你添了很多麻煩。但眼下我真的不能離開日光。霏霏，非常非常感謝你的幫助，你自己先回東京去吧。我會和你聯繫的。」

任霏霏想說的話有很多，但統統說不出口。其實她並不感到意外，只是有些茫然地問：「到底是為了什麼？」

路岸思考了一下，回答：「我還是想走一遍憾滿之路。」

任霏霏沉默了。

他們兩人用中文交談時，小林夫婦保持著緘默。路岸用英語提出要下車，小林先生當即吩咐司機在前方的巴士站停車。

他溫和地說：「坐巴士回去會快一些。路岸君，那麼自己多保重了。」

路岸道過謝，拎著背包下車了。

賓士車又向前開了一段，小林太太才說：「真是一個可愛的年輕人。」她的聲音蒼老和藹，有著一種撫慰人心的力量，「可惜有些心不在焉。霏霏小姐，你知道他的心在哪裡嗎？」

任霏霏搖了搖頭，朝車窗外望去。漸漸地，她的眼眶有些潮濕了。

第三章　第四天—第六天

1

搭上巴士，路岸很快就回到了神橋。今天的天氣很好，遊人如織，穿行在紅色的神橋上。兩岸的櫻花樹上結滿了一顆顆花苞，在陽光的照耀下顯得分外飽滿，預示著很快將不可阻擋地綻放開來。

隨時可以回去魁之庵，找到菅樹里和坂本康夫，路岸反而不著急了。他在神橋邊找了一家咖啡館坐下，點了杯咖啡，打算仔細地分析一下手中的線索。這些線索凌亂、缺乏邏輯並帶有奇幻的色彩，處於可信與不可信的邊緣，但是他堅信，其中定然埋藏著真相的蛛絲馬跡。

首先是：菅樹里。

菅樹里的家就在仙台港區，離姜國波父女最後出現的KAL酒店非常近，這只是巧合嗎？沒錯，她是海嘯中倖存的日本女孩菅樹里，連DNA都驗過。換句話說，這個軀殼、這個身體，確鑿無疑是日本女孩菅樹里的，但身體裡的靈魂呢？

路岸從背包裡取出菅樹里贈送的《秘密》。

假如不是碰巧讀到了這本小說，他大概這輩子都不會想到什麼靈魂遷移。魁之庵的餐廳裡為什麼會有這本中文書，而且還被仔細地閱讀過？是誰在讀它？會不會是菅樹里呢？路岸始終有一種感覺，她很可能是懂中文的。這本書似乎是刻意出現在那裡，並給予他提示——菅樹里和姜塵之間存在某種關聯，而他必須突破思維的局限，才能找出這種關聯的實質。

然後是：妖怪。

又一個突破常識的題目。在日光的這幾天中，妖怪的話題被鄭重其事地提了出來。就算坂本康夫只是個招搖撞騙的神棍，但路岸在鐵橋上親眼所見的詭異霧氣又該如何解釋呢？還有會發光的碎紙屑，路岸眼睜睜地看著它們，聚落在地圖裡的魁之庵標記上。當然還存在一種可能性，坂本康夫是個手段高明的魔術師，這些都是他一手炮製出來的。但他費這麼大勁圖什麼呢？僅僅是為了唬人嗎？

再來就是：記憶。正是坂本康夫提到的這個詞，讓路岸決心留下來。

留下來，向最不可思議的方向追尋而去，這是他現在唯一能做的了。任霏霏走了，對此路岸感到十分寬慰，未來不管遇到什麼匪夷所思的局面，至少不用再擔心她的安全。現在，他可以徹底放開手腳，去做自己想做的事。

路岸拿起手機，撥了盛冬日的電話，對方卻已關機。一想，盛冬日這會兒肯定在回國的飛機上。於是路岸點開微信，留言：

「我和任霏霏分開了，她自己回東京。我還有些私事要辦，就不再麻煩她了。任霏霏很好，建議你抓緊她，萬一錯過就太可惜了。好話我盡量說了，不過我認為，你還是應該讓她瞭解真實的你，比我說多少好話都管用。等我把手上的事情辦完，會再和你聯繫。」

盛冬日肯定會去找任霏霏打聽，至於她怎麼對他講述尋找姜塵這件事，路岸並不在乎。放下手機，路岸喝了口咖啡，無意中向窗外掃了一眼。

有個人正站在狹窄的街沿上東張西望。中等個子，滿頭蓬鬆的卷髮，雖然換了一身皮夾克，路岸還是驚訝地發現，他就是曾在魁之庵與自己擦肩而過的那個「水管工」。

當時他低著頭，風衣的帽子遮住了大半張臉。今天卻換了一頂棒球帽，還戴了一個大大的黑口罩，走路時仍然略微跛腳，所以路岸一眼就認出了他。他站的地方是一個巴士站，巴士來了，他卻不上車，反而加快腳步過到馬路對面，消失在人群中。

路岸正感到奇怪，咖啡店的門鈴一響，兩個穿著員警制服的人推門進來。

只見兩人悠閒地走到吧檯前，和服務生聊了幾句，從資料夾中抽出一張紙放在吧檯上，又喝了一杯水，才大搖大擺地走出咖啡店。從他們的樣子來看，與其說是在執行公務，不如說是在休閒。像日光這種治安良好的小地方，員警通常都比較安逸，主要工作是維護景區和遊客秩序，基本上沒什麼大案子可以操心。

路岸的目光跟隨著員警的背影，忽然，水管工又一次出現在他的視野中，正從一棵大樹後探出頭來，小心翼翼地觀察著。直待那兩名員警登上停在路邊的警車，警車開遠了，他才從樹後閃出，恰好一輛巴士進站，他緊奔幾步上了巴士。雖然腿腳不太利索，動作還是相當矯健的。

路岸不禁皺起了眉頭。這個水管工的舉動很蹊蹺。

想了想，路岸起身來到吧檯前，又點了一杯咖啡，趁服務生忙著製作的時候，隨意地看了看員警留在吧檯上的那頁紙。

紙上印著一張照片，還有幾行日文。趁服務生不注意，路岸用手機對著紙上的人臉飛快地拍了幾張照。回到座位，他看了看拍下的畫面，稍微有點糊，但模樣還是能看清的。很年輕的一個男人，絕不超過三十歲。

路岸把新點的咖啡一飲而盡，走出咖啡廳。

又一次從電話亭旁經過，亭中依舊空空如也。在人人至少一支手機的今天，它的存在顯得那麼多餘，更像一個精緻的裝飾品，或者一份懷舊的點綴。但是對於路岸來說，它的意義非比尋常。

從電話亭起，就是那條穿過住宅區的下坡路。每家每戶的院子裡、台階和窗台上都能看見盛開的鮮花，春天的氣息一天比一天更濃，小巷中寧靜如斯，幾乎看不到一個住戶。

下坡路走到盡頭，就是橫亙在大谷川上的鐵橋了。

正是午後時分，站在鐵橋上任春風拂面，陽光中也帶著慵懶的春意。路岸凝望著百米之外的魁之庵，緊貼河堤而起的外牆很乾淨，正如他見到的所有日本建築物。

不對！路岸忽然發現，魁之庵的外牆上是有汙跡的。魁之庵的結構特別，底層是餐廳、前台和兩間客房，二樓共六間客房。在靠大谷川的這一面，還有一個緊貼河堤的地下層，包括了泡溫泉的男女湯和雜物間。

就在女湯的窗下，路岸看到了幾個骯髒的鞋印。

昨天夜裡，任霏霏在女湯的窗上看見「鬼臉」。後來菅樹里找到晴天娃娃，證明任霏霏只是自己嚇唬自己。莫非，這些鞋印是昨夜菅樹里取晴天娃娃時留下的？

路岸打算走到近處仔細瞧瞧。剛走幾步，隨風飄來奇怪的聲音，有點像人的叫聲，很短促，旋即又聽不見了。太陽略微西移，恰好照在魁之庵臨河的外牆上，上下三排窗戶都反射著金色的陽光，令人無法直視。突然，路岸發現最底下的那排窗戶上，光線倏忽晃動，像有人推動了玻璃。

正是女浴室的窗！

路岸加快步伐，朝魁之庵跑去。

魁之庵陷入在一片寂靜中，大谷川的奔流聲和山中傳來的樹濤聲使這片寂靜更加深邃。教堂的鐘聲驟然響起，碎石小徑的深處，教堂的尖頂從樹蔭上伸出，直指藍天。

哪裡都看不到一個人影，只有幾隻麻雀在魁之庵門前的砂石地上蹦跳。此刻的魁之庵，像極了童話故事中的森林小屋，看似空無一人，可一旦走進去，就將發現一個異世界的入口……

又傳來一聲悶叫，很輕，但聽得出是女聲，就在魁之庵裡面！

路岸飛奔下樓，女浴室的門大敞著，熱氣從門內洶湧而出，一起湧出的還有搏鬥和撕打的聲音，以及池水四濺的聲音。路岸直衝進熱氣裡，正見到身穿黑夾克的男人跨在浴池上方，雙手用力往下按壓。被壓在下面的人全身浸沒在池水裡，手腳並用拚命掙扎，想往上抬頭，但剛冒出頭就又被壓下去，難怪連叫都叫不出來了。

路岸撲過去，一把將黑夾克男推開。他剛想把菅樹里從水裡撈出來，黑夾克男又自背後襲來，抱住路岸的腰往水池旁甩去。地面上全是水，路岸滑倒在地，順勢伸出雙手，不顧一切地抱住黑夾克男的雙腿，將他也帶倒在地上。兩人在瓷磚地上翻滾起來，扭打成一團。

兩人勢均力敵，但黑夾克男的體型比路岸稍微遜色，而且一條腿不利索，漸漸落了下風。見勢不妙，他運出全力將路岸向後一推，乘機奪路而逃。

路岸沒有追趕，而是返身撲到浴池邊。萱樹里已經失去了知覺，一動不動地躺在水裡。路岸把她從水裡抱出來，又是控水又是人工呼吸。多虧他學過急救術，一番折騰之後，萱樹里突然嗆咳幾聲，吐出一大灘水，慢慢地把眼睛睜開了。

路岸扶她坐起來，靠在自己肩上，問：「你怎麼樣？沒事吧？」

她盯著他，臉上的驚惶表情漸漸平復下來，濕發散亂地沾在蒼白的額頭上。在路岸的眼中，萱樹里從未像現在這樣脆弱，但也前所未有的動人。她一聲不吭的凝視，竟使得他不自然起來。

路岸只好又問：「那人是誰？你認識他嗎？」

她用英語說：「你說什麼，我聽不懂。」

路岸一愣，只得換用英語說：「剛才你呼救的時候，好像說的是中文。」

「不可能。」萱樹里平靜地回答，「你一定是聽錯了。」

他的心中湧起一陣並非怨恨或者質疑，而是無奈中帶著傷感的情緒。

萱樹里回屋收拾去了，路岸就在餐廳裡坐著等她。他忽然發現，除了他們二人，魁之庵中居然連一個客人都沒有，難怪黑夾克男敢在光天化日之下襲擊萱樹里。

坂本康夫怎麼也不見了？

菅樹里來到他的對面坐下，「你不是回東京去了嗎？」她換上了乾淨的衛衣和牛仔褲，重新梳了頭髮。除了脖子上的一塊淤青之外，基本上看不出異樣了。

「我……想多待幾天。」

她淡淡地笑了笑，「就沒事先編個理由？」

「沒顧得上。」路岸也笑了。他發現，菅樹里笑起來其實蠻好看的，那塊疤痕看多了以後也不再礙眼，真是神奇。

「霏霏小姐呢？」

「她自己回去了，要上課。」

「哦。」菅樹里點點頭。

路岸問：「客人呢？」

「都退房了呀。」

「坂本康夫呢，沒聽說他要走？」

菅樹里眨了眨眼睛，「你找他？」

「他說好在這裡等我的。」

「這樣啊……可是，一聽說要漲房費，他就連滾帶爬地跑了。」

「漲房費？」

「是呀，從今天開始日光進入旅遊旺季，房費調高百分之五十。坂本康夫說太貴了住不起，就趕緊退房走了。」

看來陰陽師的生意不景氣啊，路岸問：「你準備大賺一票嗎？」

菅樹里向他伸出手，「把你的手機給我。」

她在路岸手機上操作了一番，遞回給他。螢幕上打開的是訂房網站，已經搜索到了魁之庵，卻顯示：無房。

路岸看不懂了，「怎麼是無房？」

「我設置的。」菅樹里面無表情地說，「我有許可權。」

「你……不想有人入住？」

「如果你不回來的話，魁之庵裡就剩我一個人了。」

路岸終於明白過來了，「你想獨佔魁之庵。」

「對。」

「為什麼？是專門等待這個時機嗎？」

「其實也沒什麼特別的。小林先生和太太在的時候，我不方便動手腳，只要他們離開就行了。剛好，你們都在同一天退了房。」

「於是你便如願以償——魁之庵空了。」頓了頓，路岸說：「可是，如果剛才我沒及時趕到的話，你會怎麼樣？」

菅樹里垂下眼瞼，對於不願回答的問題，她似乎都習慣用沉默來應對，而不屑於找個藉口，或者撒個謊。

「那麼，他是誰？」

菅樹里仍然沉默。

「我曾經在這裡見過他，以為是修水管的。」

「沒錯。」菅樹里揚起眉毛，神情中帶有一絲挑釁的意味，「他就是修水管的。」

「見到旅館裡只有你一個人，就對你動手動腳了？」

菅樹里嫌棄地撇了撇嘴，再度緘口不語。

「他叫什麼名字？」

「我不知道。」

「你不知道？」

「你會問上門修理工的名字嗎？」

「你從哪裡找來他的？」

「你問這些幹什麼？」菅樹里煩躁起來。

「因為我今天剛見過他。」

她吃了一驚，「你見過他？」

「對，就在神橋旁邊的咖啡館。我見到他在那裡等巴士，當時還發生了一件奇怪的事。」路岸又把手機放到菅樹里的面前，「你看看這張照片，是不是他？」

菅樹里掃了一眼手機，「看不清。」

「不可能吧？」

「看不清就是看不清！」

「可是我看清了，就是他！而且我知道，這個修水管的昨晚還在女浴室的窗外偷窺過任霏霏，她看到的鬼臉根本不是什麼晴天娃娃，就是這個人！」

「你瞎說！」

「我有證據。」路岸朝樓梯的方向指了指，「浴室裡到處都是水，那傢伙逃跑時踩了一地的鞋印。我在鐵橋上看見，女浴室窗下的外牆上也有好幾個髒鞋印。只要把這兩組鞋印比對一下，就能確定是否為同一個人。」

菅樹里的臉陰沉下來，皺起眉頭思考著什麼。

路岸說：「你可千萬別去拖地啊，鞋印子都得留著，保護現場。」

她怒氣衝衝地問：「你到底想幹什麼？」

「我想知道他的名字，還有員警印發的紙上所寫的內容，他究竟犯了什麼罪。」

「你瞎管什麼閒事！」

「這怎麼是閒事？」路岸正色道，「昨天夜裡他就嚇到了任霏霏，今天他又幾乎殺死你！好吧，如果你實在不願說，我現在就把照片發給任霏霏。她可以翻譯上面的內容，她還可以證實，這張臉就是昨天夜裡浴室窗上的鬼臉！」

菅樹里咬了咬嘴唇，終於極不情願地說：「不必發給霏霏小姐了。我告訴你，他的名字叫酒井幸作。」

「哦？」

「酒井幸作是黑幫藤田組的成員，正在被幫派內部追殺。警方得到消息，酒井幸作逃到日光地區來了，所以請市民協助提供線索，以免傷害無辜。」

「這個人太危險了！」路岸嚴肅地說，「應該馬上報警。」

「不行！」

路岸不理她，徑直來到櫃檯前，翻看印有常用號碼的卡片，果然找到了本地警署的號碼。他剛要拿起話機，一隻涼津津的手按在他的手背上。

「請不要報警。你想知道什麼，我說。」

2

「酒井幸作是我的朋友。」菅樹里這樣開頭，「我們很久以前就認識，但也有好幾年沒聯繫了。前幾天，我在魁之庵後面的山裡遇上他，他對我說要找地方躲一陣子，求我幫他。我答應了。」

「你就把他藏在我隔壁的那間客房裡，對嗎？」

「對，底樓只有兩間客房，臨河面近，又是日式房，比較簡陋和潮濕，客人一般不喜歡住。平常也沒什麼人走動。」

路岸住的是底樓靠外的一間，靠內的一間是個死角，沒事誰都不會往那裡走。

「我和任霏霏到的那個晚上，酒井幸作已經在魁之庵裡了嗎？」

「在，他是你們來的前一天深夜躲進來的。」

「從那以後他就一直躲在旅館裡面？還是經常外出？」

「你們在的這幾天，他白天大部分時間都躲在房間裡。晚上，我也不知道他會不會溜出去。因為他的房間有一扇窗，對著大谷川的河堤，很輕鬆就能爬出去。」

「和我房間的一樣。但我房間的窗戶上綁著鐵絲。」

「對，為了安全，底樓兩間房的窗戶都是封起來的。不過，酒井一來就把鐵絲撬了，他說不開窗屋裡太悶，所以，其實我也不知道他什麼時候會出去。」菅樹里苦笑了一下，「他這人最散漫了，肯定不願意成天躲在房間裡。白天怕被人看見，晚上忍不住，多半會出去透透氣。對了，就在你們來的那天深夜，他向我要藥膏貼，說是拐了腳。所以他肯定是出去過的。」

路岸明白了，第一個夜晚攀爬在鐵橋欄杆上，向任霏霏伸出手的「蜘蛛人」就是酒井幸作！沒想到幾天來都和這個流氓同居一處，僅僅隔了一堵牆。路岸後怕不已，倒不是為了自己，而是為了任霏霏。他很想埋怨菅樹里幾句，這女孩也太不懂事了，怎麼也該考慮一下旅店客人的安全吧！

「我沒想讓他待久的。」菅樹里好像看穿了他的心思解釋說，「但他非逼著我給他一筆錢才肯走。因為日光離東京很近，他覺得不安全，想逃到更加偏遠的地方去。可我實在拿不出多少錢來。我本來想向小林先生和太太借的，卻怎麼也開不了口。所以，只好先等你們都離開了，再另外想辦法。」

聽她這麼一說，路岸的心又軟了。菅樹里把魁之庵清空，就是為了不傷害到客人，但是這樣做，她就等於把自己置於孤立無援的危險境地了。

「今天魁之庵裡沒有客人了，酒井幸作就跑到市中心去看風頭。沒想到員警在找他，所以他又氣急敗壞地跑回來逼你，是這樣嗎？」

「是，他逼著我把旅館帳戶裡的錢都取出來給他，我不答應，他就發狂了……」

路岸嘆了口氣，「說來說去，我還是覺得應該報警，否則你會很危險的。」

「不行！」

路岸無話可說，只得把目光轉向窗外。這片風景他已經看了三天，小片砂石場地後面茂密的樹林，層層疊疊向上伸展到山巒的頂端，再蔓延開去。從這個方向看不見河面，但大谷川的濤聲時刻響在耳邊。樹梢上的金黃色正在越變越濃，太陽以目測得見的速度西沉。不知不覺，這個午後就要過去了，傍晚即將來臨。

「要不……」菅樹里忽然吞吞吐吐地說，「你借我點錢吧？」

「錢？」

她急急地說：「我看你挺有錢的吧？中國人都挺有錢的。我要的不多，一定會還給你的。」

路岸有點兒啼笑皆非，但遭此待遇，又似乎純粹是自作自受，並且，他發現自己沒有勇氣拒絕她。

想了想，他說：「借你錢，讓你交給一個逃犯？我豈不成了協同犯罪？」

「你是借錢給我，我拿來做什麼和你沒關係！」菅樹里的語氣蠻橫起來，明明是她在求他，卻說得像路岸欠了她似的，「你到底幫不幫我？」

路岸掏出錢包，在機場換的日圓本來就不多，這幾天零零星星的快花完了。他抬起頭，菅樹里正直勾勾地盯著他的一舉一動。她的目光和神情讓他心中微顫。

路岸說：「酒井幸作拿到錢，肯定不會再糾纏你，立即離開嗎？」

「當然。員警和黑幫都在找他，他也不想久留的。」

「那好吧，把你的帳號給我。」

菅樹里驚訝地瞪著路岸。

「怎麼了？我給你轉帳啊，說吧，需要多少錢？」

也許路岸答應得太乾脆，菅樹里反而有些發懵了，她期期艾艾地說出一個數字，末了還強調說：「我肯定會還給你的！」

「沒問題。」這個數目不大不小，但以菅樹里的現狀來說，除非她發一筆橫財，否則過十年也未必還得完。

「那就轉到旅館的帳號上吧。這樣，萬一今後被查到了，我就說是你給魁之庵的捐款，讓我給挪用了，怎麼都怪不到你身上。」

「都行。」路岸微笑著問，「可是，我為什麼要捐款給魁之庵呢？」

「救助311海嘯中的倖存者。魁之庵一直以這個名義收集捐款，再統一交給基督教堂。」

「那正好了。」路岸打開手機銀行，按菅樹里提供的帳號匯了款，把介面給菅樹里看，「明天就能收到了。」

「你真的把錢轉給我了？」她露出難以置信的表情。

「這還能有假？」

「謝謝。」菅樹里低下頭，不敢與路岸的目光接觸，「真的……太感謝你了。」

「不用謝，我很樂意的。」

菅樹里又抬起臉來，雙眸煥發出咄咄逼人的光彩。「路岸君，為什麼要這樣對我？」

路岸不假思索地回答：「因為一個中國女孩。」他等待這個問題好像已經很久了，所以答案準備得相當充分，「我以為，不，我希望……你就是她。」

菅樹里微微張開嘴，愕然地望著他。

路岸向菅樹里毫無保留地講述了姜塵的故事。為了能讓菅樹里聽懂，他盡量採用簡單的英語詞彙。從頭至尾，菅樹里一直安靜地聆聽著，一次也沒有打斷過他。

當他講完時，天已經半黑了。向窗外看去，山頂附近的樹梢上尚有一點夕陽餘暉，往下卻是越來越深沉的陰暗。路岸來了才幾天，就發現不分日與夜，不論城市還是鄉村，日本的風景中始終帶著一抹淡淡的悲哀，讓路岸想起寒夜裡野獸的眼神，那是一種聽天由命的、深沉而平靜的悲哀。

菅樹里問了第一個問題：「為什麼懷疑我是她？」

「因為魁之庵離那個電話亭最近，還因為你……」

「因為我和她長得像嗎？」

「說實話，一點兒都不像。你的個子比她高，長得嘛……」路岸斟酌著詞句，「姜塵長得很普通，並不漂亮。」

菅樹里指了指左頰上的疤痕，「這個，她沒有吧？」

「當然沒有。這塊疤是在地震中留下的？」

「嗯。」菅樹里自嘲地笑了，「你相信嗎？我原先長得還不賴。」

「我相信。」

「可我在學校裡和同學們都處不好。男生欺負我，女生說我風騷，不肯和我交朋友。我的功課不怎麼樣，所以老師也不喜歡我。我沒心思好好讀書，成績越來越差，初中就上得很勉強。一進高中，我就和酒井幸作在一起了。」

她垂下眼簾，「酒井幸作是……曾經是我的男朋友。」

路岸已經料到了。

「他是那種問題少年，十幾歲就加入了黑幫，給人家當小嘍囉。我喜歡和他在一起，至少再沒人敢欺負我。我們喝酒、泡吧、鬧事、夜不歸宿，家裡人都不打算再認我了。如果不是那場突如其來的海嘯，現在我多半還和他在一起鬼混。所以，這次他來找我救急，我真的不忍心拒絕他。在這個世界上，除了我，再沒人會幫他了。」

「你們是在海嘯中失散的嗎？」

菅樹里點了點頭。

路岸小心翼翼地問：「關於海嘯，你還記得什麼嗎？」

「只記得一剎那的天崩地裂，然後一切都消失了，包括我自己。後來我在收容所裡醒過來，花了好幾個月才回憶起來我是誰——就這樣。」

「仙台港區的KAL酒店，你曾經去過嗎？」路岸知道這麼問有多荒唐，但他更知道，現在不問的話，自己將來一定會後悔的。

菅樹里注視著他，「對不起啊，我真的不記得了。」頓了頓，又笑笑說：「是不是因為那本書？那本《秘密》，可那是小說啊。」

「你覺得我很可笑，是不是？」

「也……不是啦。」

事到如今，路岸的心反而平靜下來了。接受現實，放棄無妄的念頭，總能讓人收穫安寧。他終於可以對自己承認，菅樹里就是菅樹里，不論抱有多麼執著的幻想，姜塵早就不在了。現在，他至少得到了一個確定的答案。遺憾是肯定的。但逝者已矣，並非要人放棄守護之心，而是去守護那些力所能及的人或者物。無論如何，他並不後悔來到魁之庵，更不後悔獨自留下。

天已經完全黑了。菅樹里把燈打開，生起煤油爐，魁之庵又變成了夜航在汪洋大海上的小船。今天的這艘船上，只有他們兩個人。

路岸望著窗外說：「酒井幸作還會來嗎？」

「應該不會，他打不過你。再說他也怕你去報警。」

「還是把門窗都關緊吧。酒井有沒有這裡的鑰匙？」

「沒有，他進出都爬窗的。」

兩人在魁之庵上上下下巡邏了一圈，把所有的窗戶都從內拴緊。菅樹里拿來扳手，路岸用粗鐵絲繞了好幾圈，把酒井幸作待過的房間窗戶也給加固了。忙乎了半個多小時，魁之庵已然固若金湯。除非酒井幸作抄著AK47強攻，否則還真進不來。

菅樹里說：「我想給酒井的手機發一條訊息，說明天會給他錢，先穩住他，讓他別亂來。等明天我去銀行取了現金，再設法交給他。」

路岸想了想說：「好吧。」

她發出了訊息，但沒有回覆。

「不管他了，我們先吃晚飯。」菅樹里拿來早餐吃剩下的麵包，又從冰箱裡取出煙燻鮭魚、培根、番茄、黃瓜和生菜。她把蔬菜洗淨切好，路岸在電磁爐上煎了蛋，加熱培根，兩人配合，很快就做好了兩個三明治，一個雞蛋培根和一個煙燻鮭魚的。路岸還在煤油爐上燉了一鍋義大利蔬菜湯。

「味道真好。」菅樹里一邊津津有味地吃著，一邊評價道，「沒想到你還會做飯。」

「在外生活只能自己做飯吃，我的手藝不錯。可惜你這裡沒有廚房，要不然我能做出一桌子菜來。」

「中國菜嗎？」

「當然是中國菜。」

她的眼睛發亮了，「你這個人，挺讓人意外的。」

「你也挺讓人意外的。」

「我嗎？」

「是啊，你的英語相當不錯，就挺讓我意外的。怎麼學的？」

「我嘛……」菅樹里轉了轉眼珠，「可能是天賦吧。讀書的時候，門門功課都差，就是英語一直不錯。小林先生和太太把我帶出療養院以後，想給我安排培訓課程，讓我有獨立生存的能力。他們發現我的英語還行，就找了老師專門教我，所以進步得更快了。」

「你有了這個條件，才能在魁之庵接待老外。」

菅樹里打了個大大的哈欠。

路岸說：「累了就去休息吧。」

「你呢？」

「我再坐一會兒。實在不習慣在席子上爬來爬去，等睏了再回去睡覺吧。」

「二樓的西式房全都空著呢，你隨便找一間睡吧。」

路岸搖搖頭，他還擔心著酒井幸作，打算就在餐廳裡坐著守一夜。

路岸把菅樹里送到櫃檯後的值班小屋門外，那是她的窩。她撩起黑布簾，打開房門的一瞬間，路岸忽然問：「你也喜歡Hello Kitty？」

「Hello Kitty？沒有女孩子不喜歡吧？」

「嗯，晚安。」

菅樹里關上門，把耳朵貼在門背後傾聽。路岸的腳步聲遠去了，她才在床沿坐下，拿起床頭上的凱蒂貓抱枕。剛才，路岸就是從布簾下面瞥見它的。

菅樹里打開床頭櫃的門，把抱枕塞了進去。

3

坂本康夫本來已經到了日光火車站，準備搭JR離開了。火車進站前的最後一刻，他又改變了主意。

式神就是式神，哪怕他的式神只是一堆碎紙屑，但坂本堅信它們不會說錯——日光聚集著古老的妖氣，並且就圍繞在魁之庵四周。作為一個從未開過張的陰陽師，怎能錯過這樣千載難逢的機會。

坂本康夫毅然決然地返回了。不過，他沒錢再入住魁之庵。坂本反覆數著錢包裡的那一逕鈔票，心裡也納悶，自己怎麼會窮成這樣。可是錢不會說謊，窮就是窮，是鐵一般的事實。坂本康夫就算搜遍全身，也不會找到存摺、銀行卡這類玩意，連手機都沒有，因為他是堅決的傳統捍衛者，不屑於使用任何現代科技產品。

最終，坂本在一家青年旅社的十人間裡找了個鋪位，踏踏實實地睡了一覺。第二天早上，他揹起背包，出發前往魁之庵。背包裡照舊放著精心準備的符紙、六壬式盤和禦祓串。

出乎他的意料，魁之庵竟然大門緊閉。坂本康夫繞著魁之庵兜了好幾圈，終於確定裡面一個人都沒有。這是怎麼回事？昨天之前還生意興隆，住得滿滿的，怎麼突然就關門歇業了？還有路岸，坂本原以為他會返回魁之庵來，今天還打算和他會面的，怎麼也沒見到人？

不好，多半是妖怪生事了！

大白天召喚不出式神，坂本康夫只能取出六壬式盤，一邊唸咒一邊撥弄，折騰了好半天，總算有動靜了。

六壬式盤指向魁之庵後方的密林。坂本康夫知道，密林中有一條小徑，先經過基督教堂，隨後是一小片墓地，再穿越斯通公園，就是日光的又一條著名的徒步路線：憾滿之路。

坂本康夫望了望天上，只見晴空萬里，飄著幾縷聊勝於無的雲絲。他鬆了一口氣，今天肯定不會下雨。

坂本大踏步地走入密林。經過教堂和墓地後，兩旁的參天古樹越來越茂密，把天空都遮住了。小徑幽暗得如同傍晚，除了自己的腳步聲，耳邊只有風吹樹葉的沙沙響。坂本小心翼翼地走著。憾滿之路與龍尾之路迥然不同，令人感到壓抑和畏懼，他從背包裡取出禦祓串，緊握在右手中。

走了大約十幾分鐘，出現幾個岔路口，依次指向淨光寺、慈雲寺和釋迦堂，坂本目不斜視地繼續前行，又見到一排地藏石像，並列在蒼翠的山麓底部。忽然，他手中的禦祓串發出一聲嗚響。坂本驚訝地停下腳步，看了看禦祓串，微風從銅鈴上輕輕拂過，寂然無聲。下一刻，鈴聲驟起，禦祓串像被一隻無形的手猛力搖撼，隨即又突地停頓下來。

坂本冒出了一頭冷汗。

他看著那排地藏石像。據說這裡本來有百尊石像，明治時期被洪水沖失了一部分，如今還剩下七十四座。石像的一個個圓滾滾的腦袋上佈滿青苔，歲月磨損之下，五官已經平淡得不像雕刻出來的，而是用淡墨隨意塗抹而成的。

坂本把七十四尊石像從頭到尾看了幾遍，仍然不得要領。但禦祓串既有指示，他也不敢輕易放棄，只得往路沿一坐，背靠大樹發起愁來。

拜師學陰陽法術至今，還沒正兒八經遇到過一個妖怪，捉妖滅妖更無從談起，坂本覺得自己就像一個學齊了所有泳姿，卻從來沒下過水的游泳選手。跟隨式神的指示前來日光，他本來滿懷著希望，卻仍然一無所獲。此時此刻，他更加徬徨，成為一個真正的陰陽師的信心都開始動搖了。

從來路方向傳來急促的腳步聲，坂本康夫不希望被人看見，趕緊避到樹後。

菅樹里從小徑上匆匆走過，纖細的背影很快就從坂本的視線中消失了。

她走得很急，像是有非常要緊的事要去辦。魁之庵莫名其妙地關門歇業，菅樹里又鬼鬼祟祟地跑到這裡來，到底發生了什麼事？

坂本正在琢磨，又是一陣腳步聲傳來，他連忙把探出去的腦袋縮回來，藏好。

這一次，從他眼前經過的是路岸。和菅樹里一樣，路岸走得也非常急，兩眼緊盯前方，很快也消失不見了。

坂本自言自語：「這是幹嘛？跟蹤嗎？」

他很好奇，想跟上去看個究竟，又怕偷窺青年男女相會，有損自己陰陽師的格調。正在左右為難，忽聽有人在耳邊喝道：「還不快去！」

「誰？」坂本嗖地跳起身來。樹葉隨風婆娑，一縷從樹蔭中漏下的陽光歪歪扭扭地落在那排化地藏的身上。他看見，七十四尊石像同時睜開眼睛，開口說話：「快去啊！」

坂本康夫噭的一聲，拎起背包就跑。才跑了幾步，黑暗鋪天蓋地而來，就像有人按了一個開關，白天黑夜瞬間完成切換，坂本康夫毫無預警地被扔進了一個嚴絲合縫的罐頭裡。

他只得傻站在原地，腦子裡亂作一團。事出反常必有妖啊！他不知道應該恐懼還是驚喜，終於要看見妖怪了嗎？可是這伸手不見五指的——妖、妖在哪裡啊？

一點，一點，又一點，黑暗中亮起了黃色的光，很快連綴成一條長龍，指向前方。

坂本康夫愕然發現，亮起的竟是古老的石燈籠。在日光有許多存在了上千年的石燈籠，靠近寺院和神社的地方尤其多，憾滿之路的沿途也有許多，人們早已熟視無睹。只是誰都想不到，它們會在白天突然點亮。

不過，現在並非白天，而是妖氣凝聚而成的異界時空！在這裡，白天和黑夜顛倒了。坂本康夫興奮不已，尋尋覓覓這麼久，終於進入了妖怪的世界。他簡直要熱淚盈眶了。然而，還不到激動的時候。化地藏和石燈籠都在給他指示，坂本定了定神，握緊禦祓串，順著石燈籠照出的路向前走去。

沒多久，就聽到了流水潺潺的聲音。水聲清越，帶著空曠的迴響。

坂本心中一動，是憾滿之淵到了！

腳下的碎石小徑向前鋪展開來，不遠處果見一個淵潭，鋸齒樣的熔岩圍在四周，白色的霧氣從水面上升起，被石燈籠的黃光照成了一匹飄滑的綢緞，又似一塊簾幕徐徐垂落。傳說不動明王曾經在此出現過，所以晃海大僧就以不動明王碑的最後一句「憾滿」，給這個淵潭命了名。

憾滿之淵的前面，站著一男一女。

坂本認出女的是萱樹里，男的穿了件黑色的皮夾克，頭戴棒球帽，他不認識。

萱樹里似乎和黑夾克男起了爭執。黑夾克男奪過萱樹里手中的什麼東西，她想要奪回來，卻被黑夾克男推開。黑夾克男轉身要走，萱樹里又去拉扯他，黑夾克男將她甩開，然後高高地舉起右手，指向萱樹里。

坂本瞪圓雙眼——槍！

真是做夢也沒想到，妖界之中居然還有槍！這可是一個全新的課題，老師從來沒教過。這槍管用嗎？能殺人還是能殺妖？更要命的是，現在坂本已經完全弄不清楚，萱樹里、路岸還有這個凶神惡煞的黑夾克男究竟是人還是妖了……

黑夾克男舉著槍，對萱樹里叫喊著。奇怪的是，坂本康夫只看得見他的五官扭曲，滿面猙獰，卻聽不到一點聲音。更奇怪的是，儘管黑夾克男暴跳如雷，萱樹里卻仍然毫不畏懼地向他衝過去。

槍響了。

扳機好像就在坂本的耳邊扣動，槍聲震得他眼冒金星。與此同時，路岸從另一側的石頭後面騰空躍起，將萱樹里擋在自己的身後。黑夾克男又對著他們連發數槍，路岸和萱樹里在地上翻滾，順著斜坡掉進了冒出白氣的憾滿之淵。

「救命啊！殺人啦！」坂本康夫拚命大叫起來。

憾滿之淵的上方，那帷幕般的黃光中，隱顯一個蓮花寶座，上有一位結跏趺坐者，蹙眉怒目，右手持金剛杵，左手羅梭纏臂，幽藍的火焰圍繞全身。

坂本翕動雙唇，發出無聲的驚嘆：「不動明王……」

蓮花寶座上的趺坐者彷彿聽見了他的祈告，把目光投向了坂本康夫。剎那間，坂本康夫的腦海中呈現了一片空靈。

黑夾克男向潭中掙扎沉浮的兩個人，再一次舉起了手槍。

「住手！」坂本康夫朝黑夾克男奮勇地撲了過去。他沒有聽見槍聲，也沒有聽見自己的叫聲，連水流聲都消失了。

時間停頓。

淵潭之水像一條白蛇般捲起，把潭邊的一切都吞噬了進去。

石燈籠一齊熄滅。無邊無際的黑暗像沉重的石塊般砸下來，坂本康夫失去了知覺。

回到青旅時，太陽都已經落山了。坂本康夫艱難地爬上自己的鋪位，輾轉難眠地度過了一整夜，好不容易熬到天亮，坂本康夫準備走人。草草收拾行李時，才發現外套、褲子和鞋子全都骯髒不堪。他想不起來是怎麼弄的了，就如他也想不起來，自己是怎麼從憾滿之淵返回的。

他甚至不敢細細回想在憾滿之淵前看見的一切，那已經超越了一名業餘陰陽師的理解力。自己真的看見不動明王了嗎？還是妖怪布下的虛幻陷阱？菅樹里和路岸怎麼樣了？黑夾克男打中他們了嗎？其實他都很想知道，但又害怕知道。

坂本把髒外套和褲子捲起來，塞進背包底部，換上僅剩的乾淨夾克和牛仔褲，把鞋上的泥都用水細細地擦掉了。他去前台結了帳，帶著一顆忐忑不安的心，準備撤離日光。

等巴士時，聽見身邊人們在議論，日光居然出了一樁命案。

命案？坂本不由得豎起耳朵。

今天凌晨在遠郊的寂光瀑布，早起看日出的人們發現，瀑布下的水潭裡浮起一具屍體，連忙報了警。員警趕到後把屍體打撈起來，原來死者正是遭到黑幫集團追殺的酒井幸作。消息頓時傳開了。儘管屍體已經被運走，現場也拉起了封鎖線，仍然有許多人跑去寂光瀑布看熱鬧。至於酒井幸作為什麼會死在寂光瀑布，是失足、自殺還是他殺，警方尚未有定論。

巴士到站了，坂本康夫沒有上車。十幾分鐘後，他來到了日光警署外。門口的台階上掉落著一張紙，坂本俯身將它撿起來。紙上的照片清清楚楚，正是憾滿之淵前，持槍對著菅樹里和路岸的黑夾克男。

憾滿之淵和寂光瀑布分別位於大谷川和田母澤川，且都在山野深處，從一處到另一處只能徒步，至少需要一個小時。酒井幸作的屍體怎麼會出現在寂光瀑布？

菅樹里和路岸又在哪兒？究竟是死是活？

坂本在警署的門外踟躕了半天，終於鼓起全身上下所有的勇氣，才向內邁開一條腿，自動玻璃門打開，有人正從裡面走出來，看見坂本就高叫起來：「怎麼是你！」

坂本康夫張口結舌：「……霏霏小姐……」

從任霏霏的背後，緊接著閃出一個陌生男子，瘦瘦高高的活像一根長竹竿，兩隻眼睛卻很大，凶巴巴地瞪著坂本康夫。

4

一個人返回東京時，任霏霏的心裡真挺鬱悶的。路岸中途變卦，既讓她措手不及，也讓她認識到，其實自己根本就不瞭解他。正如小林太太所說，路岸是個非常不錯的小夥子，順理成章地使任霏霏對他產生了好感，但這種好感是建立在空無之上的，因為她對他的內心一無所知。她看見了他的帥氣、善良和聰明，但他對她其實還是個陌生人。

任霏霏想起日本人很喜歡用的一個詞：高嶺之花。路岸，大概就算吧。就讓他自己在日光追尋什麼生死未卜的女孩吧。任霏霏覺得，當一個人執著到某種程度時，便不能再稱之為重情重義，而應該被定義為腦殘了。

腦殘的高嶺之花！

這麼想著，任霏霏感到很解氣。回到東京的第二天，將近中午時，她剛上完課，正打算去學校咖啡廳吃午飯，盛冬日打來電話。盛冬日最後一次和她聯繫還是在兩天前，當時他正準備登機從巴塞隆納轉巴黎回上海。

任霏霏接起來，那邊劈頭就是一句：「路岸和你在一起嗎？」

她頓時氣不打一處來，「沒有！」

「他現在在哪兒？在幹什麼？」

「我又不是路岸的保姆！」任霏霏真不幹了，「他在哪兒在幹什麼，你幹嘛不直接去問他，問我是什麼意思？」

「哎呀！他手機關機了！」

「那我也不知道！」

「他到底回國沒有？還是在日本？」

任霏霏忽然聽出盛冬日的語氣很不尋常，似乎發生了什麼要緊的事？她忙說：「應該還在日本吧。我昨天和他在日光分的手。我急著回東京上課，他說他還要多待幾天。」

「他給我的留言也是這麼說的。」盛冬日急急地說，「這樣，我買最近一班到東京的機票。到時候麻煩你來機場接我，有非常非常重要的事情跟你說。另外，你也試著打打路岸的電話，萬一他接了的話，就說我恰好在東京有個會，今晚就到，讓他等我。」

「哎你……」

盛冬日把電話掛了。任霏霏的心跳加速，慢不下來了。

難道是路岸出什麼事了？

任霏霏頭一次發現，盛冬日這種全不懂何為形而上的人其實蠻不錯的，至少不會胡思亂想地去追逐一個鬼影吧。

盛冬日發來了班機編號，飛機一個小時以後就起飛。果然是個行動派，也虧得他的護照上常年貼著多國的商務簽證，隨時想飛就飛。

任霏霏簡單收拾了一下，就出發趕往機場。在路上她打了好幾次電話給路岸，都是已關機狀態。她又發消息給盛冬日：這麼著急趕來，到底出什麼事了？

對方留言：「唉……還是見面說吧。」

下午六點，任霏霏接到了準時降落在羽田機場的盛冬日。果然有事發生，從他那張烏雲密佈的臉上就看得再清楚不過了。盛冬日鬍子拉碴、眼圈發黑，一看就是剛經過長途飛行，時差都沒調過來。他回到上海還沒滿二十四小時，就又趕來東京，肯定累得夠嗆。要不是事發緊急，何必這麼拚命。

見到任霏霏，他沒有立即開口，卻上上下下地打量她。任霏霏被他看得心裡直發毛。「你幹什麼？沒看見過我嗎？」

「你……真的還沒聯繫上他？」

這話問的！任霏霏忿忿地說：「當然沒有！難道我還瞞著你和他聯繫嗎？有病啊！怎麼一個兩個都神神叨叨的。」

盛冬日拖長了聲音問：「你是說，路岸神神叨叨？」

「就是他！」任霏霏皺起眉頭，「不對啊，你給我說說清楚，到底出什麼事了？」

等盛冬日說完，任霏霏才明白他難以啟齒的原因，也進而明白了路岸的所有行為。她嘗到了真正的心痛的滋味。

就在數個小時前，盛冬日剛從機場回到家，正要倒頭大睡，一個叫馬克的美國人把電話打到了盛冬日的手機上。此人自稱為哈佛大學醫學院的腦科專家，是路岸的主治醫生。據馬克說，路岸約定的腦部手術就在後天，按計劃他今天就應該入院接受各種檢查和做術前準備，但卻沒有按時出現在醫院裡，還怎麼都聯繫不上了。由於路岸在就診紀錄上填寫的緊急聯絡人是盛冬日，所以才找到了他這裡。

「腦部手術？」任霏霏大驚，「路岸他怎麼了？」

盛冬日長嘆一聲，「我告訴過你他的工作吧？」

任霏霏當然記得，盛冬日曾經用多麼炫耀的口吻吹噓路岸的工作，說他受聘於聯合國教科文組織和國際刑警組織，在全球各地調查私自挖掘和盜賣、走私藝術品及文物的犯罪行為。在盛冬日的嘴裡，路岸簡直就是一位上天入地、無所不能的大俠，而他的工作則被盛冬日描繪成了充滿浪漫色彩的歷險記。

不過，路岸已經親口向任霏霏否認了這種誇張的說法。他強調說自己的工作艱苦、枯燥，有時候還相當危險。

盛冬日垂頭喪氣地說：「半年前，路岸在南美的一次行動中，遭遇了武裝走私分子，雙方發生激戰。為了保護一名加拿大同事，路岸的腦部被流彈擊中，幾乎當場死亡。後來在當地進行了急救，又送回美國治療，在醫院裡躺了三個多月，才搶回了這條命。那陣子，我都往美國跑了好多趟。」

「這些你都沒對我說過，一個字都沒提！」任霏霏憤怒了。

「是路岸不許我說出去的。」

任霏霏狠狠地瞪了盛冬日一眼，「接著往下說！」

「後來他基本恢復，就出院了。因為還需要休養一段時間，就沒有再參加野外的項目，而是留在總部寫研究報告。我以為他完全好了，可實際上，他瞞著我一件事：這次受傷很可能會留下嚴重的後遺症。結果不幸言中，前不久他開始頻頻頭痛，視線模糊，還發作了幾次癲癇。回醫院一查，醫生在他的腦部又發現了巨大的血腫，必須盡快再動一次大手術，否則……」

「否則會怎樣？」

「他的症狀會越來越嚴重，將面臨失明和癱瘓，甚至……死亡。而且，這個過程會非常快。」

任霏霏說不出話來了。

「所以醫生馬上給他安排了下一次手術。馬克告訴我說，對於這次手術的效果，他們還是很有信心的。只要手術能成功切除血腫，路岸的病情就會得到明顯改善，也不會再有生命危險。但手術必須盡快進行，時間就是生命！所以，路岸在手術前夕突然失聯，把馬克醫生都急壞了。」

「都這時候了，他居然在日本瞎晃！」任霏霏覺得路岸簡直不可理喻。

「是啊！一個多星期前路岸突然回國，說是不習慣坐在辦公室裡寫報告，乾脆辭職了。我當時還挺高興的，以為終於有機會和他好好聚一聚了。現在才知道，他那是想在動手術之前，再看一看家鄉和朋友。」

任霏霏說：「為什麼？手術不是沒風險的嗎？」

「沒有生命危險。但是有一個問題——手術後，路岸有相當大的可能會失憶。」

「失憶？」

「對，而且是全面失憶。也就是說，路岸將會忘記過去的一切，包括他自己是誰，他的親人和朋友，以往的經歷等等所有的事情。但馬克醫生保證說，經過科學系統的康復治療，路岸應該能夠漸漸地恢復記憶，只是這個過程可能相當漫長，也許要很多年。但是無論如何，相對於失去生命來說，這個代價完全是值得的呀！」

「我明白了。」任霏霏喃喃，「全明白了。」

姜國波和姜塵死在五年前異國他鄉的巨大天災中，路岸和所有人一樣，早就接受了這個事實。路岸來到日本仙台，只是想在失憶前最後緬懷一次老師父女。然而，一個無法驗證的午夜來電卻使他突然意識到，姜塵有可能還活著！於是他踏上了近乎偏執的追尋之旅，甚至連推理小說中的橋段都信以為真……

他是怎麼說的？

「在這個世界上，只有我還記得姜塵了。」所以說，路岸必須在動腦部手術之前確認姜塵的生與死。因為手術後，他就會徹底忘記這一切。即使能夠記錄下現在的想法，但確認姜塵身分所需要的直覺甚至本能，都源自於記憶深處的下意識，將不可能重現了。

任霏霏把路岸到日本後發生的一切，原原本本地對盛冬日講了出來。

「等等，你讓我緩緩。睡眠不足，頭有些暈……」盛冬日說，「所以，路岸本來答應和你一起回來的，可是半途中接了個電話，就又回那個什麼鬼之庵去了？」

「是魁之庵。」

「反正是鬧鬼的地方！」

任霏霏搖著頭說：「魁之庵中最可疑的人，就是菅樹里。」

「那個臉上有疤的日本女孩？」

「對！我相信，路岸是為了她才留在日光的，他好像把她當作姜塵了。」

「……兩個人長得像嗎？」

「路岸曾經說過，不像。而且國籍和身高都不同，不可能是同一個人。也許唯一的共同點，就是性別吧。」

「要是這麼說，你和姜塵的共同點豈不更多一些？」

任霏霏苦笑，「沒錯。但憑我的直覺，路岸對她太關注了，很不尋常。」

盛冬日嘆了口氣，照路岸目前的狀況，應該不會對一個素昧平生的日本女孩產生特別的興趣。自己都今天不知道明天了，哪來這種閒情逸致。

任霏霏思忖著說：「路岸好像認為……姜塵的靈魂附在了菅樹里的身上。」

「靈魂？附身？」盛冬日瞪著任霏霏，在腦袋裡搜刮了一整圈，沒找出該說什麼，只能扯到下一個問題：「難道路岸是接了菅樹里的電話，才臨時決定留下的？」

「不，當時他說的是中文，可菅樹里不會講中文。對了，應該是坂本康夫！魁之庵中唯一會說幾句中文的日本人就是他。肯定是他打電話給路岸的！哦，就是那個滿口妖怪故事，號稱會捉妖的陰陽師！」

盛冬日舉起雙手捧住腦袋，「靈魂附體！陰陽師捉妖！我的腦子也快出毛病了。」

「你快想想該怎麼辦吧！」

「什麼怎麼辦！」盛冬日圓睜雙目，眼睛裡佈滿血絲，「去日光把路岸揪回來啊！他的腦子再出問題，也是我最好的兄弟。我絕不允許有誰對他乘人之危！」

盛冬日恨不得連夜趕往日光。可恨日光太小，晚上沒有火車班次可以到達。盛冬日還想租車，直接從公路上開過去。但是這個時間點，租車行也大多關門了。只能明天一早搭火車。

盛冬日還沒開口，任霏霏就主動請纓，再次充當地陪了。為了一起出發方便，盛冬日也不瞎講究了，就在任霏霏的住處附近找了家旅店住下。

躺在快捷旅店狹窄的床上，盛冬日輾轉難眠，單薄的床墊被他的大個子折磨得吱嘎亂響。實在睡不著，他索性爬起來，站到窗前。這家小旅館就設在商務大樓裡面，從窗戶望出去就是對面的樓房，窗戶對著窗戶，人影在窗簾後面晃動，頗有點懸疑片裡偷窺的味道。兩棟樓之間恰好是輕軌的高架車道。雖已夜深人靜，每趟列車經過時，腳下的地面就發出有節奏的顫抖，好像站在搖滾樂演出的舞台邊緣。

這個充滿焦慮感的、富有煙火氣的世界才是盛冬日所熟悉，並且有信心去掌握的。而方才與任霏霏所談到的一切，對於他簡直就是天方夜譚。盛冬日認為，假如路岸真的深陷於虛妄的幻想中不可自拔，只能說明他的腦部疾患徹底惡化了。

盛冬日的心裡很不好受，剛簽下大訂單的喜悅全消失了，現在他只希望能盡快找到路岸，立即把他帶去美國，送到手術台上。盛冬日拿出手機，又撥了一遍路岸的號碼，仍然無人接聽。一次又一次失望，連他這麼大條的神經都有些繃不住了。

他點開微信裡路岸的頭像，開始留言：「兄弟，我到東京了，剛見了任霏霏，她把你的事都告訴我了。我是這麼想的，你看對不對：靈異的事，我們不懂，不好掌控，所以還是別攪和進去。你要是實在心裡放不下，我幫你去找個高僧或者老道什麼的，那也比你自己瞎折騰強啊，對不對？我們還是先去美國把手術給做了，至於其他事情，等你的身體恢復了再慢慢說，來得及的。」

盛冬日反反反覆覆地說了好幾遍，總覺得詞不達意，最後還是把關於手術的那幾句話省了，才一橫心，發了出去。

說實話，他並沒有抱太大的希望，所以當訊息到來的嘀聲響起時，他幾乎從床上翻到地上。

「謝謝你，我很好。你回去吧。我找到她了。」

5

緊趕慢趕，盛冬日和任霏霏在第二天十點前就到了日光。一路上，盛冬日無數遍地對任霏霏唸叨：「什麼叫『我找到她了！』你說說，路岸這小子到底什麼意思嘛！」

起初任霏霏還和他認真地討論，後來也疲了，只是呆呆地凝望著車窗外一掃而過的景色，心裡不時泛起些不知所謂的念頭，比如：櫻花還有幾天就要開了，年紀一天天大起來，不太喜歡一個人賞櫻了……

她轉過臉，對盛冬日說：「意思是我沒猜錯，路岸認定菅樹里就是姜塵了。」

「你不覺得這很荒唐嗎？」

「我覺得怎樣，有用嗎？」

「好吧，認定就認定，鬼附身什麼的也無所謂。可他幹嘛發完信息就關機呢？」

「怕你勸他吧。」任霏霏說，「我想，他給你發訊息是為了叫你安心，同時拒絕你再介入他的事，看來，他這是鐵了心了。」說完，忍不住長嘆一聲。

盛冬日欲言又止。對路岸，他畢竟要比任霏霏瞭解得多太多了。路岸絕不是一個會心血來潮的人。他不僅理性，而且習慣經過深思熟慮後再行動。他表現得比一般人更加固執，全在於事先就想清楚了所有的利害得失，採取行動時已經準備好承擔相應的後果，因而絕對不會半途而廢。路岸的個性是多思而溫柔的，但絕對不軟弱，相反，他比絕大多數人都更加堅強，也更加理智。

否則，盛冬日也不會發自內心地佩服他。

盛冬日認為，路岸的這一連串出格行為，肯定還是腦部病變引起的。但是，就算腦部病變在某種程度上會影響到思維，難道連一個人的性格也會改變嗎？

盛冬日問任霏霏：「你和他在一起的幾天裡，有沒有感覺到不對勁？」

任霏霏搖頭說：「還真沒有。要不是你告訴我他的腦子受傷，我做夢都不會往那上面去想。唯一覺得不好理解的，就是他對尋找姜塵的執念。可那算是一種心結吧，每個人多多少少都會有一點。」

「據我所知，路岸從來不迷信。他是學考古的，算是正兒八經的科學工作者，對宗教理論神怪傳說之類的，懂得比你我可多多了。」盛冬日皺緊眉頭，「除非……」

「除非什麼？」

「除非他找到了確鑿的證據，證明菅樹里就是姜塵。」盛冬日一拍大腿，「對！否則他絕不會給我發那樣的訊息！」

「但……這怎麼可能呢？」

兩人大眼瞪小眼，最後任霏霏說：「反正馬上就能見到路岸了，就會真相大白的。」

然而事與願違。

在魁之庵外袋了不下十個圈子，又是砸門又是喊叫，足足半小時之後，兩人才筋疲力盡地罷了手。魁之庵大門緊閉，空無一人，路岸和臉上帶疤的日本女孩菅樹里一起人間蒸發了。

事情的發展完全出乎意料，任霏霏都快急哭了——盛冬日把路岸交給自己，現在人都丟了，自己這罪過可大了。

兩人商量來商量去，最後決定，報案。

雖為無奈之舉，但眼下也想不出別的辦法了。

任霏霏對日光警署熟門熟路。但是這一次，她的體驗遠遠不及上回。警署中亂成一團，說是發生了命案，員警們都去忙那個案子了。接待她的小員警草草地做了記錄，留下手機號碼，就讓任霏霏回去等消息，打發她走了。

盛冬日不懂日語，只能等任霏霏辦完了，才向她打聽情況。

任霏霏喪氣地說：「人家雖然接受了報案，可話裡的意思，就是認為我們多此一舉。路岸是成年人，持有合法護照和簽證，想去哪兒是他的自由，沒必要向我們全程彙報。我們這是在浪費日本的國家資源。」

盛冬日氣得乾瞪眼，卻也無話可說。

任霏霏又說：「直到我提出魁之庵也突然關門，連管理員菅樹里都一起失蹤了，他們才勉強接受了報案。不管怎麼說，菅樹里是日本人，他們總得管吧。」

走出警署的門，迎面撞上一個大餅臉的鄉下大叔。任霏霏認出對方，剛叫了一聲，坂本康夫扭頭便跑。

「快，盛冬日，抓住那個大叔！他肯定知道路岸在哪裡！」

盛冬日甩開長腿就追，簡直不費吹灰之力，三分鐘後，垂頭喪氣的坂本就被他押進了旁邊的咖啡館。

「你跑什麼呀，坂本君！」

坂本康夫的目光在任霏霏和盛冬日的臉上遊走，「霏霏小姐，你不是已經走了嗎？」

「我回來找路岸呀！你知道他在哪裡嗎？」

「路岸君？他不是和你一起走的嗎？」

「他又留下了！」任霏霏盯住坂本康夫，「就是在接到你的電話之後，他才突然決定留下來的。坂本君，他是回來找你的吧？」

「不不不，霏霏小姐你誤會了，路岸君並沒有找過我。」

「你肯定沒再見過他？」

坂本康夫連連吞著口水，臉色發白。

任霏霏追問：「為什麼魁之庵裡也一個人都沒有了？菅樹里怎麼也不見了？」

坂本還是沉默。

任霏霏對盛冬日說：「他一定知道些什麼，就是不肯說。」

「不肯說是吧？」盛冬日看著坂本康夫，「沒關係，我會讓他開口的。」

盛冬日在日光最豪華的酒店裡開了兩間房，和任霏霏一起把坂本康夫帶了去。坂本康夫雖然一臉的不情願，但礙於盛冬日的氣勢，一路上沒敢亂說亂動。

進了酒店房間，盛冬日一本正經地請坂本康夫坐在沙發上，向他伸出右手。

「你好，認識一下吧。我叫盛冬日，是路岸的朋友，你可以叫我的英文名字：溫特兒。」

「溫特兒君？」

「坂本君。這是你的包？」

盛冬日拎起坂本的背包，底朝天一倒，裡面的東西頓時散了一地。遊覽圖、旅遊手冊、墨鏡、遮陽帽、髒兮兮的衝鋒衣和牛仔褲，還有用牛皮紙和塑膠袋仔細紮好的包袱。盛冬日打開包袱一看，卻是幾樣特殊物品：符紙、六壬式盤和禦祓串。不過在盛冬日的眼裡，那就是些鬼畫符和小孩玩具。

盛冬日拿起禦祓串，隨便晃了晃，「怎麼不響？壞的？」

坂本康夫緊張起來，「不可以，不可以，不可亂動啊！」

「哦，是你的寶貝？」

「是、是鄙人的法器。」

「法器？」盛冬日對坂本說，「你還會法術嗎？」

「……略、略有所知……」

「那好啊，你施個法術給我開開眼吧。」

「你……要看什麼法術？」

「大變活人，會不會？」

「大變什麼活人？」

「你幫我把路岸變出來吧。」

坂本欲哭無淚，「我辦不到。」

盛冬日把臉一板，「辦不到是嗎？那還留著這些法器幹什麼？」說著，他高高地舉起六壬式盤，作勢就要往地上砸去。

「不要啊！」坂本康夫撲上去阻止他，被盛冬日一把推倒在地。盛冬日平時有健身的習慣，沒事還愛練練格鬥什麼的，所以對自己的身手頗為自信，但坂本康夫這麼不堪一擊，倒也有點出乎他的意料，不禁在心裡嘀咕，這位大叔看起來敦實，怎麼像個紙片人似的，輕飄飄。

「……路岸君可能遭遇不測了。」從仆倒在地的坂本康夫嘴裡，吐出這麼一句話來。

盛冬日和任霏霏異口同聲地叫起來：「你說什麼？！」

坂本康夫坐在地上，將自己在憾滿之淵前看到場景和盤托出。任霏霏和盛冬日驚訝得都不知該懷疑、害怕還是傷心了。終究還是盛冬日率先清醒過來，大聲說：「不，路岸沒事！」

他握著手機，對任霏霏說：「坂本說的是昨天中午前後發生的事，沒錯吧？可我接到路岸的訊息是昨天深夜，所以路岸肯定好好的。並且，他應該就和菅樹里在一起！」

「對呀！還好還好。」任霏霏拍著胸口說，「嚇死我了！」

坂本怯生生地說：「那會不會是……路岸君殺了酒井幸作？」

「你說什麼？」盛冬日怒不可遏。

坂本康夫在他的怒視之下，抖抖索索的從衣袋裡掏出一張紙，遞給任霏霏，「霏霏小姐，你看看這個。」

「他就是酒井幸作？」任霏霏展開紙一看，大驚失色。

盛冬日忙問：「你認識這個人？」

任霏霏臉色煞白地點了點頭，「他就是在女浴室窗外偷窺我的人。」

坂本康夫說：「霏霏小姐，我在憾滿之淵前見到的人也是他！當時，他和路岸君還有菅樹里發生了爭執，他的手裡拿著一把槍——」

「等等！」盛冬日打斷他的話，「你們剛才說死了一個人，就是這個什麼酒井？」

任霏霏說：「對，警署裡亂糟糟的，原來是為了他！」她不由得看了一眼盛冬日，盛冬日也在看她。兩人的目光裡有同樣的疑問：酒井幸作的死會和路岸有關係嗎？

如果沒關係，路岸和菅樹里為什麼都失蹤了呢？

坂本康夫說：「我覺得，路岸君對樹里小姐好像有點那個意思……酒井幸作要傷害菅樹里，路岸君肯定不答應，所以就……」

「所以就殺人嗎？」盛冬日對坂本呵斥道，「我告訴你，你這是血口噴人！證據呢？說路岸殺了酒井……那個什麼幸作，證據在哪兒？」其實，他的心裡是有些發虛的。從路岸的突然失蹤，到昨天深夜的訊息，再聯繫到任霏霏和坂本所說的一切，路岸確實非常可疑。坂本康夫的話並非全無道理。何況盛冬日還知道，路岸在這些年的工作中面對過不少險情，他是會用槍，敢用槍的人。

可是心裡越毛，盛冬日就罵得越凶，「你這個騙子！就會胡說八道！」

「我不是騙子！」

沉默了好一陣的任霏霏突然插嘴說：「坂本君，那天你打電話給路岸，究竟說了什麼？」

「說了什麼？」坂本康夫正和盛冬日吵得起勁，被任霏霏這麼一問，愣了愣才說：「哦，是前一天晚上路岸君向我打聽，有沒有一種妖怪能把人的靈魂遷轉到另外一個人的身上。我當時沒想起來，後來晚上做夢的時候突然記起來，我師父曾經提到過，有一種古老的中國妖怪，具備吸取人的記憶，再轉移到別人身上的能力。我想，轉移記憶和轉移靈魂，應該差不太多吧。所以我第二天早上一睡醒，就想趕緊告訴路岸君。可是那天我起晚了，你們已經坐小林先生的車走了，我就問樹里小姐要了號碼，打了路岸君的手機……」

盛冬日大叫：「果然是你！」又氣急敗壞地對任霏霏說：「聽見沒有，路岸就是讓這個傢伙給蠱惑的！咳，可憐他的腦子壞了，否則怎麼會上這種江湖騙子的當！」

說著，他抄起茶几上的六壬式盤和禦祓串就往地上猛砸，坂本康夫沒來及得阻攔，只聽嘩啦啦幾聲響，禦祓串的鈴鐺掉在了地上，銅杆子折了。棗木製的六壬式盤上下脫離，裂成了兩半。盛冬日還覺得不解氣，三下兩下把符紙撕了個粉碎。

「你！你！」坂本康夫連聲驚叫，雙手將頭一抱，坐倒在地毯上，嘟囔了一句日語。

盛冬日吼道：「他說什麼？」

任霏霏說：「他說，你侮辱了他的信仰，他再也不會和我們合作了。」

果然，接下去無論盛冬日怎麼軟硬兼施，坂本康夫都耷拉著一張撲克臉，不肯再說一個字了。

6

正當無計可施之時，任霏霏的手機響了。她接起來說了幾句日語，神情非常緊張。掛斷電話，任霏霏立刻對盛冬日說：「是員警。他們發現了一些新情況，要我馬上去警署。」

「好，我陪你去！」

盛冬日從浴室裡拿來浴巾，俐落地把坂本康夫捆了個結結實實，又把擦手的小毛巾撕成兩半，堵了他的嘴。坂本反正是一副心死若灰的樣子，隨便盛冬日怎麼折騰，既不反抗也不喊叫。出門時，盛冬日隨手把「請勿打擾」的牌子掛在門上。

在電梯裡，任霏霏問他：「綁人的手法很專業啊，學過？」

盛冬日做出一副高深莫測的樣子。

任霏霏又說：「其實坂本康夫也不是壞人，你這麼對他有點過了。」

「我就是想看看他還能使出什麼花招來？他不是神通廣大嗎？會法術嗎？變身啊！」

「幼稚。」任霏霏橫了盛冬日一眼。

趕到警署，盛冬日仍然只能在旁邊乾等，眼看任霏霏和員警聊的氣氛越來越凝重，總算聊完了，任霏霏到他面前，「走，我們出去說。」

兩人來到警署對面的河堤旁，正是前幾天路岸等待過任霏霏的地方。

「怎麼樣？有路岸的消息了嗎？」

任霏霏搖了搖頭，「員警急著叫我們過來，是因為我們報了菅樹里的失蹤。他們調查了菅樹里的背景，發現她和死掉的酒井幸作早有關係。兩人都出生在仙台，就讀同一所中學。一個是問題少年，一個是問題少女。酒井幸作從初中起就是當地黑幫藤田組的小弟，菅樹里常常和他在一起鬼混，屢教不改，連家人和老師都放棄他們了。五年前海嘯發生時，藤田組受了重創，許多集團成員都在海嘯中喪生了。酒井幸作逃生之後，就脫離了黑幫，在各地流竄，靠打臨工謀生。菅樹里的家人全部在海嘯中遇難，她由慈善家小林夫婦收留並安排到魁之庵來工作。前些日子，警方得到消息，銷聲匿跡幾年的酒井幸作突然又冒了出來，不知怎麼就被藤田組下達了追殺令。他逃竄來了日光，於是在魁之庵見到了他的老相識——菅樹里。」

「這麼看來，坂本康夫沒有瞎說。」

「對。據員警推斷，酒井幸作很可能要求菅樹里幫他藏身，或者提供金錢資助，甚至要脅她和他一起逃跑。菅樹里肯定是把酒井幸作藏在魁之庵裡了，所以我才會在女浴室窗上看見他的臉。」任霏霏氣憤地說，「那天菅樹里硬說是我看錯了，哼！真虧她想得出來，什麼晴天娃娃！氣死我了！」

盛冬日說：「這樣就說得通了。坂本康夫看見兩人發生衝突，想必是菅樹里不願繼續窩藏酒井幸作。酒井幸作急了，要對菅樹里不利，於是路岸就挺身而出了。」他咳了一聲，「這小子，瞎管什麼閒事啊！」

任霏霏說：「要不是我們來報案，員警還想不到菅樹里和酒井幸作有關係呢。我們倒是無意中幫了他們。」

「日本警方發動起來追蹤菅樹里，是好事啊！照坂本康夫的說法，路岸和菅樹里在一起的可能性非常大。如果能找到菅樹里，不就等於找到路岸了嗎？」

「事情沒那麼簡單。」任霏霏面沉似水。

「什麼意思？」

「警方還證實了一件事，坂本康夫真沒瞎說。」

「什麼事？」

「警方說，酒井幸作逃亡時，隨身攜帶了一把手槍。可是在他的屍體上和周圍，並沒有發現這把槍。」任霏霏皺著眉頭說，「你可能也聽說過，黑幫在日本是合法的，所以只要不危及平民的安全，警方一般不干涉他們的內部爭鬥。可是，現在案子裡丟失了一把手槍，問題就嚴重了。」

「酒井幸作真是被槍殺的？」

任霏霏點了點頭。

「啊！」盛冬日張口結舌。

「哦，還有件事。警方說查詢了魁之庵的帳戶後發現，就在前天有一筆款子匯入，匯款者正是路岸。昨天上午，也就是推斷酒井幸作的死亡時間前不久，菅樹里把錢全都取了出來。警方已經搜查了魁之庵，沒有發現這筆錢的蹤跡。此外，菅樹里的一些衣物也不見了。所以員警認為，菅樹里是有準備地逃亡。路岸的失蹤應該和那筆款項有關。」

盛冬日和任霏霏面面相覷，他們把坂本康夫拘禁在酒店客房裡，並不是相信了他所說的話。

恰恰相反，他們認為坂本是在胡說八道，企圖用怪力亂神來掩蓋他所知道的真相。萬萬沒想到，日本警方提供的資訊恰恰證實了，坂本說的都是真話。

那麼，事情的脈絡就很清楚了：酒井幸作為了逃避追殺，來到日光魁之庵，找到舊相好菅樹里。當兩人發生分歧，爭執不下時，路岸為菅樹里出了手。結果酒井幸作被殺，菅樹里和路岸拿走他的槍，並準備好錢款，一起亡命天涯去了。

盛冬日喃喃：「路岸，你可真……」他實在不知該說什麼好了。

任霏霏想起來，「不對啊，坂本是在憾滿之淵前面看見路岸他們的，可是，酒井幸作的屍體卻是在寂光瀑布發現的。」

「兩個地方離得遠嗎？」

「很遠，而且只能徒步，至少要走一個小時。」

盛冬日長嘆一聲。

任霏霏忽然明白了。能夠扛著酒井幸作的屍體，翻山越嶺一個多小時，從憾滿之淵到寂光瀑布，除了路岸還能有誰？總不會是菅樹里吧。

而他這樣做的唯一目的，就是保護菅樹里！

「糟了！」她說。

「是啊，我們不該去報案的。」盛冬日看著任霏霏，眼圈都有些發紅了，「我們給路岸幫倒忙了。」

員警在寂光瀑布發現酒井幸作的屍體，本來不會懷疑到距離那麼遠的魁之庵，更不可能想到菅樹里。可恰恰由於任霏霏的報案，警方的視線才轉移到菅樹里的身上，查出了她與酒井幸作的關係。從現在開始，菅樹里肯定會成為殺死酒井幸作、帶走手槍的最大嫌疑人，遭到日本警方的全力追蹤。

任霏霏說：「坂本說的那些話，我一句都沒跟員警提過。」

「我知道，我知道，不怪你。」

「可是，現在員警已經知道路岸也失蹤了，他們會不會懷疑他呀？」

盛冬日說：「員警只知道路岸是魁之庵的住客，即使被捲入酒井幸作的案子，應該也是被動的。他的失蹤也許只是一種巧合。」

任霏霏怎麼會聽不出，盛冬日這是在安慰自己，但他的安慰聽起來是多麼無力，多麼像自欺欺人啊。

原先他們還指望日本警方能盡快找到菅樹里和路岸，現在他們唯一的希望卻變成了，趕在警方之前率先找到這兩個人。

酒井幸作究竟是誰殺的，又是誰搬動的屍體，這些問題，只有見到菅樹里和路岸才能弄清楚。但不論真相是什麼，他們都必須先於警方得到答案，這樣才能佔據主動，才能讓路岸不耽誤治療。

兩人商量了一番。路岸和菅樹里要離開日光，只有公路和鐵路兩個選擇。從公路走需要租車，但租車免不了使用身分證件，車上還裝有GPS系統，很容易定位。所以，對於想要躲避追查的人來說，租車不是一個好選擇。

兩人立即趕往日光火車站。從月台值班員那裡，任霏霏打聽到，昨天夜裡車站關閉前，有一男一女兩個年輕人急匆匆趕來搭火車。女孩的臉上戴了一個大大的口罩，看不清五官相貌。於是任霏霏給值班員看了手機裡路岸的照片，值班員一眼認出來，正是這個高大帥氣的小夥子陪著戴口罩的女孩，一起登上了從日光開往宇都宮的最後一班JR列車。

宇都宮是個換乘站，從那裡可以向南前往東京，也可以向西前往大阪，甚或向北前往仙台，再去往日本的任何一個地方。

現在他們終於明白了，昨天深夜，路岸發給盛冬日的訊息並非簡單的答覆，而是他已經預見到了此刻的混亂局面，提前讓盛冬日安心。他是在用隱晦的方式告訴盛冬日，自己沒事。

難怪之後他的手機就再也打不通了，恐怕是連手機帶卡一起扔掉了。

7

對於任霏霏和盛冬日來說，繼續留在日光已經沒有任何意義了。

回到酒店，任霏霏先去自己的房間拿了行李，再到盛冬日這兒來會合。

只見盛冬日站在屋子中央，行李箱放在腳邊。他雙手合抱胸前，看著蜷縮在沙發腳邊的坂本康夫。房間裡迴響著有節奏的鼾聲。

「讓人五花大綁著還能睡得這麼熟，我倒有點佩服他了。」

「哎喲，」任霏霏說，「差點忘了，這兒還有個陰陽師呢。」

盛冬日哼了一聲，「陰陽師是假的。他要真有法術，我們離開這麼久，還不開溜？」

「可我們現在要走了，他怎麼辦？」

「喂，醒醒！」盛冬日拍了拍坂本康夫的臉，他睜開眼睛，睡眼惺忪地看著二人。

任霏霏說：「要不把他放了吧？」

見盛冬日沒有反對，任霏霏便拿來酒店的帆布袋，把扭成麻花狀的禦祓串、撕破的符紙和裂成兩半的六壬式盤都裝進去，放到坂本的面前。

坂本康夫還是一臉的無動於衷。

盛冬日替他解開綁著的雙手，「我們去過警署了。看來路岸是和菅樹里在一起，他們已經離開日光了，酒井的死也可能和他們有關係。所以，我就當你沒有胡說吧。不過，你說你看見他們在憾滿之淵，而酒井幸作的屍體卻是在寂光瀑布發現的，這一點有出入。要不你再仔細想想，是不是漏了什麼？」說著，把塞在坂本嘴裡的小毛巾也抽了出來。

誰知毛巾剛一抽出，坂本康夫便扯著嗓子，殺豬似地叫：「快來人吶！」跳起來就往門口躥。

任霏霏驚呆了。說時遲那時快，盛冬日伸出長腿一掃，坂本康夫應聲倒地，摔了個狗吃屎。盛冬日上前揪住坂本的頭髮，順手又把小毛巾塞回到他的嘴裡。

「小日本耍無賴啊！」盛冬日一邊罵，一邊狠狠地搧了坂本一記耳光，「好好地跟你說話，你怎麼就找死呢！」

坂本在地上翻來滾去地掙扎，嘴裡發出嗚嗚的聲音。

任霏霏生怕被人聽到動靜，連忙湊到貓眼上往外瞧。謝天謝地，整條走廊裡連一個人影都沒有。

盛冬日在她的身後，咬牙切齒地說：「看來，只能帶著他一起走了！」

十分鐘後，任霏霏去前台結帳。服務生的心裡犯嘀咕，還不到兩個小時，又入住又退房，真不知這些中國人是閒的還是錢太多的。她的臉上掛著一如既往的職業笑容，俐落地辦完手續後，還應任霏霏的要求，打電話叫來了計程車。

很快，一輛黑色皇冠停在酒店門前。任霏霏坐上副駕駛位，盛冬日則攙扶著一個頭頂遮陽帽，臉被墨鏡和口罩遮得嚴嚴實實的大叔，緊跟著坐進了後排。

計程車朝火車站的方向開去。盛冬日的手牢牢地鉗住坂本的胳膊肘，另一隻手裡還捏著一支原子筆，頂在坂本的後腰上。彼此親密無間，盛冬日無法不感到從坂本身上傳來的陣陣戰慄。他不無感慨地想，原來陰陽師也這麼怕死啊，原子筆都能當成水果刀。更令他感慨的是，年少無知時學的流氓招數，隔了這麼多年，居然在日本派上了用場。

火車站很快就到了。任霏霏買了三張一等車票。直到現在，他倆還沒想好該拿坂本康夫這個大累贅怎麼辦。但有一個原則：絕不能讓他留在日光，萬一他跑到警署去大放厥詞，對路岸肯定弊大於利。盛冬日的想法是，實在沒辦法，就找一個遙遠的、偏僻無人的小站把坂本扔下去，由他去自生自滅。

盛冬日和任霏霏已然下定了決心，再也不與日本警方配合，將完全依靠自己的力量尋找路岸。至於究竟怎麼找，他倆可謂一籌莫展，只能走一步算一步了。

火車進站了。金屬的車廂外殼在陽光下熠熠生輝，滿臉興奮的旅客一個接一個跳下車來，旅遊旺季到了。

一等車廂幾乎是空的。任霏霏挑了最前排的位置，盛冬日把坂本押過去，推搡著他在靠窗的位置坐下，自己坐在外側的走廊位。任霏霏則坐到他們的對面。

任霏霏伸出手，把坂本的墨鏡摘了下來。他可憐兮兮地看著她，隨著急促的呼吸，口罩上的鼻孔位置一起一伏，形成了兩個清晰可見的濕潤凹陷，彷彿又多出一雙傷心欲絕的眼睛。任霏霏差點兒笑出聲來，想想坂本也夠倒楣的，無辜受到牽連，恐怕至今也沒弄明白，自己到底得罪了哪路神仙。

任霏霏把視線移向窗外。忽然，她看見兩個身穿員警制服的人走到月台上，正在找值班員問話。

任霏霏連忙朝盛冬日使了個眼色。月台並不大，員警和值班員就近在咫尺，從車窗內可以清楚地看到他們的臉。只見一名員警從公事包裡取出一張照片，交給值班員辨認。值班員連連點頭，指著前方說著什麼。

「肯定在查菅樹里。」盛冬日低聲說。

聽完了值班員的話，兩名員警面色凝重，轉身正要離開。值班員又叫住他們，手指車廂說了幾句。員警向任霏霏他們所在的車廂走過來。

任霏霏和盛冬日的臉色都變了。任霏霏正是向這個值班員打聽過菅樹里和路岸。剛才他們上車時，也從他的身邊經過。日光火車站小如彈丸，想避也避不開，原本也沒什麼關係，誰知員警偏偏挑這個節骨眼到了。

如果僅僅是盛冬日和任霏霏也就罷了，最多盤問幾句。問題是還有一個坂本康夫在，要是被員警看出異樣，麻煩可就大了。

「怎麼辦？」任霏霏的聲音發顫。員警正一扇扇車窗地看過來，再幾步就到跟前了。

倏忽一陣霧起。

不知從何而來的白色霧氣，濃稠得頗有分量，頃刻便如水銀泄地一般，將火車的車廂圍得密不透風。車廂外，什麼都看不見了。車廂內，卻一切如常。大家都震驚地凝望著車窗上這層如同迷障一般的白色。

衝破迷障的是汽笛聲。車身微微一震，便平緩地滑了出去。緊接著，車窗外的迷霧驟然散去，就像它的到來一般迅速而突兀，令人措手不及。任霏霏向後面望去，最後一節車廂剛剛駛離月台。月台上，兩名員警呆若木雞地站著，看著正在加速離去的火車。

盛冬日喘著粗氣問：「這是怎麼回事？」

坐在靠窗位的坂本康夫突然騷動起來，從口罩下發出「嗚嗚嗚」的聲音，還握著拳頭用力砸面前的小桌板。

盛冬日低聲呵斥：「你幹什麼？」再這麼鬧下去會引起其他乘客的注意。

任霏霏說：「他好像有話要說……」

「我知道！可我怕萬一不堵住他的嘴，他就亂喊亂叫。」

任霏霏從背包裡取出筆和小本子，放到坂本面前，「你想說什麼？寫下來吧。」

坂本抓起筆，刷拉拉幾下，把本子推回給任霏霏。

盛冬日問：「他寫的什麼？」

「他寫的是：有妖怪，妖在保護……」

「保護什麼？」

「你自己看吧。」

盛冬日看見了一行對他等同於天書的假名。唯一認識的，是末尾那三個大大的「？」。

幾分鐘後，懵頭懵腦的員警進了迷你尺寸的日光車站監控室，擠在監控台前調出剛才的監視錄影。從錄影中可以很清晰地看到，一層濃稠的霧氣突如其來地包裹住火車的車廂，由於黑白的視覺效果，車身像極了一條鮮奶長棍麵包。隨著火車駛離網站，這層鮮奶又被陽光瞬間曬化了。

兩名員警面面相覷，這幅畫面似乎只能用自然現象來解釋。可是活見鬼了，這又算哪門子自然現象呢？

員警們只好放棄並不擅長的科學研究，把錄影往前倒帶。很快，他們就找到了先一步上車的任霏霏和盛冬日，還有一人與他們同行。此人從頭到腳包裹得嚴嚴實實，會是誰呢？員警們放下這個疑點，繼續往前翻看錄影。

一直翻到昨天夜裡，月台上已經亮起了燈，最後一列火車駛入，人們有條不紊地排隊上車，很快，月台上就空了。就在火車即將駛發前的十多秒，兩個身影匆忙地出現在畫面裡。但奇怪的是，這一男一女的步履有些蹣跚，男的似乎靠著女的扶持才能挪開步子。女的肩上挎著沉甸甸的背包，還要攙扶比她高半個頭的男人。月台管理員上前要幫忙，卻被拒絕了。兩人好歹上了車，下一秒車門就關閉，火車開走了。

員警們全神貫注地盯著畫面，把畫面定格，對著女子的臉一幀幀放大，直到她戴的大口罩都看得清清楚楚。

錄影上的時間顯示為，昨天傍晚七點五十四分。

根據時刻表，這輛車將在四十五分鐘後抵達宇都宮，沿途還會停靠幾個小站。員警們立即打電話給沿途的車站，請他們幫忙查看昨晚的監視錄影。

答覆很快就來了。在宇都宮的車站監控中發現了二人的身影，他們下車了。

8

怎麼在日光車站上的火車，又怎麼在宇都宮下的車，在路岸的頭腦中都模糊不清。他記得特別清晰的，只有憾滿之淵前的那一幕。

他是偷偷跟著菅樹里去的。雖然她答應得好好的，取了錢之後就放到日光車站的寄存箱裡，把箱號和密碼發給酒井幸作，這事兒就算結了。拿錢走人是酒井的目的，應該不會繼續糾纏，否則路岸就會去報警，這些也在簡訊裡一併說清楚了。

可是菅樹里到銀行取出現金後，就打起了電話。路岸沒有照約定的在魁之庵傻等，而是一直跟蹤著她。他不放心她，也不信任她的許諾。

果然，她打完電話後就穿過斯通公園的小道，徑直向憾滿之淵走去。為了避免遇上路岸，她還特地繞開了魁之庵。路岸跟蹤得很辛苦，對方向和環境不熟，又要提防被菅樹里發現，還要忍著越來越劇烈的頭痛，到達憾滿之淵時，他已經汗流浹背了。

他躲到一棵古樹後面，看到身穿黑色皮夾克的酒井幸作坐在潭邊的石塊上等待，菅樹里走過去，兩人幾乎立刻就爭吵起來。酒井幸作伸手去搶菅樹里的包，她閃躲著，腳下踩在光滑的鵝卵石上，差點兒滑倒。酒井幸作趁機奪走了她的包。

菅樹里卻不顧一切地衝了過去，酒井幸作推開她，面色猙獰地舉起了右手。看到他手裡的槍，菅樹里似乎嚇傻了，站著一動不動。

酒井幸作扣動了扳機。與此同時，路岸朝菅樹里撲過去，用身體把她擋開。槍響了，子彈就彈在路岸身邊的石塊上，火星四濺。

酒井幸作咒罵著，又朝他們連發數槍。路岸抱著菅樹里在地上翻滾，一直滾到了水潭邊。酒井幸作追過來，正要舉槍再射，路岸見勢不妙，便拖著菅樹里直接翻入潭中。

兩人在潭中垂死掙扎，幾沉幾浮。路岸用一隻手抓住岸邊岩石凸出的尖角，另一隻手拚命拉著菅樹里。等到槍聲終於沉寂下來，路岸才使出吃奶的力氣，把自己連同菅樹里一起拽上岸。

她躺在地上，呼吸微弱，眼睛似睜未睜。

憾滿之淵的池水平靜如昔，酒井幸作早已不見了蹤影，大概是以為路岸和菅樹里溺水而亡，就拿著錢走了。此地不可久留，路岸把菅樹里揹到背上，沿著林間小徑向魁之庵的方向飛快地跑去。

回到魁之庵，把菅樹里放在餐廳的椅子上時，路岸都快虛脫了。

她的眼睛倒是睜得大大的，儘管臉色慘白，神情卻比平時更加桀驁。

她張嘴就問：「酒井幸作在哪兒？」

路岸勉強回答：「……他跑了。」

「為什麼不抓住他！」

「他有槍……」

「我知道！可是不能讓他走！我還有話要問他呢！」

路岸看著菅樹里，對於自己的捨命相救，她似乎沒有半點感激之意，卻念念不忘那個企圖殺死她的人。他忽然覺得一切都很荒誕，人心很荒誕，命運很荒誕，當然，最最荒誕的還是自己。

路岸感覺到，一個藍色的泡泡在腦子裡越吹越大，裡面包著一團荒誕的氣體，以至於他看到的菅樹里也長著一張藍色的臉，再加上左頰上的疤痕，使她活像個青面獠牙的母夜叉。

他聚集起最後的意志力，斷斷續續地說：「……酒井也許還會來，他有槍……我們必須離開這兒。」

「我才不要跟你走！我要去找酒井幸作！」菅樹里從椅子上一躍而起，看來體力已經恢復得差不多了。

「別……」

「不用你管！」菅樹里向門外走去，又回頭扔出一句：「你想走，就自己走吧。」

她這一回頭，恰好看見路岸從椅子上栽下來。

他醒來時，菅樹里的臉立刻出現在視線裡，「你總算醒了。」聲音怯怯弱弱的，不比往常。

路岸哼了一聲，她忙又問：「要喝水嗎？」

「……嚇到你了？」他勉力發出微弱的聲音，每說一個字都能掙出一身汗來，簡直要命，但又不得不說。

菅樹里向他舉起兩隻手，各握著幾瓶藥，「我從你包裡找到的，都是英文，看不懂。不知道該給你吃哪一種？怕出問題，你看看？」

路岸奮力指了指，「就這個……」

她擰開瓶蓋，倒出藥片塞進他的嘴裡，又扶起他的頭，好心地灌了幾口水。路岸實在沒有力氣告訴她，每咽一口水都像上刑一樣地受折磨，只能拚命把藥和水都吞下去，剛積攢起來的一點精力又消耗殆盡，菅樹里體貼入微地把他的腦袋重新放好在枕頭上。

路岸閉起眼睛，默默體會著從後脊梁到屁股再到大腿的涼意。他就躺在餐廳的瓷磚地上，只在腦袋下面墊了個枕頭。這也怪不得菅樹里，她一個人沒力氣移動他，尤其是當他癲癇發作，整個人痙攣抽搐時，就地放平是唯一的選擇。她做得夠好的了。

隔了一會兒，路岸問：「……多久？」

「快半小時吧。」

嗯，又創了他的個人發病紀錄。

「你病了嗎？」

路岸沒有回答。每說一個字，頭都疼得像要炸開，對於這種顯而易見的問題，乾脆默認算了。

頓了頓，菅樹里又問：「現在覺得怎麼樣？好點了嗎？」

「好點了……別擔心。」

「能動嗎？要不要我扶你去床上躺著？」

「不，這樣就好。」

菅樹里乖乖地點了點頭。她好像被嚇到了，之前的蠻不講理全都不見，雙膝跪在路岸的身邊輕言細語，倒像一隻好脾氣的小貓，「我聽說過這種病，大多是遺傳的。不過，還是頭一次見到在我面前犯病的……你從小就這樣嗎？」

「不，我是腦部受……傷。」

「怎麼會這樣？」

「倒楣吧。」路岸想笑一笑，可是剛一扯動嘴角，又是一陣天旋地轉，笑容只能戛然而止。所謂的倒楣就是如此徹底，路岸的心中禁不住一灰，想到自己的未來，刻意避開的種種思緒一起湧上來。

菅樹里很敏感，立刻就問：「很不舒服嗎？要不要去醫院啊？」

「不去醫院。」路岸呻吟似地說。

「哦，好的。」她的手指輕輕拂過他的前額，涼津津的，「對不起，我聽說這種病禁不住刺激，肯定是我刺激你了。你會好起來的吧？」

路岸想把蜂擁而上的情緒克制住，可是他太虛弱了，心有餘而力不足，只能閉上眼睛，「不會死的……放心。」

菅樹里鬆了一口氣。

路岸將苦澀的滋味咽下喉嚨。吃下去的藥適時發揮作用，他睡了過去。

再次醒來時，一層薄暮已經穿過落地窗，覆蓋在餐廳的上空。前台亮著一盞燈，和餐廳有一些距離，因而路岸的周圍都是昏暗的。這片昏暗帶給了他一絲安全感，眼前的藍色世界也不那麼明顯，不那麼讓他噁心了。

菅樹里坐在櫃檯後面，盯著電腦螢幕在看。路岸哼了一聲，她立即抬起頭，朝這邊一望，馬上奔了過來。

「你醒了！感覺怎麼樣？」

「比剛才又好一點。」

「剛才？不，又過去了三小時。現在已經六點多了，如果我們要今天離開日光，只有最後一班 **JR** 火車可以搭了。」

路岸勉強撐起身子，雖然力氣略有增長，但腦袋中仍然漲滿了藍色的氣泡，每一次輕微的移動都像要把氣泡擠爆似的，一陣陣的眩暈。他咬牙忍住，問：「為什麼要離開日光？」

菅樹里瞪著他，「不是你說的嗎？酒井幸作很可能還會殺過來。就你現在這樣子，怎麼和他打呀？」

「我是說離開……」路岸的本意是離開魁之庵，找個地方避一避。哪想到菅樹里理解成了離開日光？但他實在太虛弱了，無力與她爭論。她要怎樣就怎樣吧，反正是走，離開魁之庵還是離開日光，沒多大區別。

他只是覺得奇怪，三個小時中發生了什麼，竟使菅樹里的態度大轉變。

路岸問：「你真的打算走嗎？」

菅樹里不耐煩了，「我說要走就要走。現在關鍵是你，動得了嗎？」

這倒不是個大問題，無非靠意志力而已。

「我可以的。」路岸連做了幾次深呼吸，終於在菅樹里的攙扶下站起來。雙腿軟得邁不開，他便撐著餐桌站住，騰出手抹去額頭上的汗。一眨眼的工夫，菅樹里已經去而復返，揹上了雙肩包，把路岸的背包也扛到肩上，說：「計程車叫好了，一分鐘就到，我們慢慢走，到門口去等。」

她居然把所有準備都提前做好了。魁之庵關門閉戶，整理好簡單的必需用品，打包。上了計程車以後，路岸的神志就時明時暗，任由菅樹里擺布著一路前行，最後究竟是怎麼抵達宇都宮，出站進旅館的，他都全然不知了。

9

後來，等路岸徹底清醒時，菅樹里十分嫌棄地對他說：「從日光到宇都宮，總共四十五分鐘的車程，你吐了五次。我還以為是帶著一個孕婦旅行呢。」

路岸記不得具體的過程了，但那種翻江倒海的難受記憶猶新，還有就是菅樹里對自己的照料。她的話雖說得不好聽，可要是沒有她，情況更不堪設想。

於是他開玩笑地說：「放心，我不會要你負責的。」

聞聽此言，菅樹里把兩隻眼睛睜得溜圓，露出越發嫌棄的表情，又漸漸轉變成俏皮的笑容。由於是側躺著，她的左頰恰好壓在枕頭上，所以從路岸的角度看不見疤痕，只有她那光潔俏麗的面龐，可愛極了。

正值黎明，熹微的晨光透進快捷旅館的廉價窗簾照進來，有一種意外的清新之感。所有狼狽的生活細節還未敗露，只有嶄新的一天帶著希望而來，安安靜靜的，彷彿害怕打攪了誰。

這又是一間日式房，不知菅樹里是否故意挑選的。入住的時候，路岸就如同一具行屍走肉，現在才欣喜地發現，日式房自有日式房的妙處。一張榻榻米上並排鋪著兩條被子，他和菅樹里一人一邊相對而眠，竟然絲毫不覺得尷尬，大約就是躺在地上的緣故。須知，躺在同一塊地上，和躺在同一張床上，感覺天差地別。眼前的各種狀況亦不允許他想入非非，但他確實很喜歡就在咫尺之外，這麼靜靜地看著她。

菅樹里告訴路岸，昨天晚上下火車時，他的樣子根本連坐一趟計程車都不可能，更別提繼續轉車去東京了，所以只能就近選擇了這家鐵道旁的旅館，就在宇都宮火車站的斜對面。

「告訴你一個秘密。」菅樹里說，「酒井幸作沒有把錢搶走。」

「你說什麼？」

她指了指牆角的背包，「都在裡面呢，我藏得好好的。」

「可是我看見……」在懺滿之淵前，路岸明明看見酒井幸作從菅樹里手中奪走了裝著現金的紙袋。

「那個袋子裡，只有上面幾張是真的鈔票，其餘都是衛生紙。我故意紮得很緊，所以酒井沒有當場發現。而且，他也想不到我敢騙他。」

「我也沒想到！」路岸驚嘆，「你的膽子太大了！」

「那都是你的錢，我才不願意給他呢。」這麼說著，菅樹里溫情脈脈地瞥了路岸一眼。他瞬間便失神了，又趕緊命令自己把理智撈回來——現在不是時候。

他感嘆道：「難怪，我還納悶呢，怎麼逃命逃到宇都宮來了。」

「誰知道他的手裡居然有槍。」

「這樣做太冒險了！」路岸正色道，「你應該事先和我商量的。」

菅樹里噘了噘嘴，「我這樣做，是有道理的。」

「什麼道理？」

「……其實，我會說中文。」

的。

路岸驚愕地抬起頭，菅樹里坐了起來，晨光溫柔地圍繞著她，使她的身影看起來朦朦朧朧

他也不自覺地跟著坐起來。剛才的那句話，菅樹里是用扎扎實實的中文講出來的，像三分投籃般精準地擊入他的耳蝸。很奇怪，頭居然沒有痛。

「而且，我見過姜塵。」這是她說的第二句中文。

「請原諒我一直沒對你說實話，因為我還不確定能否信任你。五年前的三月十一日，我也在仙台的 KAL 旅館裡，親眼看著姜塵和她的爸爸被海嘯捲走。」

10

「我是一個台灣移民的後代。日本佔領台灣的後期，抓了許多台灣漁民到日本來充當苦力，我爺爺就在其中。他們被送到仙台的漁村工作，生活非常困苦，許多人死了，我爺爺卻堅強地活了下來，後來還娶了同鄉的一個女子做老婆。日本戰敗後，百廢待興，爺爺奶奶靠著辛勤勞作，漸漸積攢了一些家底，在漁港盤下一個賣雜貨的小鋪子，靠著它養活了一家人。爺爺奶奶去世以後，雜貨鋪就由我的父母接手經營，後來爸爸又開起了小型運輸船，生活改善多了。我是爸媽唯一的女兒，上面還有兩個哥哥。和我爸爸一樣，我媽媽也是台籍漁民的後代。他們雖然從小在日本長大，但由於環境的限制，日語並不好，在家裡都習慣說中文，也就是客家話，所以我從小就會說客家話。爸爸媽媽喜歡聽中文歌，愛看中文的連續劇，常常託台灣的親戚朋友們寄碟片過來。於是，我又跟著電視劇學會了國語，淺顯的中文小說也能看得懂。可能我在語言方面確實有些天賦吧，除了中文和日語之外，英語也一直不錯。但是除了這些，其他功課都一塌糊塗，是個地地道道的劣等生。

「二〇一一年我還在讀高三，因為根本沒指望考上大學，時不時蹺課，學校和家裡都對我徹底放任了。三月十一日那天，我突然接到酒井幸作的電話，叫我去一趟KAL酒店，說有件重要的事情讓我幫忙。他還說，這件事是大老闆要他做的，如果能表現得好，他說不定就能一步登天，從此得到重用。酒井從初中起就跟著我們那裡的黑幫混，但一直只是最底層的跟班。其實我早就看出來了，酒井的體力一般，打架水準一般，頭腦更一般，就憑他的能力，怎麼能在黑幫裡混出頭呢。可是我不在乎，酒井是我的依靠，只要和他在一起，我就覺得安全。他是不是發達，我才無所謂呢。

「那天接到酒井的電話，我挺意外的。我能幫他什麼忙呢？他讓我去的KAL旅館，是仙台港區裡最豪華的五星級酒店，像我們這種人，平常根本沒有機會去。至於酒井口中的大老闆，就更是神秘莫測的大人物了。酒井曾經對我說過，就連他的頭兒的頭兒的頭兒，都沒機會見到真正的大老闆。突然說是大老闆的特別任務，我還以為他在吹牛。可是酒井再三強調是真的，我從來沒聽過他用那樣的口氣說話。所以我想，大概是真的了。

「於是我叫了車，在十二點準時到了KAL酒店。酒井等在門外，把我直接帶到了酒店的最高層。他說，大老闆把整個樓層都包下來了。出電梯時，果然有兩個穿黑色制服的人守在外面，站得筆挺，還戴著墨鏡，和電影裡演的一模一樣，我覺得很滑稽，好不容易才忍住笑。但是酒井的表情很嚴肅，很緊張，我也跟著緊張起來。酒店的走廊很長，除了電梯外的兩個人，走廊兩側的底部還各站著一個黑衣人，每個房間的門都緊閉著，走廊裡什麼聲音都聽不見，可是每扇門裡又似乎有人在竊竊私語，我開始感到害怕了。

「酒井把我領進了一個房間。開門的又是一個黑衣人，進去後我才發現，那是一間套房。酒井在外間對我說，裡面的臥室裡有一個中國女孩。他叫我來，是因為我會說中文，想讓我和那個中國女孩溝通。酒井要我問出她和她的父親來日本的目的，還有她父親的研究資料存放在哪裡，比如電腦的帳號密碼等等。說實話，我聽得很暈，前因後果一概不知，就讓我去盤問人家，我該怎麼做呢？但酒井再三對我強調說，這件事情太重要了。如果我問不出來，那個中國女孩會有大麻煩，他也會失去一個難得的好機會。他叫我無論如何要試一試。

「我只能聽他的話了。我走進裡面的臥室，果然見到一個女孩坐在床上，看起來很慌張很無助，縮成一團。她好像挨過打，嘴唇腫了，嘴角有撕裂的血跡。我進去時，她剛開始害怕極了，但見我只是一個和她差不多大的女孩，又對她講中文，她才略微放鬆了些。酒井告訴我，她的名字叫姜塵，我就這麼稱呼她。我按照酒井教我的對她說，我是來幫她的。只要她能說出我們想知道的，她和她的爸爸就能平安地離開KAL，還能得到一大筆錢。先前對他們的態度不好，也會給予補償。姜塵聽完我的話，愣了好一會兒，才開口問我，爸爸在哪裡？因為酒井之前也囑咐過，我就回答她，她的爸爸沒有危險，就待在隔壁房間，可是不太願意配合。如果她想救爸爸，也救她自己的話，最好把她所知道的全都說出來。這樣，他們父女倆都可以少受些苦。

「姜塵回答，對於我們的問題，她實在一無所知。爸爸來日本是參觀博物館的，因為他研究考古學，而她自己則根本不懂這些，只是跟著爸爸走馬看花。至於爸爸在做什麼研究，她就更不清楚了。姜塵說，爸爸從來不對她說工作上的事情，她自己也不感興趣。說著說著，她哭了起來，邊哭邊說，爸爸是個考古狂人，成天除了鑽在古書堆裡，就是跑到大漠荒野裡去挖掘文物。對家庭、對她都漠不關心。這一次爸爸帶她來日本，真是破天荒的事情。可是自從到了東京，爸爸光顧著看博物館，來了這幾天，她還是不知道東京是什麼樣子。今天一大早，爸爸又突然帶著她來了仙台。他們一到仙台，就被關進這家旅館，她和爸爸還被分開了。在我進去之前，連一個懂中文的人都沒有，她害怕極了，哭鬧著要見爸爸，結果還挨了打。

「可憐的姜塵越說越傷心，最後竟抱著我痛哭起來，還哀求我，帶她去見爸爸。我真是不知該怎麼辦才好了。看到她的樣子，我也挺同情的。可是我又有什麼辦法幫她呢？我莫名其妙地被捲進來，自己也進退兩難了。於是我走出去，對等在外面的酒井說了詳情。不出我所料，他立刻暴跳如雷，怪我沒有能力，不會辦事。我也火了，就和他吵了起來。這時午飯送來了。大家暫停，吃飯。我也給姜塵送了飯進去，可她一口都沒吃。就這樣又磨蹭到下午兩點，酒井接到上面的指示，要我們把姜塵帶到隔壁房間，也就是關押她爸爸的房間裡。

「剛進門，姜塵就發出一聲尖叫。房間的中央放著一把椅子，上面綁著一個男人。他的臉上都是血，和他相比，姜塵挨的那幾下，根本就不算什麼了。姜國波看見女兒，也掙扎著大叫起來。姜塵向他撲過去，卻被酒井抓住了。房間裡還有兩個人，一個是滿身肌肉的大塊頭，像打手，另一個中等身材，衣冠楚楚，戴著眼鏡，看起來很有學問的樣子。想必是這兩個人配合，一起審問姜國波。姜塵進屋後，戴眼鏡的男人就對姜國波說，看見了嗎？你的女兒在這裡，如果你再不開口的話，不僅是你，連她也要吃苦頭了。他用日語說的這些話，除了姜塵之外的人都聽懂了。姜國波立刻吼叫起來，不許傷害我女兒！戴眼鏡的男人說好啊，那就把你的研究成果交出來。姜國波說我已經重複多少遍了，我根本就沒有你們要的研究成果！戴眼鏡的男人沉下臉說，和你磨了幾個小時，我們的耐心快要耗盡了。本不想做得太過分，但你執意如此，我們也不得不下狠手了。我注意到，他這麼說的時候，眼睛一直朝牆上掛的液晶電視望過去。但電視機關著，螢幕上黑乎乎的，我明白了，有人正通過監視設備觀看審問。我猜，那肯定就是大老闆吧。

「戴眼鏡的男人向酒井點了點頭，他立刻揪著姜塵的頭髮，左右開弓地打她耳光。我從來沒見過酒井這麼凶狠的樣子。姜塵慘叫著，倒在地上，酒井又用腳踢她，踩她。姜塵的鼻子和嘴裡都冒出血來。我嚇壞了，這樣下去，姜塵會被他活活打死的。我上前想要阻止酒井，可是他一拳把我也打飛了出去。我看著他鐵青的臉，第一次發現我根本就不認識這個人。為了討好上司，為了在大老闆面前表現自己，他已經喪失理智了。酒井又從腰間拔出一把匕首，指著姜塵的臉，對姜國波說，想要女兒失去耳朵還是鼻子或者眼睛？

「姜國波終於崩潰了，狂吼著要他們放過姜塵，他什麼都願意說出來，一切！聽到他這麼說，戴眼鏡的男人笑起來，吩咐酒井停止折磨姜塵，還拿了一杯水給姜國波喝，讓他慢慢說。可是就在這個時候，整個樓房開始劇烈搖晃起來。日本經常發生地震，大家對普通程度的震感都習以為常，並不會太慌張。但這次完全不同，房子晃動得就像狂風巨浪中的小船，人根本就站不住，傢俱紛紛倒下，窗戶玻璃劈哩啪啦地裂開。這家酒店的隔音效果非常好，聽不到人們驚叫的聲音，耳朵裡卻灌進一種奇怪的尖嘯聲，不知從何而來，但格外令人恐懼，像是世界末日才會有的那種聲音。

「搖晃持續了很長時間，從來沒有經歷過這樣的強震。等到搖晃停止時，大家全都趴在地上，面無人色，也沒人敢動彈，似乎都嚇傻了。這時，戴眼鏡男人的手機突然響了。他接起來說了幾句，隨即下達了大老闆的命令——立即改變行動方案！戴眼鏡的男人命令酒井和打手，負責押送姜國波和姜塵撤離。說完，他就迅速離開了。酒井和大塊頭分別押著姜國波父女跑出房間，我也跟著一起往外跑。穿過走廊時，我看見兩側的房門大敞著，人都已經跑得無影無蹤了，走廊裡的黑衣人也不見了。我們不敢搭電梯，就從安全樓梯往下跑。才跑了一層樓，頭頂上傳來轟鳴聲。往窗外一看，一架直升機盤旋著飛遠了。

「是大老闆的直升機！大塊頭和酒井異口同聲地說。日本人都有經驗，一次強震之後往往會有很多次餘震，所以這場災難才剛剛開頭！難怪大老闆都急著逃跑了，我們又往樓下看，只見一輛輛汽車駛上公路，都在拚命地向遠處狂奔。公路上已經出現了一道又一道巨大的裂縫，兩旁的樹木和電線杆紛紛歪斜，許多建築物倒塌了。我害怕極了，不明白這些人為什麼要跑？我學到的避震常識是盡量遠離建築物，留在空地上等待救援。仙台港區是比較空曠的地方，他們這是要逃到哪裡去呢？

「餘震不斷地發生，就在我們從頂樓下到底樓的過程中，房子又劇烈搖晃了好幾次。每次我們都不得不停下來，抱著腦袋等待震動停止。我聽到鋼筋吱嘎作響的聲音，整座房子就像一個脆弱的火柴盒，被一次又一次地搓揉，眼看就要散架了！搖晃一停，我們就瘋了似的往下衝，好不容易來到底樓大堂。大塊頭拉著姜國波跑在前面，酒井拽著姜塵緊隨，我跑在他們身邊。大堂的玻璃門碎了半邊，大塊頭和姜國波正要從另外半邊出去，又是一陣劇烈的搖晃，震落的大塊玻璃正好砸中大塊頭，把他的身體攔腰削斷了。與此同時，身邊的一根柱子也倒下來，壓在姜塵的背上。我靠後一步，雖然沒有被壓到，但是柱子擋在前方，周圍都是亂七八糟的碎石和傢俱，我再也無法移動了。

「當時我的腦子裡只有一個念頭，完了，我要死了！可是姜國波卻跑了回來，他跪在柱子的另一頭，拚命地拉住姜塵的手，哭喊她的名字。酒井也沒有被柱子砸到，還能活動，就回來拉扯姜國波。姜國波忽然變得力大無窮，酒井根本就拖不動他。我衝著酒井喊，救救我！但他只朝我看了一眼，轉身就向門外跑去。我絕望了。就是在這一剎那，我真正地看清了酒井，也看清了我十八歲的全部人生。

「這時姜塵已經不能說話了，卻瞪大了兩隻眼睛，死死地盯著爸爸，嘴裡吐著血沫。姜國波不停地和她說話，又急又亂，我只能大概聽出他在一遍遍地重複，爸爸對不起你，爸爸愛你……不知道為什麼，我突然不再害怕了。我想起自己的爸爸和媽媽，想起我已經好幾年沒有和他們好好說過話了。我知道我是愛他們的，他們也愛我，可是我們永遠也沒有機會告訴彼此了，真遺憾啊……又是一陣尖銳的嘯聲，由遠及近，向我們襲來。我忽然意識到這是什麼聲音了，這是整個世界將要毀滅前的呻吟，是一切冤魂最後的絕唱。

「巨浪打過來時，屋頂和牆壁這些平時看來堅固無比的東西，就像紙片一樣被輕而易舉地撕碎了。我被捲入海水中，洶湧的海浪劈頭蓋臉地壓過來，無法呼吸，什麼都看不見了，天昏地暗，渾身劇痛。我以為我立刻就會昏厥過去，緊接著死亡，但是偏偏沒有，來自地獄般的嘯聲一刻不停地撞擊著頭腦，迫使我保持清醒。求生的本能讓我拚命抱住那根斷裂的柱子，在海浪中起伏。這時我突然發現，柱子的另一端還有一個人——姜塵！她是沒有力氣抱住柱子的，但她的衣服好像纏在了柱子的裂縫裡，所以竟然一直沒有被海浪捲走，而是和我一起隨著柱子載浮載沉。至於姜國波，早就沒有蹤影了。

「我看著姜塵，她也看著我。我不知道她是否還有意識，因為她的眼珠凝然不動，但那裡面還有光，竟像七色彩虹一般絢爛。我就死死地盯住這束光芒，直到一切化為烏有……」

11

「你哭了嗎？」菅樹里輕聲問。

眼眶裡乾乾的，應該是沒有。除了兩眼有些發熱之外，他根本就哭不出來。當面對人世間最慘烈的悲劇時，眼淚稀釋不了痛苦。他相信最後的時刻，姜塵眼睛裡的光也一定不是淚。

如果沒有這段時間的經歷，他將不會懂得，即使到了窮途末路，心依舊可以在希望和絕望之間做出選擇；對於生命中遭受的一切不公，可以仇恨，也可以原諒。

姜塵最後做出的選擇，他永遠也不會知道了。但有一點，路岸越來越肯定，這場追索並不白費，自己一路找尋的絕非虛無縹緲的幻覺，而是真實存在的宿命。他的這份努力，並不因為姜塵本身的渺小而微不足道，相反，這份努力強大得足以跨越生死。

他讓心緒逐漸平靜下來，還有許多問題要澄清，還有許多事情要做。

他問菅樹里：「海嘯之後，你就再沒有見過酒井幸作嗎？」

「沒有。」菅樹里回答，「當我終於恢復了健康，並且知道我失去了全部親人之後，就下決心和自己的過去一刀兩斷。我接受了小林夫婦的善意，努力學習英語，來到日光，管理起魁之庵。我發誓要重新做人，為了我自己，為了死去的家人，也為了善良慈悲的小林先生和太太。」

「明白。」

「我從沒有和仙台的熟人聯繫過，其實也沒什麼熟人了。除了小林夫婦之外，誰都不知道我在日光。真是做夢也沒想到，整整五年過去了，酒井幸作又出現在我的面前！」

「你剛才說，在海嘯發生的危難關頭，酒井幸作拋下你跑了，使你認清了他的為人。既然如此，為什麼還要窩藏他，給他錢呢？」

菅樹里狠狠地說：「我永遠都不會忘記那一幕的，當時他毫不猶豫地轉身就走。哪怕他露出一絲絲不捨的表情，我都可以理解他、原諒他……但是沒有。我恨他！可是，這次他在魁之庵找到我時，恰好小林夫婦也在那裡。像酒井這種亡命之徒，什麼事情都做得出來的，如果影響到魁之庵，甚至傷害到小林夫婦，我的罪過就大了。所以我只能先穩住他，等所有人離開之後，再想辦法對付他。幸好那幾天裡，酒井還是比較安分的。」

安分嗎？先是盤踞在鐵橋上充當「蜘蛛人」，後來又爬到女浴室窗外偷窺。不過，現在提這些也沒必要了。路岸點頭說：「所以小林夫婦一走，你就按計畫清空了魁之庵。」

「我本來也打算報警的，可是恰好在那天，你對我提起了姜塵。」菅樹里不由自主地摸了摸左頰上的疤痕，「五年前的那一幕，我原先一直都迴避著，根本不敢多想。但經你一提，腦子裡就全是那時的畫面，怎麼也丟不開了。於是我想，應該從酒井幸作那裡多瞭解一些情況。」

「你想幫我。」

「也不全為了你……」菅樹里的臉微微泛紅。

「酒井說了什麼嗎？」

「我向他打聽大老闆的身分。起初酒井一口咬定什麼都不知道，後來又改口了。他告訴我，五年前他沒能把姜國波活著帶出KAL，沒完成上面交代的任務，害怕遭到懲罰，就趁著災後的混亂跑了。這幾年，他在北海道和九州都混過，靠打零工度日。前一段時間，他實在混不下去了，就跑到京都和東京，想找熟人幫忙。誰知剛一露頭就被盯上了。酒井說，追殺自己的正是五年前負責盤問姜國波的那個男人。酒井從來沒見過大老闆，但認識這個戴眼鏡的男人。只要我肯給他錢，他就告訴我那人的身分。」

「你信他？」

「我也沒全信，所以只包了幾張真錢給他，就算他不給我線索，損失也不大嘛。」

「真傻！」路岸又氣又憐地搖頭，「酒井根本就沒打算告訴你線索，他只想要錢，拿了錢還想殺你。」

「這個傢伙，真該死呢！」

窗外傳來早班火車的鳴笛，清晨的寂靜被打破了。新的一天，意味著新的抉擇。現在，他們又該何去何從呢？

姜塵死了，對此，路岸不再有任何異議。從現在開始，他的追尋目標將轉變為：究竟是什麼導致了姜國波父女的慘死。從菅樹里的敘述可知，害死姜國波父女的正是酒井幸作所在的黑幫組織，該組織的幕後老闆身分成謎。這位大老闆對姜國波的研究成果很感興趣，為此專程將他們父女從東京弄到了仙台港區的豪華酒店拘押審問。只是誰都不曾料到，一場巨大的天災讓這場審問戛然而止。

姜國波的研究成果是什麼？神秘的大老闆為什麼想得到它？作為一名日本的黑幫首領，怎麼會接觸到一位默默無聞的中國考古學者？還有，從姜國波剛抵達日本的行為來看，他對後來發生的事情全無預感，應該不是事先有約定的。那麼，又是怎樣的契機使他突然決定去往仙台？

其實，菅樹里是對的。要查出五年前的真相，只能從酒井幸作入手。他是他們目前唯一的線索和突破口。但是肯定不能再讓她去冒險了，還得另想辦法。

菅樹里忽然問路岸：「我看到你的包裡有筆記型電腦，可以用嗎？」

「當然可以，怎麼？」

「我到日光的社區網上去搜一搜。」菅樹里從路岸的包裡拿出筆記型電腦，「社區網上可以找到所有的八卦資訊。我匿名上去看看，有沒有關於酒井幸作的新消息。」

「好啊。」路岸打開電腦，輸入開機密碼，把筆電交給菅樹里。他的手機從背包裡滑出來，掉到草席上。

路岸撿起手機一看，黑屏，應該是沒電自動關機了。昨天從憾滿之淵前揹回菅樹里，他就發了病，直到現在都沒碰過手機。路岸從背包裡取出充電線，把手機連到筆記型電腦上。

菅樹里瞥了他一眼，「是我把你的手機收到背包裡的，怕你昏昏沉沉的時候給弄丟了。」

「嗯，謝謝你。」

路岸打開手機，先查了查微信，並沒有盛冬日和任霏霏的新消息。他反而放了心，他們都在忙各自的事情吧。郵箱裡有馬克醫生發來的緊急郵件，催促他立即入院。是該寫一封正式的郵件取消手術預約了，路岸正在斟酌詞句，菅樹里忽然發出一聲驚呼。

「酒井幸作死了！」

時近中午，菅樹里把網上所有的相關資訊都搜索了一遍，包括目擊者發在推特上的照片和視頻，兩人終於弄清了：就在他們狼狽不堪地逃離日光，入住宇都宮火車站前旅館的這段時間裡，酒井幸作的屍體意外地出現在了日光的寂光瀑布。

菅樹里把日光的地圖也給路岸看了，寂光瀑布離憾滿之淵相當遠，酒井幸作跑到那裡去幹什麼？他是死在寂光瀑布，還是死後被轉移到那裡棄屍呢？

警方沒有公布任何調查進展，但是關於酒井幸作的死因，各種議論已經喧囂網上。最多的說法是：酒井幸作被黑幫組織追殺，遭槍擊而亡了。

槍擊？

菅樹里和路岸面面相覷，就在一天前，他倆差點被酒井幸作槍殺在憾滿之淵。誰知二十四小時還未到，反而是酒井幸作自己死於槍下了。

想來想去，也只有這麼一個解釋：酒井幸作剛從菅樹里那裡搶了錢，就被追蹤而來的黑幫找到了。或許，他還沒來得及發現菅樹里給的是假錢。說不定他已經發現了，正打算到魁之庵去找麻煩，卻被黑幫搶先一步幹掉了。

兩人都禁不住後怕，假如酒井幸作沒有被殺，也許昨天他們根本就逃不出魁之庵。現在，酒井幸作倒是死了，不再構成對他們的威脅。但問題是，唯一的線索也斷了。

菅樹里說：「呦，已經中午了，我去樓下買點吃的。」

「我去吧。」

「你？學會說幾句日語了？」她用和任霏霏一模一樣的口氣說，「你還是歇歇吧。頭不疼了嗎？待會兒吃完午飯，還得吃藥呢。」

路岸只得看著菅樹里出門去了，一時也集中不起精神來考慮對策，滿腦子都是她那纖柔的背影，還有嬌嗔中帶著關切的語調。

房門又開了。菅樹里閃身進屋，反手把門關上。

「怎麼了？忘記帶錢了？」

「前台來了一個員警。」她的表情很怪。

「員警？」

「是從日光來的員警。」菅樹里一字一頓地說，「日光警署總共才那麼幾個人，他們的臉我都認得。」

路岸看著菅樹里，她也看著他。

兩人異口同聲地說：「來找我們的？」

12

火車開出日光站十多分鐘後，任霏霏從坂本康夫的臉上摘下口罩，又把貼在他嘴上的膠布撕了下來。坂本的上唇和下巴都青了一片，大口呼吸著新鮮的空氣，「憋死我了……」

盛冬日惡狠狠地說：「你可別喊啊，你要是再敢喊，就把你的嘴永遠堵住！」

坂本哀怨地看著他，「我不是你們的敵人，溫特兒君為什麼不相信我呢？」

任霏霏指著紙條說：「說說吧，到底是什麼意思？妖怪在保護什麼？」

「保護你們啊！」

「我們？」盛冬日和任霏霏一起問，「妖怪為什麼要保護我們？」

「剛才的霧是怎麼回事？你們不認識妖怪，可我認識啊！那就是一種名叫山伏的老妖，只在荒山野嶺中出現，以霧氣讓趕路的人迷失方向。不過，這種妖怪其實並不兇惡，只是喜歡嚇唬人捉弄人。它常年待在深山裡，怪寂寞的，好不容易見到一個人，就忍不住要賣弄一下本事，由此引發的惡果也是少數——」

盛冬日打斷他，「這跟我們有什麼關係？」

「哎呀，我不是說了嘛，山伏這種妖怪只會一種本事：起霧。山伏所起之霧，憑空而來，倏忽而去，比一般的霧都濃，像密不透風的屏障，還介乎現與不現之間。」

任霏霏追問：「什麼叫現與不現之間？」

「山伏所起的是妖霧，和自然界的霧是不同的。要麼特別濃厚，就像剛才月台上的那陣霧；要麼就是置身於霧中的人全然無知，倒是外面的人突然發現其被霧包裹，失去了蹤影。」

任霏霏驚呼：「我和路岸到日光的第一個晚上，就遇到過這種霧！」她連忙把鐵橋上的遭遇講了一遍。

「沒錯，那就是山伏起的霧！」

「你是說，我和路岸剛到日光，就碰到了妖怪？」

「肯定是！」

「剛才那陣霧也一樣？」

「對！一樣！」

盛冬日插嘴：「我只記得《西遊記》裡寫，妖怪來時飛沙走石，這怎麼還起霧……」

坂本康夫卻對任霏霏露出了崇拜的表情，「霏霏小姐，一定是你。」

「我？什麼是我？」

「山伏在保護的，就是你啊！」

「妖怪保護我？」任霏霏不可思議地瞪圓了雙眼。

「山伏總共出現了兩次。第一次是你在鐵橋上，路岸君看到一隻手伸向你，這時山伏出現，嚇走了那隻邪惡的手。而剛才呢，山伏在員警眼前起霧，擋住他們的視線，幫助你和溫特兒君順利離開日光。你看看，兩次不都是因為你嗎？」坂本越說越激動，「我明白了！全明白了！式神指引我到日光來，住進魁之庵，就是為了等待霏霏小姐啊！也正是由於霏霏小姐的到來，日光才會妖氣大盛，古老的妖怪們齊聚一堂，原來都是為了保護霏霏小姐你啊！」

「哈哈哈。」盛冬日在一旁笑得前仰後合。

任霏霏氣急敗壞地說：「你笑什麼？！」

「原來你能招妖？我怎麼不知道你還有這本事？過去真真是大不敬了。」

「我也不知道！我要是知道，頭一個就讓妖怪把你給吃了！」

「求霏霏大仙饒小人一命！」盛冬日擦著笑出來的眼淚說，「你別說，我還真有點相信他的鬼話了。眼見為憑嘛，剛才那陣霧的確起得蹊蹺。」

「眼見為憑個屁！你倒是說說，妖怪為什麼要保護我？」

「你和它們沒交情？」

「你才和妖怪有交情呢！」任霏霏氣憤地說，「不對，妖怪不一定是要保護我吧，有沒有可能是保護路岸？」

「保護路岸？為什麼？因為他的腦子出問題了？」

「你想啊，如果剛才員警抓住我們和坂本，就會知道酒井曾經和路岸還有菅樹里爭執過，如果員警聽信了坂本的胡謅，很可能直接把路岸和菅樹里列為殺人嫌疑犯。從這個角度去思考，山伏起霧阻擋員警，保護的應該是路岸他們。」

坂本辯解：「我沒有胡謅，我也不會隨便對員警供出路岸君和樹里小姐的……」

任霏霏瞪著他說：「你這人也夠奇怪的呀！前兩天還只會說幾個中文單詞，現在連我這麼大段的話都聽得懂了？你這中文水準是怎麼突飛猛進的呀？」

坂本面紅耳赤地低下了頭。

任霏霏也不理他，繼續對盛冬日說：「還有，在憾滿之淵前面妖怪也現身了。」

坂本再次插嘴：「那不是妖怪，是不動明王……」

盛冬日問：「不動明王又是幹什麼的？」

任霏霏說：「不動明王是密宗的佛祖。」

盛冬日連連擺手，「我不行了，腦子亂了，怎麼又跑出佛祖來了？」

任霏霏嘲笑他，「還不是和你的《西遊記》一樣？既有白骨精，又有觀音菩薩，還有牛鼻子老道呢。坂本不是都說了嗎？在憾滿之淵前面，正當酒井幸作要殺害路岸和菅樹里的時候，千年石燈籠的老妖出現了，密宗的佛祖也出現了。結果酒井死了，路岸和菅樹里成功地逃跑了。酒井的手上可是有槍的啊！如果沒有那些亂七八糟的東西幫忙，路岸他們怎麼跑得掉呢？」

她和盛冬日原先以為是路岸槍殺了酒井幸作，現在又覺得有妖怪參與也不錯。假如殺死酒井幸作的是妖怪，那麼至少路岸是無罪了。不過，恐怕員警不會接受這個觀點。

坂本抗議：「不動明王可不是什麼亂七八糟的東西！」

「無所謂，反正那時候我不在憾滿之淵。所以妖怪們保護的不是我，要麼是路岸，要麼就是……菅樹里！」

「菅樹里？那個臉上有疤的日本女孩？」盛冬日連聲慨嘆，「我真想看看她到底有什麼本事，居然把路岸勾引得連病都不治，跟著一起亡命天涯去了！」

「你正經點！假設我們認可坂本的說法，目前所知的妖怪現身共有三次。第一次是在鐵橋上，在場的有我和路岸；第二次在憾滿之淵，在場的有路岸和菅樹里，酒井死了，坂本是旁觀者，所以他們兩人剔除在外；第三次則是在日光火車站，妖怪現身是為了阻止員警追上你、我和坂本，間接地保護了路岸和菅樹里。綜上所述，妖怪的三次現身，三次路岸都有份，我和菅樹里各佔了兩次。所以說，妖怪保護路岸的可能性最大。我和菅樹里，都有可能是沾了路岸的光。」

坂本康夫小心翼翼地說：「霏霏小姐，你的推理非常有水準。不過還有一點我必須提醒你，老妖們的歲數都很大了，就跟人老了一樣，容易犯糊塗。所以他們也不一定知道自己在保護誰，或者搞錯了保護對象，都是有可能的——」

「你給我閉嘴！」盛冬日忍無可忍地吼道，「我嚴肅地警告你，你再這麼胡說八道下去，我就讓你永遠開不了口！」

坂本委屈吧啦地閉嘴了。盛冬日和任霏霏也都沉默著。過了好一會兒，盛冬日喃喃地說：「還真是三觀盡毀啊，我怎麼覺得過去三十年都白活了？我放下公司那麼多業務不管，跑到日本來找路岸，是為了把這個腦子壞掉的傢伙送去美國，該手術手術，該休養休養，而不是聽任他跟著一個臉上帶疤的日本女人當逃犯的，更不是來接受妖怪知識再教育的。」

任霏霏亦無言以對，只能看著車廂前部的螢幕說：「先回東京再說吧。」

「回東京，坂本怎麼辦？讓他跟你回家嗎？」

坂本康夫瞧瞧盛冬日，又瞧瞧任霏霏，覺得還是她溫柔可親，便鼓足勇氣對任霏霏說：「霏霏小姐，我有個建議。」

「什麼建議？」

「我覺得，溫特兒君不必太為路岸君擔心。他有不動明王守護，又有百妖隨行，肯定能夠逢凶化吉的。」說到這裡，坂本緊張地盯著盛冬日，見他沒有要揍自己的意思，便繼續說：「如果你們真想知道路岸君的去向，我覺得可以向妖怪打聽。」

盛冬日沒好氣地問：「怎麼向妖怪打聽？」

「可惜我的式神失靈了，法器也都被溫特兒君破壞了，無法再占算妖氣。也就是說，我現在和普通人一樣，哪怕妖怪從我的面前經過，我也察覺不出來。所以在這種情況下，我們只有找到妖怪的大本營，才能獲取有關路岸君行蹤的進一步線索。」

任霏霏默不作聲，盛冬日卻深深地嘆了口氣。「妖怪的大本營……」他牙疼似的托起腮幫子，無限惆悵地望著坂本，「那麼請坂本君告訴我，妖怪的大本營在哪兒呢？」

坂本康夫的雙目炯炯有神，「在松山。」

「松山？」盛冬日轉頭問任霏霏，「松山是什麼地方？」

13

「說到幫派……我聽說日本的黑幫都有自己的記號，比如切掉手指什麼的？」

「犯規了才會被切手指，不過酒井的每根手指都在，每根腳趾也都在。」

知道了，路岸心想，其實你可以說得含蓄些。思索了一下，他又問：「那麼紋身呢？」

「有啊！」菅樹里興奮地說，「他的背上紋了一隻鳥！」

路岸和菅樹里坐在宇都宮長途客車站對面的一個街心花園裡。一個小時前，他們悄悄地從安全樓梯逃出了旅館。這種小旅館都是事先交房費的，免了結帳的麻煩。他們不敢再搭火車，就來到長途客車站。不過在上車之前，他們還得先花些時間討論，找到一個前往的目的地。

日光暫時不能回去了，員警正在找他們，說不定還有其他追兵。儘管酒井幸作不是他們殺的，但是路岸不願意因此耽擱，必須盡快找出姜國波父女遇難的真正原因，他的時間不多了。

此刻，他們要商定的不僅是前行的方向，其實也是命運的抉擇，但當並肩坐上這條長椅時，兩人的心情又奇妙地舒緩下來。

街心花園很小，只有三條長椅。路岸和菅樹里坐了其中的一條，另外一條上坐著一個帶狗的老人，還有一條長椅上仰面躺著一個流浪漢，睡得正酣。花園的中央有一座小滑梯，幾個母親帶著孩子在玩。天很藍，白雲如絲，微風拂過長凳背後的吉野櫻樹，陣陣幽香若隱若現。這棵染井吉野櫻是小花園裡唯一的櫻樹，淡粉色的櫻花已經開滿了枝頭，遮住頭頂的一方藍天。

多麼悠閒，多麼寧靜，多麼美好的生活啊。

菅樹里撿起一根樹枝，在砂地上畫出了一個鳥形圖案。

「喏，酒井背上的紋身就是這樣的。」

「你確定？」

「確定啊。有什麼不對嗎？」

路岸從菅樹里的手中接過樹枝，指了指鳥形圖案的下方。

「這鳥有三隻腳，你肯定沒有畫錯？」

「沒錯！因為三隻腳的鳥很怪，所以我還問過酒井，為什麼他們幫派的記號是一隻怪鳥，他也搞不清楚。」

菅樹里畫的鳥不僅有三隻腳，周圍還有一個圓圈。

「這個圓圈也是酒井的紋身上的？」

「當然了。」菅樹里有些不高興了，「圓圈又怎麼了？不是挺好看的嗎？」

「我只是感到驚訝，三足烏是中國上古傳說中的神鳥，竟然會成為一個日本黑幫的組織符號。」路岸說，「看樣子，這個藤田組的大老闆還挺有學問的。」

據菅樹里說，酒井幸作參加的黑幫叫做藤田組，是一個主要在日本東北地區活動的黑幫組織。規模並不大，仙台地區算是藤田組的主要據點。和一般暴力集團不同的是，藤田組的背後操控者身分成謎，連日本警方也一直沒有查出個所以然來。由於拘押審問姜國波父女的，恰恰是藤田組的神秘幕後大老闆，所以直接去藤田組打聽是沒用的，只能自己設法查出來。

菅樹里皺起眉頭，對著自己的畫作左看又看，「三隻腳的烏是神鳥？」

「確切地說，是三隻腳的烏鴉，又稱三足烏。酒井幸作對你談起過三足烏的神話嗎？」

「才沒有呢，我想他自己也聞所未聞吧。」菅樹里莞爾一笑，「路岸君，我想聽你告訴我。」

「三足烏就是太陽神鳥。在中國最古老的神話中，太陽和三足烏是為一體。三隻腳的烏鴉蹲據在紅日正中，就是傳說中太陽的形象。據說，天上原來有十個太陽，也是帝俊與羲和所生的十個兒子。《山海經》中寫道，東方有扶桑樹。這十個太陽，每天早晨輪流從東方的扶桑神樹上升起，化作太陽神鳥從東向西飛翔，到了晚上便落在西方的若木神樹上。這其實就是日出日落的形象描述。古人把太陽和會飛翔的鳥視為一體。所以你看這幅圖，圓圈是太陽的形狀，中間的三足烏就是太陽神鳥。換言之，有一個圈圍起來的三足烏，等同於太陽的圖騰。」

「三隻腳的烏鴉就是太陽？」菅樹里露出難以置信的表情。

「是真的。在中國最古老的文字甲骨文中，西方的西字，字形就像一支翎毛的形狀。對此，《說文解字》中有解釋：鳥在巢上，象形。因為太陽在西方落下後，三足烏就入巢休息了，所以用鳥羽來表示西，或者棲字。更直接的聯想是，太陽在西方落山後，三足烏也應該棲息了。神鳥落地，往往有羽毛抖落下來，所以用翎毛來表示太陽的棲息之地，也就是西方。所以在古人的認識中，太陽就是三足烏，三足烏就是太陽。」

陽光透過櫻花的縫隙照下來，像一場金粉色的光雨，淅淅瀝瀝地灑在他們的身上。

菅樹里皺著眉頭說：「可是藤田組和太陽，或者三隻腳的烏鴉都沒關係呀。」

「是嗎？那就難猜了。」

想了想，菅樹里又問：「日本好像也叫扶桑國，對嗎？神話裡的扶桑樹在日本嗎？」

「不，古時應該另有一個扶桑國，位於比日本更加東方的位置，大約也是海上的一個島國。不知道什麼時候，扶桑國消失了，也許是在一場地震或者海嘯之後，這座東方的島嶼永遠沉入了大海。於是後來，中國人就用扶桑來指代日本了。」

「哦。」菅樹里點點頭，又若有所思地說：「三足烏鴉就是太陽……可為什麼不是其他的鳥兒呢？烏鴉不是很醜很不吉利的鳥嗎？」

一群鴿子飛來，落在小草坪上。菅樹里從背包裡掏出一個紙袋，紙袋裡裝著她在便利店買的小麵包，他們當作午飯吃完後還剩了一個。菅樹里把小麵包掰成碎塊，扔給鴿子們吃。

路岸說：「你可別小看了烏鴉，牠是一種很聰明的鳥。《伊索寓言》裡有一個烏鴉喝水的故事。為了喝到瓶子裡的水，烏鴉銜來石塊，投入瓶中，讓水位升高到瓶口，就能方便地喝水了。在一則古希臘的寓言故事裡，烏鴉就能夠使用工具了，說明牠們的智商非常高。」

「但是我爸爸特別討厭烏鴉。他說中國人認為烏鴉不吉利，烏鴉叫喚，就代表有人要死了。」

「中國人有這種看法，其實是從唐代才開始的。晚唐時有一個志怪小說家叫段成式，在所著的《酉陽雜俎》中寫道：『烏鳴地上無好音。人臨行，烏鳴而前行，多喜。此舊占所不載。』但其實在唐代之前，烏鴉一直被當作吉祥和神聖的鳥兒來崇拜。古人把太陽神鳥設計成三足烏鴉，是為了和自然界中的兩足烏鴉相區分。在上古神話中，三足烏鴉不僅是太陽的本體，后羿射日後，三足烏鴉逃到崑崙的西王母身邊，還當上了西王母的信使。只是到了唐代以後，烏鴉卻開始遭到人們的憎惡，也許是因為烏鴉喜食腐肉，常常出現在動物或者人類的屍體旁，令人聯想到死亡吧。」

鴿子忽然撲楞楞地飛起來。兩個壯漢走進街心花園，四下張望了一番，正要離開，其中一人突又回過頭，朝菅樹里和路岸坐著的方向望過來。

路岸的心頭一緊，幾乎與此同時，菅樹里摘下臉上的口罩，把頭靠到了他的胸前。她的面孔緊密地貼在他的外套上，他幾乎能透過厚厚的衣服，感受到她皮膚的溫度。兩個壯漢一前一後向他們走來，路岸伸出手臂，用力攬住菅樹里纖瘦的肩膀。

壯漢從他們的面前走過，徑直出了街心小花園。

路岸的心跳才放緩下來。

「路岸君，」菅樹里卻仍然緊緊地依偎在他的胸前，「你對我真好。」頓了頓，又說：「不過我知道，你其實是對姜璽好。」

她直起身來，注視著路岸的眼睛，「我說得對嗎？」

「也不……完全是這樣。」

菅樹里的左頰完全暴露在路岸的眼前了。剛才，她就是把這個位置貼在他的胸前。本來路岸怕菅樹里介意，一直留心不讓目光落在疤痕上，現在卻避無可避了。

他還是頭一次這麼近距離地觀察這塊疤痕。它佔據了她的左半邊面孔大約一半的面積，著實不小。顏色發青，卻不像一般的疤痕凸起來，而是和其他部位的皮膚平齊，看起來更像一枚刺青。

有了這個念頭，疤痕的形狀在路岸的眼中突然發生了微妙的變化，不再是純粹的無規則的猙獰傷疤。某種意象隱約在他的腦海中浮現……像什麼呢？路岸一時忘形，抬起手想摸一摸那塊疤痕。

菅樹里把臉向後讓開了。「我的疤很難看嗎？」她坦然自若地問。

要說好看就太假了，像是在惡意嘲弄，但路岸確實從心底裡不厭惡這塊疤痕，甚至就在剛才的那個瞬間，他還從中感受到了某種被撩動的情懷。從見到菅樹里起，她的臉上就有這塊疤痕，所以對於他來說，喜歡她的同時，也就喜歡了這塊疤。況且，這塊疤是僅屬於她的特徵，他對它便也喜歡得多一些，恍若是他的私藏獨佔。不過這些話，他是無論如何不好意思說出口的。

他只能說：「我……一點都不討厭它。」

菅樹里輕輕地笑了，於是在路岸的眼中，她的可愛又增添了幾分。世上有幾個少女能像菅樹里這麼堅強地面對厄運？抑鬱和痛苦肯定有過，小林先生說她在療養院中企圖自殺過，但是她挺過來了。

如果沒有被海嘯捲走，姜壓也一定會挺過來的。

路岸決心找出真相。姜壓死了，但她為他引來了菅樹里，還將許多疑問放在他的面前。即使或早或晚，他會失去全部記憶，但只要能在抵達終點之前，找到問題的答案，所有的努力就不會是徒勞。

「我的疤是不是也像什麼神奇的符號呢？」菅樹里又問。

「想不出來。」

「像不像蛇？或者烏龜？蜘蛛什麼的？」

「應該不像吧。」

「也不像三隻腳的烏鴉嗎？」

「完全不。」

滑梯上的孩子們陸續被媽媽帶回家去了。另外兩條長椅不知不覺已經空了，只有他們還沒一點要離開的意思，簡直就是兩個無業遊民。

菅樹里本著節約精神，一點一點掰碎的麵包也都餵光了。鴿子們立刻翻臉不認人，飛得一隻不剩，只留下一地的鴿糞。儘管表現惡劣，但人們就是喜歡鴿子，無非是喜歡牠們的可愛外表，而烏鴉卻吃了外表的虧。

菅樹里問：「你想好去哪兒了嗎？」

路岸搖了搖頭，用力按著太陽穴。

「想不出來就別想了，」菅樹里擔心地看著他，「你可別再發病了，我怕。」

「不會的。日本有沒有叫烏鴉的公司，或者叫烏鴉的地方？」

「烏鴉山？烏鴉川？烏鴉谷？……烏鴉城！」菅樹里叫起來，「還真有一座烏鴉城呢！」

第四章　第七天—第八天

1

在新宿站搭乘巴士之前，菅樹里和路岸分別做了喬裝改扮。菅樹里戴上口罩和棒球帽，路岸則戴了一副大墨鏡，買了新的背包和衝鋒衣，把原來的外套塞在舊背包裡，扔進了公共廁所裡的垃圾桶。原來的手機卡也扔掉了，舊手機關機後隨身帶著。另外買了新的手機和卡，一人一支，號碼暫時只有彼此知道，以備急用。路岸本來還想和盛冬日聯繫，但考慮到自己可能已經被員警盯上了，就決定多一事不如少一事。

進巴士站時，兩人一前一後，裝作互不相識地各自買了票。在車上也隔開好幾排座位坐。巴士正常離站，很快就駛上了高速公路。

在日本列島的中央位置，一系列海拔兩千到三千公尺的山脈連綿而成北阿爾卑斯地區，包括上高地、乘鞍高原和美原高原，是日本最具代表性的山嶽風景區。在這個地區的中部，有一座歷史悠久的古城——松本。

從新宿到松本的高速巴士，大約需要三個半小時。

松本，以擁有一座四百年前建造而成的，現存日本最古老的五重六階木制城閣——松本城天守而聞名，松本城天守還有一個別名：烏鴉城。

來到松本城天守外，路岸立刻明白了烏鴉城這個別名的由來。五重六階的城閣，每一層都由白牆和黑瓦構成，遠遠望去確實很像一隻展翅的烏鴉。松本的櫻花已經盛開了，到處都是以烏鴉城為背景，在櫻花樹下拍照的遊人。路岸和菅樹里穿行其中，不知不覺地也有了些許遊興。

路岸心想，如果能夠找個導遊，聽他講講烏鴉城的前世今生也不錯。不過，普通的導遊恐怕說不出烏鴉城和太陽神鳥，三足烏和黑幫組織之間的聯繫。

也許，這三者之間根本就不存在關聯吧。

菅樹里問：「要進去嗎？」

「去吧。」來都來了。

他們跟著絡繹不絕的人群走上紅色的埋橋。埋橋通向開在城牆上的埋門，也就是逃生門。橋下的護城河水中倒映著藍天、烏鴉城和櫻花組成的三重美景。走近之後發現，經過多次修繕的木製城閣幾乎是簇新的，從上面看不到五百年歲月風霜的痕跡，更找不到戰國時期血雨腥風的過往。相比國內粗製濫造的仿古建築，日本人精心維護保留下來的古建築，卻是一個精緻的，在形態上無限接近原型的複製品。

路岸無法想像織田信長和豐臣秀吉在這樣的城寨中逐鹿天下，它看起來終歸還是一個旅遊景點罷了。環顧四周興致勃勃的遊人，他又在心中嘲笑起自己來。也許只有鍾情於往昔的人才會有這樣的執念吧，總愛把今天看成是過去的對照和映射，以至於無法接受任何改變，彷彿那都是對過去的褻瀆。殊不知，昨日之日不可留，過去的終究已成過去，假如一定要原封不動地保存下來，那麼今天所能見到的，就只能是斷壁殘垣，甚而是一抔塵土。

人的生命太過短暫，最多只能見證百年光陰，所以才會想像千百年壽命的神仙或者精怪吧？如果他們真的存在，並且擁有強悍的記憶力，那麼我們對歷史的認識是不是就會精準多了呢？有了目擊證人，甚至親歷者的敘述，那些模糊不清的往事將會變得多麼鮮活生動啊。姜國波這位考古狂人，就曾經有過類似的慨嘆。然而諷刺的是，僅僅過去五年，連他本人的死亡真相，就幾乎徹底湮滅了。

天守內外很快就逛完了。

重新走上埋橋，路岸又開始發愁。到烏鴉城來本是無奈中的撞大運之舉，烏鴉城中一無所獲，下一步該怎麼走，重新成了一個大難題。

走到埋橋中央時，有人擋住了他們的去路。

這是一個小鼻子小眼，蠻秀氣的女人，戴一副無框眼鏡，燙捲的中長髮柔順地披在肩上，三十多歲的年紀，穿一身黑色的齊膝洋裝裙，特別像商場裡金銀飾品櫃檯的售貨員。

她向路岸和菅樹里鞠了一躬，彬彬有禮地說了一句日語。

路岸只能朝菅樹里看。

菅樹里說：「她說馬上就要日落了，從埋橋下朝松本城的方向看夕陽是最美的，她見我們像要離開，覺得錯過日落太可惜了，所以特地來提醒我們。」說完，她也向那個女人鞠躬致謝。

還有這種事。路岸覺得稀奇，問菅樹里：「她也是遊客嗎？這麼好心？」

菅樹里又和女人交談了幾句，對路岸說：「不，她是松本城的志工導遊，其實就是住在附近的家庭主婦，出於對松本城這處古蹟的愛護，志願接受了導遊培訓，有空時就到這裡來義務為遊客做講解。你聽不懂日文，我就婉拒了，要不然她還想陪我們再轉一圈呢。」

菅樹里給路岸翻譯時，女人一直熱忱地注視著他倆，還頻頻點頭，面露微笑。待菅樹里講完，路岸感動之餘，只能又祭出唯一的日語大殺器：「阿裡嘎多！」

女人笑得鏡片後的眼睛瞇成了線，從左手的文件冊中取出一張旅遊宣傳單，強行塞到路岸的手裡，又連鞠了好幾躬，才心滿意足地離開了。

再看四周時，路岸的視線中突然冒出了好些個穿黑色洋裝裙的日本女人，都是三十來歲主婦的模樣，在烏鴉城旁轉悠著，想必全是所謂的「志工導遊」。奇怪，之前竟完全沒有注意到。

菅樹里問他：「我們要等著看夕陽嗎？」

路岸看了一眼手錶，剛過四點，日落起碼還得等一個多小時。他們本也無事可做，倒不在乎消磨掉這一個小時，問題在於，日落以後又該怎麼辦呢？

也許是被他猶豫不決的樣子弄煩了，菅樹里主動做了決定。「反正我也累了，前邊有家咖啡館，我們就去那裡坐一坐，看完導遊大姐隆重推薦的夕陽再走。」

等咖啡上桌的時候，路岸隨意翻看著「導遊大姐」塞給他的宣傳單。這是一份簡要的松本城遊覽介紹，還是日語版的。反正也是隨便看看，路岸就挑著其中的漢字，似懂非懂地掃過去。突然，他被宣傳單背面的一排符號吸引住了。這頁的漢字比較多，他居然看懂了，上面列舉了松本藩的歷代藩主，分別是石川氏、小笠原氏、先戶田氏、松平氏、堀田氏、水野氏、後戶田氏，共六家二十三代，而那些或像植物葉子、或像散佈的星星的符號，正是屬於這些戰國藩主的家族徽飾。路岸反反覆覆地看著這些徽飾和姓氏，總有種似曾相識之感。

他從背包中取出筆記型電腦，開始上網搜索。

路岸忙得抬不起頭，菅樹里在一旁百無聊賴起來。

「我出去逛逛。」

「好。」路岸隨口答應，「別走遠啊。」

她嗯了一聲，輕快地走出咖啡館。很快來到埋橋前面，菅樹里沒有上橋，而是朝埋橋另一側的櫻花樹下走去。粉影婆娑中，站著一個黑色的身影，正是剛才的那位「導遊大姐」。

菅樹里看見她，不由得愣了愣。

女人卻向前一步，微笑著說：「我在等您呢。」

「等我？有事嗎？」

女人的雙手交疊在小腹前面，謙卑地躬著腰，「我還有什麼可以幫您的？」

「幫我？你為什麼要幫我？」

「這是我的責任。」

「哦？」菅樹里笑了，「隨便什麼，你都可以為我做嗎？」

「是的，任何事情。」

菅樹里轉了轉眼珠，「如果我想要一個假的證件呢？」

「已經準備好了。」女人雙手遞上一個信封。

菅樹里將信將疑地接過來，打開信封一看，驚訝地瞪大了雙眼。

女人輕聲說：「您和那位先生的健康保險證都在裡面。我可以保證，使用起來萬無一失，但請盡量使用您的新證件。那位先生不會說日語，卻有日本人的證件，很容易引起懷疑。」

「你這是什麼意思呀！我不要！」菅樹里把信封推回去。

女人用力推擋，連連鞠躬說：「您別誤會，請一定要收下！以備不時之需，用不用都隨您的便呀。」

「你究竟是誰？為什麼要幫我們？」

「我、我們是……」女人的聲音有些顫抖，「您很快就會知道的。」

菅樹里皺起眉頭。

「信封中還有一樣東西，也請您看一下。」女人又說。

其實菅樹里已經發現了，信封沉甸甸的，絕對不只裝了兩張健康保險證。她咬了咬嘴唇，朝信封的最深處看去。那裡面有什麼在微微地反光，是玻璃片嗎？

「如果您想要召喚我們，請把它朝著太陽舉起來。」

菅樹里抬起頭，沉默地盯著對方。

「不論您在任何地方，它的反光都會被太陽傳送給我們。我們就會即時趕到。」

「哦？」菅樹里想了想，「必須對著太陽嗎？」

「必須。」

「如果陰天沒出太陽呢？如果是晚上呢？」

女人深深地鞠躬，「我們只接受太陽的召喚。對不起。」

「好吧。」菅樹里把信封塞到口袋裡，「沒別的事了吧？」

「請多加小心，有人在找你們。」

菅樹里已經轉身走了，聽到這話又回頭問：「你是說員警嗎？」

女人微笑回答：「總之，請多多保重。原諒我不能離開這裡，就目送您吧。」

回到咖啡館時，路岸已經坐立不安了，一見到菅樹里就說：「怎麼去了那麼久？我都想打你手機了。」

「又碰到了那位志工導遊大姐。」菅樹里坐到他的身邊，端起咖啡喝了一口，撇撇嘴。咖啡都涼了。

「哦？她說什麼了嗎？」

「她說……她介紹我們晚飯吃蕎麥麵。信州的蕎麥麵最有名了。」

「蕎麥麵？你要是喜歡我們就去吃。不過，你先來看這個。」路岸讓菅樹里看他的筆記型電腦螢幕，「我用松本城歷代藩主的姓氏上網搜索了一遍，發現了一件有趣的事。松本城的第一代藩主姓石川，而現在日本恰好有一家大型財團也叫石川。」

「石川在日本是個蠻常見的姓。」

「可這家石川財團是KAL連鎖酒店的投資商！」

「仙台的KAL旅館嗎？」

路岸沒有回答菅樹里的問題，而是打開了KAL旅館的網頁，將滑鼠定在旅館的照片上，逐步放大。

「你注意看旅館屋頂上的招牌，旁邊的LOGO。」

「像葉子？」

路岸又把旅遊宣傳單放到菅樹里的面前，「是不是和石川氏的徽飾很像？」

「真的呀！」菅樹里小聲驚呼。

「就是這個引起我的注意。我瀏覽了石川財團的官網，發現他們除了運輸、房地產和金融等業務之外，還在全球各地收集文物。石川的社長石川一雄是個古董愛好者，專門建立了一家自己的收藏品博物館。你看，網頁上有一些他最得意的藏品圖片。」路岸給菅樹里逐一點開，「這幾件是中國隋唐時期的文物，以我的眼光來看，都算得上珍品。」

菅樹里看著路岸，「你是說……」

路岸難掩興奮地說：「我是說，我們這趟烏鴉城真沒白跑！石川集團收集中國古董，姜國波是中國的考古學家；石川財團擁有KAL連鎖酒店，姜國波父女正是被拘押在仙台的KAL旅館裡面。石川氏是烏鴉城的第一任藩主，而酒井幸作的背上紋著三足烏鴉。這一切，難道只是巧合嗎？」說到這裡，他把筆記型電腦一合，「你肯定餓了吧，導遊大姐有沒有告訴你哪家蕎麥麵最好？我們這就去吃。」

「等等，你想好下一步的行動計畫了？」

「石川財團的總部在京都，所以下一步我們就去京都，參觀他們的博物館去！」

走出咖啡館時，正值夕陽西下。晚霞給松本城天守染上了一層燦爛的金色，美則美矣，卻不復黑白本色之下，烏鴉城的凝重肅穆。忽然，從埋橋一頭的樹林中飛起不計其數的烏鴉，像一整片烏雲倏忽覆蓋到天守的頂上，遮雲蔽日，戰國往事的肅殺感頃刻便佔領了這片天地。

烏鴉飛入赤紅的落日中央，盤旋鳴叫，許久方去。旋即，夜暮降臨。

2

火車穿過瀨戶內海大橋時，盛冬日才從手機上抬起頭來。自打上車起，他就埋頭於手機遊戲中，足足幾個小時不停歇的。

看到車窗外無垠的藍色，他驚呼起來：「我靠！怎麼跑到海上來了！」

任霏霏沒好氣地說：「是啊，跨過大橋就到韓國了。」

盛冬日盯著她，「你騙我。」

「哼。」

「我知道了，這是瀨戶內海。」盛冬日得意地晃動手機，「我們的前方是……四國。」

「真厲害。」

「你別陰陽怪氣的，我沒必要對日本那麼瞭解吧。要不是為了路岸，我哪會跑到什麼四國松山去。」

「為了路岸嗎？我看你好像一點兒都不在乎他。」

「我怎麼不在乎？哦——」盛冬日說，「你是因為我玩手機不高興吧？」他嘆了口氣，「要不然做什麼呢，我一緊張就喜歡打遊戲，分散心情罷了。」

「我一次都沒見過路岸玩遊戲。」

「他不一樣的。」

火車跨過了大橋，沿著海岸線繼續向前行駛。蔚藍色的海面在樹林間隙中，以火車行進的速度頻頻閃現，海鷗時不時闖入畫面。天氣好極了，粼粼波光幾乎使人睜不開眼睛。坐在兩人對面的坂本康夫緊閉雙目，自火車啟動後就打起呼嚕，不論車窗外的景色如何變遷，火車開開停停，乘客上上下下，此君始終睡得酣暢淋漓，令人油然而生羨慕之情：活在現實之外，未嘗不是一種保持自我，逃避壓力的好辦法。但由此付出的代價就是，成為一個眾人眼中徹頭徹尾的怪人，甚至一個笑話。

任霏霏說：「你和路岸的個性太不同了，真不懂你們怎麼會成為好朋友的。」

「你是想說他太好，我太差嗎？」

「我不是這個意思。」

盛冬日一笑，「你這麼想也沒關係。拿我和路岸比，我不會介意。但你可能想像不到，其實路岸的身世特別苦，而且還和姜國波有極大的關係。」

「他的身世和姜國波有關係？可是……」任霏霏驚訝地說，「可他並不是這麼對我說的呀，難道他騙了我？」

「不，他沒有騙你。路岸對你講的都是真的，只不過最關鍵的幾點他沒提。這也很正常，畢竟是人家的隱私嘛。其實未經他的同意，我也不該隨便跟人說的。不過，你現在已經攪到這件事情裡來了，我還是應該跟你講講清楚。你對路岸這個人，對他的所作所為，就比較容易理解了。」

「路岸說我倆從小一起在海城長大，這點沒問題。只不過，我是海城本地人，出生在那兒，家也在那兒。而路岸是十歲才到海城的。我第一次見到他時，路岸才剛搬到海城來，人長得又瘦又小，連中文都不會說，就是一個鄉下來的野孩子。還是姜國波透過關係，把他安排進我們小學插班。當時，路岸幾乎什麼功課都不會，也沒法跟同學們交流，恰好我因為爸媽忙著做生意，不管我，在學校裡也很孤立，我倆才同病相憐地湊到了一塊兒。

「我聽爸媽說，路岸的父親是一個上海知青，在甘肅農場下鄉時，和當地人生下了路岸。路岸出生不久，他的父親趕在最後一批返城，誰知走到半路發生了車禍，死了。路岸由母親帶大，快滿十歲那年，他媽媽生了重病，覺得自己不行了，就想把兒子送到上海去。恰好姜國波是路岸父親的中學同學，姜國波因為高考成功，才沒有下鄉。聽說了這事之後，姜國波就藉著去甘肅考古出差的機會，把路岸給帶了回來，送到上海他奶奶的身邊。不久，路岸的奶奶把家也搬到了海城。

「我爸媽見我和路岸那麼要好，他奶奶也對我好，就把家裡的一間空房騰出來，讓路岸和他奶奶搬進去住，只收一點點象徵性的租金，還是路岸奶奶非要給的。從那時起，我和路岸就像親兄弟一樣長大。他比我大幾個月，所以在我心裡，一直把他當親哥哥看待，他奶奶也等於是我的親奶奶。路岸特別聰明，也特別勤奮，只用了一年的時間，就從什麼都不會，趕到了班上第一名的成績。我還知道，從那時候起，他就把姜國波當作了自己的偶像。其實也很容易理解，畢竟是姜國波把他從西北鄉下帶出來，讓他有機會到城市裡上學，等於改變了他的命運。姜國波是大學教授，在我們這些小孩子看來，那是非常了不起的。所以，路岸並不是在高三才決定學習考古的，事實上，他很早就跟我說過，他想考海城大學，想念考古學。你想啊，那時候他才多大，對考古學能有多少認識。他有這個理想，還不是因為姜國波。唉！其實我覺得，路岸從小就沒有爸爸，他早就在心裡，暗暗地把姜國波當成了爸爸。」

聽到這裡，任霏霏情不自禁地輕輕啊了一聲。

盛冬日嘆了口氣，繼續說：「後來，路岸果真考上了海城大學的考古學系，還計畫成為姜國波的研究生，他的成績那麼優秀，不出意外的話，肯定能一路順利地讀下去的。不幸的是，大三那年的暑假，路岸奶奶突發腦溢血去世了。就在料理喪事期間，突然從上海跑來了幾個人，聲稱是路岸奶奶的親屬，來追查路岸奶奶的遺產，還要把骨灰領回上海去。他們還說，路岸根本就不是老人家的孫子，是冒充的！」

「不可能吧？」

「起初我們也不信啊。直到對方把上海派出所出具的戶口證明拿出來，才不得不信了。路岸和他的『奶奶』確實沒有任何血緣關係。老人家曾有過一個獨子當了知青，沒趕上返城就死了，可是人家死的那年，路岸還沒出生呢！後來我們回想，他『奶奶』領了路岸以後，就從上海搬到海城來住，十多年了從來不和上海的親戚來往，這本身就相當蹊蹺啊。總之，對方一口咬定是姜國波欺騙了老人家，用路岸冒充她的孫子，把她騙到海城來。至於姜國波為什麼要這麼做，他們也講不出個所以然，甚至揚言，說不定路岸就是姜國波的私生子，那話說得可難聽了。」

「天吶，有證據嗎？這是可以隨便瞎說的嗎！」任霏霏簡直怒不可遏了。

「誰說不是呢！碰到這種事，路岸的心情可想而知，他衝到姜國波的家裡想問個究竟，可偏偏這個時候，姜國波因為妻子生病，需要用錢，已經從海城大學辭職，應聘到北京的一家私人博物館去了。看到姜國波家裡的情形，路岸就沒有再追問，只能把老人家所有的衣物、存摺全部交給上海來的那幫人。那幫傢伙挑了些值錢的東西，抱著老人家的骨灰就回去了。他們走了以後整整一個星期，路岸沒說過一句話，也沒出過門。」

任霏霏喃喃地說：「太可憐了。」

「路岸好不容易才緩過來。但從那以後，他就下決心離開海城，準備申請美國的研究所。我支持他，因為這件事傳得沸沸揚揚的，繼續留在海城大學讀書，對他確實很尷尬，還不如一走了之。

「路岸拿到美國大學入學通知書的時候，恰好姜國波的妻子病逝，姜國波辭掉了私人博物館的工作，又回到了海城。路岸去他家道別，可是那天他和姜國波談得很不愉快。」

「究竟發生了什麼事？」

「當時路岸什麼都沒對我說，很快就去了美國。第二年春節我去美國出差，和他一起過的除夕。我倆都喝多了，路岸平常從來不喝酒，那次醉得比我還厲害。結果酒後吐真言，說出了他和姜國波最後一次見面的情形。

「路岸告訴我，那天姜國波一看到他，就向他道歉。姜國波承認，當年他在甘肅考古的時候，是在敦煌附近一個偏僻的村莊裡遇到了路岸母子。路岸的媽媽對姜國波說，路岸是一個路過的上海探險家和她生的孩子。那人回上海後就杳無音信，他們的村子與世隔絕，路岸的媽媽沒有能力去尋找他。好不容易見到有一個外人來，就拜託姜國波幫忙找一找。姜國波挺同情路岸母子的，就答應了。可是後來他回到上海，拿著路岸媽媽給的人名和住址一打聽，壓根就不對。姜國波知道，路岸的媽媽肯定是被人騙了。隔了一段時間，姜國波又去當地考古時，就告訴了她實情。哪知路岸的媽媽對他說，自己病入膏肓，撐不了多久了，她懇求姜國波無論如何要把路岸帶出去。她說路岸從小就特別聰明，要是留在他們那裡，這輩子就完了。姜國波不忍心拒絕，便用他們考古隊配的大哥大，給上海打了個長途。電話是打給路岸的『奶奶』的。她是姜國波的一個老同學的媽媽，這個老同學很早就死在新疆那邊的知青農場了，他的媽媽獨自一人生活著，姜國波把經過講給她聽，問她願不願意收養路岸。姜國波本來沒有抱太大的希望，誰知她二話不說就同意了。不久後，路岸的媽媽就過世了。於是，姜國波把路岸帶到了上海，並且和路岸的『奶奶』約定，永遠保守這個秘密。為了不引起麻煩，『奶奶』把家搬到海城，和上海的親戚朋友全部切斷了聯繫。從那以後，祖孫二人在海城過了十多年的幸福生活，如果不是老人家突然過世，也許路岸永遠都不會知道真相。」

沉默良久，任霏霏才說：「我覺得，姜國波的本意還是好的。瞞著路岸，也是為了他著想吧。」

盛冬日說：「我們作為旁觀者，或許可以貌似公正、輕描淡寫地評價一句。但是你從路岸的角度想一想，他被騙得多慘啊。總之，那天路岸沒有接受姜國波的道歉，就離開了他的家。」

「我明白了，所以當時路岸拒絕姜塵，就一點兒不奇怪了。姜國波的形象從恩人、導師、理想中的父親蛻變成為徹頭徹尾的騙子，對路岸的打擊確實非常大，他的心中充滿了對姜國波的失望和怨恨，怎麼還有心情去理會姜塵。」任霏霏搖頭嘆息，「唉！真是造化弄人！」

五年過去了。姜國波父女的慘死化解了曾經的怨恨。當路岸自己也將面對生死抉擇時，才能夠比較寬容地看待別人，也會愈加懊悔當初的行為吧。

3

過了一會兒，盛冬日又說：「我真後悔啊，這次路岸突然辭職回國，我就應該覺出不對勁的。可當時我一門心思都在西班牙的訂單上，就沒多關心他。我要是能多陪陪他，路岸肯定會把他的情況告訴我的，也不至於到今天這個地步！」

「他是怕影響你吧。」

「影響我？那你倒是說說，人要朋友幹什麼！不是那種酒肉朋友或者生意夥伴，是一輩子最多一、兩個的真朋友！不就是為了碰上過不去的坎的時候，有人能伸手拉一把嘛！可是我呢？路岸都到這份上了，我為他做了什麼？」

盛冬日太激動了，說話聲音過大，終於把睡得正香的坂本康夫給吵醒了。他突然睜開眼睛說：「八百八狸，我見到八百八狸了！你們看見了嗎？」

「我實在受不了這個人了。」盛冬日長嘆一聲。

坂本一本正經地說：「溫特兒君，我們已經踏上了狸貓統治的地界，您應該多瞭解些相關知識，到時候也方便求助啊。」

「求助誰？」

「當然是狸貓啊。四國是狸貓的王國，松山的八百八狸是所有狸貓的首領，又名隱神刑部狸，因為它擁有八百零八位屬下，所以也被稱為八百八狸。想當年，八百八狸曾經密謀奪取松山城，如果它成功了，恐怕直至今日，整個四國都是妖怪的天下，而人類將不得踏上這片土地。」

盛冬日譏笑地問：「哦，那乾脆麵怎麼失敗了呢？」

坂本康夫一愣：「乾脆麵是什麼？」

任霏霏強忍住笑，解釋道：「就是狸貓君。」

「哦，因為松山城去廣島請來一位名叫稻生武太郎的武士，他的身上有一把擁有神奇魔力的木槌。正是用了這把木槌，稻生武太郎把八百零八個狸貓打得全軍覆滅，最後連同首領隱神刑部狸一起，被封印在伊予久谷的山洞裡。」

盛冬日豎起眉毛，「不對啊，你說去請狸貓幫忙，難道我們還要鑽山洞？」

「不需要，不需要。我還沒說完呢。封印了狸貓之後，狐妖開始在四國肆虐，人們不勝其擾，因為狸是狐的剋星，所有人們就和隱神刑部狸談了個條件，只要能把狐妖趕出四國地區，就把狸貓們都放出來。後來，狸貓果然趕走了狐妖，並且定下『禁止狐族踏入四國半步』的規矩。從此，狸貓和人類在四國和平共處。等會兒到了松山，你們就會看到，店鋪的門口都豎立著狸貓的像，那可是松山的守護神呢。我想來想去，可靠的、能幫上忙的妖怪，也就是它們了。」

盛冬日悄聲對任霏霏說：「我怎麼覺得，我的腦子會先路岸一步壞掉的。」

「本來就是。」

松山站是一座清清淨淨的火車站，站前廣場上總共也沒幾輛車。

「說吧，怎麼去妖怪大本營？」盛冬日扠著腰問坂本，「我們是叫計程車去呢？還是你作法讓我們駕個雲什麼的？」

坂本回答：「不知道。」

「你再說一遍？」

「我真的不知道！」

「好好說話。」任霏霏搶到兩人中間，問坂本：「如果你都不知道怎麼找到八百八狸，我們到松山來幹什麼呢？」

「肯定能找到的，只是我現在也不知道能用什麼方法，只好走一步算一步，還不是因為他砸了我的法器……」坂本哀怨地說。

「砸了又怎麼樣？你的那些破玩意兒，隨便哪個旅遊景點都有賣，我再買給你好了。」

「那些沒用！我的是有法力加持的，是師父給我的！」

「行了，行了。」盛冬日心煩地擺手。

任霏霏說：「既然走一步算一步，那麼第一步怎麼走呢？」

「等晚上。」

「什麼晚上？」

「我說等到晚上！日落之後，狸妖才會開始活動，所以只能等到晚上去找它們嘍。」

「那我們現在做什麼呢？」

坂本康夫低頭不語。

任霏霏說：「到晚上還有點時間，反正來都來了，要不要去看看坂上之雲紀念館？」

盛冬日問：「板上的雲？地板上哪來的雲？」

頓了頓，任霏霏說：「……算了，還是去泡溫泉吧。」

上計程車時，盛冬日一把將坂本康夫塞進後座，自己坐到他旁邊。坂本說：「溫特兒君，我不會逃跑的，你不必這麼緊張。」

計程車靜悄悄地開了一段路，坂本又說：「溫特兒君，坂上之雲是講述秋山兄弟的故事，您沒聽說過嗎？哥哥叫秋山好古，弟弟叫秋山真之。哥哥秋山好古是大日本帝國的陸軍大將，參加過甲午戰爭和日俄戰爭，在日俄戰爭中打敗過號稱世界最強的哥薩克騎兵，所以被稱為日本騎兵之父。弟弟秋山真之也曾在日本海的海戰中擔任過參謀。因為兄弟二人出生在松山，所以建有他們的紀念館。」

「原來是日本侵略者！」盛冬日圓睜雙目，「虧得沒去，要不然我把紀念館都給砸了。」

「可這是歷史啊，溫特兒君。唉！您和路岸君還真是不一樣。」

「輪不到你來說！」

兩人的談話不了了之，但在道後溫泉前面下車時，坂本卻翻臉了。

「不，我絕對不去泡溫泉！絕不！」

任霏霏心力交瘁地和盛冬日商量：「怎麼辦？」

「你去吧。我盯著他。」

「要不要像上次那樣，先開個房，把他鎖在房間裡？」

盛冬日惡狠狠地說：「不行。我對這個人的憎恨，已經從個人恩怨上升到了民族感情。我絕不會讓他離開我的視線！」

結果，誰都沒有去泡溫泉，而是一起在溫泉旁的街上晃悠。一臉苦大仇深的坂本康夫被夾在帥哥靚女中間，三人亦步亦趨，引得路人紛紛向他們投來好奇的目光。時近晚飯，步行街上出現了越來越多身穿和式浴袍的人，看來都是神情閒散的遊客，泡過溫泉後準備在街邊的飯館裡享用一頓美餐。

在街上走到第三個來回時，任霏霏發現氣氛不同尋常。穿和服的人不分男女老幼，而且都是盛裝，並不像僅僅來泡個溫泉的遊客。天色才剛趨暗，沿街的店鋪已經迫不及待地亮起了燈籠，時不時有幾個披著花紋綬帶，額頭紮著布條的男人穿行而過，急匆匆地要去哪裡集合似的。

任霏霏拐入一家賣草編製品的店中，盛冬日看著店門口豎立的狸貓像，問坂本：「狸妖長得和你還挺像的嘛，你跟它們有親戚關係？」

坂本憤怒地別過臉去。

任霏霏從店裡快步走出來，「還真是巧了，今晚有祭祀。」

「是春祭嗎？」坂本興奮起來。

「是的，再過半個多小時就開始了。你看，人已經聚了不少。」

盛冬日問：「春祭？有意思嗎？會不會人很多？」

「不僅有人，還會有妖！太好了，太好了！」坂本突然紅光滿面，「妖怪們最喜歡看祭了，今晚我們一定能找到它們！」

三人連忙去找視線最好的觀察點，可惜晚了一步。長街兩側所有的咖啡館和茶座上都坐滿了人。最後找到一個十字路口的咖啡館，開在二樓，從長窗向下俯瞰的角度極佳，可是座位也都被佔滿了。盛冬日不死心，見窗邊位上有一對小情侶，顯然是一早就來這裡佔位的，桌上的兩小杯咖啡早就見底了，也捨不得再買一杯，光在那裡喝著瓶裝水卿卿我我。盛冬日讓任霏霏和坂本康夫靠邊等候，自己上去和小情侶交涉。才一分鐘不到，兩人就在任霏霏和坂本驚訝的目光中撤離了。

「快來坐！」盛冬日得意洋洋地招呼任霏霏，還紳士做派地為她拉開椅子。這才發現，小情侶只有一把椅子，因為女孩全程坐在男孩的腿上。

「他們根本就不需要看春祭，他們需要看的是彼此。」盛冬日感嘆。

「所以呢？」

「所以我花了一點錢，就搞定嘍。」

任霏霏說：「可是你連一句日語也不會說啊？」

「這有何難，日圓看不懂嗎？再說了，這種事情，用說的反而尷尬。」

剛剛安排妥當，從窗外就傳來鑼鼓喧天，春祭開始了。幾乎在一瞬間，步行街上就擠滿了人，兩旁是路人遊客，中間的通路，則被盛裝打扮的祭祀隊伍填得水泄不通。每一個團隊都由若干彪形大漢們組成，個個身穿帶有明顯標識的傳統服裝，真可謂赤橙黃綠青藍紫，色彩繽紛，熱鬧非凡。

待祭祀的團隊走到近前，只見每一個團隊都扛著一副巨大的木擔子，擔子上矗立著裝飾華美的神座。每個神座的前後還站立著兩名護衛人員，指引方向，率領眾人齊喊口號，以一致的步調向前進。到了十字路口，也就是任霏霏他們所在的咖啡館樓下時，祭祀隊伍會停下腳步，其他隊伍派出的人則一擁而上，踏著抬擔子的壯漢的身體往上爬，要將神座拉下來。儘管這只是表演的一部分，但所有人都無比投入，像在真正的戰鬥中一般對抗著、爭奪著、吶喊著，帶動了觀看祭祀的路人一起歡呼雀躍，場面高潮迭起。

二樓咖啡館中的人們更是幸運，可以居高臨下地將熱鬧場面盡收眼底。儘管隔著一層厚厚的玻璃，街上的歌聲、鼓聲和喊聲仍然震耳欲聾。盛冬日和坂本康夫擠在最前面，鼻子都貼在了玻璃上，聚精會神地盯著樓下，但他們的關注點卻和別人完全不同。

「怎麼樣？發現什麼了嗎？」每當一個祭祀團隊在十字路口停下表演時，盛冬日就會迫不及待地向身邊的坂本發問。

「不，沒有……」

「怎麼還沒有！」祭祀持續了將近半小時，盛冬日快耐不住性子了。

忽然，坂本朝下方一指，「快看！那裡！」

越過正在爭搶和推擠中搖搖欲墜的神座，以及水泄不通的人群，盛冬日終於發現了，在密密麻麻的人頭後面，有一支奇怪的樂隊。這群人也穿著傳統的日本服裝，有男有女，擊鼓吹奏，唯一特殊之處在於，他們全都戴著面具。

遠遠地看過去，無法判斷面具是塑膠還是硬紙做成的。一律雪白的底色，上面用墨勾畫出一隻豎立的眼睛，和一張咧至兩耳的嘴。看上去突兀而詭異。

「是那個嗎……」盛冬日不自覺地變了聲調。

坂本大喝一聲：「走！」突然雷厲風行如同軍隊統帥一般，撥開眾人就向樓下衝去。

「等等我！」盛冬日一邊叫，一邊還不忘囑咐任霏霏：「你在這兒等著，等我的通知！」

轉眼間，他便和坂本康夫一前一後跑出底樓，又肩並肩擠進擁塞在十字樓口的祭祀隊伍，在人群中橫衝直撞，竭盡全力要殺出一條路來。

4

盛冬日和坂本回來得比任霏霏預想的還要快。當兩人再次出現時，頭髮和衣服都亂七八糟，同是一副氣餒的樣子，坂本看起來更失魂落魄一些，幾乎是被盛冬日提著後脖領子拖回來的。

樓下的祭祀已近尾聲。最後一個停在十字路口的祭祀隊伍表演剛剛結束，也開始往回走了，鼓點敲響相送，餘興未了的人們簇擁在他們周圍，但更多的人群卻像流水似的朝四面八方散去。

咖啡館的二樓上，聚在窗前的人轉眼也走掉了一大半，任霏霏身邊的兩個座位都空了出來。盛冬日一屁股坐下，坂本則像掉了魂似的，垂首而立。

任霏霏問：「見著妖怪了嗎？」

「見個屁啊！」盛冬日氣憤地說，「還丟臉！他說要我出其不意，否則妖怪就會秒遁，於是我撲過去就抓人家的面具！」

「結果呢？」

「結果？要不是我跑得快，大概會被打斷一條腿。」

任霏霏點點頭。

「欸，你是不是故意的啊？」盛冬日朝坂本舉起拳頭。

坂本縮著脖子說：「我也沒讓你去揭女生的面具啊……」

任霏霏噗嗤笑出了聲。

盛冬日注視著任霏霏，眉頭皺起來，「我說，你是不是從一開始就知道，那幫戴面具的和妖怪沒關係？」

「當然嘍。」

「怎麼知道的？」

任霏霏嘆氣，「聽說過娘口三三（ニャンコ先生）、《夏目友人帳》嗎？」

盛冬日搖了搖頭。

「那是部日本動畫片，裡面的妖怪都愛戴個面具。」任霏霏轉過臉來，溫情脈脈地問坂本：「坂本君，你除了跟隨師父學陰陽法術之外，是不是還特愛看講妖怪故事的動畫片啊？」

坂本康夫耷拉著眼皮，一言不發。

三個人灰頭喪氣地買單，走出準備關門的咖啡館。長街上，放下神座擔子的祭祀成員們三三兩兩，輕鬆地談笑著，不時有遊人找他們合影。剛剛還水泄不通的街面上，已經可以暢通無阻了。地上幾乎看不到一片垃圾，遊行時掉落的彩條和各種裝飾物都被收拾起來，已經完全看不出剛才的盛況了。

事已至此，總得先找地方住下。任霏霏憑經驗判斷，周圍幾家溫泉旅館肯定都客滿了，所以還是離開此地，去市中心找一家旅館比較妥當。

走出步行區卻發現，街上連一輛計程車都沒有。任霏霏查了手機地圖，公車站也離得挺遠，「奇怪，那麼多人怎麼疏散的？」

一個穿著黑色和服的少年正從他們身邊走過。任霏霏攔下他，打聽附近有沒有公車站。少年指著前方說：「向前走五分鐘，就是有軌電車的終點站。快去吧，馬上末班車了！」

任霏霏連忙道謝，少年向她鞠了一個躬，便笑著跑開了，從肩頭甩到背後的黑色綬帶隨著他的步伐飄蕩，上面是三個白色的漢字：小唐人。

盛冬日問：「他說什麼？」

「他說要快，才能趕上末班車！」

三個人連奔帶跑衝進車站時，值班員正要關閘門，見他們趕來，又微笑地將閘門拉開。軌道上果然還停著一輛電車，裡面空無一人。車的樣式老舊，鋪著木地板，兩側的座椅罩著廉價的藍色絨布椅套，但很整潔。

任霏霏和盛冬日在一排座椅的正中並肩坐下。坂本康夫賭氣地離開他們老遠，坐在駕駛座後方的座位上。

從車站內傳出幾聲清脆的鈴響，應該是發車信號，但司機卻沒有出現。盛冬日正在納悶，任霏霏碰了碰他的胳膊，輕聲說：「看！」

只見前方的軌道上，值班員正在用手扳動軌道，兩條交叉的軌道隨即改變了走向。然後他脫下手套，正了正頭上的大蓋帽，打開電車駕駛座的門，一躍而上。

「叮鈴。」車門關閉，啟動。

原來值班員一人還身兼了扳道工和司機的職責，果真是末班車，節省人力。

車窗開著，初春的晚風吹拂進來，清新的微涼，感覺好極了。

開了一小會兒，盛冬日輕聲對任霏霏說：「你看他的樣子，是不是很傻逼啊？」

斜對面的坂本康夫好像又睡著了，半垂著的大腦袋隨車行一聳一聳的。

任霏霏抿著嘴笑：「不打算和他再玩下去了？」

「那不成啊，不跟他玩就沒得玩了。」頓了頓，盛冬日自嘲，「說實話，雖然我罵坂本傻逼，可我覺得自己才真夠傻逼的。」

任霏霏笑而不語，車廂裡沒有開燈，窗外掠過的路燈光勾勒出她的面部輪廓，以均勻的速度明滅不斷。盛冬日移開視線，盡量不去看她的臉，但仍然能感受到從那個位置綻放出的光芒。這光芒攪動著他的心緒，使他引以為傲的大條神經也禁不住輕輕地戰慄起來，整個人都沉浸在一種稀罕的、悵然若失的情懷中。

他勉強開口說：「其實我們下樓的時候，你就看出來坂本是在瞎矇，對嗎？」

她微笑著點頭。

「那你也不攔著我，就等著看我出醜啊。」盛冬日埋怨。

「我攔你，你就不去了嗎？」

「那倒是。」盛冬日說，「我怎麼也得過去看一眼。呵，萬一坂本那傢伙靠譜一回呢？」

「嗯，我知道，你是不會放棄的。」

「當然不能放棄，現在坂本是我們唯一的線索了，再怎麼不靠譜，也得死馬當活馬醫啊。」

「為此寧可當傻逼？」

盛冬日乾笑了一聲，「也就是在你面前當傻逼，我認了。」

任霏霏嗔道：「我可沒覺得你傻逼。我算看出來了，你真的特別在乎路岸。」

「我兄弟嘛。」

「是啊，為了你的這個好兄弟，不僅可以放下生意，專程趕到日本來。更有甚者，還能顛覆掉自己的世界觀，和一個滿嘴顛三倒四說胡話的神棍打交道，寧願當傻逼，也不肯放過任何一個機會。說真的，我都有點兒被感動了。」

盛冬日沒想出該說什麼，只能含糊地嗯了一聲。

任霏霏的目光在盛冬日臉上轉悠，「我很好奇，儘管你們是從小一起長大的，但你這麼掏心掏肺地對路岸，總該有點特別的理由吧？」

盛冬日張了張嘴，剛要回答，突然神色一變，「奇怪！」

「怎麼了？」

「我們上來以後，這車停過站嗎？」

「好像是……沒有？」

盛冬日掃了一眼車廂，坂本康夫不知何時醒了，仰面斜倚在座位上，兩眼空洞無神。他又朝車窗外看，樹林中間雜一棟棟小屋，夜霧嫋嫋，光線昏暗。他記得從發車到現在，景致似乎一直如此，沒有變化過。

「是不是因為沒人上下車，所以不停站？」

任霏霏低聲說：「可我們上車的時候，並沒有告訴司機在哪一站下。如果他要跳站，不是應該預先問我們一聲嗎？」

車內沒有開燈，司機的背影看上去有些模糊，只有頭頂的大簷帽威嚴不動，表示他正全神貫注地駕駛著車輛。

盛冬日朝坂本康夫招招手，「你去問司機，到市中心還有幾站？」

坂本順從地扭過臉，說了一句日語。

司機紋絲不動。

坂本以為他沒聽見，抬高聲音又說了一遍。

司機仍然毫無反應。

盛冬日喝道：「你到他身邊去問！」

坂本嚇得從椅子上一躍而起，他的座位本就在司機背後，現在一伸手就能碰到了。從前擋風玻璃上看到司機的臉，毫無表情，就像戴了一副面具。

坂本康夫壯起膽子，舉手拍了拍司機的肩膀。

他的手劃空而過，沒有觸到任何實體。坂本難以置信地收回手，看著前擋風玻璃上的影子，又拍過去。他清清楚楚地看到，自己的手從司機的肩膀處落下，切過大半邊軀體，但是手上仍然沒有任何觸感，只有掠過虛空的涼意。

「啊！」他大叫著向後退去。

盛冬日擋住坂本，「你瞎叫什麼！」

「他、他……」

「他是什麼！」盛冬日怒不可遏，一拳朝司機的肩上揍去。

「盛冬日！」任霏霏也叫起來，盛冬日的舉動實在欠考慮，突襲司機，很可能使行進中的電車失控。但是盛冬日的這一拳也打空了。他惶惑地看著自己的手。任霏霏卻從前擋風玻璃上看見，司機的臉上緩緩綻開笑容，隨即，人就像一個泡影似的消失不見了。

剎那間，三個人都呆呆地看著突然變空的駕駛座。

「我靠！」盛冬日率先叫出來，一個箭步跨進駕駛座，「這他媽到底是見了什麼鬼！」緊接著，坂本殺豬似地嚷起來：「是妖怪！我們上了妖怪的車！」

盛冬日和任霏霏異口同聲地喊：「住嘴！」

任霏霏問：「能不能先把車停下來？」

盛冬日上下左右地一通擺弄，把方向盤到剎車器逐個試過來，但電車不僅沒有停下，反而開始加速了。

他急得滿頭大汗，「這是怎麼搞的？！」當初駕著保時捷在高速公路上飆車時也沒慌亂過，此刻盛冬日卻失去了根本的自信。怪不得他，誰又能在一個活生生的司機憑空消失的車輛上保持鎮靜呢？

真的撞上妖怪了？從下決心跟著坂本康夫走上尋妖之路，盛冬日的內心並沒有一刻被真正說服過。就像他對任霏霏所說的，只是不願意放棄任何機會，死馬當活馬醫而已。要知道，他可是連白話《聊齋志異》都沒讀過一篇，看《午夜凶鈴》會捧腹大笑的人啊。

但此時此刻，盛冬日完全亂了方寸。他坐在駕駛座上，徒勞地做出各種本能的反應動作，至於能夠達到何種效果——他可連一點兒把握都沒有。

反正，不論他怎麼折騰，電車仍然奔跑在軌道上，而且速度越來越快。任霏霏和坂本康夫就站在盛冬日後方，前方的視野一覽無餘，三個人都看得分明，軌道兩側的樹林愈加密集，房屋完全消失了。這輛電車根本就不是行駛在城市裡，而是穿行於不知其名的山野中。前方白霧繚繞，去路不明所以，他們卻完全無能為力，只有睜大雙眼。

忽然，一座陡峭的山壁近在咫尺了。三人還來不及驚呼，電車便一頭扎進了山壁上的隧道口。

盛冬日覺得肩上一緊，抬手摸到一隻冰涼的小手。他順勢用力捏住，任霏霏沒有閃避。隧道裡沒有光，卻也不是一片漆黑，前後左右都浮動著一種似是而非的色澤。這條隧道彷彿是某種活體，正在自成節律地蠕動著。

什麼時候才能到頭啊！任霏霏在心裡吶喊著，但她不敢開口，生怕一張嘴，就會忍不住吐出來。

「咣！」的一聲巨響，疾風驟起，猛烈地從四面八方湧入車廂。眼前一亮，電車鑽出隧道的同時，直接從夜晚駛入白晝。

車的前方豁然開朗，什麼都沒有！

最前面的盛冬日大叫起來：「抓牢扶手！」幾乎與此同時，任霏霏和坂本康夫也一起發出驚呼。因為他們都看見了，軌道已到盡頭。

電車朝萬里長空疾馳而去，劃出一個優美的拋物線，直直地向下墜落。

5

去京都石川集團總部的計畫，在最後一刻改變了。

離開烏鴉城後，路岸和菅樹里先找了一家蕎麥麵館。吃飯的間隙，路岸用新手機往京都的石川集團總部打了個電話。他相信，作為一家生意遍佈全球的大財團，石川應該有嫻熟英語的接線員。

果然，總機操著流利的英語告訴路岸，石川集團的公司古董藏品並不對外開放參觀。除非是公司特邀的客人，一般情況下直接造訪集團總部，只能吃閉門羹。

路岸大失所望。再一想，五年前姜國波是從東京前往仙台的，根本就沒到過京都。難道自己推測錯了？

腦筋一轉，路岸又問，公司藏品是否會舉辦特展？

基於他在世界各地從事文物保護的經驗，路岸相信，石川集團不可能把花費重金的藏品全部束之高閣。

對方回答，確實有過不定期的收藏品特展。但近幾年都沒有舉辦過，今後什麼時候還會再辦，目前不得而知。說完，就掛斷了電話。

路岸從背包中取出電腦，上網搜索起來。

菅樹里已經把自己的那份麵吃完了，問：「你在忙什麼呀？快吃麵吧。再好的蕎麥麵，放久了味道也會變差的。」

路岸把電腦推到她的面前，「你看，石川集團最後一次舉辦的收藏品特展，就在五年前！」

路岸是在一個英文的考古愛好者論壇上找到這條資訊的。論壇裡有歷年來全球各地舉辦的文物展覽記錄，以非官方的私人或者企業收藏展為主，只要藏品具備一定的水準就會被登錄進去。其中的一條記錄是：二〇一一年三月五日至三月十一日，日本石川集團的公司藏品特展在東京舉行，展品以中國唐宋時期的古物，尤以佛教相關的雕像為珍品。還有一行特別的說明文字：該次展覽因當年三月十一日發生的東日本大地震戛然而止。

路岸興奮地說：「我幾乎可以肯定，姜國波一定是去參觀了這場特展！新宿小旅館的鈴木先生說過，三月十日那天，姜國波臨時改變計畫，帶著姜塵去了三麗鷗彩虹樂園玩。石川集團的特展很可能恰好在那附近舉行。於是，姜國波就順便去參觀了這個展覽，有唐宋時期的文物可看，他是絕對不肯錯過的。他一定在特展上看到了什麼……」

「所以，第二天他就去了仙台？」

「現在還推測不出具體過程，但姜國波肯定是在特展上和石川集團掛上鉤的。」

少頃，菅樹里輕聲說：「想起來，有些可怕呢。」

「是的。」路岸的下顎也繃緊了。

「那……現在怎麼辦呀？我們還去京都嗎？」

「不，去京都沒意義。我們什麼都打聽不出來的。」路岸說，「這樣吧，你再搜一搜石川集團藏品的消息。他們已經有五年沒辦展覽了，很可疑。是不是地震中藏品出了問題？你來搜日語網站，試試看吧。」

「哦。」

路岸三口兩口把蕎麥麵吞進肚子，沒品出什麼好來，只覺得一嘴的醬油味，趕緊又灌了兩杯茶水下去。自從來到日本，各色傳說中的美食一一嚐過來，印象最深的，竟然還是在魁之庵中吃的簡餐，尤其是那個雨夜，煤油爐上的燉菜，至今回味無窮……

「你看，我找到了這個。」菅樹里說。

路岸湊上去，只見滿螢幕的日文，唯一能看得懂的是一張圖片。深褐色的底子，光線打在中央位置的一尊塑像上，使之看起來黃澄澄的。金像？不，應該是鍍金的。通常只有佛塑金身，而這尊塑像是個女童的模樣，不大可能用純金製成。

菅樹里說：「這條消息是地震後不久發出的。內容是說在大地震中，石川集團的特展受損嚴重，不少珍品都被損壞了。災後，石川集團決定把倖存的展品捐給各地的寺廟，也算為遇難者做一份功德。會不會正是這個原因，石川集團最近五年才沒有再舉辦特展？」

「很可能，最有價值的藏品都不在了。這幾年等於要從頭收集，難怪連特展都辦不出來了。但是這樣的話，五年前姜國波究竟在特展上看到了什麼，就更難找到線索了，說不定已經毀在地震中了。」

他正想讓菅樹里再搜搜，卻見她死死地盯住那張銅像的圖片。

「樹里，怎麼了？」

她轉過臉來，臉色有些蒼白，「我……覺得這個雕像有點嚇人。」

「哪裡嚇人了？」路岸仔細看了看圖片，雖然沒有參照物，但估計雕像的尺寸並不大。女童的五官塑刻得很細膩，髮髻、衣飾和身體的姿態也很生動，整體看來栩栩如生。從塑像的風格判斷，應該是盛唐時期的作品。唐代的塑像保留下來的並不多，現世能夠見到的基本以佛像為主，這麼具有生活氣息的女童塑像，就連路岸也是第一次見到。

他看不出這尊塑像有什麼可怕，如果硬要說哪裡古怪，那便是：女童的雙目是閉著的。因為是一尊立像，女童的雙手合握在胸前，兩隻眼睛卻緊閉著，看起來確實不合情理。可惜沒有類似的塑像可以比較，路岸心想，古代工匠塑像時採用的表情和動作都很有講究，要解開這個疑問，必須做一番專題的調查和研究。不過，這並不是他們目前最需要關心的。

「我覺得挺正常的呀。」路岸問，「這篇文章為什麼要配這張圖？有什麼特別的說法嗎？」

「有。文章裡寫了，這是一尊中國唐代的銅像，也是為數不多沒在地震中受損的珍品。所以，石川集團就把它送到了高野山上，存放在金剛峰寺的靈寶館中。」

高野山？路岸很驚訝。

佛教曾在唐代十分興盛。唐初，玄奘法師西行取經。唐太宗、唐高宗和武則天都是虔誠的佛教信徒。此後，經歷了開元、天寶的極盛時期，安史之亂使唐朝迅速地走向衰敗，直到唐憲宗執政才又勉強穩住局勢。正是在這個史稱「元和中興」的階段，密宗成為佛教各派中的主流。日本的佛教大師空海，就是在此期間作為遣唐僧來到大唐求法，獲得長安大青龍寺惠果長老灌頂，成為了密宗正派的第八位傳人。

空海在日本的影響極其深遠，被後世尊稱為弘法大師。他不僅是日本密宗的開創者，還是日語平假名的創始人，精通書法、文學、醫術等等。日本列島上幾乎處處都能看到弘法大師的印記。

大唐元和元年，也就是西元八一六年，空海學成歸國。回日本之前，他就計畫要在本國興建密宗的伽藍道場。相傳他在登船前，將手中的金剛杵朝日本的方向投去。金剛杵居然飛越大洋，落到了日本和歌山縣的群山之中。這片群山的總稱便是高野山。

空海回到日本後，向天皇請求賜予高野山作為密宗在日本的主庭。此後的一千兩百餘年，高野山逐漸成為了日本的佛教聖地，山中共建有寺院一百一十多座，其中的金剛峰寺則為真言宗的總本庭，在日本佛教寺院中佔據至高無上的地位。

在日光的龍尾之路上，正是由於路岸對弘法大師空海的瞭解，使坂本康夫對他一見如故、另眼相待。但路岸沒有料到，在尋找姜國波父女死亡真相的過程中，會再度與這位一千多年前的日本高僧不期而遇。

金剛峰寺靈寶館所藏的，均為密宗佛教的寶物。為什麼會接納一尊普普通通的女童塑像？即使它是唐代的文物，似乎也不配被安放在佛教聖地。除非它的背景與中國密宗有關，甚至與弘法大師空海有關。

路岸問：「文章只提到了這一件文物的去向嗎？有沒有別的文物也被送去高野山？」

「沒有，文章裡只提到了這尊女童塑像。」

五年前的三月十一日，在東京展出的石川集團藏品大部分遭到損毀，為什麼獨獨這尊女童塑像卻毫髮無傷？單單因為它是銅像嗎？特展上吸引到姜國波的，會不會就是這尊銅像呢？

疑問一個接一個湧入腦海，路岸的頭又痛起來了。

6

天色已晚，必須先找個地方過夜。菅樹里有些無精打采，連日的驚嚇加疲勞，路岸擔心她會撐不住。兩人都需要好好休息，然後才能考慮其他的。

聽路岸說要找旅館，菅樹里又精神起來，在網上一番搜索後說：跟我走吧。

她帶著路岸，來到了一棟半新不舊的辦公大樓的頂層。出電梯，就是前台連著餐廳和休息區，倒還寬敞。從臨街的窗戶還可以眺望到烏鴉城在暮色中的影子，黑黢黢的，真有點兒像一隻身軀龐大的烏鴉蹲伏在夜空的邊緣。辦入住手續時，都是菅樹里和服務生對談。等她辦完手續，把路岸領到後面的大統間，指著緊挨著的兩塊布簾說，這就是我們的床位時，路岸簡直目瞪口呆了。

菅樹里居然找了一家膠囊旅社。

她還煞有介事地掀開布簾，向路岸介紹說：「每張床都配了充足的電源插座，有小電視、保險櫃和化妝鏡。還有浴衣、毛巾、礦泉水和全套洗浴用品。一個晚上只要四千日圓，我們兩個人兩張床位，也只要八千日圓。很划算的！」

路岸哭笑不得，「樹里，你那裡不是有錢嗎？不需要這麼節省的。」

她白了他一眼，「我去洗澡了。」

各自在公共浴室洗完澡，鑽進布簾後的一平米空間。路岸仰面躺在地鋪上，覺得要是天花板再低些，就和躺在棺材裡沒啥兩樣了。在世界各地做文物保護的這幾年裡，他什麼地方沒睡過：帳篷、岩洞、沙坑、墓穴……偏是這種麻雀雖小五臟俱全，唯獨沒有人性的膠囊旅館，還是頭一遭。

這家膠囊旅館算是升級版的了。大統間裡幾十個鋪位，簾子一拉就是私密空間，整體空氣流動，並不覺得憋悶。正是櫻花季，膠囊旅館的生意很不錯。除了旅遊者打扮的年輕人之外，還有一些西裝革履的中年人，像出差的職場人士，臉上的疲憊滄桑難以掩蓋。

路岸把雙手枕到腦後，心想，不經意間，生活就會把人帶到難以預料的境地。而人呢，便在這個過程中衰老、死亡。每個人在小的時候，都抱持過掌握命運的雄心，可即使最成功最幸運的人生，還是會失去太多太多的東西。人們所能做的最大的努力，無非是盡可能把最重要的東西保留下來，到了生命終結的時候，仍有一縷光芒殘照。

嘀的一聲。

路岸拿起手機，果然是菅樹里發來的信息。「你睡了嗎？」

「沒有。你呢？在做什麼？」

「發呆。」

「睡不著嗎？要不要去餐廳喝杯飲料？」

「不，我要和你聊天。」

「這樣聊嗎？」

「對，這樣聊。」

「好。」路岸發現，菅樹里敲中文的速度絕對不輸任霏霏，對一個很少使用中文的人來說，這點相當令他驚喜。

「告訴你個秘密。」

「什麼？」

「剛才我是用這個證件登記的。」緊跟著這條消息發來的，是一張日本女孩的證件照片，模樣有點兒像菅樹里，但臉上沒有那塊疤，名字也不一樣。

路岸詫異，「這不是……真的？」

「你猜。」

「猜不出。」

「還有你的呢。」她又發來一張男人的證件照，面孔絕對能和路岸以假亂真，居然還是個日本人。

「菅樹里！」路岸按捺住去隔壁鋪位質問她的衝動，飛快地在手機上打出，「偽造證件是違法行為！」

「你急什麼呀。這兩張證件是曾經在魁之庵的住客落下的，碰巧聯繫方式也不對，所以就沒還給人家。這次出逃，我順手帶上了。」

路岸皺起眉頭，有這麼巧的事嗎？居然長得還和自己和菅樹里那麼像？他想了想，在手機上打出：「冒用他人的證件也不對，以後不要再這麼做了。」

「你不用擔心，今天挑膠囊旅館住，就是因為身分登記不嚴格，我順便試試這兩個證件。嘿嘿，還蠻好用的呀。」

他好像能隔著手機螢幕看到菅樹里的笑容，卻又胸悶得想吐血。說來說去，乖巧、馴順、柔弱，都只是這女孩的假象。她的本質，應該是一隻狡猾的狐狸精吧。

過了片刻，菅樹里又發來信息：「明天怎麼辦？」

路岸沒有立即回答，而是查了查郵箱。他在離開蕎麥麵店時，發了一封郵件出去，現在答覆還沒到。

於是他在手機上打出：「還沒想好。明天再說。」

「那麼後天、大後天、大大後天呢？」

路岸猶豫了一下，打出：「樹里，你還打算回魁之庵嗎？」從宇都宮躲避員警起，他的心裡就憋著這個問題。

菅樹里的回答立即出現在手機螢幕上：「不回去了。我已經給小林先生發了辭職信。魁之庵的帳目清清楚楚，他們只要再找一個人接替我就行了。」

路岸又驚又喜，其實他對這個答案並不感到意外，甚至懷著隱隱的期待，但是菅樹里的決斷仍然令他激動了。

「真的都想好了？」

「當然。」

「不會遺憾嗎？」

「不會。我留在魁之庵，主要是想報答小林先生和太太。我覺得已經做得足夠了，是該離開了。」

「所以……？」

「所以我要繼續陪著路岸君了呀。」

路岸對著手機笑了，心跳有些加速，「陪我破案嗎？還是探險？」

「都很有意思呀。而且，你離開我也不行的。」

路岸真心實意地回答：「這倒是。」想了想，又打出，「然後呢？」

「然後？」

對話停滯了片刻，還是路岸率先打出：「樹里，你有沒有想過去中國？」

「中國？」

「對啊，比如說中國的上海？充滿活力的繁華大都市，和東京有很多相似之處，在那裡生活，年輕人都不會感到無聊的。我覺得，那會是你展開新生活的好地方。」

「可是我對中國很陌生。我在中國，誰都不認識。」

「你認識我。」

等了等，她回答：「也沒有一個親戚朋友。」

「你在日本也差不多。」如果菅樹里不再和小林夫婦聯繫，那麼她在日本就再沒有可以依靠的親友了。

不等菅樹里的回覆，路岸飛快地在手機上打出：「你的中文很好，英語也不錯，在中國肯定能夠生存下去。況且，我的家鄉海城就在上海旁邊，我可以幫你。」

她終於回答了：「可我是個醜八怪。」

「胡說！你一點都不醜。」斟酌了一下，路岸繼續打出：「如果你真的討厭臉上的疤，在上海也很容易找到優秀的整形醫生。這個完全不是問題。」

「需要花很多錢的，我沒錢。」

「我有。」

隔了一小會，萱樹里發來一個狡黠的笑臉，「路岸君，你是不是很有錢啊？」

哈？路岸啼笑皆非，答道：「工作幾年小有積蓄，支付你的整容費用應該不成問題。幫你在上海站住腳，也辦得到。不過，我絕對算不上有錢人。」

「可是你對我很大方。對於我來說，你就是大富翁。」

路岸看著手機，不知道該不該告訴萱樹里，自己這些年掙的錢，還不夠在上海買一間體面的房子，所以在很多中國女孩的眼裡，自己就是一個失敗者、窮光蛋。一直以來，由於外表上的魅力，總有女孩主動接近路岸，其中不乏相當優秀者。但瞭解深入之後，她們就會發現，常年在外的漂泊生活，使路岸既不能提供物質上的保障，也無法給予情感上的滿足，所以很快就又紛紛離去了。對此，路岸並非沒有遺憾，甚至心痛，但他絕不會因此而改變自己，這是他的底線。

萬萬沒想到，在萱樹里看來，自己居然成了一個大富翁。

傻女孩。他對著手機螢幕無聲地說。

萱樹里的訊息又來了：「我不想整容，我喜歡我臉上的疤。」

「那就更好了。」他感到了一絲心酸，但更多的是欣慰。「所以，考慮我的建議嗎？」

「明天以後。」

「行，不著急。早點睡吧。」

「還是不想睡。」

「這樣啊……」路岸靈機一動，「要不要聽歌？」

「什麼歌？」

「日文歌，山口百惠的。你聽過她的歌嗎？」

「山口百惠？老大媽了吧？」菅樹里發來一張嫌棄臉。

「是老了。不過她的歌聲很美。」路岸把從任霏霏那裡要來的歌轉發給菅樹里，「你聽聽。」

「我們一起聽吧。」她說，「等三秒鐘，一起播放。」

「好。」路岸等了一、二、三秒鐘，按下播放鍵。音樂聲起。

他無意中設定了重複播放，於是耳機裡便一遍又一遍地響起：

……為了創造從今而後的回憶，

我打算用枯枝在沙地上寫下『再見』。

啊，在日本的某個地方，

有人正在等待著我。

良日，啟程……

不知多少遍重播之後，路岸停止播放。菅樹里再沒有發來訊息，應該已經入睡了。路岸打開郵箱，一眼就看到期待中的回覆。

明天的行程，定了。

7

清醒時，任霏霏發現自己正躺在某人的懷抱裡。她沒有立即睜眼，而是悄悄地吸了幾口切近的氣息，那是一種溫暖而乾燥的感覺，周身軟綿綿的，就像躺在剛曬過太陽的棉被裡。

她回憶起失去知覺前驚險的下墜。當身體完全失去重力，像一只布娃娃般騰空而起時，盛冬日吼叫著抓住了她的手。現在，這隻手仍然被緊緊地握著，有些疼。但正是這種痛感，讓她竊喜地發現自己還活著，他也活著，而且完好無損，否則也不會把她抱得這麼篤定……

「怎麼還不醒啊？」突然，任霏霏的腦袋被顛了兩下，一隻手摸索著要解她胸前的鈕釦。

任霏霏大喝一聲：「幹什麼！」猛睜雙目，正對上盛冬日漲紅的臉。他尷尬地舉起兩隻手，做出投降的姿勢，「我、我真沒想幹什麼……你一直不醒，我怕你受了內傷……沒別、別的企圖。」

任霏霏惡狠狠地瞪了他一眼，才問：「這是哪兒？」

「你自己看吧。」

任霏霏甩開盛冬日殷勤伸來的雙手。她的頭還有點暈，日光直接照在眼皮上，更加眩目。幾秒後，她才看清了，原來他們是靠在一大片乾草上，周圍環繞參天古樹，不遠處的空地上豎立著一座紅色的鳥居。

有個人鄭重其事地站在鳥居前，從背影就能認出來，是坂本康夫。

任霏霏鬆了一口氣，看來三人尋妖小分隊全都安然無恙，值得慶幸。不過——這究竟是什麼地方？

任霏霏問：「電車呢？我們不是跟著電車一起摔下來的嗎？」

盛冬日說：「我也說不準。好像我們摔下來的時候，電車就在空中解體了。哦不，應該說是消失了，就像那個司機一樣。反正，這裡周圍連半個電車碎片都沒有。我是清醒地摔到地面的，觸底的一剎那，我感覺地面是軟的，像掉在彈簧床上，所以根本沒摔疼，也沒摔傷。你嘛……其實是嚇暈的。」

任霏霏的臉一紅，用腳跺了跺地。「明明是硬的嘛。」

「奇怪就奇怪在這裡。落地的時候是軟的，現在又變回正常狀態了。但是你想，如果我們摔下來時地面就這麼硬，就算不死，也得摔個腦震盪或者骨折吧？」

也是。任霏霏點了點頭，這不是魔術，不是幻覺，更不是做夢。或許只能稱之為：不可思議的現實吧。

她環顧四周，「我們是在森林裡嗎？」

「應該是，周圍看得見的都是樹，每片葉子都綠得發光。天也藍得像洗過似的，空氣裡的植物清香很好聞，沒有人煙，除了鳥叫聽不到別的聲音。」盛冬日說，「我剛才就在想，古人說的世外桃源，是不是就這個樣子？對了，按照武俠小說裡的橋段，我們現在差不多該找到一本武功秘笈，或者遇上一位避世修煉的神仙了。」

「不是神仙，是狸妖！」插話者是坂本康夫。他朝盛、任二人轉過身來，滿面紅光，從未有過的神采飛揚。

盛冬日反唇相譏：「得了吧。你都禱告半天了，不管神仙還是妖怪，也沒見出來一個啊？」

「來了！來了！」隨著話音，一個身影從鳥居後閃出。出現的方式很奇妙，就像在空氣中開了一扇傳送門，無中生有，但又絕不突兀。

換作平時，任霏霏和盛冬日難免要大驚小怪。不過，現在他們已見怪不怪了，反而好奇地上下打量著對方。只見此人身材肥碩，穿著一身傳統和服，頭戴草編的斗笠，腳上蹬著木屐。兩隻肥大的袖管在身前合攏，雙手藏於袖籠之中。由於斗笠過分寬大，遮住了大半張臉，只能看到下巴上的鬍子被風吹得一動一動。

坂本康夫驚呼：「八百八狸！」盛冬日擔心他會朝胖子納頭就拜，不料坂本居然控制住了自己，只是雙手合十，深深地鞠了一躬。

「抱歉讓各位受驚了。然則鄙人並無其他方法請各位前來，只能不得已而為之，吾之過也，還望海涵。」胖子說話半文半白，和坂本康夫一個腔調。他說的是日語，所以盛冬日只能透過任霏霏的翻譯來理解。也許是不想讓盛冬日陷入時空穿越的錯位感，胖子這段文縐縐的話被她譯成了：「大家辛苦了，怎麼來的不重要，來了就好。」

盛冬日皺了皺眉，低聲對任霏霏說：「我跟他談，你只管翻譯。」

「好吧。」

誰都沒有學過怎麼和妖怪打交道。事實上，對於盛冬日和任霏霏來說，妖怪的存在也是一個才剛獲得的新鮮認識。雖然他們主動尋來，經歷了電車驚魂，對於此刻身處的奇異世界，似乎應該眼見為實了，但世界觀被徹底顛覆後的不安全感也更加強烈了。

除了尋找路岸的線索之外，現在他們首先應該考慮的，還有在這個全新境地中的生存法則——進是進來了，還出得去嗎？

狸妖和盛冬日的談判開始了。

盛冬日：「你誰啊？」

胖子：「在下八百八狸，又稱隱神刑部狸。」

盛冬日：「怎麼證明你的身分？」

胖子：「坂本君已然認出了鄙人。」

盛冬日：「我信不過他。」

坂本康夫：「溫特兒君，你可不能這麼說。是我把你們帶來的——」

盛冬日：「你給我閉嘴！」

胖子：「難道各位前來的方式還不能使您信服嗎？」

盛冬日：「不能。誰知道你是不是和坂本康夫串通起來騙我們的。邪教組織還會來幾招陰的呢，神蹟顯靈之類的根本不能信。」

胖子大笑：「欺騙溫特兒君，我能得到什麼好處呢？」

盛冬日：「是啊，把我們引入你的世界，你能得到什麼好處呢？」

胖子沉默片刻，緩緩取下斗笠。陽光直射在他的臉上，乍一眼看去，這是一張略顯肥胖的中年人的臉，濃眉細目，膚色黝黑，下巴上留著一圈絡腮鬍，有點稀疏。假如把和服換成西裝，再把鬍子剃光的話，在東京地鐵裡，這樣的男人每天都可以看到成千上萬。然而，就在這種印象剛剛形成的下一刻，他的臉卻發生了變化。

彷彿是強烈的光線讓面部輪廓變得模糊了，瞬息之間，無數飄忽不定的觸角從這張臉上伸展開去，使它一會兒膨脹一會兒收縮。就在看的人頭皮發麻之時，變化突然定格，所有的觸角轉化成毛髮，原來，正是它們的隨風擺動，才產生了諸多驚悚的效果。

現在可以看清了，褐色的毛髮遮蓋下，已不再是一張人臉。兩隻小眼睛旁邊新出現的大黑眼圈，則給這張毛臉平添了幾分喜劇效果。

盛冬日大叫：「乾脆麵！」

狸妖：「現在，溫特兒君還有懷疑嗎？」

任霏霏沒有翻譯他的這句話。

盛冬日：「好吧，你的模樣很有說服力，也不像是化妝或者易容術。我承認了，你是妖怪。」

狸妖：「多謝多謝。」舉起肥手在臉上抹了一把，恢復人形。

盛冬日：「其實我挺喜歡你的原形，看上去比較卡哇伊。」

狸妖：「是比較滑稽吧。我不喜歡，那個樣子的我在人類眼中不夠莊重，於是你們常常會忽略我言談中的嚴肅意味。」

盛冬日：「不至於，你的樣子再滑稽，我也知道你是狸貓界的老大。中國有句老話：人不可貌相。還有一句：強龍不壓地頭蛇。」

狸妖：「但願你說的是真心話。」

盛冬日：「我沒必要騙你。」

狸妖：「人類最愛欺騙。」

盛冬日：「你們妖怪成天變來變去的，才擅長欺騙吧。」

狸妖：「這只是我們的技能之一，有了就用，並沒什麼特別的。就像會游泳的人，落到水裡自然會划動，一切出自於本能。但人類撒謊和欺騙，卻都是有目的的。你總不會說，欺騙也是人類的本能吧？」

盛冬日：「行了行了，我不想和你討論這些。既然你這麼不喜歡人類，為什麼要引我們來呢？」

狸妖：「是你們在找我。」

盛冬日：「如果你不主動打開通道，我們肯定進不來。」

狸妖：「自古以來，人類總在不斷地侵犯我們的領地，打擾我們平靜的生活。我討厭人類，但有些時候，又不得不和人類打交道。」

盛冬日：「不會吧，我只聽說過妖怪害人。像坂本這種陰陽師，不也是因為人類遭到妖怪的弒殺，出於自衛才發展起來的嗎？」

狸妖：「聽聽，說得多麼正義啊！出於自衛……年輕人，我這麼對你解釋吧：豺狼虎豹都會吃人，但只有在人類闖入牠們的領地時，才會發生這種不幸的事件。實際上，野獸都有自己的活動範圍，也有大自然分配給牠們的食物，對於站在食物鏈頂端的人類，牠們並沒有多少興趣。可是，人類卻以那些偶發的、而且絕大多數是自找的不幸事件為名，對野獸大肆捕殺。直到今日，究竟是被野獸吃掉的人多，還是被人殺掉的野獸多呢？這，就是人類和動物之間關係的實質。妖與人的關係，也與之相似。唯一的不同在於，我們比普通的動物發展得更高級一些，有些方面的能力甚至比人類更強大，所以千萬年來，人類才始終不能徹底消滅我們，而我們，也謀求到了與人類共存的機會。當然，是在某種程度上的各自為政，互不相擾。」

盛冬日：「我又不想騷擾你們。」

狸妖：「已經騷擾了。」

盛冬日：「不不，你肯定是誤會了。我們闖入這裡，只是為了尋找一個朋友的行蹤，我們絕對無意在此逗留，更無意傷害你們。」

狸妖：「你們的朋友也進入了我的領地嗎？」

盛冬日：「不知道。但是坂本康夫說，我們的朋友招惹了妖氣，所以他建議我們來找你。據說你是妖界中消息最靈通的，對嗎？」

狸妖：「呵呵，也許因為我的年齡比較大，見識比較廣，還建立了自己的組織，多少有些手下可以使喚。」

盛冬日：「那就好啊，請狸貓大人幫我們找找路岸吧。」

狸妖：「路岸？」

盛冬日：「就是我們的朋友，他是中國人，幾天前才到日本，不知怎麼就失蹤了。狸貓大人，他會不會——」

狸妖：「不要著急，年輕人。請問，我為什麼要幫你？在請求別人的幫助前，難道你就沒想過報答嗎？還是你以為，請妖幫忙，無須考慮回報？」

盛冬日：「哦……對不起，是我考慮不周。那麼，你想要什麼回報？」

狸妖：「嗯，你要找的是一個人，那麼就以同等代價進行交換吧。我也要一個人作為報酬，你、或者這個姑娘都可以，作為代價，事後留在這裡吧。」

盛冬日：「留在這裡？怎麼可能！」

狸妖：「那我就愛莫能助了，現在，就請回去人類的世界吧。」

盛冬日：「等等！老妖怪，這樣不合理吧？你究竟能不能幫我找到路岸，是否能夠提供有用的資訊，這些都尚不確定，你憑什麼向我開價。要不然，你先拿出點真東西來，我看過之後，再決定是不是答應你的條件。」

狸妖：「哈哈哈，年輕人，你很精明。那麼你就應該知道，自己的第一步就踏錯了。你們的行動太冒失了，毫無準備地落入我的地盤，已經失去主動權，怎麼還想著討價還價呢？不，不要轉動眼珠，不要琢磨謊話來掩蓋你的失策。迄今為止，你的真誠和坦率給了我很好的印象，請不要去破壞它。」

盛冬日：「你在捉弄我們？我明白了，你的確很討厭人類！」

狸妖：「如果我真的討厭你們，現在你們已經死了！」

盛冬日：「所以你究竟想要怎麼樣！」

狸妖：「不要急躁。人類總是太自大，可是在我們的眼中，人類又是多麼脆弱的存在。你想，平均只有幾十年壽命的人類，對於可以活上千年的妖怪來說，有什麼值得重視的嗎？就像你面對只能活一季的夏蟲，會對牠產生特別的喜怒哀樂的情緒嗎？無非是感嘆時光的匆匆和生命的寂寞罷了。人類的血肉雖然美味，但雜質和毒素也很多，若非萬不得已，我們並不願意吃人。在我們的眼中，人類唯一的吸引力在於豐富的情感。強烈到可以為之付出生命的愛恨，對於妖族來說，才是最不可思議、最值得玩味的東西，其中就包括愛情，還有友情。年輕人，我對你們友善，是因為你們的身上恰好擁有這些。」

盛冬日：「妖怪沒有嗎？你沒有嗎？」

狸妖：「沒有。」

盛冬日：「那我真替你感到遺憾。沒有這些，活個上千年還不是白活。」

狸妖：「呵呵，這話也許有點道理。不過，我們並不打算改變。」

盛冬日：「我懂了，你是在試探我。」

狸妖：「終於理解了嗎？」

盛冬日：「嗯，你活得太久了，很寂寞，拿我們解悶呢。」

狸妖：「得罪得罪。我還有一個問題。」

盛冬日：「你問吧。」

狸妖：「假如能夠預知危險，你還會闖進來嗎？」

盛冬日：「如果沒有其他辦法，我肯定還是要來的。不過，我會考慮得周到一些。比如，準備後手，再比如，不帶她來。」（任霏霏翻譯時，很自然地忽略了最後一句。）

狸妖：「真是愚蠢啊。」

盛冬日：「可以開始談正事了嗎？」

狸妖：「何謂正事？」

盛冬日：「狸老大，找人啊！」

狸妖：「你問他就行了。」

盛冬日：「坂本嗎？咦，他為什麼躺下了？」

狸妖：「他睡著了。」

盛冬日：「你幹的？」

狸妖：「是的，就在你我交談的這段時間裡，我命令手下提取了他的夢境。為此，需要讓他先進入睡眠狀態。哦，你們稱之為催眠。」

盛冬日：「提取夢境？聽起來很厲害啊，有點科幻的味道。」

狸妖：「人類的科學成就，有很大一部分，才剛剛搆到我們的能力。對我們理所當然的能力，對你們卻遙不可及，還需要一大堆的理論和實驗來支援。」

盛冬日：「知道你們厲害了，可是坂本的夢境又怎麼了？」

狸妖：「你自己看吧。」

8

八百八狸朝一旁邁了幾步。在他原先站立的鳥居之下，緩緩升起一片白煙，猶如豎起了一塊白色的帷幕。從旁邊的密林中跑出來四隻狸貓，並排站到鳥居下方。盛冬日和任霏霏正看得稀奇，四隻狸貓的形狀忽然發生了變化。下一秒，兩人差點驚叫出來，站在白煙帷幕前方的，竟然是三男一女，共四個人。

其中的兩個男人很面熟，一個像路岸，另一個像坂本康夫。另外的一男一女，男的正是通緝令上的酒井幸作，女的臉上有塊疤，任霏霏驚呼：「菅樹里！」

要不是親眼目睹狸貓變形，盛冬日和任霏霏很可能就被這四個「人」給騙了。

白煙帷幕上又出現了綠樹和山石，以及流水潺潺的深潭。

坂本康夫也醒了，看到鳥居下的自己，驚訝地張大了嘴，說不出話。這個場景他一看便知，正是那天的憾滿之淵。

狸貓幻化而成的路岸、菅樹里和酒井幸作發生爭執，坂本則躲在旁邊窺視。正如坂本告訴任霏霏和盛冬日的，酒井拿出手槍，向菅樹里和路岸射擊。路岸拚命保護著菅樹里，兩人一起跌入憾滿之淵。酒井幸作不依不饒，又對著淵潭舉起了槍。

一直在岩石後面探頭探腦的假坂本，突然從藏身之處一躍而起，撲向了酒井幸作。酒井未曾防備，被他一下撲倒在地，槍從手中飛出，正巧落到假坂本的面前。假坂本從地上撿起手槍，毫不猶豫地對著酒井扣動扳機。

「啊！」盛冬日和任霏霏都情不自禁地叫出聲來。

酒井幸作應聲倒地。假坂本將手槍塞進口袋，從地上拖起酒井的身體，費力地扛到肩上，開步走起來。為了造成長途跋涉的效果，狸貓扮演的假坂本在原地轉了好幾個圈，任霏霏和盛冬日看得既好笑又詭異。這時，白煙帷幕上的背景變化了，不再是山谷中的淵潭，而轉化成了山峰之巔，前方一條瀑布急流直下。

假坂本朝瀑布下方望了一眼，突然目露凶光，肩膀一抖，酒井的屍體便朝瀑布下方直墜而去。由於這個動作也是象徵性的，扮演酒井的狸貓只是原地蹦了一下，便翻進了白煙帷幕，所以最初一剎那，盛冬日和任霏霏居然沒看懂。直到坂本大喊起來：「不，不是我，酒井不是我殺的！」

八百八狸從樹蔭下走出來，平靜地說：「它們只是把你的夢境演繹出來了而已。它們不會歪曲事實，是你自己忘記了你曾經做過的事。」

說著，八百八狸又轉向盛冬日和任霏霏，「現在你們知道了吧，正是坂本殺了酒井幸作，並將屍體推下寂光瀑布。那把槍，現在肯定還在他的身上。」

坂本康夫臉色慘白地說：「我、我真的一點兒都不記得發生了什麼——」

盛冬日呵斥：「你好意思嗎？把我們騙得團團轉！」

「我沒有哇！」

八百八狸說：「年輕人，恐怕你是冤枉他了。」

八百八狸解釋說，當時坂本應該是被非常強大的靈力所控制，在全無自主意識的情況下，槍殺了酒井，再將他的屍體揹到幾公里外的山崖上，拋進寂光瀑布。

「不，不是我幹的，我不是殺人犯！」坂本還在虛弱地申辯著。

「你為什麼要這麼做？」

八百八狸對盛冬日說：「年輕人，我剛才已經解釋過了，這個人對他所做的事情一無所知。而且，坂本實際上是救了你的朋友。如果當時他不出手，死的很可能就是你的朋友了。坂本把酒井的屍體拋入寂光瀑布，也等於為你的朋友爭取了時間，他才能和那個姑娘及時離開日光。」

坂本喃喃：「是千年的石燈籠把我引到憾滿之淵，我還看到了……不動明王！難道，難道是不動明王對我下的命令？」

「不，那只是你被無名力量控制後，在頭腦中產生的幻象。」八百八狸轉向盛冬日，「坂本做完這一切之後，本來會無聲無息地離開日光。如果你們沒有去警署報案，員警怎麼會注意到魁之庵？又怎麼會查出你們的朋友和酒井幸作的死有關？你必須承認，正因為你們意外地出現在日光，才使你們的朋友成了員警的嫌疑對象，造成了他現在的困境。」

盛冬日沒說話，任霏霏卻輕聲嘟囔了一句：「我們也沒想到。」

八百八狸說：「是啊，你們出於對朋友的關心，出於我們妖族永遠無法理解的深厚友情，反而幫了倒忙。而坂本呢，他卻非常賣力地保護了你們的朋友，可惜功虧一簣。」

盛冬日問：「坂本為什麼要保護路岸他們？沒道理啊？」

「這個，我就不清楚了。」

「你說他是在受控的情況下才那麼做的？控制他的究竟是誰？」

「我說過了，是非常強大的靈力。」

「是妖怪嗎？」

「不一定。」

盛冬日皺眉，「你也不知道嗎？」

「呵呵，妖怪有許多許多不同的種類。靈力也有許多許多不同的來源，所以我無法確定。」

「但是很強大，對嗎？」

「對。」

「比你的力量更強嗎？」

八百八狸的表情有些微妙，「哼，我才不會去做這種無聊的對比。誰比誰更強大，只有人類才會在意這些，因為人類的生命太短暫了，所以會斤斤計較於片刻的勝負。一旦能夠活到千年萬年，就會發現在漫長的歲月中，暫時的勝負沒有任何意義，強弱更不是一成不變的。」

「懂了，懂了。」盛冬日很不耐煩聽他的哲學演說。

「我只知道，這種力量一直在保護你們的朋友。」

坂本康夫抖抖索索地說：「是一直在保護……魁之庵周圍都是古老的妖氣……」

任霏霏問：「這種力量現在也會繼續保護路岸他們嗎？」

「是的。所以我建議，你們循著這股靈力而去，就能找到你們的朋友。」

盛冬日追問：「怎麼找？」

「我剛才已經說過了，保護你們朋友的靈力非常強大，如果這種力量的來源是妖，那也是極其古老的妖。換句話說，這種妖是現存於世最古老的妖之一。妖也是有生有死的，能夠活得這麼長久的妖，還能夠保持這麼充沛的力量而不衰弱，說明很可能是最古老的神獸種族。」

盛冬日問任霏霏：「你翻譯得沒錯吧？為什麼我還是聽不懂？」

「他就是這麼說的呀！」任霏霏氣惱地說，「又是靈力又是妖怪又是神獸的，我能翻譯過來就不錯了！」

「你能再解釋得清楚一些嗎？」盛冬日對八百八狸說。

「哦，我說得再直接一些：保護你們朋友的大概是龍、鳳、麒麟這一類。」

「我的媽呀！」

「另外，日本本地並沒有龍、鳳這樣古老的神獸，即使有，也是來自於中國的。」

盛冬日已經問不出話來了。

看著他和任霏霏驚愕的樣子，八百八狸微笑著說：「現在你們懂了嗎？保護你們朋友的力量來自於古老中國的神獸。它們已經存世成千上萬年了，連我都不知道確切的年紀。但對你們來說，這應該算是個好消息。畢竟，攀得上老鄉嘛。」

盛冬日和任霏霏尚在發愣，一旁的坂本康夫卻嘰嘰咕咕地樂開了。

八百八狸笑得越發和藹，深陷的眼窩旁邊，皺紋全部擠在一起，像極了褐色的老人斑。他看起來真的有幾百歲了。

「我能夠告訴你們的，只有這些了。」

9

談判結束，盛冬日他們只能接受八百八狸的建議，被帶下去準備離開。這時，從密林中走出一個披著亂髮的少年，肩上的綬帶被風吹動，黑底上的三個白色漢字「小唐人」格外醒目。松山祭祀後，正是他將盛冬日三人騙上電車的。

他來到八百八狸的面前，一臉桀驁地問：「你說服他們了？」

狸妖平靜地回答：「他們別無選擇，除非放棄尋找。但他們已經走到現在這一步，肯定不願放棄的。」

少年冷笑起來，「人類還真是執迷啊。」

「是啊，人類的生命太短暫了，註定了他們會患得患失。尤其當見到所謂的希望時，他們總想牢牢地抓在手裡。況且——」八百八狸狡黠地說，「他們已經見到，並且接受了妖怪的世界，好奇心被激發出來。對他們來說，這的確是千載難逢的機會。」

「千載難逢？」少年的語氣十分冷峻，「這個詞對人類又能意味著什麼呢？不理解。再說，他們一點兒都不怕嗎？」

「我對他們的態度這麼友善，他們有什麼理由害怕呢？他們初入妖界，就遇上了我，對妖怪的第一印象應該不錯。」

「哼。」

八百八狸耐心地說：「讓人類畏懼妖族，只是為了使他們遠離。但是這兩個人，是我們故意引來的，自然要區別對待。否則，你怎麼完成主人的任務呢？」

聽到主人二字，少年方才收斂起嘲諷的表情，用凌厲的口吻說：「我現在就帶他們走。」

「請吧，他們已經做好準備了。」

「他們知道去哪兒嗎？」

「只知道去找上古神獸，至於具體的地點嘛……他們沒有打聽。」八百八狸說，「這兩個年輕的人類很聰明，也不妄圖窺伺異界的秘密。他們確實只想找到朋友。」

少年盯著八百八狸說：「聽你的口氣，對這兩個人似乎頗有好感。」

「哼，他們至少比你有禮貌，懂得尊重長者。」

少年怪聲怪氣地笑起來，「所以你就對他們說了那麼一大通話。看樣子，獨自守著四國這塊破地方，還真是寂寞呢。」

八百八狸沒有回答。

少年又說：「既然如此，乾脆把他們留下，不好嗎？」

「你說真的？」

少年一哂，「當然是開玩笑。」

八百八狸正色道：「有些玩笑是不可以隨便開的！看來你的主人並沒有教導好你，你還是快帶著他們走吧！四國是我的，幾百年來偶有入犯者，我都只是趕走了事，但不等於說，我會容忍這種情況一而再、再而三地發生。現在你就給我聽清楚了，假如你再次踏上四國的土地，我必將懲戒！」

「你少威脅我。我不怕！」

「哦？想試一試嗎？」

少年還想嘴硬，卻突然發現張不開口了。緊接著，無形的繩索就纏繞了他的整個身軀。繩索彷彿由荊棘製成，無數尖刺扎入皮肉，少年痛極倒地，繩索卻越纏越緊。他喘不過氣來了，只是短短的一剎那，少年就感到了死亡的恐懼。

他再也無力支撐，現出了原形。

八百八狸厭惡地看著地上的黑色毛筆，舉起肥手在鼻子前搧了搧風，「幾百年了，狐族都不曾踏入四國半步，我也很久沒有聞到過狐騷氣了。沒想到啊，就是幾根狐毛做成的筆，氣味也這麼難聞，真是叫人厭惡啊——」

纏縛住筆身的荊棘消失了。狐毛筆恢復了少年的人形，趴在地上喘息著，一時還起不來。黑色的外衣上已經血痕斑斑，綬帶也撕破了，小唐人那三個漢字亦支離破碎。

「我還知道，你的主人並沒有命令你到四國來。」八百八狸走到少年的面前，居高臨下地俯瞰著他，「立了近千年的規矩，誰都不敢輕易打破，因為後果不堪設想。可是你呢，急於立功，又狂妄自大，居然擅自闖了進來，還趁著春祭的機會四處活動。」

少年勉強抬起頭，氣喘吁吁地說：「是我發現了他們！」

「沒錯，是你。」

「也是我向你們報告的！」

「這一點你做得還算有頭腦。在四國、我的地盤上，不經過我的同意使用妖術，你知道會有什麼後果。」

「所以我什麼都沒有做，而是請你們幫忙。」少年咳嗽幾聲，支撐著站了起來，「況且，一旦我回去通報了主人，四國的寧靜就會被打破。你放心，我才沒興趣再到這種鄉下地方來，我只想帶著那幾個人回去覆命。」

八百八狸緩和了神色，點頭道：「那就好好說嘛。行了，你現在就把他們帶走吧。」

至少在表面上，少年乖順了一些。他向八百八狸鞠了一躬，便消失在密林的深處。

須臾，一隻年輕的狸貓從樹林中躥出來，在八百八狸跟前幻化成人形，躬身下拜，彙報說：「他們已經出發了。」

「很好。」八百八狸的聲音中竟似有一抹惆悵。

手下忽然擠了擠眼睛，顯得十分滑稽，「怎麼會有人把狐毛筆養成式神呢？多麼奇怪的主意。」

「不，確切地說，這主意很自大，還很惡毒。」

「惡毒嗎？」手下問，「隱神刑部大人，您為什麼要把他們交出去？」

「我不應該把他們交出去？」

「不，我的意思是，我覺得您挺喜歡和他們說話的。」

八百八狸注視著手下，答非所問，「……我已經很久沒有和人類交談過了。」

究竟有多久了？

六百年前與人類陰陽師的最後一戰，再次浮上了八百八狸的心頭。本來他已經被人類的陰陽師徹底打敗，即將在山洞中永無止境地被封印下去。沒想到，作為勝利一方的陰陽師卻主動和他談起了條件。自此，四國的異界成了狸貓的天下。八百八狸帶領手下將狐妖趕出四國，還收服了其他散妖，不許它們再向人類作亂。從此在四國，狸貓甚至成為了人類的守護神，有了自己的神社，受到人類世世代代的供奉。

沒想到隔了這麼久，當年與人類陰陽師的那場談判還記得清清楚楚，那個人的每一個神態，每一句對答，點點滴滴……多麼可惡的人啊，明明掌握著生殺大權，談判的過程中卻始終面帶微笑。當時一敗塗地的八百八狸滿壞怨恨，總覺得對方的笑容中暗藏奸詐，但他實在沒有討價還價的餘地，只能全盤接受了對方的提議。

八百八狸只記得，當一切談妥時，對方向他伸出一隻手，「從今往後，我們就是朋友了。」

八百八狸拒絕與他握手。狸貓一族輸了戰役，但不能輸掉尊嚴！

對方只好把手縮了回去，笑容變得有些尷尬，還有些悲涼。

六百年過去了。今天之前，八百八狸再沒有和任何人類交談過。那個人類的陰陽師在大戰之後的第二年就病逝了。討厭透頂的傢伙！八百八狸在心中不知多少遍地抱怨過，好不容易訂下了盟約，他竟然不親眼看一看最後的成果。這樣的人類，如何可以信賴呢？他把一紙協議訂立到永遠，自己卻隨隨便便地離開了。

八百八狸不願意承認，在漫長的歲月中，自己始終懷念著那個討厭的傢伙的討厭的笑容，因此才無法與任何人類交談。他不得不忍受了整整六百年的寂寞，由於那個人的離去，這種寂寞比六百年前更加深重。

和平的代價就是寂寞，如果他早一些明白這點，他會不會拒絕那個人提出的條件呢？如果拒絕了，那個傢伙就會活下來嗎？八百八狸當然知道，不可能。人類的生命就是這麼脆弱，所以只配遭到妖怪的厭棄。

他只後悔一件事，當初應該握住那個人伸出的手。這樣，他就會擁有一個朋友。這種友情，即使在那個人死去之後也會持續下去，會在他的心中生根發芽，有了友情的蔭護，他的心靈之泉就永遠不會枯竭。

與妖怪相比，人類的生命無疑是短暫的。但人類擁有一種神奇的能力，透過情感，他們竟然可以跨越生死，觸及永恆。

多麼可惜啊，八百八狸就這樣和永恆的友情擦肩而過了。

「……隱神刑部大人。」

「還有什麼事？」

「我從坂本康夫的口袋裡搜出了手槍，按照您的吩咐，我把槍交給了那個叫溫特兒的年輕男人。」這個手下還是一隻年輕的狸貓，頭一次和人類打交道，讓他興奮不已。

「沒有被狐毛筆察覺吧？」

「絕對沒有！您大可放心。可是隱神刑部大人，妖怪是不懼怕手槍的。那個男人拿著它，會有用嗎？」

八百八狸說：「對於人類，手槍還是非常有用的。」

「人類嗎？」

八百八狸微微閉起眼睛，沒有回答。

過了整整六百年，八百八狸又一次和人類交談，怎麼可能僅僅出於畏懼。是的，他絕不會輕易打破四國的安寧，這是他和人類陰陽師之間的約定。他們訂下了盟約，即使誓言的另一方早早地離去，為了那個可惡的傢伙，八百八狸也會一直堅守下去。

然而，六百年來頭一次，八百八狸又對特定人類的命運產生了興趣，因為，他看到了最珍貴的友情。

「……隱神刑部大人。」

八百八狸睜開眼睛，只見年輕的狸貓滿臉忐忑地站在那裡，連兩隻黑眼圈都微微發紅了。

「你還有話想問我？」

「是的，隱神刑部大人。方才，您讓那兩個人類去找來自中國的上古神獸，可是……」

「可是什麼？」

手下鼓足勇氣問：「可是，為什麼我們從沒見過來自中國的上古神獸？您不是說，它們很久以前就從中國來日本了。」

「是來過，但只是路過。」八百八狸的話音中帶著不可捉摸的惆悵，「它們的目的地是扶桑。」

「扶桑在哪兒？」

「在日本的東方。上古神獸們離開中國，是為了去往東方的東方的扶桑國。它們途經日本，和這裡的千年老妖們打過交道。於是日本的老妖們，比如日光的山伏、石燈籠等等，也就擁有了一部分上古神獸的靈力。正是這些靈力，控制了坂本。」

「哇！」年輕的狸貓驚訝地張大了嘴，「這麼厲害！那麼中國的上古神獸至今還在扶桑嗎？」

「在。你不會也想去找它們吧？」

年輕的狸貓不好意思地笑了，舉起爪子抹了抹臉。

「你找不到它們的。」

「為什麼？」

「因為一千年前，扶桑就沉入了海底。」

「啊，所以中國去的上古神獸……」

「它們都在海底沉睡，也已經睡了一千年。」

「哦！」年輕的狸貓想，看來盛冬日和任霏霏是被騙了。為將他們驅趕出四國，隱神刑部大人支使他們去尋找的中國上古神獸，是根本找不到的。

八百八狸把手下的心思看得清清楚楚，但並不想多做解釋。因為他很有把握，自己給盛冬日和任霏霏指出的，是唯一一條能夠和他們的朋友再見的路。

10

從松本城前往高野山，要先到新今宮，再從那裡搭乘南海特急。這條線路是菅樹里規劃的。當路岸告訴她目的地時，菅樹里的神色忽然變了變。路岸剛想詢問，她又埋頭查起車次來。

到達高野山下時，已經過了下午兩點。高野山下的車站有個十分相稱的名字：極樂橋站。眾生來到高野山，謁訪弘法大師創立下的根本道場，不就像跨過了極樂之橋嗎？

出站即是蒼翠山麓。弘法大師開山時建立的壇上伽藍在高野山頂，百餘座寺廟眾星拱月一般，圍繞在大師的伽藍周圍。訪客們還要接著搭乘沿山鋪設軌道的纜車，才能上到山頂。在平均海拔一千多公尺的群山環繞中，纜車上行的坡度陡峭，車內被遊客擠得滿滿登登。環顧四周，黃皮膚和白皮膚的各佔一半。在日本的旅遊勝地中，高野山算是一個異類，常年都有來自世界各地的佛教信徒上山參拜，在山上寺廟中掛單修行的也不少。

纜車吱吱嘎嘎地爬升著，路岸朝上仰望，不由自主地心潮起伏。山頂車站在可見的範圍內，映著如洗的藍天和白雲，彷彿沐浴在神聖的光環中。身邊的每一張面孔都像他一樣，四十五度角向上，肅然起敬。

唯獨一個人——菅樹里低垂著雙眸。只要出門在外必戴的大口罩，遮住了她的大半張臉，但路岸卻彷彿能隔著口罩看見，她的臉色極其蒼白。

「你怎麼了？」他輕聲問。

菅樹里連眼皮都沒抬一下。路岸把手移到她握住欄杆的手旁，碰了碰，不由得一驚，冰涼的。

他有點著急了，「樹里，你不舒服嗎？」

「我沒事。」

「那你……」

菅樹里瞟了他一眼，「你是為了那尊銅像來的，對嗎？」

「是，銅像是我們現在唯一的線索了。」在擠滿了人的車廂中，他倆低聲竊語著，倒也不怕被人聽見。中國人對於起源中國，卻在日本發揚光大的東密知之甚少，更鮮有人瞭解弘法大師與中國的淵源，對高野山自然興趣缺缺。路岸估計，在這個車廂裡，就只有自己和菅樹里兩個說中文的。

菅樹里輕聲說：「不知道為什麼，我有點害怕。」

「銅像有什麼可怕的？」路岸說，「而且，我會自己去看它，你根本不用靠近它。」

「是嗎？」

「當然，我保證。」

「可是，如果我害怕的是……高野山呢？」

「高野山是聖地啊，是神聖光輝籠罩的地方，你就更沒有理由害怕了。」

菅樹里倔強地低著頭，似乎不怎麼認同路岸的話。

沉吟了一下，路岸說：「樹里，你要記住，不論怎樣我都會保護你的。我絕不會讓你受到任何傷害。」

她這才抬起眼瞼，注視著他，輕輕地點了點頭。

纜車到站了，大家一湧而出。散佈在山頂的百餘座寺廟均設有宿坊，遊客們各走各路，像歸巢的飛鳥般轉眼便散得差不多了，就剩下路岸和菅樹里還茫然地留在原地。穿著制服的引導員主動上來詢問。聽到那口流利的英語，路岸有點兒受寵若驚，馬上又想到那半車廂的西方人，也就釋然了。高野山的國際化程度，在整個日本都數一數二。

路岸把手機上的地址展示給引導員看，對方立即指給他看要搭乘的大巴，還拿出一張地圖，圈出具體地點，遞給路岸。

長久以來的第一次，路岸又恢復了旅行的自信。菅樹里則默默地尾隨在他身後，像個惹人憐愛的小跟屁蟲。

大巴在山路上迂迴前行，高野山頂名為高野町，是一座由寺廟和宿坊比鄰而成的佛教小鎮。在引導員標明的那站，路岸和菅樹里下了車。碎石鋪就的禪道兩側，只見一重又一重的寺院木門和雪白圍牆，燈籠和石橋掩映在蒼綠的松柏間。夕陽的金色光影在青灰色的屋頂上徘徊，使人猶如站在極樂之境的幻象前面，現世和彼岸的界限變得模糊起來。

逆光之中，一個高大的僧人正朝他們疾步走來。「親愛的路岸，又見到你了，真是太高興了！」他先行了一個僧禮，然後才張開雙臂，和路岸熱情擁抱。

暮色籠罩下，他的藍眼睛顯出淡淡的灰色，就像身上的半舊僧袍帶給人的感受，寧靜而深沉。

路岸給菅樹里介紹：「這位是克拉克．鮑爾先生，加拿大人。我在聯合國教科文組織的同事兼好友，虔誠的佛教徒。克拉克半年前來到高野山金剛峰寺修行，昨天我發郵件聯繫了他。很幸運，克拉克沒有外出，正好能夠接待我們。」

克拉克微笑著和菅樹里打過招呼，便對路岸說：「金剛峰寺的宿坊供不應求，需要提前幾個月預定，所以我給你們找了這家禪院，雖然有點舊，好在離壇上伽藍比較近，也很清靜。請跟我來吧。」

進了禪院的木門，就是一方小小庭院。院中稀疏地栽了幾株松柏，一條直直的鵝卵石小徑通向前庭。前庭的木地板很舊了，擦拭得能照出人影來。

想必是有克拉克代為安排，宿坊的僧人並未要求路岸和菅樹里辦理入住登記。路岸懸著的一顆心總算放下了。和纜車站的引導員一樣，年輕僧人說著完全聽不出口音的標準英語，正要向路岸介紹住宿規定，就被克拉克和善地打斷了，表示一切均由自己代勞。

踏上長長的走廊，木地板被久遠的歲月中無數善男信女的腳底磨得那般光潔，使人不由自主地放慢腳步，生怕走快了就會不慎滑倒。隔扇上的紙畫色澤已褪，畫面斑駁，但松、鶴、菩薩等主題，又是任何一代人都能辨識的，永恆的精神寄託。

克拉克領著他們一直來到走廊的盡頭，推開紙門，竟是一個大套間，包括一個十疊榻榻米的客室和一個八疊榻榻米的臥房，住五、六個人都不成問題。房間另一側的玻璃窗外，是一整座枯山水的後院。

「這……太奢侈了吧？」路岸說。

克拉克聳聳肩，「我告訴禪院的住持，我在教科文組織的中國朋友來訪，這位朋友還是救過我命的英雄。他二話沒說就讓人準備出了這間客房。所以，你就不要推辭了。」

路岸微笑，「那就謝謝了。」

克拉克亦含笑點頭。真正的生死之交，自然無須客套。

路岸好奇地問：「像你這樣的西方僧人，在高野山上修行的多嗎？」

「專門修行的僧人不算多，但前來參拜的信徒絡繹不絕。所以在高野町，英語和日語一樣是通用語言，是不是感到很欣慰？但只要一離開高野町，我就覺得自己不會說英語了。」

「我也是。」路岸不由得開懷大笑。

正說著，晚餐送來了。兩個帶足漆盤盛的主食，外加兩個漆盤的煮物和酒，擺在客室榻榻米的中央。克拉克說自己不吃晚餐，但很樂意陪路岸喝上幾杯。

嚐過了才發現，擺得琳琅滿目的食物其實就是各種野菜、豆腐、蘑菇和白蘿蔔。清酒倒是味道很醇。菅樹里沒吃幾口就放下筷子。進房間後她就摘了口罩，氣色看起來比早上更差了些。連克拉克都看出來不太對勁，關心地問她是不是病了。菅樹里搖頭，只說有點累。

克拉克端詳著她說：「也可能是高野山的氣場所致。」

「高野山的氣場？」

克拉克向路岸解釋：「弘法大師創立高野山時，曾立下過一條規矩：女人不得上山。在現今社會，這條規矩顯然是不合適的，所以就被取消了。但有意思的是，常常有來訪的女客抱怨在山上做噩夢，出現精神不安等等狀況。或許，高野山的氣場就是對女性不太友好吧。」

「真沒想到還有這種事。」路岸抱歉地看著菅樹里，「對不起。我……」

「我沒事！」她端起酒杯，「很榮幸能來到高野山。乾杯！」

「乾杯。」

接著，克拉克和路岸聊起了高野山的軼事故聞，又回顧了兩人共事時的情景，興之所至，便一杯接一杯地乾杯，每次還都不忘記敬菅樹里。她倒也來者不拒，很快就喝得臉蛋飛紅，終於放下酒杯，趴到了桌上。

路岸摸了摸她的腦袋。菅樹里閉著眼睛，呼吸平穩，額頭也是涼涼的。

他長吁了一口氣，喃喃地說：「這就醉了。」

路岸把菅樹里抱到寢室，給她蓋好被褥，才悄悄地退出去，拉上房門。

「她還好嗎？」克拉克問。

「她沒事。」路岸說，「弘法大師的道場肯定百邪不侵。」

「當然。」兩人又乾了一杯。

「那麼你呢？」克拉克問，「路岸君，你也好嗎？」

路岸微笑，「我很好。」

克拉克點了點頭，又問：「她臉上的疤是天生的嗎？」

「不，是五年前在311海嘯中受的傷。」

「哦。」克拉克若有所思。

「怎麼？」

「我似乎覺得，這塊疤的形狀有些特別，像某種古老的圖騰……」

路岸說：「是不是像一條盤著的龍？」

「對啊！」克拉克的眼睛一亮，「你也這麼認為？」

「我也是琢磨了很久，才找出這個相似點的。當然，不排除我倆同樣對歷史和神話傳說比較熟悉，才會傾向於這麼認為。如果換作其他人，或許會看出別的東西來。其實說穿了，這就是一種心理上的暗示吧。」

「有道理。」克拉克頗為感慨地說，「這個女孩真是讓人又愛又憐啊。」

路岸在郵件中只說要帶一個女性朋友來高野山，並沒有介紹菅樹里的身分和來歷。克拉克亦不多問，對菅樹里的態度十分自然親切。

兩人又碰了幾杯，克拉克切入正題，「路岸，你問的那尊銅像就在金剛峰寺的靈寶館中，但不對外展出。所以，正常情況下，你是不能見到它的。」

「我必須要見到它。」

克拉克盯著路岸，「能告訴我你的理由嗎？」

「它是一條線索。」

路岸遂將追查姜國波父女死亡真相的過程簡述了一遍。

聚精會神地聽完，克拉克訝異地說：「這尊銅像的確是地震之後，由石川集團專程送來高野山上保存的。讀了你的郵件後，我特意瞭解了它的情況，也發現了一些疑點。」

「什麼疑點？」

「金剛峰寺的靈寶館一直收藏並展出著龐大的佛教文化遺產，但並不收納與密教無關的物品。這尊銅像源自中國唐代，考古價值不必贅述，但至少從表面上看，它和密教沒有任何聯繫。而且，自從五年前它被送上高野山後，就一直封存在庫房裡，連金剛峰寺的大部分僧人都從沒見過它。要不是我從內部網上查詢到了靈寶館中的所有藏品，恐怕連它在不在靈寶館中都無法確認。」

在成為一名虔誠的佛教徒之前，克拉克曾經當過很多年駭客，有一手馳騁網路的絕活。正是憑著這項特長，他受聘於國際刑警組織，和路岸一起參與了多起追查文物走私的案件。半年前，兩人在智利的一次行動中遭遇了武裝走私分子，路岸替克拉克擋了一顆致命的子彈。在之後的搶救過程中，克拉克始終陪伴在路岸的身邊，直到他的身體大致康復，克拉克才向路岸道別。他對路岸說，這次事件對他的心靈產生了很大的衝擊，使他對生死有了全新的看法，決定就此放下對塵世的眷戀，虔心修佛。克拉克選擇了高野山作為自己的修行場所。當路岸發現石川集團的銅像被送上高野山時，立即想到了克拉克，也不禁由衷地感嘆，果真是冥冥中自有安排。

路岸對克拉克說：「也就是說，銅像存放在金剛峰寺靈寶館中一直是個秘密。」

「對。你附在郵件中的連結我看了。很奇妙，似乎整個網路上就只有這一條消息，透過常規手段根本搜索不到，居然被你找出來了。」

「不是我，是菅樹里找到的。」路岸想，會不會世上唯獨她才能找到那條消息呢？

克拉克說：「從那條消息來看，將銅像送上高野山很像是災後的一種祈福行為。但如果真是那樣，就應該把銅像放在佛堂中做法事，而不是鎖在庫房裡。」

「也許五年前剛送上來時，曾經做過法事？」

「也許吧。總之，情況就是如此。如果你執意要看銅像，我們就只能夜闖靈寶館的庫房了。」

路岸問：「你沒關係吧？」

克拉克爽朗地大笑起來，「你不記得當初我們手無寸鐵潛入古墓，大戰持槍盜墓賊了嗎？哈哈哈，相比之下，高野山上的靈寶館簡直就像超級市場一樣，既安全又方便。」

對於路岸的救命之恩，克拉克自始至終只說過一次謝謝。但路岸知道，他會為自己做任何事。這不是對報答的索取，而是一種心靈契合的信任。

陪路岸又喝了幾杯，克拉克叫人來收走晚餐，自己也離開了。他們約定，晚上十點行動。

11

寺廟的作息早，五點用過晚餐，八點時高野町已經全黑了，只有星羅棋佈的燈籠發出暖黃色的光，與夜空中的星光相互映襯。三月中旬的山裡，入夜仍像冬季一樣嚴寒。雖然開了暖爐，但屋子太空，只能祛除周圍一小塊的寒氣，卻抵禦不了從紙門的縫隙中源源不斷灌入的冷風。

路岸把暖爐放在菅樹里的身邊。她在沉睡中蹙起眉頭，是夢見了什麼不開心的事嗎？但不管怎樣，這個時刻她能躲避在睡夢中，對大家都是一件好事。

十點剛過，克拉克就在門外輕聲說：「準備好了嗎？我們現在出發。」

路岸應聲拉開紙門，「走吧。」

一到走廊上，氣溫驟降，大概零度以下了。見路岸站著不動，克拉克問：「還有什麼事？」

「這門上沒鎖嗎？」

「沒有，這是舊式房子，都不鎖門。但前庭有門禁的。」克拉克見路岸皺起眉頭，便問：「你是擔心那女孩嗎？放心吧，高野町上到處都是寺廟，不會有人在這裡幹壞事的。」

「我擔心的不是人。」

整條走廊上都沒有亮燈，只有從隔扇外透進的朦朧夜色。一片昏暗中，克拉克的兩隻眸子像藍寶石般熠熠生輝，想了想，他說：「這樣吧，我來唸一段經。」

路岸退後半步，看著克拉克肅立在紙門外，朝向屋內低聲吟誦經文。片刻之後，克拉克抬起頭，「有了金剛經加持，任何邪魔妖祟都進不去那扇門。」

路岸笑著點頭，「原來你的法力這麼強。」

「不是我的法力強。高野山是弘法大師的神聖道場，只要請到他的一絲靈光，就什麼都不用怕了。」

兩人這才一前一後穿過走廊，克拉克帶著路岸在後院的枯山水庭中躡足而行，密佈苔痕和枯草的石路在手電筒的光照下，真的彷彿有水波瀲灩其上。轉了幾個彎後，克拉克推開圍牆上的一扇小木門，便出了禪院，來到後山的山道上。

克拉克熟悉山中捷徑，他們兩個體力好，又擅長翻山越嶺，估計用不了十分鐘，就能到達金剛峰寺的靈寶館了。

冷月映照下的聖山，充溢著深遠遼闊的寂靜。幾乎用不著手電筒，因為山道被月光照得澄澈清朗，從近及遠的層層密林彷彿封閉的實體，內中神秘不可揣度。山道旁，零星地矗立著石雕的佛像，有的前面設有香案，有的周圍卻冷冷清清，但表情都是一樣的淡漠，又似乎帶著一點惆悵。

路岸和克拉克埋頭趕路，默默無語地走了將近十分鐘，克拉克說：「馬上就到。」

路岸嗯了一聲。

克拉克說：「我喜歡高野山，也喜歡日本。在這裡，歷經千年保存下來的宗教、文化和歷史，仍然滲透在日常生活中，而不是作為古董供奉起來。這裡的原野、大海和山峰，仍然是千百年以前的原野、大海和山峰。在高野山上的每一天，我都能清楚地感受到弘法大師的存在，在山風的每一次輕拂中感受到他的呼吸，在山鳥的每一聲鳴叫中感受到他的召喚。路岸，我們在世界各地拚命守護的遺跡和文物，都是死的。唯有在這裡，我卻覺得，過去的一切都還活著。」

「它們本來就活著，只是躲在人們的視線無法觸及的地方。」路岸輕聲說，「這些天來，我對此的體會很深，想分享給你。」

克拉克停下腳步，看著路岸說：「比如？」

「比如法術、妖怪，比如神獸，比如龍……我們曾經討論過的，傳說中的一切。我越來越傾向於認為，它們仍然存在著。」

長長的山路上，強勁夜風像要從背後把人捲走。從邊門進入金剛峰寺後，有了建築物的遮擋，風勢小多了，汗水便一下子滲出了皮膚。向前方看去，月亮的位置很低，彷彿就懸掛在根本大塔的塔尖上。團團烏雲圍繞，月光時明時暗。

「就是這裡。」

前方是一座相當樸素的傳統木建築，懸著「靈寶館」的匾額。大門緊閉，怎麼進去呢？路岸剛一遲疑，克拉克在身邊說：「往這邊走。」

「我們不進去嗎？」

「呵呵，不是已經告訴你了嗎？銅像在庫房，不在展館。」克拉克說著，朝路岸擠了擠眼睛，「跟我走吧。」雖然做了和尚，並不能改變他作為西方人的豐富表情和肢體語言。路岸覺得很有意思，內心的壓力也在這個瞬間緩解了不少。

又沿著林間小徑走了十來公尺，克拉克在一間更加不起眼的小屋前停下腳步。這回連匾額和門牌都沒有了。如果沒有克拉克帶路，路岸絕對不會注意到這個地方，看起來像個工作人員的值班室，或者說得不好聽點，更像個廁所。

作為庫房，也未免太小了吧？

克拉克抬起手輕輕一推，門就開了。「請進。」

進去反手關上門，克拉克才擰亮了手電筒。在伸手不見五指的黑暗中，一束黃光直指前方的牆壁，落在了一個長方形的電子門禁上。

克拉克從背包裡取出一台小筆記型電腦，狡黠地看著路岸說：「我可是洗手不幹了的，你確定這件事對你很重要？」

路岸點了點頭。

克拉克一笑，便把資料線連上門禁，在筆記型電腦上操作起來。作為一名頂級駭客，他可以輕而易舉地突破各種封閉資料庫，卻從未用這項能力為自己謀過錢財，也屢屢拒絕政府機構和高科技企業伸出的橄欖枝。物以類聚人以群分，克拉克和路岸這類世俗意義上的怪人，才華出眾素質超群，卻付出全力追逐著普羅大眾難以理解的目標。但也因為對尋常利益的無視，彼此間反而擁有更加純粹的精神默契。

只用了幾秒鐘，門禁上突地亮起一盞綠燈。輕輕的一聲喀嚓，克拉克說：「OK。」

牆壁上的門開了，原來是一台電梯。兩人走進去，電梯門合上，便開始緩緩下行。庫房竟是修建在高野山的山腹中，著實令人驚嘆。

路岸問克拉克：「你以前來過嗎？」

「從來沒有。庫房是禁地，今天也算滿足我的好奇心了。」

顯示幕的標識從「1」變為「-1」，彷彿只是到了某棟辦公樓的地下一層，但電梯下行的時間卻長得不可思議。

電梯終於停下，門開了，呈現在兩人面前的是一個不知邊界的黑暗空間。隨著他們走動的腳步聲，相應區域的感應燈便亮起來，其他地方仍然漆黑一片，只能依稀看到一排接一排的陳列櫃，層層疊疊，望不到盡頭。

他們沿著正對電梯的通道往前走，一邊查看兩側的櫃子，只見上面擺放著經卷、大大小小的雕像、各種密宗的法器，還有許多密閉的箱子，標籤上註明了藏品的名稱。

看起來，這就是一個標準的庫房。由於藏品價值連城，採用高級別的安防手段也無可厚非。庫房中設置了優良的通風系統，溫度濕度都很適宜，絲毫不感到氣悶。

匆匆走了一遍，並沒有找到那尊女童的銅像。

路岸問：「怎麼回事？會不會搞錯了？」

克拉克緊蹙雙眉，「應該不會啊，我在內部網上查證過的，就在這裡面。」

「那就再找找？」

兩人分頭搜索，忽然，路岸在一面牆上又發現了一台電子門禁。他連忙叫克拉克：「快來看，這裡還有個密室！」

克拉克摩拳擦掌，「好啊，又該我大顯身手了。」他正要把資料線連上筆記型電腦，忽然又停了下來。

「怎麼？」

「這個門禁根本就沒啟用。」

「哦。」路岸剛要推門，手腕卻被克拉克一把攥住了。他搖頭示意，兩人一起屏息傾聽，從門內似有含混的聲響漏出來，聽不太清楚，但肯定不是人的談話。

克拉克把門掀了一條小縫，湊上去看了看。路岸正在旁邊乾著急，忽然，克拉克大力將門推開。

方向不明又搖曳不定的光影使人眼花繚亂，路岸站在門邊，花了幾秒鐘才看清裡面的情景。只見一圈又一圈的蠟燭，以同心圓的方式從屋子的中央鋪展開來，一直擺放到牆角下。被它們團團包圍在正中央的，正是路岸要找的女童銅像。乍一眼看去，真會讓人心頭一緊，還以為是個活生生的女孩子被困在裡面。周圍的三面牆上掛著滿幅的密教曼陀羅。只有正對門的牆上，從屋頂懸下一整塊幕布，上面正放映著一位高僧金剛跏趺而坐的畫面。聲音則是從旁邊的一台音響裡發出的，現在連路岸也聽出來了，那是為畫面所配的咒語。

「這不是金剛峰寺的住持嗎？」克拉克驚訝地說。

畫面之中，除了不停地反覆唸誦咒語，這位上了年紀的清瘦住持還雙手交疊地做出各種手勢：忽而兩掌相對，忽而十指交握，忽而一拳在下一拳在上，表情嚴峻，甚而顯出幾分猙獰。

路岸問：「他在做什麼？」

「這是密宗的伏魔陣法。」燭光映在克拉克的臉上，他的面色異常凝重。在這座地下庫房的密室裡，竟然設置了一個密宗的伏魔道場。

「難道……是為了鎮伏這座銅像？」路岸難以置信地說。

「應該是。而且法事不能有片刻停歇，所以當住持無法親臨現場時，便以他的影像和錄音代替。」

「嗯，高科技手段。」路岸說著，便向伏魔陣法的中央走去。

克拉克在他的身後低叫：「小心！」

路岸卻似沒有聽見克拉克的警告，頭也不回地繞過一簇簇燃燒的燭火，徑直走到了銅像的前面。他蹲下身來，只有這樣才能與「她」面對面。真是一尊完美的塑像，「她」的面貌栩栩如生，歷經千年的銅鏽彷彿只是日照下的陰影，圓圓的臉蛋上似乎還帶著溫度，可愛得讓人禁不住想要親上一口。唯一的怪異之處是，「她」的雙目緊閉。但也正因此，使「她」的面容流露出一絲天真的憂傷。

路岸雙臂一用力，便將銅像輕輕地抬了起來。他的目光掠過銅像的表面，一寸一寸地檢查過去，終於發現了要找的東西——

「路岸，我們得走了！」克拉克在他的身後輕呼，「蠟燭快點完了，應該馬上會有人來點新的蠟燭。伏魔陣法的燭火必須長明！」

路岸小心地把銅像恢復原樣，立即回到克拉克身邊，兩人剛走出密室的門，就聽見電梯方向傳來響動。克拉克一拉路岸，兩人俯身躲到一排櫃子的後面。

在自動照明的燈光中，一名中年僧人徑直向密室走去，隨即消失在門後。

兩人趕緊快步走向電梯，等電梯啟動上行後，才不約而同地鬆了一口氣。

克拉克說：「但願他不會發現異常。」

「你認識他？」

「他是我們寺廟中的一位僧人，在高野山上修行多年，資歷很深。」

少頃，路岸問：「既然有陣法在，為什麼我們來去自如，不受絲毫影響？」

克拉克深深地看了他一眼，「這是伏魔陣法。你我是人，當然沒有影響。」

電梯重回一層，走出簡陋小屋，深吸一口冰涼入骨的夜氣，克拉克問：「你在銅像上看到了什麼？」

12

根本大塔的身影遮去月光，使後山的樹林像一座黑沉沉的堡壘，非常適合躲藏。周圍萬籟俱寂，整座高野山都在沉睡。

「我看到了一行法師。」

「一行法師？」

路岸點了點頭，「銅像上刻有鑄造者的名字和鑄造年代。這座銅像是一行法師在大唐開元十五年鑄造的。」

克拉克思忖地說：「我記得，大唐的一行法師也是密宗的大師之一？」

「是的。唐玄宗開元年間，三位來自印度的僧人善無畏、不空和金剛智在大唐傳教，在中國創立了佛教的密宗，也就是今天日本東密的根本。這三個人因此被稱為『開元三力士』。一行法師是中國人，俗家名張遂，曾向不空和金剛智學習佛法，還參與翻譯了密教的典籍。他傳承了金剛和胎藏兩部密法，是密宗的一代高僧。弘法大師空海在大唐求取密法時，師從長安大青龍寺的惠果大師。惠果大師承繼的正是不空法席。從這些淵源來說，一行法師也可以算是空海的同門師叔祖。」

「這麼說來，把一行大師鑄造的銅像供奉在高野上，也在情理之中了。」

「但這並不是一尊佛像。」路岸說，「一行法師鑄造了一尊普通女童的銅像，這件事本身就很奇怪。而且……為什麼要對它設置伏魔道場呢？」

「難道這尊銅像是邪惡的？」

路岸注視著克拉克說：「一行法師不但是密教的高僧，還是一位有很高成就的數學家，編制過曆法，組織測量過子午線。你認為，這樣一個人會鑄造一尊邪惡的雕像嗎？」

「我也只是猜測。」克拉克摸了摸自己的高鼻子，「假如不是銅像本身邪惡，也可能是它在漫長的歲月中，沾染了某種邪惡的東西？」

路岸說：「銅像是石川集團在311大地震後專門送上高野山的。這麼做，會不會和那次大災難有關？」

「不好說。我再想辦法查一查吧。」

「銘文上還提到，一行是用鑄造水運渾天儀剩下的銅料製成這座女童像的。相關記載我看到過，但說的是一行法師以渾天儀所剩銅料鑄造了三尊佛像，放置於商州的洛水崖壁，後來遺失了。怎麼又冒出來一尊女童像？」

路岸又想起在日光的龍尾之路上，曾與任霏霏一起見到過模仿商州銅佛龕的崖壁，但那始終是一種佛教信仰的方式。

克拉克說：「會不會一行法師用渾天儀的剩料造了四尊銅像，其中三尊是佛像，還有一尊就是這個女童像？」

路岸反問：「你不覺得這種做法很奇怪嗎？而且，我記得一行法師在鑄造完水運渾天儀後不久就圓寂了，那麼從時間推斷，這尊女童的銅像應該就是他去世前完成的最後工作了。」

克拉克感慨地說：「還真是撲朔迷離，越想越不可思議啊。」

兩人都沉默了，呼嘯的山風也靜止了，一切聲響歸於極端的岑寂，使人產生了奇怪的失衡感，似乎聽覺出現了問題，又似乎周圍的世界都不再真實。還是克拉克打破了沉默，「我剛剛想通了一點，為什麼只有庫房的電子門禁起作用，而密室的電子門禁卻失效了。」

「為什麼？」

「因為庫房的電子門禁是確保藏品安全的，必須二十四小時開啟。密室中設的伏魔陣法是針對邪魔妖祟的，電子門禁又有什麼用呢？所以乾脆給關了。」

「對啊，沒聽說電子鎖擋得住妖魔鬼怪的。」

他們邊走邊聊，已經回到了宿坊後院的牆外。忽然，路岸發出一聲驚呼：「菅樹里！」

菅樹里就坐在山道旁的一棵參天古木之下，正直勾勾地盯著他們看。路岸安頓她睡下時，替她脫去了外套，她現在就穿著一件單薄的衛衣，在遒勁的山風吹拂中，好似一只脆弱的布娃娃，隨時會被吹倒。

路岸疾步上前，又叫：「樹里！你怎麼跑到外面來了！」

她抬起頭來。路岸不覺一愣，她的眼神迷離而冷漠，彷彿根本就不認識他，又或者壓根沒有看見他，而是透過了他的身體，看向某種不可知的存在。

克拉克來到近旁，也驚訝地問：「她這是怎麼了？」

路岸攥住菅樹里的雙肩，使勁搖晃著喊：「樹里！樹里！」

菅樹里這才如從夢中驚醒般地，輕喊了一聲「路岸？」，便軟軟地倒在他的懷抱中。路岸用力抱緊她，心疼地說：「你就穿這麼點跑出來？冷不冷啊？」

「我……在哪兒？」

「你不知道嗎？」

她搖了搖頭，還是一副半夢半醒的模樣。

路岸輕嘆一聲，「走吧，我們回去。」

回到禪房，路岸把萱樹里扶進寢室。她呆呆地坐在席子上，只管睜著眼睛，不說也不動。路岸便由她這麼待著，自己仍返回客室。

克拉克一見他就問：「她沒事吧？」

「沒事。」

「她有夢遊症？」

路岸苦笑，「坦白說，我對此一無所知。」

「好吧。」克拉克轉換話題，「關於銅像，你接下去打算怎麼辦？」

「我要走了。」

「走？什麼時候？」

「明天一早。關於這座銅像背後的秘密，我想親自去石川集團調查。高野山上的調查，就只能拜託你了。」

「哦，那她怎麼辦？」克拉克朝寢室方向努努嘴。

「也交給你了。」

「哈！你早就計畫好了吧？」

「我接下來的行動可能會有危險，帶著菅樹里太麻煩了。」路岸真誠地說，「我在日本認識的人有限，能夠完全信任的就只有你。所以，我必須把她託付給你了。」

克拉克揚起眉毛，「這個任務對我來說，可是相當重大的哦。」

「我相信你。」頓了頓，路岸又說：「高野山是弘法大師的根本道場，我相信神聖的力量也會保護菅樹里的。」

「你的女孩和銅像之間，是不是存在什麼關聯？」

「我還說不準。」

「好吧！菅樹里就交給我了，你儘管放心，我會盡全力的。」

「謝謝。一旦調查有了進展，我就立即和你聯繫……沒有進展也會和你聯繫。只要方便的時候，我就來接菅樹里走。請再給我一些時間。」

「時間總是有的。」克拉克習慣性地聳聳肩，「反正銅像藏在庫房裡，還有伏魔陣法環伺，不管對人還是對魔，都是安全的。」看了路岸一眼，又加重語氣說：「你的女孩也是安全的，我向你保證。」

路岸點點頭。他把克拉克一直送到後院的小門旁，克拉克說：「明天早課一完，我就過來看她。」

「你來時，我應該已經走了。後會有期。」

「保重！後會有期。」克拉克在路岸的肩頭用力拍了拍，便轉身走了。路岸目送他沿著山道前行，拐了個彎，像一隻灰熊鑽進密林，高大的背影瞬間消失不見。路岸看了一眼手錶，綠色的螢光顯示，凌晨一點。他知道，僧人四點半就要起床準備早課了，不禁對克拉克懷了一絲歉疚：因為自己，今夜克拉克沒多久可以睡了。

返回寢室時，菅樹里還保持著原先的姿勢，默默地看著他去而復返。

路岸在她的身邊坐下，柔聲問：「剛才發生了什麼事？你為什麼會到外面去？」

「我不知道。」

「不記得了？」

她困惑地說：「我睡著了，好像做了一個長長的夢。等醒來的時候，人就在外面了，你正在叫我。」

「你過去有過夢遊的經歷嗎？」

「夢遊？以前沒有過。不過……五年前地震之後，好像有過幾次。」

「地震之後嗎？還記得是怎樣的情形嗎？」

「記不清了……總之就像今天這樣，睡著睡著，突然醒來時，就發現到了另外一個地方。每次都有做夢，可是夢裡的情景，一點兒都回想不起來了。」

路岸沉吟片刻，又問：「八天前，也就是三月十一日的晚上，你夢遊過嗎？」

「今年的三月十一日嗎？」菅樹里睜大雙眼，思索了一下，臉色微微地變了。

「想起來了嗎？」

「不！」

「是沒有？還是不記得了……」

「不！就是不！」菅樹里用力抿起雙唇，又露出最初那副孤傲倔強的樣子了。

「好吧。」路岸不願再逼她。

「我要睡了！」菅樹里躺下來，把被子拉過頭頂。

路岸退回到客室裡坐下。角落裡扔著他的雙肩包，三月十一日揹著它登上飛機時，他做夢都想不到，這趟日本行會走到今天。

下一步的行動計畫已經很清晰了。或許凶險，但他將竭盡全力去完成，去揭開隱藏在姜國波父女死亡背後的真相。時至今日，拼圖的最終形狀依舊若隱若現，又彷彿沉沒在水底，當他自水面上向下俯瞰時，水波微漾改變著圖形的樣子，使它時而猙獰可怖，時而又溫煦動人。

路岸已經開始認識到，菅樹里就是那層阻擋在真相前的水波，看似透明無害，實則決定著善惡的最終走向。銅像、姜國波、姜塵和菅樹里，還有石川集團，他們之間的紐帶究竟是邪惡的，還是神聖的呢？

路岸的視線又落到長桌上，那裡放著筆墨紙硯和經文，是禪院宿坊提供給客人抄經用的。很多年不寫毛筆字了。當初決定投身考古學時，他曾花了大力氣研習過書法，一則是對姜國波的仿效；一則自己也確實喜歡。想要和古人對話，學會他們的書寫方式，無疑是很有助益的。

路岸拿起桌上的毛筆，在紙上隨意寫了幾個字。他欣喜地發現，雖然已經多年不曾練習，一上手的效果，還是能夠達到七八成的水準。

他想起馬克教授說過的，手術造成的失憶將會集中在個人認知的部分，卻不會對知識和技能的領域造成損害。也就是說，手術之後，路岸將成為一個裝備了所有技能的空殼，唯獨失去原來的核心——自我。

從任何意義上，他都還是原來的路岸，只是他自己不再知道罷了。

他曾為此煩惱過，甚至心灰意冷。今天卻頭一次發覺，這個過程說不定還有點意思。路岸又寫了幾個字，手法愈加流暢起來。他忍不住想，手術後自己應該還能寫出這一手毛筆字來，卻再也寫不出「路岸」的名字了。

在得知將要失憶起，他就一直想把生命中最寶貴的記憶書寫下來，不管多少，好歹給將來的自己留點底。可是每每打開電腦，在文檔裡編輯了又刪，要麼詞不達意，要麼詳略不當。最根本的還是，他最想記下的，卻寫不出來。

此時此刻，他突然想用手中的這支毛筆來嘗試一下。路岸埋頭書寫起來，待到停筆之時，朝向走廊的紙門上已經透入了朦朧的光線。

天就快亮了。

他很快地寫完了最後一頁，將所有的紙仔仔細細地疊好，拿起來走進寢室。

萱樹里安靜地躺著，呼吸平穩，似乎還在熟睡中。路岸躡手躡腳地把一疊紙放到她的枕邊。

「你要走了嗎？」萱樹里睜開眼睛。

路岸一驚，但隨即發現，她的目光有些空洞，也有些縹緲。

「是的。」

「去做什麼？」

「姜塵的事情，必須得辦完。」

「那我呢？」

「你留下，克拉克會照顧你的。我會盡快來接你。」

萱樹里只是愣愣地看著路岸，似乎不太明白他的意思。

路岸拍了拍那疊紙，「這些……等我走了，你再看。我是用繁體字寫的，對你應該更好認。」

「是什麼？」

「是一些以後你要告訴我的事情。」

「我不明白。」

路岸笑了笑，「跟你預先打個招呼。過段時間，我可能就什麼都不記得了，連你也會不認識。所以，你得把這一切都記牢，到時候就全靠你了。」他的聲音意外地哽住了，勉強平靜了一下才說：「我得走了，要趕第一班下山的纜車。」

他的手被她緊緊地握住了。

「你不想要我陪了嗎？」

「想啊。」路岸把她的手放到唇邊，小心翼翼地親吻著，「都快想死了。所以，我上次對你提過的事情，你好好想想，盡快做個決定，好嗎？」

菅樹里看著他，不置可否。

路岸把她的手又放回被窩。

她說：「我要告訴你一件事。」

「什麼？」

「你生病的那天晚上，你的手機上有人發訊息，要催你回國。我給他回了一條訊息，說你不回去了。然後，我把這兩條訊息都刪了。」

「你……」路岸嘆氣，「我知道了，他是我的朋友。不過，你那麼回也不算錯。」

「你不怪我？」

「不。」

「我只是不想讓你走。」

「明白。」路岸笑了笑，「可是，現在我真的該走了。」

「你是不是……」她又說起來，「你是不是因為她不好看？」

「誰？」

「你是不是因為姜塵長得不好看，才不要她的？」

路岸俯下身，凝視著她說：「當然不是。姜塵很美，和你一樣美。」

她也注視著他的眼睛，問：「我究竟是誰？」

「是我在找的人。」他在她的額頭上印下最後一吻，並頭一次伸出手，撫摸了她左頰上的疤痕。

「……睡吧。」

菅樹里乖乖地閉上了眼睛。

第五章　第八天—三個月後

1

盛冬日一覺醒來，全身痠痛頭發脹。周圍黑黢黢的，只有車前座上的儀表板發著藍光。旁邊的任霏霏哼了一聲，揉著眼睛坐直身體，也是剛剛睡醒的樣子。

「下車吧。」有人拉開車門。

盛冬日探頭一看，是在一個車庫裡，難怪光線昏暗。他迅速地向周圍掃了一眼，車停得滿滿的，幾乎沒什麼空位。

伸著懶腰鑽出SUBARU越野車，他隨口問：「到哪兒了？」

少年向盛冬日投來輕蔑的目光。不知何時少年已經脫掉了祭祀穿的傳統服飾，換上了全黑的皮衣皮褲，繡著「小唐人」字樣的綬帶卻還搭在肩上，再配上一頭殺馬特的髮型，活脫脫港片裡的古惑仔。

離開八百八狸統治下的奇幻天地，盛冬日原以為還要經歷一番生死時速，才能回到正常世界。但實際上，「小唐人」把他們領到了一片密林的中央，空地上豎著又一座紅色的鳥居。少年示意他們從鳥居下面走過。盛冬日率先踏過去，眼前刷地一黑，等他定睛再看時，發現竟已來到了一條公路旁。

緊接著，任霏霏和坂本康夫也到了，少年是最後一個。他指了指停在公路旁的SUBARU越野車，對坂本康夫說：「你告訴他們，上車！」

盛冬日回頭再看，身後還是那一片密林，但紅色的鳥居卻不見了。空間就這麼直接地切換過來了。

「你看，來去不是很方便嘛。」他對任霏霏嘀咕，「他們搞的那個電車驚魂，純粹是為了給我們一個下馬威。」

任霏霏沒搭理他，用日語問少年：「我們接著去哪兒？」

「八百八狸不是告訴你們了嗎？去找來自中國的上古之妖，打聽你們朋友的下落。」

「就乘這輛車去？」

「對，我來開車。」

任霏霏說：「我是想問……這樣就能找到上古之妖嗎？」

少年哼了一聲，表示不屑於再回答她的蠢問題。

任霏霏看了盛冬日一眼，他點點頭，於是兩個人乖乖地坐進SUBARU。坂本也跟著坐進了副駕駛位。

車子穩穩地駛上了高速公路。趁著少年專心駕駛，盛冬日從衣袋裡摸出手機一看，居然有信號了。他心中大喜，連忙打開GOOGLE地圖，看到游標所指的區域，又懵了。擔心自己不識日本地名，盛冬日悄悄把手機塞給身邊的任霏霏。她掃了一眼，輕輕地啊了一聲。

地圖顯示，目前的位置在廣島縣的福山，正一路向東行駛。也就是說，密林中的那座鳥居，不僅把他們送回了現實世界，還直接送出了四國，回到了日本本州。

兩人正在驚異，少年突然把車拐下高速公路，停在一家羅森便利店前。

「你！」他吩咐坂本，「去買幾個三明治和飲料來。」

坂本康夫就像一個言聽計從的傭人，小跑步來回，很快就拎來了一塑膠袋的食品。

「吃吧，還要開很久的車。」

盛冬日和任霏霏也確實餓了。在八百八狸那裡折騰了一回，時空錯亂，從密林穿出，夜晚變成白天，四國到了本州，感覺身體都被掏空了。別的暫且不論，吃飽喝足才能繼續前進啊。食物都是剛從便利店買來的，應該沒什麼問題。這麼一想，兩人也就放開了，大吃起來。

接下去的情形，便一概不知了。

回想起來，盛冬日和任霏霏這才明白，還是中了少年的圈套。不過，現在追究也沒什麼意思了。下車一看，坂本康夫已經站在車外，左右手各拉著盛冬日和任霏霏的旅行箱，左肩上挎著盛冬日的背包，右肩上則搭著他自己的那個破背包，從姿態到表情都揭示出，即使在這四個人中間，他也是地位最低，活該被使喚被欺壓的那一個。

任霏霏的心裡有點過意不去，便向他點點頭，輕輕地道了聲謝。

坂本康夫的臉一下子漲紅了，侷促地咧開嘴笑了笑，當真笑得比哭還難看。

穿過停車場，進電梯，暫時看不出任何逾越常規認識之處。總體而言，這就是一座城市中到處可見的大樓的地下車庫。坂本一個人拖拽著那麼多行李，晚了一秒鐘進電梯，就被少年狠狠地瞪了一眼，用叱責的語氣說：「だめ！」

盛冬日奇怪地問任霏霏：「他怎麼叫坂本大妹？」

「他是在罵坂本呢。」

坂本聽到了兩人的交談，再次扭歪嘴唇，露出慘澹的笑容。

電梯顯示一共三十層，少年按了最高一層的按鈕。電梯勻速上行，盛冬日和任霏霏站在最靠裡側，少年守在電梯門邊，坂本則和兩件行李箱以及兩個大背包堵在門前，汗水順著鬢角往下淌。

是累的嗎？還是激動和緊張？實際上，盛冬日和任霏霏的心情與他一般無二——馬上就要見到來自中國的上古妖族了嗎？在這樣一座現代化大廈的頂層？

電梯終於爬上三十層，電梯門徐徐開啟，少年率先出去。坂本拖著兩個行李箱踉踉蹌蹌地跟上。盛冬日也動了惻隱之心，伸手從坂本的肩上拿過自己的背包。坂本康夫一驚，眼圈泛紅，嘴唇哆嗦著像要說出感謝之辭，嚇得盛冬日連忙舉手一推，為任霏霏頂住正在合攏的電梯門，把坂本擠到旁邊去了。

出現在眼前的是一個大餐廳。

到處都是金屬和玻璃勾勒出的現代感十足的線條，以銀灰色為主調，簡潔得幾近於無的裝飾，呈現出性冷淡般的高級感。但也並非全無鮮豔色彩，只要向大幅的落地玻璃窗外一看，就能望見大都市的繁華夜色，霓虹燈火輝煌。

除了他們四個，整間餐廳裡只有兩個人。其中一個頭頂白色高帽，繫著纖塵不染的白圍裙，筆直地站在中央料理台後，端的是一位相貌堂堂的廚師。另一個坐在料理台對面，穿西裝的背影向前俯著，看樣子正在埋頭吃喝呢。

少年快步走到他身邊，畢恭畢敬地鞠了一躬，「我們到了。」

那人慢慢轉過身來，一邊用餐巾擦拭嘴角，一邊微笑著招呼：「來啦？請坐，請坐。」

他說的竟是一口粵語。

盛冬日和任霏霏一起走過去。那人站起身來，彬彬有禮地為任霏霏拉開座位。盛冬日也坐到任霏霏的身邊，料理台後的廚師向二人深深地一鞠躬。

「霏霏小姐，溫特兒君，我已恭候多時了。在下姓關，關嘯松。」關嘯松改用日語說。

關嘯松看起來就像一位五十來歲的商人。臉皮保養得油光水滑，鼻梁上架著一副時髦的玳瑁眼鏡，相貌堪稱體面，舉止也頗顯素養，顯然具備良好的教育背景。

他就是來自中國的上古老妖？

盛冬日問：「關先生是中國人嗎？」

「我的父親是香港人，母親是日本人。我對兩邊都頗有感情。」

「會說中文？」

「呵呵，只會說很少一點點粵語，想必二位也聽不懂，所以還是說日語吧。起碼霏霏小姐是一個很好的翻譯。」

任霏霏冷冷地說：「過獎。」

「那就好辦了。」盛冬日說，「我們是來找——」

「欸。」闞嘯松擺擺手，打斷了盛冬日，「二位奔波勞頓，辛苦了，請先嚐一嚐大阪最好的和牛料理吧，有話吃完再說不遲。」說著，對廚師做了個手勢。待命的大廚立即嗨了一聲，對著早就備好在檯子上的一大塊血淋淋的牛肉，嘁哩喀喳地忙開了。

「大阪？」任霏霏問。

「是啊，霏霏小姐沒有從這個角度欣賞過大阪的夜景嗎？」

任霏霏又向落地窗外望瞭望，垂下眼瞼，算是默認了。盛冬日看著站在角落裡的坂本和小唐人說：「讓他們倆也過來吃吧。」

闞嘯松說：「不用管他們。」

「為什麼？」

「你們二位是我的客人，他們不是。」

盛冬日皺起眉頭，他看見小唐人站得像個待命的保安，而坂本康夫卻在拚命發抖，要不是一左一右的兩個行李箱幫忙撐著腿，他多半已經癱倒在地上了。

「不對吧。」盛冬日說，「這個殺馬特是你的部下。可坂本是和我們一起的，他也應該算客人吧。」

「他不是。」闞嘯松回答得斬釘截鐵。

廚師把煎成五分熟的牛排擺在盛冬日和任霏霏的面前，闞嘯松說了聲：「請。」

香味撲鼻，兩人決定先吃為敬。

菜一道接一道地上，闞嘯松沒有再說話，整間餐廳裡只迴盪著任霏霏和盛冬日的刀叉聲響，氣氛尷尬而詭異，甚至有幾分曖昧的欲念感。

好不容易，這頓飯接近尾聲了。廚師再次深鞠躬，嘰哩呱啦地說了一串日語。盛冬日朝任霏霏瞥了一眼，她啜著咖啡，完全沒有要翻譯的意思。

盛冬日對闞嘯松說：「我們吃飽了，現在可以談正事了吧？」

「不再來點甜點嗎？這裡的黑松露芒果蛋糕非常有名。」

「不了。再吃就該吐了。」

闞嘯松笑了，「溫特兒君性格直率，我很喜歡。」

「說吧，你把路岸弄哪兒去了？」

「路岸？」闞嘯松說，「我知道了，他是你們的朋友。對不起，我幫不上你們。」

「你不知道他在哪兒？」

「不知道。」

盛冬日拍案而起，「你要我們吶！」任霏霏從身後拽了一把，他才按捺住性子問：「你不是從中國來的千年老妖？」

「我是什麼？千年老妖？」闞嘯松哈哈大笑起來，「溫特兒君，你太幽默了。」

2

「那就告辭了。」盛冬日說，「霏霏，我們走。」

「是八百八狸對你們說的吧？」

「是啊。喏，還有你那個殺馬特的手下。就是他們一口咬定，路岸正在上古老妖的庇護之下，我們才跟來的。」

闕嘯松冷笑，「你們受騙了。八百八狸那個狡猾的老不死，只想讓你們盡快滾出他的地盤。什麼來自中國的千年老妖，虧它想得出來。」

任霏霏問：「全都是編造的嗎？」

「也不完全是空穴來風。畢竟在日本有一些相關的傳說。最有名的就是九尾狐東渡的故事。九尾狐本來是中國神話《山海經》中記載的一種上古神獸，據說有九條尾巴，聲如嬰兒，偶爾會吃人。它的肉還有祛除邪祟的作用，所以在唐代之前，九尾妖狐又被視為祥瑞的一種。但是唐代以後，九尾妖狐的形象開始轉向負面。唐代詩人白居易曾把商紂王的寵妃妲己和周幽王的妃子褒姒都比作狐妖，評價它『能喪人家能滅國』。也許正因為風評太差，九尾妖狐便幻化成了少女的形象，搭上遣唐使吉備真備從中國返回日本的船隻，東渡到了日本。在日本，它又化為棄嬰，被一名武士收養長大。由於美貌絕倫，被選入了宮中。九尾妖狐自稱玉藻前，企圖接近天皇。危急之時，陰陽師安倍晴明識破了它的真面目，將其擊敗。傳說，九尾妖狐的屍體落在那須荒涼的原野上，化為了『殺生石』。直到今天，『殺生石』還會釋放出有毒氣體，危害周圍人畜的安全。」講完這一大通話，關嘯松又喝了一口紅酒，譏諷地說：「所謂來自中國的千年老妖，就是這個？」

盛冬日說：「當然不是。照你的說法，九尾妖狐已經死了，有沒有還活著的中國老妖？」

關嘯松興致不減地說：「當然有嘍。東亞各國的神話體系相互滲透，日本有不少妖怪傳說本就源自中國。比如西漢時期偷食了西王母蟠桃，從此長生不老的東方朔，據說也渡海到了日本。此外，還有導致旱災的神獸魃；人臉猿身獨腿的山魈，都是源自中國的妖怪，也在日本的傳說中出現。江戶末期，在富山縣還出現過一種叫『件部』的怪獸，能預言瘟疫，將它的畫像貼在家中，則可避禍。這些特徵非常類似於中國的上古神獸白澤。白澤在中國的神話中地位很崇高，能說人話，通曉萬物，知道天下所有鬼怪的名字、形象和祛除的方法，是能夠逢凶化吉的吉祥之獸。如果說日本的『件部』就是中國神獸『白澤』東渡的化身，倒也未嘗不可。」

盛冬日問：「你說了這麼多，算是承認了嗎？」

「我引用的都只是傳說，並未親眼所見，因而無法為你證實。」

「你沒見過，不等於沒有。」盛冬日不耐煩地說，「在見到八百八狸之前，我也不相信世界上存在妖怪。八百八狸本身就是妖，在這個問題上，應該比你更有發言權。」

「是嗎？」關嘯松的臉色突地一沉，「恕我直言，在這個問題上，沒有誰比我更有發言權。」

「為什麼？」

「因為我是現今日本最偉大的陰陽師。陰陽師是做什麼的，二位已經瞭解了吧？」

盛冬日嘲笑地說：「日本最偉大的陰陽師？這玩意兒又沒有排位賽，你隨便給自己封一個總冠軍就行了。」

「你說什麼！」殺馬特少年從陰影中一躍而出，張牙舞爪地向盛冬日撲去。

盛冬日正要嚴陣以待，少年的攻勢卻戛然而止了。就在距盛冬日一步之遙，少年以奇異的、失去重心的姿態定格在半空中。更為可笑的是，他的四肢軀幹僵直，臉上的肌肉卻活動如常，依舊能做出憤怒而失落的表情，卻說不出話來。

「這不是孫悟空的招數嗎？」盛冬日大喜，打量著關嘯松問，「你還會這個？」

關嘯松的臉色卻變得極其陰鷙，「不聽吩咐，擅自行動。他就等著受懲罰吧！」

「你太嚴厲了，他對你還是很忠誠的。」盛冬日打了個哈哈，「我就不會這樣對待自己的部下。」

「他不是我的部下，只是我的一條狗。」

「狗？」

關嘯松又恢復了輕鬆的表情，「比喻而已。溫特兒君，作為人類應該彼此尊重。但對於非同類者，就沒必要了。」

盛冬日和任霏霏的心裡都不約而同地咯噔了一下。

「請允許我向二位致以深深的歉意。」關嘯松正色道，「二位和這一切本來毫無瓜葛，但由於本人的失察，使二位被無辜捲入。我現在就替二位來教訓他。」

坂本康夫拖著步子從角落裡走出來，面如死灰，渾身抖得像一片風中秋葉。或許因為顫抖得實在太厲害了，在任霏霏和盛冬日的眼裡，他的整個輪廓都有些飄忽不定，像一個時濃時淡的影子。

他勉為其難地走到關嘯松的面前，垂頭而立。

關嘯松說：「你應該明白，身為一名式神，卻違背了主人的命令，將會遭到怎樣的下場？」

「式神？！」任霏霏衝口而出。

「對，他們都是我役使的式神。我有許多這樣的式神，他們只是其中的兩個。」

盛冬日的手被任霏霏一把抓住了，他感覺她的手冰涼，便用力地回握過去。他能夠體會她此時的心情。相比起盛冬日，任霏霏與坂本相處的時間更長，現在要她突然接受他根本不是一個人的事實，的確相當驚悚。

關嘯松繼續說：「前些日子，我發現日本上空妖氣聳動，但無法準確定位，就把手下的式神都派了出去。式神是我的先鋒，只要發現妖怪的蹤跡，就會把消息傳回給我。你們在日光遇上的這個人，恰恰是我派出的所有式神中能力最差的一個。我從一開始就沒有對他抱任何期望，只當放他出來歷練歷練。所以當他徹底失去音訊時，我還以為他撞上什麼野路子的妖怪，被消滅了。雖然我的式神敗於妖怪之手，會令我顏面無光，但既然是最差勁的那一個，我也沒有閒心去管。況且，借妖怪之手淘汰掉最無能的式神，也是我常用的手法。但我萬萬沒有想到，他竟然在發現妖跡時自作主張，不僅沒有立即向我報告，反而做出了種種出格的行徑。」

聽上去只是平鋪直敘，但關嘯松的語調中卻有一種令人不寒而慄的陰森味道。任霏霏忍不住為坂本辯解：「八百八狸說，坂本是受到了強大靈力的控制，他是不由自主的！」

「這樣就更加危險！他不受我的控制，卻在其他力量的操縱下殺了人，還帶著你們進入四國的狸貓世界。八百八狸和其他妖族在幾百年前就訂了契約，不僅妖，就連歷代陰陽師都謹遵約定。坂本怎麼可以違反！」

盛冬日說：「小唐人也違背了契約。」

「是的，儘管他的本意是好的，並且及時向八百八狸通報，取得了對方的諒解，但仍然應該受到懲罰。不急，我會一個一個來的。」

此時，小唐人仍然半懸在空中，保持著奇怪的飛行姿勢。聽到他們的談話，他的面部肌肉不停地抽搐，像要落下淚來，卻又拚命地忍著。

闞嘯松說：「當然嘍，如果沒有小唐人，也許直到此刻，我仍然被蒙在鼓裡！更不知道坂本還會做出什麼可怕的行動。一個失控的式神才是陰陽師最大的噩夢！也是最大的恥辱！」最後的這句話彷彿帶著毒氣，從他的嘴裡吐出來。

「咕咚」，坂本康夫應聲癱倒在地。

盛冬日和任霏霏茫然地看看坂本，又看看闞嘯松。坂本康夫作為弱者，似乎應該得到同情，但闞嘯松的話也有他的道理。整個事件發展到如此荒謬的地步，信奉了將近三十年的世界觀被徹底粉碎，新的世界觀卻虛無縹緲，不知道還能不能建立得起來。他倆徹底失去了站隊的立場，只好冷眼旁觀。

闞嘯松緩步走向坂本康夫，後者半跪於地，乞求地看著他，但沒有開口求饒。

任霏霏低聲對盛冬日說：「我明白了，坂本口口聲聲說的師父，就是這個闞……」

想起在日光時，坂本康夫對自己和路岸眉飛色舞地談起師父，任霏霏把目光移開，不忍再看下去了。

盛冬日卻緊盯著關嘯松和坂本康夫不放，越看越覺得不可思議。至少到現在，坂本康夫在他的眼中，仍然是個貨真價實的人類，怎麼會是關嘯松訓練的式神呢？

關嘯松俯瞰著一團爛泥般伏在自己腳邊的坂本，慢條斯理地說：「你給了我很大的意外，在訓練中幾乎被淘汰，勉強放你出去執行任務，權且讓你自生自滅。沒想到，你不僅活了下來，還發展出了自我學習的能力。」

自我學習？任霏霏恍然大悟，坂本康夫的漢語一天比一天流利，原來是透過自我學習迅速提高了水準。

「我是不是應該留下你？研究一下你發生突變的原因？」

聽到這句話，坂本康夫猛地抬起頭來。他的臉上汗水密佈，彷彿突然間長出了許多皺紋，絕望的目光中燃起一星火苗。

「不。」關嘯松又搖了搖頭，「控制你的力量太強大了，這個險不值得冒。」

「求求您！求求您！」坂本康夫狂叫起來，死命地抱住關嘯松的雙腿，「我一切都聽從您的！誰都不能控制我，您才是我的主人！主人！求求您，不要殺我……」他淒厲地嚎啕起來。

關嘯松大怒，飛起一腳，「滾！」

說來也怪，坂本康夫那麼敦實的一個人，竟被關嘯松踢得在地上接連翻滾了好幾下，像個沒有分量的人偶。

盛冬日真看不下了，「闕先生，你說要替我們懲罰坂本，大可不必！坂本沒有犯什麼大錯，我們也都好好的，你就放過他吧。如果他學藝不精，你可以讓他繼續努力嘛！有話好好說！這麼暴力有損你的形象啊！」

任霏霏也說：「是啊。坂本挺老實的，他那麼崇拜你，一路上都在對我們誇耀他的老師，請你原諒他吧。」

闕嘯松根本沒有理睬他們，而是微微閉起雙眼，嘴唇不停地翕動著。就在他無聲唸誦的咒語下，坂本康夫的整個身軀漸漸拉長拉寬了，如同一個麵團被揉搓著攤開。人體的形狀還維持著，可是厚度卻消失了，像一灘人形的水跡，又像一張人形的剪紙。在這個過程中，坂本康夫持續地發出淒慘無比的叫聲，隨著他的身體漸漸變形，連叫聲也越來越尖細，變成像鐵器在玻璃上摩擦所發出的那種銳響。

實在受不了了。任霏霏和盛冬日都捂住了耳朵，目光卻無法從正在發生的慘況上移開。

當坂本康夫的身體平攤到原先三倍左右的面積時，軀體的各個部分終於承受不住強大的拉扯力，瞬間崩裂開來。

3

鮮血從撕破的皮肉處飛濺而出，任霏霏嚇得尖叫起來，一頭扎進盛冬日的懷裡，再也不敢看了。盛冬日也嚇得魂飛魄散，但仍然死死地盯住坂本康夫的臉。這張臉已經不能稱其為臉了，它就像一塊奇形怪狀的破布，應該是五官的部位只剩下幾個血紅的洞，但它居然還在說話，或者說在發聲。

盛冬日費盡全力才能聽出，它是在說：「人……人……」這是對人類最後的控訴，還是哀求呢？盛冬日無法判斷。

砰的一聲，坂本康夫的身體徹底粉碎了。餐廳中央忽然起了一陣疾風，所有碎片被捲到半空，再呼嘯旋轉著落下。餐廳中間的空地上，頓時灑滿了大片的碎紙屑。雪花一樣的碎紙屑鋪在地上，中央微微高聳，如同堆起了一個純白色的小小墳塋。剛才那個血肉橫飛的場景突然消失了，代之以這個寧靜肅穆，甚至有點溫柔的畫面。

任霏霏從盛冬日的懷抱裡抬起頭，兩人一起注視著前方，都呆住了。

坂本康夫作為一個人的形象，就這樣徹底消失了。他化成了那堆細碎的紙屑，秤一秤的話，估計還有些分量。盛冬日的腦子裡突然冒出一個無聊的問題：關嘯松究竟撕破了多少張紙，才搞出這麼一大堆紙屑來的呢？

小唐人被解除了定格，咕咚摔倒在地。但他立即一個挺身，朝關嘯松單膝跪下。雖然半低著頭，仍能看到他的臉色慘白如紙。想必剛才的那一幕，把他的魂都給嚇沒了。

闞嘯松疲憊地揮了揮手：「把這裡打掃乾淨。」

「是！」小唐人應聲而起，轉眼又奔回來，拖了台商業用大吸塵器。三下兩下，就把地上的紙屑吸得一片不剩，又和吸塵器一塊兒迅速消失了。

餐廳裡只剩下三個人。

闞嘯松搓了搓手，微笑著說：「不好意思，讓二位看我清理門戶了。」

盛冬日脫口而出：「你殺人。」

「欸，怎麼能這樣說呢？你們都看見了，所謂的坂本康夫只是一大張紙而已。我在那上面繪出人形，再施以咒語，賦予其行動的能力。它根本就不是一個人，只是我的式神，它原本就沒有生命，我又怎麼能奪去它的性命呢？」

任霏霏喃喃：「真的太難接受了。他和我們一起交談、吃飯、旅行……怎麼會是、怎麼就……」她的眼圈紅了。

盛冬日攬住任霏霏的肩，向旁邊走了幾步。坂本康夫替他們拉來的兩個行李箱和大背包還放在那兒。盛冬日把大背包往肩上一甩，說：「好了。既然你也不知道路岸在哪兒，我們就沒必要留在這裡了。拜拜！」

他朝任霏霏一使眼色，兩人各自拉著行李箱就要向電梯走。

闞嘯松只是在他們的背後看著，並未出言攔阻。

與此同時，空空蕩蕩的餐廳角落裡，突然冒出幾名西裝壯漢，每一個都和盛冬日一樣高，卻有他的一個半那麼寬。每張臉上按例架著打手專配墨鏡，訓練有素地在電梯前一字排開，氣場很足，姿態卻很放鬆，擺明了沒把任霏霏和盛冬日放在眼裡。

強弱對比太過懸殊。

盛冬日和任霏霏只得又停下來。關嘯松這才慢悠悠地踱到他們身邊，微笑著說：「還是留下來吧。說實話，我對你們的朋友也很感興趣，我們可以一起去找他……」話語戛然而止，因為他感覺到一樣東西頂在了腰間。

盛冬日用另一隻手握住關嘯松的胳膊，「叫他們都讓開！」

關嘯松往下方掃了一眼，沒看清頂在腰眼裡的是不是一把真的手槍，但從對面那幫手下的驚惶表情中，卻得到了確證。恐懼感從腹中升起，變成一個氣泡堵在喉嚨口，令他呼吸困難。

到底是從哪裡冒出來一把槍的？盛冬日和任霏霏進餐廳時，明明都空著手。

「該死！」關嘯松在心中咒罵著，肯定是坂本康夫！只有他一個人拿著所有的行李和背包。由於他那副喪魂落魄的可憐相，關嘯松根本沒想到要讓人去檢查一下。

在被消滅前最痛苦的時候，坂本康夫還拚命要說些什麼。原來他不是在哀求饒命，而是在向盛冬日發出最後的信號：關嘯松是人！

只要是人，就害怕子彈。

關嘯松咽了口唾沫，「這裡都是我的人，你不敢開槍。」

「想試一試嗎？」

兩人交談之際，打手們見機圍攏過來，顯然也在賭盛冬日的膽量。

槍響了。一名打手應聲倒下，抱著流血的膝蓋哀號。

盛冬日反手把槍口對準了關嘯松的太陽穴，「叫他們讓開！」

「快、快讓開！」

電梯前出現了一條通道。盛冬日和任霏霏夾著關嘯松進入電梯，「送我們離開這兒，就放了你！」

「何必呢？我們可以合作的。光靠你們自己，是找不到你們的朋友的！」

盛冬日咬牙切齒地說：「不，我現在明白了，找不到路岸，才是對他最有利的！」他說的是真心話。當目睹坂本康夫以那麼淒慘的方式被消滅後，盛冬日才真正認識到了對手的殘忍。關嘯松除掉坂本康夫，就像撕碎一張普通的紙，而全然無視這張紙在他的操縱下，已經擁有了生命和靈魂。

任霏霏不能接受的，盛冬日同樣不能接受。式神這個概念是陌生的，但坂本康夫卻作為一個怯懦而憨厚，熱心又容易受欺負的老好人為他們所熟悉。眼看著他灰飛煙滅，對他們的衝擊並不啻於看著一個活生生的人死在面前。就算是最低等的式神，也是花了心血養成的，何況坂本康夫還意外地完成了任務，甚至比其他式神都完成得好。關嘯松執意消滅坂本康夫，只能說明他的冷血無情，因為他無法忍受坂本成為自己產品中的一個意外。

坂本康夫的確令人意外。在面臨消亡的最後關頭，他用僅剩的一點力氣提醒了盛冬日，背包裡還有一把手槍。這把手槍是他殺掉酒井幸作後拿走的。八百八狸將手槍搜出來後，交給了盛冬日。盛冬日則把手槍藏進自己的背包，並沒想過要使用它。

坂本卻讓盛冬日認識到，對付關嘯松，手槍才是最具殺傷力的武器。他在最後的時刻，選擇背叛自己的主人，捨身幫助了盛冬日和任霏霏，光憑這一點，盛冬日和任霏霏也不可能再與關嘯松合作。他們寧願相信，坂本並非是受到強大靈力的控制，而是全憑自主地做出了最後的選擇，因為在這個世界上，只有他們曾經把他當作一個真正的人。

關嘯松陰笑起來，「你就一點都不想知道，你的朋友究竟犯了什麼事，為什麼從員警到妖怪都在找他？」

盛冬日將槍口牢牢對準關嘯松的太陽穴，一字一頓地說：「我不想知道！」

電梯停在底樓。門一開，悠揚的鋼琴聲便伴著淡雅的香氣而來。豪華的酒店大廳中，晚上九點多鐘正是熙來攘往的時候，從晚宴上離開的客人和結伴來泡吧的客人交匯在一起。盛冬日把手槍移到關嘯松的腰部，三個人昂首挺胸地穿過大廳。

穿制服戴白手套的服務生推開玻璃門，台階前，恰好停下一輛計程車。盛冬日拉著關嘯松，任霏霏提著盛冬日的背包飛奔直下，一頭鑽進了計程車。

與此同時，數名西裝墨鏡男從大廳裡追了出來。

「快開車！」任霏霏衝著計程車司機吼。

沒弄清楚狀況的司機慌忙踩下油門，汽車沿車道飛駛起來，轉個彎就上了大路。大阪的繁華夜色在眼前展開，將近十點的市中心道路上依舊車水馬龍。盛冬日往車後窗外看，沒有跟蹤車輛的痕跡，稍稍鬆了口氣。

十字路口亮起紅燈，計程車停下來。

司機問任霏霏：「到底去哪兒啊？」

「先往前開吧。過一會兒再說！」

關嘯松發出咕咕唧唧的怪笑聲，「哈哈哈，你們真以為能跑得掉？」

「為什麼不能？」盛冬日厲聲道，「哼，全日本最好的陰陽師，除了欺負坂本這種老實人，我看你也不過爾爾！」

任霏霏大聲叫起來：「轉綠燈了，快開車啊！」

車沒有發動。計程車司機直勾勾地注視前方，像見了鬼似的。緊接著，任霏霏也看見了！一個黑色的身影就蹲伏在車前蓋上，隔著前擋風玻璃看向窗內——正是小唐人。他的臉因為猙獰的表情而扭曲，徹底失去了原先的清秀模樣。更為可怕的是，他的雙手已經從擋風玻璃外伸了進來！

「啊！」計程車司機打開車門跑了。

任霏霏咬牙：「我來開車！」

盛冬日會意，將手槍舉到關嘯松的腦袋上，「我真的要開槍了！」

小唐人猶豫了一下，雙手又縮回到擋風玻璃的外面。

就乘著這個當兒，任霏霏迅速挪到了駕駛位上，踩下油門。

恰好是紅綠燈轉換的瞬間，任霏霏突然發動車子，搞得其他車輛措手不及，喇叭聲響成一片。混亂中，他們的車直直地飆了出去。

小唐人被衝力彈飛了，但是下一個瞬間，他又穩穩地落在車前蓋上。任霏霏也豁出去了，連續把方向盤左打右打，想把小唐人甩下去，可他總是剛掉落就再次出現，而且又把雙手從玻璃間伸了進來。

「啊！」任霏霏帶著哭音喊，「你讓開！下去！」車輛晃動得太厲害了，她的視線被小唐人遮住，已經看不清前方的路，還要躲避小唐人的雙手。

盛冬日跟著高喊：「下去！我真的開槍了！」

小唐人聞聲抬頭，視線越過任霏霏，向車後座看去。路燈光宛如不同顏色的絲線從他那張黑色的臉上飄過，兩隻眼眶裡沒有眸子的反光，只有極端的黑暗。

忽然，他的雙手奮力向前一抓，捏住了任霏霏的脖子。

任霏霏驚聲尖叫，方向盤徹底失控，車子向路中央的分隔島撞過去。

盛冬日手中的槍響了。

4

在晨曦中搭乘最早一班巴士到纜車站，然後接駁最早一班纜車到高野山下，再從極樂橋站換乘火車前往大阪。從大阪到京都的火車班次數不勝數，路岸一路上沒有耽擱，抵達京都火車站時剛過下午三點。

這才是山口百惠歌中所唱的：一個人的旅行。

想來有趣，自從由仙台到達東京之後，他的這趟日本之行就始終有女生相伴著。起初是任霏霏，後來變成了菅樹里。她們以各自的理由精心照顧著他，語言不通啦、腦子出毛病啦，弄得他差點忘記自己是可以在荒郊野外獨立生存的男人，偏偏那兩個女生連吃飯走路都要替他操心。現在回味起來，路岸還是能感到那點點滴滴，微小卻實在的溫情。

他由衷地想：我是幸運的，也是幸福的。

站在京都火車站的穹頂之下，路岸沒有急著查地圖找路線，而是任由自己的目光追隨身邊那些青年男女相擁的身影。他從心底裡羡慕著他們。他曾經以為，自己是不可能擁有家庭生活的人。姜國波就是現成的例子，路岸並不想重蹈他的覆轍。可是誰又能想到，他竟然會在此時此刻，強烈地盼望著重新擁抱生活，只為了有朝一日，能夠把那個纖細柔軟的身體緊緊地擁入懷中。路岸沒有想到，自己會在菅樹里的身上，找尋到了失落已久的，對愛的渴望。

他是多麼希望，菅樹里只是一個普普通通的女孩子。但越來越多的證據表明，她並不是。假如她真的只是一個普普通通的女孩子，他也根本不可能與她相遇。

他也越來越相信，這一切都是有原因的。所以，就更應該抓住有限的時間，讓真相大白，讓該救贖的得到救贖，讓該懲罰的遭到懲罰。讓那些珍貴的，大放異彩；讓那些寂寞的，享受慰藉。

他曾經沒能為姜塵做到的，從現在起，他將以另外一種方式補償她。

GOOGLE地圖顯示，石川集團總部所在的位置就在祇園附近，坐地鐵就能到，但路岸還是叫了計程車。越來越容易疲憊了，頭疼不知什麼時候就會來一次突襲，吃藥都不管用了。接下去的每一個步驟、每一個環節都至關重要，而且吉凶莫測，他必須盡可能地保存體力。

大約二十分鐘後，計程車停在一棟現代感十足的建築前方。建築物本身佔地面積不算太大，流線型的玻璃外幕罩了磚石牆體的一半，正是日本人最擅長的簡潔而輕靈的設計。任何裝飾在這種建築物上都會顯得多餘，卻又因其整體的完美而特別壓抑。

與石川集團資料顯示的經營規模相比，這個總部未免太低調了。

路岸下了計程車，用手機拍了幾張照。他覺得，石川集團總部的建築風格，和他在仙台災區木牌上見到的原KAL酒店極為相似，很可能出自同一設計師之手。

路岸走進灰白色調的大廳，徑直來到前台，用英語對接待小姐說：「你好，我叫路岸，來自中國。我想見你們的總裁石川一雄先生。」

前台小姐臉蛋上的嬰兒肥尚未完全褪去，膚色白裡透紅，與身上那套喪服似的全黑制服裙形成鮮明對比。聽了路岸的話，她困惑地眨了眨眼睛，好像沒聽懂他的意思，又好像不知該如何回答。

路岸放慢語速，重複了一遍。

「哦。」前台小姐露出職業的笑容，「你好。請問你有預約嗎？」

「沒有。」

「很抱歉，那就無法給您安排會面了。」

這個回答在路岸的意料之中，他點點頭說：「沒關係，請你記下來：我是姜國波教授的學生，他的研究成果在我手裡。如果石川總裁對此有興趣的話，可以聯絡我。」他報出手機號碼。

前台小姐在鍵盤上劈哩啪啦地打完字，表情更困惑了，但仍以職業的口吻說：「我都記錄下來了，會向上面報告的。」

「我很快就要離開日本了，所以請盡快吧，拜託。」路岸對她微微一笑。

直到路岸的背影消失在門外，前台小姐才撤回目光，往電腦螢幕上看去。默讀著自己剛才記錄下來的內容，她拿起了手邊的電話。

離開石川集團的總部，路岸就在大街上漫無目的地閒逛起來。距離天黑還有好幾個小時，不必急著找地方住下。他已經做了所能做的一切，接下去就是等待了。

有可能見到石川一雄嗎？路岸不知道。

從網上搜索到的資訊是，自從五年前的大災之後，石川一雄就再未在公開場合露過面。集團運轉如常，人們相信石川一雄仍然強力掌權，但也有傳言說，石川在海嘯中意外受傷，之後就行動不便坐了輪椅，所以才深居簡出，要見到他本人變得格外困難。

路岸把手伸進口袋，摸到了手機，猶豫著是不是給克拉克打個電話，問一問菅樹里的情況，但最終還是克制住自己，又把手從口袋裡抽出來。問多了，不捨之情便會迅速增長，軟弱也將應運而生。接下來的行動，不允許他帶著一顆柔軟的心。況且在那之後，他還有更加艱鉅的狀況要應付。

那麼，從現在起就試著忘記她吧。

不過——路岸轉而又自嘲地想，也許真的不必這麼著急，再想一會兒又有何妨呢。

就在來京都的火車上，路岸收到了克拉克的郵件。克拉克先是說明菅樹里醒來後，就一直待在房中發呆，暫時看不出別的問題。為了看護她方便，克拉克乾脆就整天在宿坊的客室裡守著，並且利用這段時間，駭進了高野山住持的私人郵箱。

他居然真的找到了和銅像有關的內容！

經過一番搜索和整理，克拉克基本上理清了銅像的來龍去脈。

大約六年前，石川集團的大老闆石川一雄在文物黑市上覓到了這尊銅像。石川本人收集古物多年，是個懂行的。他從銅像的細節中發現了密宗佛教的痕跡，便決定向高野山住持請教。高野山住持很快就給了石川答覆，確認這尊銅像正是中國唐代的密宗大師一行的作品。但同時，住持又語出驚人，聲稱在這尊銅像中，埋藏著一個極其凶險邪惡的秘密。住持在給石川一雄的郵件中強調，弘法大師空海在日本創立密宗後，曾留下一則訓誡，正是關於這尊銅像的。弘法大師要求後世的弟子們，只要發現這尊銅像，就必須以密宗伏魔陣法鎮之。所以，高野山住持要求石川一雄盡快將銅像送到高野山上，因為只有在弘法大師的根本道場中，才能扼制銅像中所蘊藏的邪惡力量。

石川一雄的回信寫得將信將疑。他說，對於弘法大師和密宗佛法，自己無疑是敬畏的。但對於銅像中封印了邪惡力量云云，作為受西方現代教育成長起來的精明商人，他實在難以盡信。面對石川一雄的質疑，高野山住持又回覆了一封長長的郵件，做了更加詳盡的解釋。

中國唐代的一行大師，俗名張遂，是一位智慧超群的人物。他編寫曆書、測量子午線，製造水運渾天儀，都是那個時代的大功績。這尊女童的銅像，正是一行以鑄造水運渾天儀剩下的銅料製成。當時，一行一共鑄了四尊銅像，另外三尊都是佛像，唯有這尊女童的銅像出人意表，但一行這麼做，是有深意的。

這一切還要從大明宮中的落星石講起。

開元元年時，在大唐的河南道發生了一場地震，從地底下震出了一塊石頭。人們發現石頭上面刻有圖畫和文字，文字的樣式古老，無人能識。更奇異的是，這塊石頭的質地堅硬無比，人們嘗試著刀砍斧鑿，都無法在石頭表面留下一點點痕跡，那麼，當初這些文字又是怎麼刻上去的呢？地方官遂將此作為奇聞上報朝廷。

玄宗皇帝下令將石頭運往京城長安。經過飽學之士的鑑定，認為石頭上的文字刻於商周年間。而圖上所繪的，則是該石帶著熊熊烈火自天而降的情景，於是石頭便被正式命名為「落星石」。埋在地底下兩千年的落星石重現天日，當即被視為祥瑞。皇帝遂命人將其安放在大明宮的集賢院中，一方面作為鎮院之寶，另一方面也是讓集賢院中的翰林們沒事就琢磨琢磨，說不定哪天就能解開上面文字的奧秘。

開元五年時，還真有一位名叫李蒙的博學者破解了部分文字。但不幸的是，沒等秘密全部解開，李蒙卻意外死亡了。那一年的春天，李蒙參加了科舉考試並高中狀元。在為新科進士們舉行的彩船遊曲江的慶祝活動中，李蒙搭乘的彩船突然毫無理由地傾覆，船上三十名新科進士們全部溺水而亡，李蒙也在其中。

開元六年，一行法師接受了玄宗皇帝的命令，在李蒙的基礎上繼續研究。他用了整整十年，最終徹底破解了落星石上文字的秘密。然而這時，一行已經為編寫新曆法耗盡了心血，身患重病，即將不久於人世。他在圓寂之前，為配合新曆法鑄就了一尊水運渾天儀，並用剩下的神料鑄造了四尊銅像。其中三尊是佛像，安放在水運渾天儀旁守護，另外一尊卻是女童的塑像，就連親隨弟子們都弄不懂，一行鑄造它的目的究竟是什麼。一行將它鑄成之後，強撐著虛弱的身體做了七天七夜的降魔法事，便圓寂了。

水運渾天儀被送入大明宮中安放。三尊銅佛則和女童銅像一起運往商州，安放在懸崖峭壁上天然形成的石穴壁龕中。壁龕之下激流翻湧，如想登上峭壁，就要冒著跌落懸崖喪命的危險。外人不知道的是，在一行的遺命中，密宗弟子必須死守這處壁龕，那三尊佛像同樣也起到了鎮守的作用。

可嘆的是，一行法師殫精竭慮的安排，不到半個世紀就被打破了。安史之亂爆發後，叛軍在商州與唐軍混戰，保護壁龕的僧人寡不敵眾，四尊銅像都被搶奪一空，之後再也不知所蹤了。

又過了半個多世紀，日本遣唐僧空海在長安青龍寺受惠果大師灌頂，成為密宗傳人。元和元年，空海渡海返回日本，不僅帶回了密宗的經文和法器，還有女童銅像的秘密。

空海在高野山建立伽藍後，就給歷代住持傳下了這個秘密：當年一行法師從落星石文字中揭開的，是一段發生在商周交替時的殘酷往事。有一個上古之妖從那時起就徘徊在人間，不斷吸取人們瀕死時的強烈意念，由此積聚能量。一行法師認為，此妖以人們垂危時的求生欲為能量，怨氣太重，終將墮入魔道，釀成乾坤顛倒的巨大災難，所以才用神料鑄造女童銅像，設法引來了妖怪，並成功地將其封印在銅像中。然而，就在七天七夜的降魔法事即將完成，妖怪馬上要灰飛煙滅的那一刻，一行卻動了惻隱之心。正是由於他的這一絲善念，妖怪突破封印而走。但女童的銅像中，留下了妖怪最深的執念。

一行法師遂將女童銅像送到石穴佛龕中，並以銅佛環伺，目的就是不讓妖怪靠近。因為缺少了那份初始的意念，妖怪使人起死回生的力量將永遠無法施展。所以此妖必定會千方百計地尋找銅像，妄圖奪回留在銅像中的意念。

安史之亂中銅像失蹤了。但不為世人知的卻是，大約一個甲子後，赴唐求法的空海得到了銅像，並將它秘密地帶到了日本。弘法大師在高野山建立伽藍後，一直以伏魔陣法鎮守銅像，更給高野山弟子留下訓誡：如果妖怪膽敢來自投羅網，那麼這一次，佛法將不再網開一面，會把它再次打入銅像，並將永遠封印其中。

從弘法大師圓寂後，又過去了將近一千年，日本在第二次世界大戰中戰敗，高野山陷入了暫時的混亂，女童銅像再次失蹤了。從那以後，高野山的幾任住持都一直在千方百計地尋找銅像，意圖將其重新納入密法之下。

高野山住持向石川一雄發出嚴厲的警告，務必將銅像送回高野山。如果銅像不在高野山上，當妖怪發現它時，就能輕易地取回留在其中的執念。那也將是開啟起死回生的可怕力量的時刻了。

石川一雄沒有回覆這封郵件。

高野山住持又接連追了幾封郵件，催促石川一雄將銅像送來，但均石沉大海。

石川集團反而開始巡迴展出這尊銅像。是高野山住持的說法沒有使石川一雄信服嗎？還是他產生了什麼別的想法？

二〇一一年三月十二日，也就是東日本大地震發生後的第二天，石川一雄才又給高野山住持發來了一封郵件，非常簡短，只說將派人立即送銅像上高野山。

從那以後，兩者間再無郵件往來。

在引述完高野山住持郵件裡的內容後，克拉克還提出了自己的疑問。

弘法大師將女童銅像帶到日本以後，至今已逾千年。在這麼漫長的時間裡，妖怪從未現身。難道說妖怪已經知道了，在高野山有一個圈套在等著它？它有這麼聰明嗎？

5

在火車上讀完克拉克的郵件，路岸心想：還存在一個可能。妖怪留在了中國，千年來根本不曾踏足日本，所以也就不會落入高野山上的陷阱。但假如是這種情況，高野山住持堅持要石川一雄送回銅像，會不會有點杞人憂天了？

未必。路岸轉念又想，如果妖怪總是在人間浩劫時現身，以吸取人們瀕死的意念來壯大力量，那麼，311大地震是它不可能放過的最佳時機。

看來，要解開所有的謎團，必須見到石川一雄本人。

從姜國波的遭遇可以預見，與石川一雄直面相對要冒很大的風險，但也肯定是值得的。對於危險，現在路岸已經不在乎了。

不知不覺中，身邊的路人多了起來，不時有身穿和服的盛裝少女擦肩而過，她們腳下的木屐在碎石路上踏出清脆的聲響，和銀鈴般的笑聲一起，偪促地擠在窄窄的巷子裡。

路岸恍然醒悟，原來已經漫步到了京都最熱鬧的景點——祇園。相互交錯、連綿勾回的小巷兩旁，都是一個個竹簾垂掛的小院子。巷子本身十分幽靜，來來往往的盡是些興高采烈的女孩子們，也都壓低了聲音，在鏡頭前擺出各種乖巧可愛的姿態。

忽然，所有人都朝一個方向看去，紛紛拿出手機。

發生了什麼事？路岸正在納悶，便看見幾名濃妝豔抹的藝伎從前方搖曳而來。色彩繽紛的和服上，一張張塗得雪白的臉。路岸下意識地想到：這種妝容和中國唐代女性的濃妝應該十分相似……正琢磨著，藝伎們已經從他的面前走過。追拍的遊客衝過來，幾乎要把路岸擠到牆上去。

路岸無奈，正巧覷見身旁有一掛竹簾，料想後面是家小餐館，便掀簾而入。反正也走得有些累了，乾脆坐下來喝點什麼，休息一下。

餐館裡空無一人，連櫃檯後面也是空的。路岸有些無所適從，好像貿然闖入了一個不明禁地。

「嘿，你也躲到這兒來了？」

路岸應聲回頭，一縷煙氣輕巧地飄到眼前。竹簾後的陰暗處，冒出一個白晃晃的玲瓏身影。她伸著纖細修長的手指，把菸捲從櫻紅的雙唇間移開。等淡淡的煙霧散去之後，路岸看清了那張塗得雪白的臉，頭上的髮髻經過精心盤梳，插著鑲嵌了綠寶石的金簪。和服是唐草紋樣的銀色面料，繡著紫色的牡丹和粉色的芍藥。

見路岸打量著自己，她嫣然一笑，「我討厭被人一路跟著拍照，就抽空溜到這裡來了，不料還是沒躲過……」

「抱歉，我並不是要追拍你。」路岸也笑了，但有什麼必要解釋呢？於是他轉變了話題，「真有意思，我在日本遇到英語說得最好的，除了和尚就是藝伎。」

「是嗎？」她抬頭吐出一個煙圈，爽朗地大笑起來。

路岸隔著竹簾向外張望，「好像都過去了。外面現在沒人，我們也可以走了。」回過頭來，她卻站著不動。

「這麼急著走嗎？不請我喝一杯？」女子說。

「可是，這家店看起來並沒有在做生意。」

「可以去我那裡嘛。」她的語氣聽起來親切自然，讓人不好意思拒絕，「從這家店的後門能直接通到我那兒。」

「這……」

「我的店裡有最好的日本酒。」她又吸了一口菸，隨意而魅惑地撫弄著和服的領口。

「我很喜歡日本酒。」

「肯定有適合您口味的。」她微笑的時候，眼睛就眯成了兩條細線，著實動人，「所以，請您現在就跟我走吧。」

說著，女子優雅地轉了個身。和服的領口很寬大，在高高盤起的髮髻下，整個後頸部幾乎都裸露在外。店裡的光線幽暗，她的肌膚卻白得發光，所以路岸能夠輕易地看到，就在這片凝脂美玉般的皮膚上，有一枚青色的紋身。

那是一隻圓環圍繞著的鳥，長著三條細長的腿。

路岸跟上去，「我叫路岸，很高興認識你。」

「栗原百合子，請多多關照。」

百合子的酒甘甜醇美，百合子的意態更加穠麗曼妙。所以才喝幾杯，路岸就有些醉意了。拉門半敞著，庭院中碎石壘砌的小池中，水車每轉動一周，就響起一聲清脆的吧嗒。水池裡的鯉魚受了驚，刷拉拉地繞著水池疾游起來，青色的水面上泛起一圈又一圈紅色的漣漪。

百合子撥完最後一個和弦，把懷裡的三味線放到身邊的席子上。

「好！」路岸鬆了一口氣，啪啪啪地鼓起掌來。

「路岸君喜歡？那我就再為你奏一曲。」

「別！」路岸連忙擺手，「求求你別再彈了。」

百合子的臉色微微一變，「你不是說好聽嗎？」

「是……我不懂欣賞。」

她抿著嘴唇笑了，「好吧，放過你了。」將酒杯端到路岸的唇邊，「再來一杯？」

他就著她的手一飲而盡，一股溫熱順喉而下直抵胸口，感覺十分舒暢。「天這麼快就黑了嗎？好像還沒喝幾杯。」

百合子笑著說：「哪裡黑了？不是還亮堂著嗎？櫻花開了，天就黑得越來越晚了。」

「哦。」路岸揉了揉眼睛，眼前的黑色團塊並沒有消失，好在還只是朦朧的遮掩，暫時不影響辨別周圍的事物。不過他心裡明白，這種暫時持續不了多久。路岸笑起來，相比起頭疼得死去活來，現在這個狀況還是比較好對付的。

「路岸君，有什麼可笑的嗎？」

「沒什麼，我只是想笑。」

「路岸君，你是個很有趣的人。」

「是嗎？」

一股茉莉花的香甜氣味衝進鼻腔，路岸展開右臂，把百合子柔軟的身軀攬入懷中。當她緊靠在他胸前時，那枚紋身就近在眼皮底下，即使視力模糊，也能看得清清楚楚。那的確是三足烏的圖形，和菅樹里用樹枝畫在地上的那個，一模一樣。

他問：「我哪裡有趣了？」

「共度良宵？」

百合子用手指在他的襯衫鈕釦旁邊畫著圈圈，「路岸君期待天黑，是不是想和我共度良宵？」

「嗯，就是和人家上床嘛……」她語含羞澀。

路岸嚇了一大跳，「並沒有！」

「真的沒有嗎？」手指的動作忽然停頓下來，百合子的語氣中帶了幾分惱怒，「那麼路岸君到我這裡做什麼呢？」

「是你邀請我來的啊。」

她騰地直起身子來，烏溜溜的雙眸盯在路岸的臉上，「莫非路岸君真的以為，可以白白地來我這裡喝一場酒嗎？」

路岸嘆了口氣，「我什麼都沒有以為。」

「那是因為我沒有魅力，吸引不了你？」

「不不不！」外表溫婉多情的藝伎也會這麼蠻不講理，路岸實在有些頭大，「你很有魅力，很吸引人，是我的問題，是我……沒有和你上床的心情。不，準確地說，現在和誰上床都沒興趣。」

「你怎麼了？」她更加狐疑地打量他，「難道身體出狀況了？」

路岸簡直啼笑皆非，但她這麼說也不能算錯。還是終止這個話題吧，他沉吟了一下，說：

「要麼我講一個故事給你聽吧？是不是就算不白喝你的酒了？」

「那要看你的故事能不能讓我滿意。」

「我試試吧。」

路岸輕拂著百合子的髮髻，「日本藝伎的妝容和髮型，都是從中國唐代一脈相承而來的。對此，你瞭解嗎？」

百合子默認了。

「我就給你講一個發生在中國唐代的故事吧。這既是一個離奇的案件，也是一個令人嘆惋的情感故事。」

6

「話說唐玄宗開元初年，李氏皇族從女皇武則天的手中奪回政權，唐朝進入一個空前穩定而繁榮的時期，史稱開元盛世。

「當時，有一個出身名門望族的年輕人，名叫李蒙，以學識豐富而聞名。他最熱衷的，便是研究各種上古流傳下來的青銅器和石刻碑碣。要知道，對於今天的我們來說，唐朝是古代，但即使在唐朝，上古時期的青銅器和石刻也非常罕有。在竹簡、紙張、絹帛開始使用之前，除了口耳相傳的神話傳說，就只有青銅器上的銘文和石刻，記錄著當時人們生活中的點點滴滴，是極其珍貴的歷史資料，補充了經史子集中沒有提及的內容。在北宋時，人們首次給這種研究冠以金石學的名稱，金指的是青銅器，石指的就是石刻碑文，而金石學也被看作現代考古學的前身。

「聽起來有點兒枯燥，是嗎？嗯，我之所以提到這些，是因為李蒙所做的研究，恰好與我從事的專業相一致。換句話說，他就是一千多年前的考古學先驅，而我，則是他在一千多年後的追隨者。玄宗皇帝登基之後，廣納天下良才，為其統治的龐大帝國服務。李蒙的博學之名很快被皇帝得知了，於是玄宗皇帝把自己的表妹許配給了李蒙。為與其駙馬的身分相配，李蒙還必須參加科舉考試，為將來擔任官職做好準備。

「李蒙參加了開元五年的科舉考試，並且一試中第。在緊接著的博學宏詞科考試中，他又奪得了第一名。皇帝大喜，親自擇選良辰，為李蒙和自己的表妹萬泉縣主武靈覺舉行了隆重的婚禮。一時間在長安城中，李蒙的風頭無人能及。年輕、博學、英俊，又娶了皇帝的妹妹為妻，他的人生堪稱完美了。

「在當時的長安，有為新科及第者舉辦諸多慶祝活動的習俗。其中最盛大的宴會，就是在曲江池畔的皇家園林——杏園賜宴。長安城東南面的曲江之畔花木繁茂、煙水明媚，是一處景色奇佳的賞春勝地。杏園賜宴當天，宰相代表皇帝宴請新科舉子。幸運的話，皇帝本人也會親自出席。宴會開始時，還有一個頗具情趣的環節：探花。最年輕英俊的兩個舉子會被挑選出來，去長安城中的名家名園採摘鮮花。這一天長安所有的公私園林都必須向探花郎們敞開大門，任憑他們採花。百姓們也會傾城而出，湧上街頭圍觀探花郎的風采。杏園賜宴結束後，還有兩項重要的活動。其一是去大雁塔題字，新科進士們將在那裡留下自己的筆墨。另一項則是所有慶祝活動的最高潮：曲江遊船。

「杏園賜宴結束時，裝飾華麗的彩船已經停靠在曲江岸邊，等待新科進士們登船遊江。長安城中最好的樂班和歌舞伎也早早地上了船，只待遊船駛動便笙歌齊發。彩船在曲江上悠悠前行，歌樂之聲飄向兩岸。兩岸新搭起的彩樓之上，王公貴族們攜家眷憑欄觀賞，為待字閨中的寶貝女兒挑選新婿。特別幸運的話，還可能被公主看中，成為當朝駙馬。

「不過，在開元五年的曲江遊船上，已經有一位駙馬了。李蒙無疑是幸運兒中的幸運兒。然而誰都沒有想到，李蒙的幸運人生卻在巔峰時急轉直下，演變成了一場巨大的災難。

「彩船開到江心時，三十名新科舉子正在盡情享樂。忽然，船體劇烈搖晃起來。岸上的人們還沒弄明白是怎麼回事，彩船就在眾目睽睽之下，翻覆沉沒了。

「尤其可怕的是，整艘彩船是底朝天翻過來的，船上的人們全被壓在下面，使得救援無法進行。最終，搶救上來的只有區區幾名會水的船工。三十名新科進士悉數溺亡，無一人倖免，當然也包括李蒙。

「其實，李蒙本不應該出現在彩船上。開元年間的文人張鷟在其所著的《朝野僉載》中，記錄了一件不可思議的事情：曲江遊船的前幾天，宮中負責觀測天象的官員向玄宗皇帝報告，天示異警，近日大唐或將有重大災難發生。官員又進一步說明，從天象中推測出，將有三十名士人同日冤死。皇帝聞言大驚，細細思量下來，竟然只有即將舉行的曲江遊船盛會中，將齊聚本年度的新科進士，剛好是三十人。但取消盛會必將導致天下人的猜疑，所以權衡利弊後，皇帝還是決定讓盛會照常舉行，卻將表妹武靈覺召入宮中，向她發出了警告。本著天機不可洩露的原則，玄宗皇帝沒有明說底細，只告誡武靈覺務必約束自己的夫婿，無論如何都不能讓他參加曲江遊船。武靈覺聽從了皇帝的話，回到府中就將四門緊閉，把李蒙鎖在家中。誰知李蒙竟翻牆而出，趕在遊船駛發前的最後一刻，登上了彩船。最後，一切正如天象所預示的，李蒙也成了三十名遇難者之一。

「關於這個離奇的事件，後人在唐人的筆記小說中又發現了一則有關的記載。說的是一個名叫車二的道士，此人擅長卜卦，常言未來之事。就在李蒙從家裡逃出，趕到曲江岸邊時，有人目睹不知從哪裡躥出來的邋遢道士車二，拚命攔著李蒙不讓他上船。李蒙沒有聽他的話。慘劇發生後，有人想起了這一幕，特意找到車二，問他當時為何阻擋李蒙。車二回答，他卜算到遊船會出事，因為別人早都已經登船了，所以他只能嘗試著說服李蒙留下。可惜的是，李蒙絲毫沒有把這個衣衫襤褸的道士放在眼裡，仍然執意上船而去。

「道士車二的話和張鷟的記載彼此印證了，曲江沉船事件確係天意。然而，事實真的是這樣嗎？也許，我們可以發揮一下想像力，為這個離奇事件找尋另外一種解釋。

「事實上，彩船事件所導致的死亡人數還不止三十人，但因為別的死者都是樂工和歌舞伎，在唐朝屬於賤民階層，所以並未列入官方的遇難者名單。透過一則記錄長安平康坊名妓生活的豔情筆記《北里志》，我們發現了一個名字：孫杳杳。從筆記中透露出的蛛絲馬跡我們瞭解到，孫杳杳也是彩船傾覆中的遇難者之一。同時，她還是平康坊北里的一名歌妓。

「大約一千兩百年前的開元盛世，是中國古代社會經濟和文化的巔峰。人們生活得富足而充滿情調。在首都長安城的平康坊中，聚集著全大唐最美貌的妓女，引得男人們沉醉其中，因而平康坊又被稱為風流淵藪。若干年後，在末日餘暉的晚唐僖宗年間，有一個名叫孫棨的文人撰寫了一部《北里志》，專門追憶平康坊的歌妓生活，憑弔已成過往的旖旎情志。據他記載，當時一個外號天水仙哥的頭牌妓女，富家子弟為了見上她一面，花費百金也不過遠遠地瞥一眼而已。

「相比之下，孫杳杳只是平康坊中一名不起眼的妓女，然而，她卻得到了一位大才子的青睞。這個才子，正是李蒙。

「現在你懂了吧？當李蒙被選為駙馬時，也許他的心中並不全是歡喜。因為在平康坊中，另有一個嫵媚的身影牽扯住了他的一縷情懷。逛平康坊與名妓廝混，是長安城中的風流才俊引以為耀的美事。唐代的大詩人如李白、杜牧等等，都曾為妓女們送上過美妙的詩篇。李蒙與孫杳杳結下情愫，一點兒都不令人意外。

「萬泉縣主武靈覺對於自己的夫婿非常滿意，排除政治聯姻中的現實考慮，她很可能還從內心真正地愛上了這個男人，因而就更不能容忍孫杳杳的存在了。也許在大婚禮成之初，她就向李蒙發出了最後通牒，要求他斷絕與孫杳杳的關係。在當時的上流社會，男人狎妓是一種風尚，武靈覺當然明白，不可能絕對禁止李蒙造訪平康坊，但她對孫杳杳產生了強烈的嫉妒心，所以她要求自己的丈夫，即使去平康坊，也不能再去私會孫杳杳。

「如果武靈覺只是一個普通的妻子，李蒙很可能對她的要求置之不理。但武靈覺的身分特殊，她是已故太平公主的女兒，是玄宗皇帝關係親近的表妹。李蒙迫不得已答應了妻子的要求。然而，就像天下所有的男人一樣，李蒙既無法克制自己的欲望和衝動，又喜歡抱有僥倖的心理。於是，他表面上向妻子做出承諾，背地裡卻照舊與孫杳杳幽會著。

「這種事情早晚都會敗露的。武靈覺很快就發現了他們密會的蹤跡。這一次，她感到了莫大的屈辱，因為丈夫欺騙了她。高貴的出身使她無法容忍背叛，這比嫉妒更加令她瘋狂。於是，武靈覺決心要懲罰李蒙。她定下了一個可怕的計畫：在曲江遊船那天，同時殺掉她心目中的這對狗男女。

「後面的事情就很容易推測了。當時有一種叫做進士團的民間組織，由食肆、酒鋪、樂班及彩船的經營者自發結成，專做新科進士慶祝活動的生意。武靈覺只要買通其中的人，就能在彩船上做手腳。至於孫杳杳，武靈覺甚至不需要自己想辦法。為了當面祝賀情郎，孫杳杳自告奮勇加入到彩船的歌舞伎班中。她和李蒙，將因此多一次見面的機會，兩人說不定還為此竊喜不已。

「但當行動前夕，武靈覺卻後悔了。她不想讓李蒙死了。那個人畢竟是她的丈夫，況且她還愛著他。於是，武靈覺把李蒙鎖在府中。她知道彩船會沉，孫杳杳會死，這就夠了。用不了多久，李蒙就會忘掉孫杳杳的。可是武靈覺沒有想到，李蒙竟設法逃出了府邸。因為在他看來，武靈覺的所作所為只是嫉妒心大發作而已。曲江遊船是他的人生巔峰，他無論如何都不願缺席。況且，孫杳杳也在船上。歌舞昇平，美人在側。曲江的江心，將是他生命中最圓滿的一刻。

「李蒙不顧一切地登上了彩船。永遠也不會有人知道，在彩船上，李蒙是否找到機會與杳杳相擁，互訴衷腸。中國情侶在最情深意濃的時刻，往往會發下這樣的誓言：『不求同年同月生，但求同年同月死。』李蒙和孫杳杳做到了。

「事後，武靈覺應該是向皇帝坦白了。為了維持皇家的臉面，玄宗皇帝把這件事情壓了下去。但是一下子失去三十名才華出眾的士子，對朝廷畢竟是一個重大的損失。玄宗皇帝不能原諒表妹，所以不久之後，武靈覺遁入空門，為自己的行為付出了代價。張鷟在《朝野僉載》中採納了皇家的說法，以天象異兆解釋整個事件，把所有不合理的地方都搪塞了過去。這種說辭，本不應該載入正史，而由張鷟這位富有文名，卻沒有正式官職的人來記錄，再合適不過了。

「至於道士車二的橫插一槓，也可以給出幾種解釋。有一種可能是，武靈覺發現李蒙逃脫後，為了在最後時刻將他留在岸上，請出車二以占卜之名阻攔；另一種可能則是，車二在為人卜卦時，從進士團的彩船安排中察覺到了異樣。因為李蒙是皇帝的駙馬，所以車二決定試一試運氣，前往阻攔李蒙登船。萬一彩船真的發生意外，而李蒙卻被他攔住，那麼車二必將從此名聲大噪。最後還有一種可能：車二根本沒有阻擋過李蒙登船，而是在慘劇發生之後，才到處散播自己算出異兆，試圖阻止李蒙未果。也就是說，這個過程純粹是他自己編造出來，企圖借此揚名立萬罷了。」

7

故事講完了。路岸横躺下來，把後腦勺枕在百合子酥軟的大腿上。從這個角度看紙門外的景色，比坐著方便多了。朗月初照，在院中小池的水面上化作粼粼波光。不過看在路岸的眼中，只是一團團稍微亮一些的黑霧。現在，即使近在咫尺的百合子的臉，也有些模糊不清了。

路岸索性閉起眼睛。百合子的手指在他的額頭上輕輕撫弄著，涼津津的很舒服。路岸試著把她想像成另外一個人……

「所以，皇帝的妹妹後來怎麼樣了？」

「我說了，她出家做了尼姑。」

「活了很久嗎？」

「嗯，大概四十年後，安史之亂爆發，武靈覺才死在了長安淪陷中。」

「路岸君，為什麼要給我講這樣一個故事？」百合子慵懶地問。

「不好聽嗎？」

「有些複雜。不過，我喜歡。」

「你喜歡就好。」

「但我更喜歡說故事的人。」她的手指沿著鼻梁而下，撫弄他的嘴唇。

路岸捏住百合子的手，放在唇邊輕輕吻了一下。「在中國漫長的古代社會，婚姻所關注的是宗族繁衍，男女之間的愛情並不受到重視。夫妻間更偏重於長相廝守後形成的習慣和親情，這和帶有濃烈荷爾蒙氣息的愛情是完全不同的。然而古人並非沒有愛情，只是這種愛情常常產生於妓女和恩客之間。比如，平康坊中的妓女就可以自己挑選恩客。男人們要得到她們的青睞，光花錢是不夠的，還要投入更多的情感，從而演變成真正的愛情追求。李蒙和孫杳杳，或許就是一個例子吧。」

百合子用惆悵的語氣說：「這麼說來，日本也差不多呢。」

「所以，百合子也有自己的李蒙嗎？」

「路岸君真調皮。」芬芳溫暖的氣息逼近他，「你一直都在試探我，是嗎？」

路岸向她抬起手，「你的簪子。」

「簪子？」百合子面露狐疑，但還是伸手把鬢髮上的玉簪拔下來，放到路岸攤開的手掌中。

古玉特有的溫潤感從皮膚滲透進來，路岸不由得深呼吸了好幾下，將手掌攏起。玉簪在手指的縫隙間發出靜謐如月色的光芒，他與其說是用眼睛看見，不如說是用訓練有素的觸覺和敏銳的心靈體會到這種光芒，只有經歷過漫長歲月的古物才會有這種光芒。

路岸問：「這是愛的禮物吧？」

百合子答非所問：「聽說是中國唐代的古物。」

「但據我所知，它從未出現在任何拍賣會上。」

「這麼肯定？」

「當然。」路岸用簪子指了指自己的腦袋，「我就是幹這個的。像這樣等級的古物，又是中國唐代的，只要在市面上出現過，我肯定記得。」

「難道你認為它是假的？」她的自信一擊即破，比想像的還要脆弱。

路岸把玉簪還給百合子，「不，我可以向你保證，這支玉簪的確是千年前的古物。」

她鬆了一口氣。

「但是……」

「但是什麼？」

「它是一件走私的文物，把玉簪送給你的人，是從黑市上得到它的。」

百合子將玉簪插回到髮髻上，湊到路岸的耳邊，吐氣如蘭地說：「路岸君，想聽我唱歌嗎？」

「唱歌？」

「我保證，會比三味線合你的口味。」

「那好啊。」

百合子站起來，邁著小碎步走到榻榻米的中央，說：「這首歌的名字叫〈騎在銀龍的背上〉。路岸君，你可以用手機查一下它的歌詞，它是我最喜歡的歌曲。」

「好。」路岸滑了滑手機的螢幕，其實他已經看不清那麼小的字了，純粹是做做樣子。

沒想到，這竟是一首旋律激昂的歌。百合子高高地挺起胸膛，雙手扠在腰間。她沒有看路岸，卻高昂著頭，透過紙門望向夜空，氣息充沛地唱了起來：

「……

悲傷啊，趕快化作羽翼吧。

傷痕啊，趕快變成羅盤吧。

就像仍不會飛的雛鳥般，我感嘆著自己的無力。

明天我也將登上山崖往龍的足底前去，高喊著：出發吧！

騎在銀龍的背上，飛去生命的沙漠。

騎在銀龍的背上，去承受風雨吧……」

她唱得那麼動情，那麼投入，以至於路岸即使不看歌詞，也能從她的歌聲中體會到澎湃的激情和強烈的渴望。

百合子唱完了，餘音嫋嫋。這一次，路岸真心實意地鼓起掌來。百合子把漲紅的面龐轉向他，「路岸君，世界上真的有銀色的龍嗎？」

「為什麼問我？」

「因為你是專家呀。」

「我是專家？」路岸發自肺腑地微笑了，「說實話，我真的不知道。」頓了頓，又補充道：「但是我希望有。」

「我也希望有。」百合子重新坐回到他的身邊。

「想騎在銀龍的背上嗎？」

「是啊。」她長嘆一聲，依偎在他的肩頭。

「百合子，你歌唱得這麼動聽，為什麼要做藝伎呢？為什麼不去當歌星？」

百合子瞥了他一眼，嫵媚地笑了，「路岸君，你真的非常、非常可愛。所以為什麼呢？」她俏皮地歪了歪腦袋，「因為銀龍始終沒有出現吧。」

路岸的手指輕輕觸到了百合子的後頸處，「百合子喜歡銀龍嗎？可我以為，百合子喜歡的是三足烏鴉。」

百合子沒有說話。

「三隻腳的烏鴉是一種神鳥，也是太陽的象徵。設計這個符號的人，對東方的古典文化造詣深厚。」

百合子還是沒有說話。

路岸便繼續往下說：「總部設在京都的石川集團，就是一家很有文化底蘊的公司。我在網上看過他們收藏的古董，每一件都經得起我這個專業考古學者的眼光。所以我猜，這個三足烏的符號和石川集團有關係。」

「為什麼三足烏就一定和石川集團有關呢？」百合子不動聲色地說，「路岸君的聯想也太跳躍了。」

「誰讓我今天下午剛去了石川集團的總部，要求見他們的老闆石川一雄，卻被趕了出來。然後過了不到一個小時，我就在花見小路遇上了百合子。像我這樣的人，很少有豔遇，所以難免七想八想。」

百合子噗嗤一笑，「路岸君這麼可憐嗎？怎麼可能？你長得很好看，說話也討人喜歡。」

路岸也微笑著說：「還是讓我猜一猜吧，送玉簪給百合子的人就是石川一雄？」

百合子朗聲大笑起來，頭上的髮簪隨著笑聲顫動不止，發出叮鈴鈴的清脆聲響。路岸覺得她就像一棵繫滿了祈福籤的小樹，正在隨風搖曳著。

她終於笑完了，氣喘吁吁地說：「路岸君，你真的是考古學者嗎？為什麼我覺得，你更像一位小說家？」

「我像嗎？」

「像呀。從李蒙和孫杳杳的愛情故事，聯想到石川一雄和我，路岸君的想像力是多麼地浪漫而且奔放。你不去寫小說，實在太可惜了。」

路岸一本正經地說：「必須說明，李蒙和孫杳杳的愛情故事並非我的原創。實際上，它出自於我的老師姜國波之手。況且，這也不完全是一個故事。如果我們把古代流傳下來的典籍當作信史的話，那麼這個故事中的絕大部分內容，也可以看作為史實。因為姜國波是經過詳細的考據，從浩如煙海的歷史記載中尋找線索，再經過合理推斷整理而成的，不能說是純粹的瞎編。」

「你的老師為什麼會去研究這樣一段風流韻事呢？這不是考古學的課題吧？」

「因為李蒙是我們這個行當的先驅，姜國波對他的生平很感興趣。李蒙的彩船之死又太過戲劇性，所以才使姜國波下決心探索起這件一千多年前的懸案。」

「可是這個故事裡又有多少真憑實據呢？如果沒有證據，一切不都還是想像？」

「哲人奧勒利烏斯曾經說過：我們聽到的一切都只是某種意見，而非事實；我們看到的一切都只是某種視角，而非真相。」路岸平靜地回答，「即使親歷者也做不到徹底還原，我們作為後來的研究者，就不要糾結什麼證據鏈條了。何況，那東西壓根就不存在。」

百合子譏諷地說：「聽你這麼一說，考古學還挺容易的，只要會編故事就行了。」

「姜國波是個不按常理出牌的人，他對於李蒙之死的研究純粹出於興趣。這樣的課題，當然不可能作為正式的考古研究報告，但姜國波就喜歡在這些事情上投入精力。他常說，史書是冰涼的，但故事中卻有巧合、有誤解、有錯失、有幸運，不論過程多麼曲折，始終不變的是命運的撥弄。這才是任何一個時代都不會改變的，人類社會的永恆主題。所以，我們只要把每個人都按照有血有肉、有愛有恨的真人來設想，推測他們在每一個具體情境中的反應，所思所想，所顧慮和所尋求的，一切就有跡可循了。」

「那麼在路岸君的眼中，我也是一個有血有肉、有愛有恨的真人嗎？」

「當然。」

談話到此突然停頓了。百合子微低著頭，若有所思地沉默著。在路岸的矇矓視線中，她的側影無比柔美，像極了浮世繪裡的美人兒，優雅的姿態中透露出些許憂傷。

這樣的美人只應該為了一件事黯然神傷——愛情。

可是路岸知道，百合子並不能和為愛獻身的孫杳杳劃上等號。她是一個有血有肉、有愛有恨的真人，但她更是路岸的仇人。

8

路岸決定單刀直入了，「百合子認識一個叫酒井幸作的人嗎？」

栗原百合子的身子明顯地顫抖了一下。她向路岸抬起眼瞼，但依舊保持著沉默。

「他的身上恰好也有三足烏的紋身，和百合子的紋身一模一樣。」

她點燃一支香菸，慢悠悠地吸了幾口才說：「你見過他？」

「見過，在日光。」

「他死了。」

「是的。」

「是你殺的嗎？」

「當然不是。」

百合子瞥了路岸一眼，「我應該相信你的話嗎？」

「隨便你。」

「路岸君真是精明。」她的語氣溫柔極了。

「關於酒井幸作，我知道得可不少。還要我說下去嗎？」

「請吧。」

「酒井幸作本是仙台的一個地痞流氓，雖然他喜歡聲稱自己是黑幫成員，其實只不過是一個跟著起鬨跑腿的周邊分子。但在五年前，酒井幸作卻意外地接觸到了黑幫的幕後大老闆。仙台的黑幫名為藤田組，規模較小，行事作風詭異。警方一直懷疑藤田組的背後有神秘勢力在操縱，但始終查無實據。五年前的三月十一日，在仙台港區的KAL酒店中，一對來自中國的父女遭到藤田組的拘押和逼供。父親會說日語，女兒卻不會。恰好酒井幸作有一個華裔女友，會說漢語，便向上面推薦了她。得到允許後，酒井幸作將女友帶到KAL酒店，讓她去和中國女孩交流。這時，控制藤田組的神秘幕後老闆就在隔壁房間裡，透過監控觀察著審訊的進展。誰知審訊才進行到一半，大地震發生了。情況危急，幕後老闆不得不立即搭直升機撤離。其餘的人就沒那麼幸運了。酒井幸作負責中國父女的撤離，可是海嘯席捲而來，酒井幸作扔下中國父女和自己的女友，一個人逃命去了。結果，那對中國父女就在海嘯中喪生了。」說到這裡，路岸的心又尖銳地刺痛起來，太陽穴突突亂跳，他用力地按了按。

百合子捧起酒杯給他，路岸一下接了個空。她奇怪地看了看他，但他立即穩穩地端過杯子，將酒一飲而盡。

「酒井幸作知道自己把事情搞砸了，再也不敢回藤田組，只能隱姓埋名，到處流竄打零工謀生。整整五年過去，他抱著僥倖心理到了京都，可剛一露面，就遭到了藤田組的追殺。我大膽地推測，酒井幸作遭到追殺，原因和五年前的那對中國父女有關。因為在那次審訊中，控制藤田組的幕後老闆親自到場，所以我認為，或許就在那一次，酒井幸作察覺到了與幕後老闆有關的機密，才使組織必須將他劑除。」頓了頓，路岸看著百合子說：「那會是什麼樣的機密呢？」

百合子好看地聳聳肩，「我怎麼會知道呢？路岸君可以告訴我嗎？」

「我前幾天剛好去了一趟松本城。松本城的首任城主就是石川氏，而松本城有個別名烏鴉城，所以石川氏也被稱為烏鴉領主。聯想到酒井幸作的紋身，我意識到，石川和三足烏鴉，大概能扯上點關係。」路岸說著，指了指百合子的脖頸，「更巧合的是，我在造訪石川集團總部後不久，就遇上了有著同樣紋身的百合子。於是，三足烏鴉的符號、黑幫藤田組、石川集團這三者，終於被百合子串聯到了一起。我是不是可以再大膽地推測，石川集團正是仙台黑幫藤田組的幕後操縱方？酒井幸作發現的，會不會就是這個秘密？」

「所以就被殺掉了？」百合子用鄙夷的口氣說，「就算路岸君的推測都對，石川集團正是藤田組的幕後操縱勢力，酒井幸作也不至於因此丟掉性命。有太多辦法可以叫他閉嘴，殺人會驚動警方，對組織很不利。」

「我同意。所以酒井幸作掌握的，一定是更加要命的機密，絕對不能對外洩露。」

百合子饒有興致地問：「那又是什麼秘密呢？」

「百合子不知道嗎？」

「我怎麼會知道？」

路岸長吁了一口氣，「我告訴過百合子了，我所從事的工作就是在全球範圍內追蹤文物走私的犯罪行為。所以，石川集團在暗地操縱黑幫幹的這些勾當，我靠鼻子就能聞出來。除了滿足石川一雄先生的私人喜好之外，驚人的利益也是重要原因。」他注視著百合子，一字一頓地說，「百合子，你才是具體操辦石川集團秘密業務的人吧？換句話說，你才是黑幫藤田組的幕後老闆。」

良久，百合子才說：「路岸君的想像力太讓人佩服了。」

路岸沒有理會她，繼續說：「五年前的三月十一日，姜國波父女在KAL酒店遭到殘暴逼供時，百合子就坐鎮在一牆之隔的套房中，透過視頻監控著進展。然而，意料不到的事情發生了，地震和海嘯接踵而來，百合子不得不登上直升機避難，倉皇之中，你那驚鴻一瞥的身影被酒井幸作看到了。當時他並不認識你，直到五年後他流竄到京都時，才無意中發現了真相。」

「酒井這個混蛋，居然想要脅我！」百合子忿忿地說。

「原來如此，所以他就死到臨頭了。」

「他是自找的！」

「那麼姜國波和他的女兒呢？他們並沒有做錯任何事。」

「那只是個意外。」

「二〇一一年三月十一日那天，他們根本就不應該在仙台！他們怎麼會去那裡？也是百合子你造成的嗎？」

「是姜國波自己送上門的！」百合子開始沉不住氣了。

路岸不容她喘息，立即追問：「是因為姜國波看到了石川集團在東京舉辦的特展，對嗎？他在特展上發現了什麼？」

「你連這也知道了？」百合子倒吸了一口涼氣，目光在路岸臉上飄忽不定，似乎難以置信他竟會掌握這麼多情況，又像在內心中激烈地交戰著。片刻，她終於下定了決心，用盡量平穩的語調說：「特展中有一尊中國唐代的女童銅像，姜國波是衝著它來的。」

剎那間，路岸的心中湧起一種既如釋重負又忐忑不安的奇異感覺。即將抵達一路追尋的目標，他又開始恐懼事實的真相了。

百合子卻似打開了話匣子，滔滔不絕地說起來。保守秘密會使人筋疲力盡，何況能夠真正領悟這個秘密的人，在這個世界上除了眼前的路岸，恐怕也很難再找到另外一個。她克制不住向他傾訴的欲望，更對他懷著隱秘的期待。

她說：「在特展上，姜國波準確地說出了銅像的來歷，並提出要對它做一些近距離的觀察和研究。於是我派人告訴他，我們可以提供機會給他，但必須在我們指定的地點進行，因為銅像非常珍貴，必須確保它的安全。」

「為什麼是仙台？」

「KAL酒店是石川集團在仙台的產業，位置相對偏僻，很容易對姜國波進行控制。此外，石川集團在仙台港區有自己的碼頭和運輸船隊，即使發生什麼意外情況，要運送人或者貨物出日本，都是輕而易舉的。」

路岸微微點頭，「我猜，那裡也是你進行文物走私交易的核心場所吧？」

百合子的臉色驟變，路岸顯然直擊了她的軟肋。這個人太危險了，比姜國波危險一萬倍！真應該立刻殺了他！偏偏她還對他抱著虛妄的企圖，甚至不敢對他翻臉。

路岸又問：「姜國波立刻就答應去仙台了？」

「是的，他一點兒都沒起疑心。我也覺得很意外。」

「你當然無法理解一個考古學者的專業熱情。」路岸悲憤地說，「不為錢不為名，只為破開歲月籠罩在我們眼睛上的迷霧，看見沒有被曲解被篡改被湮滅的真相。這樣單純的熱情，你怎麼可能懂！」

百合子嘲笑，「就像他用一個狗血的愛情故事來詮釋曲江沉船案嗎？」

路岸反唇相譏，「如果不是因為姜國波研究過李蒙，僅憑他對銅像的認識，你們還不會對他產生那麼大的興趣吧？」

9

年近八旬的石川一雄衰老得非常快，各個器官都出現了問題。私人醫生直言不諱地告訴他，應該盡快安排身後事，免得措手不及。可是石川一雄不願撒手。高野山住持對唐代女童銅像的解釋，意外地點燃了他的希望。

假如銅像真的能帶來起死回生的力量，他還有什麼必要懼怕死亡呢？石川一雄相信，命運讓他在此刻得到銅像，是為了他打開一扇通向奇蹟的大門。門的另一側，就是永生的秘訣。

栗原百合子從十七歲起，就給比自己足足大五十歲的石川一雄做了情婦。如今的百合子成熟嫵媚，很得石川的歡心。石川一雄把地下文物交易交給百合子打理，一行的銅像正是她以不可思議的低價收入的。百合子太能幹了，就算是為了她，石川一雄也想多活幾年。

栗原百合子也有自己的盤算。跟在石川一雄身邊整整十五年，她確實積攢了一筆不小的財富，足夠體面地過完後半生。但她想得到的遠不止於此。從一開始她就懂得，自己的地位將始於情婦，終於情婦。石川集團的產業，她註定分不到一杯羹。雖然石川一雄把地下業務部分全權交給了她，但這塊業務充滿風險，其實石川家族自己不願碰，所以才允許她來掌控。一旦失手，石川集團就會立即和她切割得乾乾淨淨。石川一雄的幾個兒子早就多次表示過，希望盡快終止文物走私交易，中斷和黑社會的往來，使石川商會再無可恥的陰影。

偏偏栗原百合子的胃口比想像的大得多。她從一名京都的藝伎，當上石川商會老闆的情婦，本來就是個頗具膽魄的女人，又做了十多年的文物走私買賣，更練就了一副超人的手腕和膽識。她決心要從石川商會爭取到更多，甚至妄想得到全部！

她明白這個念頭有多麼瘋狂，可是一旦在心裡形成，就再也無法把它驅除出去了。要達到這個目的，就必須牢牢抓住石川一雄。當她發現年過八十的石川一雄日趨衰弱時，失望得快要崩潰了。百合子太明白了，石川一雄一死，自己就只能乖乖地抱著十五年中掙下的血汗錢走人，但凡想再多爭取一分一毫，石川商會隨便拋出一點證據，就足讓她在牢裡一直待到死了。

幸運的是，石川一雄也不甘心就此走完人生路。突然之間，他發現身邊只有百合子一個人真心盼望著自己長命百歲，於是在人生的最後一程，他意外地和百合子結成了牢固的同盟。當現代醫藥科技無能為力的時候，一行的銅像卻從天而降。於是，兩人把全部希望都寄託到了銅像上。

高野山肯定指望不上了，百合子找來的陰陽師也束手無措。無奈之下，她決定舉辦巡迴特展，將銅像置於公眾面前招搖過市，用這種方式守株待兔。

高野山住持不是說了嗎？千年老妖也在尋找銅像，企圖拿回至今仍封印在銅像中的執念。因為只有兩者相聚，才能喚出起死回生的力量。

結果，他們等來了姜國波。

「幫你們把妖怪召來？」路岸冷笑著問，「在KAL酒店裡，你們就是這樣向姜國波提出要求的？」

「是的。」

「他怎麼回答？」

「他像聽到了天方夜譚。」

「你們找錯人了。」

「可是，關於一行銅像的來歷，姜國波的說法和高野山不差分毫。而且，他還知道李蒙研究過落星石。」

「這一點都不奇怪，姜國波本來就是唐代歷史的專家。」

百合子說：「我們走投無路了，無論如何也不願意放棄這唯一的機會。就算姜國波不懂得如何召喚妖怪，我也想從他的身上多榨出一些線索來，有一點算一點。」

「所以就對他嚴刑拷打？」路岸的口氣更加不好聽了。

「並沒有來真的，只是嚇唬嚇唬他而已。他那麼一個手無縛雞之力的學者，怎麼禁得住真正的拷打？真把他給打死了，照樣什麼都得不到。不，我沒有那麼蠢，讓人下手都是有分寸的。可他就是什麼都說不出來，我快要失去耐心了，於是……」

「於是就用他的女兒要脅他？」

百合子避開路岸的目光，「那也只是嚇唬他。可才開了個頭，地震就發生了。」頓了頓，她又說：「緊接著，海嘯也跟著來了。姜國波父女的死確實是一個意外。就在當天夜裡，石川一雄突發了腦溢血，再沒從病床上起來過。從那以後，我幾乎失去了一切。我一直在想，可能這就是天意吧。」

「哦？但我以為，百合子不是容易認輸的人。」

「我當然不想放棄！石川一雄靠呼吸器維持著生命，但頭腦還是清醒的。家族中要讓他安詳上天堂的呼聲越來越高，他們不願意再繼續等待下去了。而我呢，這五年中除了陪伴石川一雄之外，已經無事可做。我又成了一個孤苦無依的弱女子，連酒井幸作這種垃圾都想從我的身上撈一把！不，我絕不能輸！」百合子聲嘶力竭地喊了出來，淚眼瑩瑩地望著路岸，「路岸君，你才是我的希望。你是上帝派來拯救我的人，對嗎？」

「我能做什麼？」

「美國波沒有做到的事情。」

「我真不明白，你還沒有受夠那個糟老頭子嗎？為什麼非要讓他活下去？」

「早就受夠了！可我不能讓他就這麼死了！他答應我的，只要我能幫他活下去，他就讓我和他分享整個石川集團！」

「你瘋了。」

百合子的臉陰沉下來，「不，我很清醒，完全知道自己在做什麼。路岸君，請你幫幫我，我不會虧待你的。」

路岸笑起來，「那也得我有那個本事啊。」

「你沒有嗎？」

路岸搖了搖頭，「為你召來起死回生的千年老妖怪？對不起百合子，你太看得起我了。」

「那你為什麼要找到石川總部來？」百合子咬牙切齒地問。

「為了查明美國波父女的真正死因。我到日本來，就是這個目的。」

「我不信。」

「為什麼不信？」

「都已經過去五年了，為什麼現在才想起來追查？311海嘯中的死難者無數，我從沒聽說過有人想要追查死因的。那是天災啊！正常人誰會糾纏於此。不，你不是來追查姜國波的死因，你是來尋找銅像的！」

見路岸不答，百合子的語氣又強硬起來，「路岸君，你是三月十一日入境日本的吧？你從那天起的所有行蹤，我都已經掌握了。我還知道，你今天清晨剛從高野山下來，你就是衝著銅像來的！」

路岸平靜地說：「好吧，就算我和姜國波都瞭解銅像中的秘密，那也是我們的專業使然。但我們都不是神棍，不懂得和妖怪打交道。」

「是嗎？」百合子發出尖銳的笑聲，路岸發現，她的嗓音突然變得非常難聽。

「你的朋友卻很擅長呢。」說著，百合子從精緻的繡花小提袋裡掏出手機，朝路岸晃了晃，「想看一看嗎？他們的即時畫面。」

從手機裡傳出憤怒的中國話：「你們想幹什麼！你們這是非法拘禁外國公民！我要聯繫中國大使館！」

路岸幾乎跳起來，「盛冬日！」

10

昨天夜裡，盛冬日和任霏霏在大阪街頭上演生死時速，結果寡不敵眾，陰陽師一方大獲全勝。盛冬日和任霏霏重又被逮了回去。坂本康夫偷偷藏下的手槍，還在盛冬日的手裡走了火。子彈擦傷關嘯松的耳朵，雖然傷得不重，但令日本最偉大的陰陽師大丟面子。關嘯松氣得暴跳如雷，命令小唐人暴揍了盛冬日一頓後，將他和任霏霏一起丟進小黑屋。

盛冬日流了不少血，全身上下青一塊紫一塊。虧得他年輕力壯，精神倒還沒有垮掉。

所謂小黑屋，其實就是一個酒店的標準客房。窗戶被人用木板從裡面釘死了，所有的燈都開不亮，想必關了總開關。房間裡一團漆黑，連房門上的貓眼也堵死了，只有微弱的光線從房門底下的縫隙透進來，按照一定節奏來回晃蕩的陰影表示，門外有人值守。

他倆的手機居然沒被沒收，但是房間裡信號全無，也不知道是科學的遮罩模式，還是陰陽師的法術。

任霏霏借著手機上的燈光，從洗手間裡拿來毛巾，幫盛冬日清理了傷口，還草草地包紮了一下。她的手法極不專業，包紮時又一個勁地打哆嗦，所以盛冬日不用照鏡子，就知道自己現在的這副尊榮見不得人。不過，任霏霏心疼得通紅的眼圈，卻讓盛冬日在自認倒楣之外，莫名地生出了一絲幸福感。長久以來，他對任霏霏空有傾慕之心，卻總是找不到打動她的法門。兩人明明彼此有好感，又總像在捉迷藏似的，要麼你躲起來，要麼我撲個空。所以，儘管眼前的局勢既費解又絕望，盛冬日還是有點慶幸被關進來，和她在一起。

為了節約電量，包紮完成後，任霏霏就把手機關了。盛冬日倚靠在床頭，任霏霏坐在他的身邊，兩人就在一片黑咕隆咚裡沉默著。盛冬日很想把任霏霏攬到懷裡來，卻怎麼也沒膽量伸出手。

他想隨便聊幾句緩和一下氣氛，可是腦子裡亂七八糟的，猶豫了半天，開口道：「我要是……回不去了，你就把皮醬帶去養吧。」

「啊？」周圍黑得連任霏霏的面部輪廓都看不見，「你瞎說什麼！怎麼可能回不去！」

「我的感覺不太妙。你看看那個關嘯松，樣子挺娘娘腔的，可是心狠手辣。坂本康夫死得多慘。」

任霏霏遲疑了一下，才說：「可坂本康夫不是人啊。」

兩人又一時無言了。事到如今，他們仍然無法接受坂本康夫只是一堆碎紙屑，但假如坂本康夫並不是一堆碎紙屑，恐怕只會令他們更加不安。

良久，盛冬日長嘆一聲，「我到現在才懂，為什麼路岸不想讓我們摻和進來。唉，你看看我們碰上的，都是些他媽的什麼事啊！」

「也不知道路岸現在怎麼樣了。」

「是啊，馬克教授說他的病撐不了多久的。你說他……這到底是為什麼呀？」

任霏霏沉默著。

「原先我以為，他只是把菅樹里當作了姜塵。恰好菅樹里的前男友是黑社會的，路岸為了保護菅樹里就和她一起跑了。可現在看起來，事情好像複雜得多。」

「嗯，我覺得闞嘯松比黑社會更可怕。」任霏霏表示同意。

「最奇怪的是，闞嘯松好像也在找路岸。他又是為什麼呢？」

「想不出來，真的想不出來。」任霏霏抱著膝蓋，把頭埋進臂彎裡。盛冬日鼓起勇氣，伸手攬住了她的肩膀，她沒有躲閃。

任霏霏的整個身子都在微微顫動。

盛冬日心疼極了，只能搜腸刮肚地找安慰的話，「霏霏，你別怕，我們不會有事的。你想，我們在日本好歹還算外國人，真要是出了事，那可是國際事件，會驚動政府的，闞嘯松肯定不想惹那麼大的麻煩吧。我們什麼都不知道，他跟我們過不去，也沒意思。再說路岸，我想肯定也不會有事的。路岸的智商高著呢，就算腦子出毛病了，那也是輕輕鬆鬆碾壓眾人的。說不定他現在都已經回到中國了，我們在這裡純粹是瞎操心。」

任霏霏抬起頭，「回中國？那菅樹里呢？」

「菅……」

「路岸不會放棄菅樹里的。」

盛冬日嘆了口氣，他當然比任霏霏更瞭解路岸的執著。任霏霏重新把頭埋下了。

「你說得很對。路岸絕對不會放棄的。」沉默了一小會兒，盛冬日又說起來，「我爸媽很早就開始做生意，雖然只是小本買賣，可是他們幹活賣力，又吃得起苦，所以我讀小學的時候，家裡已經掙了不少錢，在周圍算是小富之家，我吃的穿的用的都比別人強，同學們都羨慕我。可就在我快上四年級的時候，爸媽被人騙去投資，所有的錢都沒了，還欠了一屁股的債。為了還債，家裡不得不做起了收廢品的活兒。」

任霏霏猛地把頭抬起來了，直直地盯著盛冬日。一片黑暗中，其實她看不見他臉上的表情，他也看不見她的。

「我一下子就從人人豔羨的幸運兒，變成了收破爛家的孩子。我受不了同學們的白眼，開始蹺課。爸媽自顧不暇，只能對我放任。我開始跟一些小流氓混在一起，如果持續下去的話，很可能走上邪路。嗯，說不定就是中國版的酒井幸作了。恰好也就在那段時間，路岸到我們學校來了。因為他是土裡土氣的鄉下孩子，功課不會，連中文都說不利索，所以也遭到了同學們排擠。我倆就混到一起了。路岸卻沒有我那麼自暴自棄，他拚命努力學習，還求我幫他把課補上。我的那點兒水準，在班級裡至多也就是個中等生，但比起一窮二白的路岸來，我可就強多了。正是這件事，幫我找回了一點點自信心，路岸絕不服輸、絕不認命的樣子也深深地觸動了我。那陣子，我特別不願意理睬爸爸媽媽，恨他們毀了我的幸福生活，覺得他們對不起我。可路岸卻對我說，我的爸媽愛我，努力工作掙錢養活我，而他連爸媽都沒了，和他相比，我不知要幸運多少倍。我想想，也對啊，就把對爸媽怨恨的心思漸漸放下了。再後來，路岸說要感謝我給他補課，主動加入了爸媽的收廢品買賣，幫他們幹活。我也只得跟著一起幹起來。從那時起一直到上初中，路岸有空就幫我家裡幹活。你不知道，路岸其實很有經營頭腦。收了一陣廢品之後，摸著了門道，他就給我爸媽出了許多主意。怎麼提升效率、增長利潤等等，都非常有用。收廢品聽起來不怎麼樣，但只要肯付出，還真能掙到錢。所以等我們上高中的時候，家裡不僅把債都還了，還又盤下了一家製鞋廠，生意重新做大了。收廢品的那部分業務不捨得放棄，至今仍然經營著，效益很不錯。」說到這裡，盛冬日停下來，衝著黑暗中的任霏霏無聲地微笑了一下，「如今人人都當我是少東、富二代，只有我自己心裡明白，我家真是靠收破爛才發起來的。我一點兒不覺得丟臉。以我家現在的狀況，很多人就算知道了，也會裝出一副佩服的樣子，但他們心裡會怎麼想，我也清清楚楚。所以，我絕不會對隨便什麼人說起這些。」

少頃，任霏霏才悄聲問：「那為什麼對我說？」

「因為你不是隨便什麼人呀。講給你聽，我安心。」

要不是有黑暗擋著，盛冬日就該看見任霏霏的臉都笑成一朵花了。她問：「除了我之外，你還講給別人聽過嗎？」

「沒有，除了你，就只有路岸知道了。」

「我算明白你為什麼對路岸那麼好了，怕人家把你的老底翻出來吧？」

「我才不怕呢。要說到收破爛，當初他可是陪著我一塊兒收的，好幾年呢。」

「你的臉皮真厚！」

盛冬日嘿嘿幾聲就沉默了，再次開口時，語調變得前所未有的正經，「我爸媽沒受過高等教育，講不出什麼大道理，但他們一直對我說，人這一輩子，和什麼樣的人相處，交什麼樣的朋友，是最要緊的事。他們還說，我這輩子最大的福氣，就是有路岸這個朋友。我知道自己是個俗人，愛錢，惜命，成天想的就是把生意再做大，掙更多的錢。可是路岸呢，憑他的素質，幹什麼不能成，但他就只一門心思地做自己想做的事。什麼名啊、利啊，甚至連命都可以不放在眼裡。

他讓我覺得，世界上還有一種生活，比發財酷多了。我做不到像他那樣，但是我總想著，至少可以向他學習，把錢的地位放低一點。這次來日本，我就是這麼想，也是這麼做的。我還知道，如果把我和路岸對換一下，他也絕對會這麼做的。」

輪到任霏霏不知該說什麼了。她覺得心口有些發緊，眼眶有些溫熱。

「假如路岸真的失憶了，其實我最擔心的不是他忘記我，而是把我倆過去一塊兒收破爛的事都給忘了。我要是再對他說起吧，就怕他壓根都不信，我還能找誰回顧往事呢？」

「找我呀。」任霏霏脫口而出。

「是啊，找你。」盛冬日的胳膊稍一用力，任霏霏就順勢依偎到了他的懷中。他在她的耳邊低聲絮語：「你知道嗎？我爸媽還說，人這一輩子，找什麼樣的老婆，和交什麼樣的朋友，是一樣要緊的事。」

「呸。」

這一聲聽在盛冬日的耳朵裡，真比仙樂還動聽。他把任霏霏摟得更緊了，兩人彼此依偎在黑暗中，都不再說話，因為言語只會破壞此刻的感受。他們都發覺，自己的心安寧下來，不再騷動，也不再恐懼。生命中曾經有過的種種缺憾，也彷彿在這一刻全部得到了化解。

他們不約而同地想，這就是愛情了吧。

11

直到房門被打開，兩人才清醒過來。在黑暗中待了數小時，突然從屋外射進的強烈燈光，頓時晃花了他們的眼睛。

小唐人又把他們從小黑屋抓了出去。還是蒙著眼睛坐電梯，進汽車。一路上，陽光時不時洩露進來，應該已經是第二天了。車行數小時後，開始不停地轉彎，像是走起了盤山路。盤山路並不長，很快車便停下了。

小唐人的聲音在車外響起，命令他們下車。黑頭套也取下來了。

盛冬日和任霏霏驚訝地發現，面前矗立著一棟乳白色的西式洋房。洋房建在海邊的峭壁之上，往前方看去，無垠的大海上碧空如洗，鏡子似的海面上，粼粼金光不停地閃耀著，像游動中魚鰭的反射。海風毫無阻擋地吹過來，使周遭的樹葉和人的頭髮一樣凌亂不堪。風聲寂寂，間或幾聲鳥鳴。

往來路看去，則是盤山主路引出的一條狹窄山道，在樹叢掩映中蜿蜒到一片於半山崖上開鑿出的平台。盤山主路的岔口攔著高聳的鐵門，整片崖坡都被圈成私人領地。乳白色的兩層別墅洋房並不大，卻佔據了整片面向大海的山坡，把從天空到大海的藍色都納為了私有。

小唐人把盛冬日和任霏霏帶進底樓大廳。他們更加驚訝地發現，底樓大廳朝向大海的一面完全敞開，如果想跑的話，至少這個方向是毫無阻擋的。但實際上根本跑不出去，因為除非跳海，否則往山上的任何一個方向跑，都會遇到鐵柵欄組成的圍牆，估計還通了高壓電。樹蔭中的黑影更是時隱時現，說明守衛無處不在。

任霏霏問：「這是哪兒？你帶我們到這裡來幹什麼？」

小唐人悶聲悶氣地說：「等著吧，會知道要你們幹什麼的。」

鑒於已有的經驗，盛冬日和任霏霏本著不吃眼前虧的原則，只能先在大廳中的真皮沙發坐下。從海上的日照來判斷，到達別墅的時間應該在下午三點左右。

接下去，就是因為無聊而顯得格外漫長的等待。別墅裡倒是有吃有喝，吧檯上放滿了高級紅酒和各色精緻的點心，但二人均食之無味，不過拿來填填肚子。

好不容易捱到夜幕降臨，大廳中仍然只有他倆。氣溫在迅速地下降，海風從敞開的露台灌進來，已經讓人感到寒冷。洶湧的濤聲聽得十分清晰了，且有愈演愈烈之勢。

盛冬日忍耐不住了，衝著門外叫：「喂！到底要把我們關到什麼時候？要殺要剮，倒是給個痛快！這他媽的算怎麼回事！」

「他們聽不懂中文。」任霏霏有氣無力地說。

小唐人像一陣黑色旋風般從門外捲入，直衝到二人面前。

盛冬日來勁了，「你瞧，他這不是聽懂了麼……」

他還沒得意完呢，小唐人劈手一個耳光甩了過來。盛冬日暴跳而起，被小唐人當胸一拳打得仰面翻倒在沙發上。小唐人的身形瘦削，行動卻迅疾飄浮如同鬼魅，出手又奇重，確實不是一般人能夠做到的。

「你怎麼隨便打人啊！」任霏霏尖叫著撲過去，只見盛冬日的嘴角都滲出血來了。

盛冬日撐起身，用嘶啞的聲音說：「你們這是非法拘禁外國公民！我要聯繫中國大使館！」

「喏！」小唐人居然把一支手機塞了過來。盛冬日和任霏霏都沒反應過來，難道真幫他們接通了大使館？緊接著，他們就從手機裡聽到了沉著的中文。

「盛冬日，是我！」

「路岸！」盛冬日一把搶過手機，對著螢幕中的路岸大叫起來，要不是旁邊還有人，他大概真的會哇哇地哭出來，「你在哪兒啊？我們一直在找你呀！」

「讓你們擔心了，對不起。」

「我……」盛冬日突然又不知該說什麼了。路岸的臉在視頻中有些模糊，盛冬日囁嚅：「路岸，你還好嗎？」

「我很好，只是在日本還有些事情要辦，暫時不能走。冬日，聽我的話，趕緊回中國去。」

「回去？……可他們不讓啊！」

「沒問題的，我都已經安排好了。你們會被立即送往機場。冬日，買最近一班的機票，立即走！霏霏也和你在一起嗎？」

「我在！」任霏霏帶著哭音說。

「那就好，你和冬日一起回國。」

「可是我……」

「別可是了，就當回家休幾天假。過一陣子再來東京，也可以的。」

「哦。」任霏霏不由自主地衝著手機螢幕點了點頭。

「冬日，你聽仔細了。等到飛機在上海落地時，你一過海關，在機場到達大廳裡就打這支手機。號碼你記下來。」

盛冬日在手背上把路岸報的號碼，仔仔細細地寫下來。

「記住，一定要在有航班資訊播報的時候打過來。」

「我記住了。那你……」

「我真的沒事，別為我擔心。自己保重吧！」

盛冬日還想說話，手機已經被小唐人奪走了。

小唐人朝他們掃了一眼，轉身就向門外走去。兩人趕緊跟上。別墅門前停了一輛黑色的商務車。小唐人拉開車門，任霏霏和盛冬日坐進去一看，兩件行李都端端正正地在後座排放好了，看樣子是真要送他們去機場。

這次連黑布頭套都沒用，因為商務車的後部是全封閉的，根本看不到外面。

車輛啟動，上了盤山路。過了好一會兒，盛冬日突然說：「路岸的眼睛不行了。」

任霏霏轉過臉來，直直地看著他。

「他和我說話的時候，眼神完全不對。我對他太熟了，能看出來。還有，他為什麼要我們從上海機場報平安時，必須有背景音？視頻連線不是更保險嗎？」盛冬日不由自主地捏緊拳頭，

「我想，他可能已經看不見了。」

路岸把手機交還給百合子時，她笑得千嬌百媚，「所以路岸君，我們完全是可以合作的嘛。」

要是讓百合子知道，她現在是在對一個半瞎的人眉目傳情，肯定會大為懊惱的。不過，路岸暫時還不會讓她發現這個秘密。

他必須為任霏霏和盛冬日爭取更多的時間。就在剛剛過去的這段時間裡，路岸眼前的黑幕越來越厚重，在他的眼裡，百合子已經變成了一個白花花的輪廓，像幽靈似的在面前飄浮不定。沒想到病情惡化得如此迅疾，簡直像積雪的山峰上一次突如其來的咳嗽，隨即天崩地裂，整座雪峰都無可挽回地坍塌了。

對於自己目前的狀況，路岸並非沒有心理準備。但任霏霏和盛冬日卻是最大的意外。本來和百合子的一番鬥智鬥勇，路岸已佔盡了上風。姜國波父女的死因真相大白，他一路追索而來的目標，終於達成了。接下來路岸要做的，就是設法脫身。至於如何脫身，他根本就不擔心。他探聽出了百合子和石川一雄的秘密，百合子也許會想殺人滅口，但她很快就會知道，自己面對的是一個病入膏肓的人。這個人原本就活不了幾天了，即使幸運地活下去，也會失去全部記憶，所以她還有什麼必要冒險呢？

路岸的義無反顧，正是基於自己的這種狀況。盛冬日和任霏霏卻破壞了他的計畫。他自己怎麼都無所謂了，但他必須確保他們的平安。他們是為了他，才落到這個地步的。路岸的心中有多麼感激他們，就有多麼惱恨他們。這兩個傢伙呀，明明是在給自己幫倒忙，出難題來的。

沒想到在最後一刻，自己竟也面臨了和姜國波同樣的困境，被對手用最在意的人來要脅。路岸禁不住感到一陣噁心。

電光石火之間，路岸就想出了對策。他估計，自己應該還能撐上二十四小時，這點時間足夠盛冬日和任霏霏返回中國了。交換條件就是：他答應幫助百合子做到她夢寐以求的——用銅像喚來具有死而復生之能的千年老妖。

「他們已經上路了。」百合子說，「路岸君，他們還需要幾個小時，才能抵達機場。所以，請你現在就告訴我你的具體計畫吧。」

仍然是明晃晃的威脅，只不過換了含情脈脈的語氣。

她的意思再明顯不過，休想要我。你的朋友在我手裡，至少還有幾個小時呢。

路岸胸有成竹地說：「很簡單，姜國波對李蒙的生平軼事做研究時，涉及到了一部分落星石上所刻上古文字的內容。他沒有翻譯出這些文字的含義，或者說沒來得及。不過，他把這項工作交給了我，讓我在閒暇有空時，試著翻譯。我們都沒有把它當作一項有意義的工作，權做業餘消遣。但當我全部譯出其中內容時，我的確為之震驚。百合子，這個世界上並不是只有你們才對起死回生有興趣。」

「哦，難道路岸君也感興趣嗎？」

「我嗎？」

「是啊，所以路岸君才到日本來的，是嗎？」百合子緊盯著路岸，「你根本就不是為了追查姜國波和他女兒的死因而來，你是為了銅像，更是為了千年老妖而來的。你現在總該承認了吧？」

「好吧，就算你說對了。我的確上了高野山，也見到了一行的銅像。可惜的是，它被包圍在伏魔陣法之中，千年老妖不可能去高野山自投羅網。」

「於是，你就下山來到石川集團總部。因為你已經查得，銅像是石川集團捐贈給高野山的。如果石川集團提出要求，高野山也只能把銅像運出來。畢竟，銅像的所有權在我們手裡。」

「是在你的手裡，百合子。」

百合子笑著倚到路岸的肩頭上，「路岸君，你看看，早點說實話多好啊。」

「現在也不晚。還有一點可以告訴你。在姜國波找到的古籍中，有這樣的描述：開元元年地震之時，大地裂隙，落星塊從土中翻出，伴隨一股灰色煙柱衝向半空。人們看見，灰煙凝聚成一條龍的樣子，在落星石周圍徘徊良久，方長嘶而去。想必，那就是上古之妖的形狀。」

「灰煙凝聚而成的龍？」

「像不像百合子歌中的銀龍？」

「真的嗎？」百合子的聲音中滿是驚喜，還有些忐忑。路岸聽得出，她已經被自己牢牢地吊起了胃口。

起死回生？

路岸自嘲地想，要是百合子知道，此刻她所寄予了全部希望的人，自己也行將走到生死的邊緣，她還會相信自己的鬼扯嗎？

她會的。百合子一定會認為，死亡逼近恰恰是自己所有行動的迫切理由。那就讓她這麼想好了，反正他只需要再堅持二十四小時，等盛冬日和任霏霏在上海機場落地，他就可以放下一切了。

真的已經筋疲力盡了。接下去，不管是死亡，還是失去記憶地活下去，就都交給命運來做決定吧。

「我太累了。」路岸說，「請允許我睡一覺吧。別誤會，是真正的睡眠的意思。」

「可是……」

「在我的朋友們從中國報回平安之前，我再沒什麼可說的了。」路岸乾脆平躺在榻榻米上，閉起了眼睛。

百合子向他俯下身，香甜的氣息直鑽進鼻腔，路岸無可奈何地嘆了口氣，又把眼睛睜開了。一片朦朧中，只見她的紅唇微微掀動。「路岸君，到車上去睡吧。我們要轉移到另外一個更加安全的地方。」

「……是仙台的KAL酒店嗎？」

「當然不是。」她半真半假地嗔怪，「路岸君又不是不知道，仙台的KAL酒店已經不復存在了。不，我們要去另外一個地方，一個更加適合銀龍飛翔的美妙之地。」

「好吧。」路岸坐起身來，「去哪兒都行。但請蒙上我的眼睛，因為我要好好地睡上一覺。」

百合子溫柔地說：「遵命，你要怎樣都行。等明天的朝陽升起時，我們就到了。」

12

克拉克不知該拿菅樹里怎麼辦了。

路岸離開後，整個白天菅樹里都在昏睡。為了守著她，克拉克特地向住持告了假，整天都沒有離開過宿坊的客室。夜色降臨時，菅樹里醒過來了，但仍然眼神呆滯，不說話也不動彈，只是呆坐在那裡，像極了一只被主人遺棄的布娃娃。

飯菜放在面前，她也視而不見。克拉克覺得，生命的機能似乎正從菅樹里的身上悄悄流走，而他卻對此無能為力。雖然一直都有高野山對女性訪客存在精神壓制的傳言，但克拉克還從沒見過有人像菅樹里這個樣子。

夜越來越深了，她仍然一動不動地坐在那裡，雙眸卻越來越亮，亮得令克拉克感到不安。她彷彿正從一個活生生的女孩，蛻變成純粹的精神能量的聚集體。克拉克很想給路岸打一個電話，告訴他情況似乎不太對勁。但路岸和他約好了，克拉克只能發郵件到一個秘密郵箱，而不能給路岸直接打電話。他們在一起合作了好幾年，行動中定下的規矩都必須嚴格遵守，這也是他們能夠順利完成任務，保障彼此安全的基礎。所以，克拉克是絕對不會違背約定的。

他們還約定，如果七十二小時過去路岸還沒有消息，克拉克就將和一個名叫盛冬日的中國人聯繫，把菅樹里護送到他那裡去。

第一個二十四小時很快就要到了。

「快醒醒！起來！」

克拉克猛地從睡夢中驚醒，自榻榻米上一躍而起，「出什麼事了？」

從紙門透進來的稀薄光線照在菅樹里的臉上，蒼白如紙，左頰上的那塊疤卻深得發亮，幾乎像一隻活物附著在那裡，令人望而生畏。

她說：「帶我去。」

「帶你去哪兒？」

「去找他！」

「找他？」克拉克問，「你是說路岸嗎？可我不知道他在哪裡。」

「我要去找他！」菅樹里叫起來。

所幸宿坊中客人寥寥，否則肯定會驚動到不少人。

克拉克無奈地拿起手機，瞥了一眼時間：凌晨三點。怎麼辦？他的頭腦飛速轉動，就算要下山，也得等到五點的頭班纜車。可即使下了山，也不知該去哪裡找路岸啊。

菅樹里仍然在對面死死地盯著他。她的目光讓克拉克不寒而慄，這其中蘊含的力量是他從沒有體會過的，奇異而極端。

她一字一頓地說：「他要死了。」

「你說什麼？」

「我要去救路岸，否則就晚了！」

克拉克想問：小姐，你是不是做噩夢了？但他問不出口，因為菅樹里的神態不容置疑，太具有說服力。他的心也跟著亂了。路岸說過，行動是有危險性的，他會不會真的需要幫助？

「你別急，我試試看找他。」

克拉克打開定位軟體，沒有發現路岸的訊號。克拉克自製的這個軟體，即使在手機關機的情況下也可以追蹤到。也就是說，路岸的手機要麼被徹底毀壞了，要麼就被放置在了完全屏蔽的環境中。這絕對不是一個好現象。

「該死！」儘管身在聖山之上，克拉克還是忍不住咒罵了一聲。

忽然，菅樹里小聲問：「那是什麼？」

克拉克定睛一看，剛剛還一片死寂的軟體介面上，赫然跳出了一個小光點，並且在迅速移動。

「但這不是路岸的手機信號啊，這是……」克拉克驚叫起來，「是銅像！」

在靈寶館地庫探險時，路岸把一枚微型定位追蹤器黏在了銅像的底部。在過去的行動中，他和克拉克多次配合，早已形成了這樣的操作慣例。每當路岸發現走私文物時，就會設法將定位器放在文物上，定位器和克拉克的軟體互聯，成為他們追蹤文物去向的最有力手段。

但是直到這一刻之前，這枚放置在一行銅像上的追蹤器始終保持著靜默。按照設定，它只有在移動的時候，才會被啟用。

此時此刻，代表一行銅像的小小光點就在地圖的背景上飛快地移動著，已經從靈寶館的位置到了高野町的邊緣。

「他們要下山！」克拉克知道那裡有一條盤山路，也是唯一一條不透過纜車下山的捷徑。很顯然，有人正在駕車運走一行的銅像。

他轉過臉來，注視著菅樹里。

她為什麼會突然清醒過來？難道是因為……銅像出了伏魔陣法？

菅樹里說：「跟上它。」

克拉克毫不猶豫地應道：「好！」。兩人一前一後穿過走廊，經過枯山水庭院，閃身出了後院的小門，在幽暗的山路上向前飛奔起來。

烏雲遮月，時明時暗的山道兩側，閃過一尊又一尊石佛像。明暗交錯的光線給它們的面容賦予了千變萬化的表情，彷彿全都活了過來！

但克拉克和菅樹里沒有留意到這些，他們徑直跑進了金剛峰寺的停車場，克拉克奔到一輛豐田越野車前，喝道：「上車！」

菅樹里坐上副駕駛位，仍然目不轉睛地盯著手機螢幕上的信號。就在這段時間裡，它已經走完了一大半的盤山路，就要出高野山的範圍了。

克拉克猛踩油門，汽車像子彈一樣地躥了出去。

下了高野山，走了一段地面道路後，已經能夠遠遠看見被跟蹤車輛的尾部了。黎明之前，視力所及範圍內幾乎沒有別的車。為了不引起注意，克拉克小心地減慢車速，拉開了和前車的距離。

終於上了高速公路。

從現在起，只要盯牢定位信號，就不用擔心跟丟了。

克拉克略微鬆了口氣，遠方的地平線上現出一抹黯淡的紅色，晨曦正在奮力掙脫永夜的束縛。

菅樹里搖下車窗，將大半個身子都探了出去。

克拉克大叫起來：「你幹什麼呀！危險！」這可是在時速超過一百公里的高速公路上啊。這女孩瘋了嗎？不要命了嗎！

但菅樹里什麼都聽不見了，她的耳邊只有呼嘯的風聲，狂風打亂頭髮，遮在眼睛上，她也顧不得撥開，只是用盡了全身的力量，將左臂高高地舉起。

一縷金色的朝陽投射在她的手上。

一隻、兩隻、三隻烏鴉從頭頂飛過，掠過克拉克的車向前飛去。令人畏懼的鳴叫聲越來越響，越來越密集。克拉克震驚地看見，整條高速公路的上空中，全都是這種不祥的烏黑大鳥，緊緊地圍繞在他們的前後左右，像一塊看不到盡頭的烏雲，又像一支衝向前方戰場的黑色大軍！

天亮了。

13

日出的時候，載著路岸的車剛好停下。

有人打開車門，把路岸拽了出去。強烈的光線刺穿黑布兜，甚至刺穿了蒙在他眼睛上的那層厚重黑霧，也使他的精神為之一振。

百合子說得沒錯，只有朝陽才有這種力度。路岸一邊被推搡著往前走，一邊貪婪地呼吸著黎明的空氣。山風從黑布兜的縫隙滲透進來，鳥兒的晨鳴就近在耳側，反襯出超凡出世般的寧靜。

無疑是在山中，但前方還有些別的什麼。來不及細想，路岸就被推上台階。又向前走了幾步，有人取下了黑布兜。

他頓時明白，前方是什麼了！

那是一整片巨大的、無邊無際的藍色。幾近失明的狀態，使他能夠忽略所有微不足道的瑣碎細節，直接擁抱大海與天空共同組成的壯麗景色。

「歡迎來我家作客，路岸君。」

百合子的聲音從左側發出。路岸循聲望去，勉強捕捉到一個線條優美的身影。

「我的榮幸。」路岸客氣地回答。

「請坐。」

路岸摸到身邊最近的沙發，小心翼翼地坐下來。百合子沒有留意到他的異樣，而是完全沉浸在狂熱的期盼中。

「時間還早，」她故作從容地說，「請先享用咖啡吧。要不要再來一點早餐？」

「咖啡就夠了。」

兩人靜靜地啜飲醇香的咖啡。自從視力消退後，路岸發現，自己的聽覺變得格外靈敏起來。比如此刻，他就能清楚地聽見，從不遠的下方傳來海濤拍岸的聲響。這裡應該是一個山坡，面朝浩瀚大海，下臨峭壁懸崖。

想必是一處難得的美景，路岸心想，真遺憾，自己欣賞不到了。

「路岸君有些奇怪呢。」百合子說。

「怎麼？」

「每一個初來乍到的客人都會衝上露台，迫不及待地讚賞伊豆半島的風光。可是路岸君卻連目光都沒有轉向那裡，怎麼了？路岸君不喜歡海嗎？」

路岸不動聲色地回答：「我當然喜歡大海，不過，今天我們有比賞景更重要的事要做，不是嗎？」

「是的。」百合子躍躍欲試地說，「再稍等片刻，銅像馬上就到了。」

「銅像？」

「對啊，一行的銅像。缺了它，怎麼召喚千年老妖呢？昨天我們從京都出發時，我就讓人去高野山取回銅像，差不多現在也該到了。」

門口有人說話：「已經到了。」

關嘯松怒氣衝衝地走進來。他的一隻耳朵上裹著紗布，看起來很滑稽。小唐人緊跟在他的身後，懷裡鄭重其事地捧著的，正是一行的女童銅像。

關嘯松徑直來到百合子的面前，說：「我不放心別人，所以親自去走了一趟。哼，馬不停蹄地來回趕啊。」

「辛苦了。」百合子的目光在關嘯松的臉上宛轉流動，顧盼生情。

「和高野山住持頗費了一番口舌。他很不情願，但銅像畢竟是屬於石川集團的，所以他最後也不得不放手了。」關嘯松朝小唐人抬手示意，後者立即把銅像穩穩地放在了大廳中央的圓形大理石桌上。

百合子只朝銅像瞥了一眼，就又把目光移開了。海嘯之後，她就對這座銅像產生了極度的畏懼心理。她轉而留意路岸的反應，卻發現他仍然保持著一副高深莫測的表情。

關嘯松和百合子相互望了一眼，都感到不對勁了。

「路岸君，」百合子說，「銅像來了，你不想仔細看一看它嗎？」

路岸沒有回答，因為他正在用全部的意志力抵禦著一波又一波洶湧的痛楚。這突如其來的頭疼是伴隨著銅像進入大廳而起的，完全沒有任何預兆，也完全不像過去他所經歷過的任何一次。這疼痛就像從地獄駛來的戰車，帶著隆隆巨響，要將他從頭到腳輾壓成粉末。

眼前的黑幕徹底落下，連一絲光亮都沒有了。

還不能倒下去！路岸已經無法思考了，痛苦超越了所能承受的極限，但他知道，只要這口氣一鬆，自己就會立即墮入無盡的黑暗中，再也醒不過來了。

可是，盛冬日和任霏霏還沒有回到中國！可是，菅樹里……

闞嘯松站在路岸的面前，打量著他那張血色全無的臉，「路岸君？」

百合子也叫起來：「路岸君！你怎麼了！」

闞嘯松目露凶光，正要向路岸伸出雙手，頭頂突然響起了烏鴉的呱雜訊。並不是一隻、兩隻的叫聲，而是不計其數的、震耳欲聾的聲響，以至於聽起來都不像鳥鳴了，而是最可怕的噩夢中才會有的，魔鬼的嘶吼，死神的叫聲！

「主人！」小唐人狂叫著從外面跑進來，剛一踏進門就摔倒在地。

百合子尖叫起來。

「烏鴉！許多、許多烏鴉！」小唐人拚命地抬起臉，那上面已經沒有一片完整的皮膚了，眼珠懸在血肉模糊的眼眶裡，可他居然還扯動嘴角，露出了一個極端詭異的笑，「全世界的烏鴉都來了……我們、我們……」

「你們怎麼了？！」

笑容凝結，小唐人倒伏於地。下一刻，人形散盡，地上只剩下一支支離破碎的狐毛筆，周圍血跡斑斑。

闞嘯松大吼一聲，衝了出去。眼前的情景立即就把他嚇得魂飛魄散了。

從空中到海面，從樹林到山道，目力所及的範圍內全都是密密麻麻的烏鴉。他那些調教多年的式神手下們，就在這些兇惡黑鳥的攻擊下潰不成軍，根本無力抵抗，已經被啄咬和撕扯成了碎片，連哀號聲都被烏鴉的狂鳴徹底遮蓋了。

幾乎在轉眼間，他就失去了苦心經營多年的全部成果。

關嘯松朝林間的小徑跑去，管不了什麼銅像和起死回生的老妖了，就讓百合子這個瘋女人去收拾一切吧，他只想活著逃出去。

百合子的保鑣們橫七豎八倒在樹林中，不可能也是被烏鴉摺倒的吧？關嘯松戰戰兢兢地轉過身，一個高大的灰色身影擋在面前。

海邊懸崖上的這棟西式洋房，已經看不出原先的乳白色澤了。它的房頂上、屋簷上、窗台上、樓梯上……所有的地方都停滿了烏鴉。只見牠們密密匝匝、層層疊疊地擠在一起，彼此間連一星縫隙都不剩下。這座房子已經被烏鴉徹徹底底地封鎖了。

栗原百合子嚇得癱在了沙發上。她想逃，可是還未被烏鴉佔領的出路唯有一條：通向海面的闊大陽台。說來也怪，唯獨這個地方連一隻烏鴉都沒有。這些可怕的黑色大鳥只是遠遠地繞著大陽台上下翻飛，嘴裡發出令人恐懼的鳴叫，就是不落在陽台上。

可這根本不是一條活路啊。從這裡向前，只能從幾百公尺的陡崖墜入大海！

栗原百合子絕望地盯著一行的銅像，為什麼？為什麼每次它都會帶來噩運！帶來死亡！淚水模糊了視線，她彷彿看見，一個女童正在向自己走來……銅像活了！

「啊！」百合子狂叫一聲，忽然清醒過來。走來的不是銅像，而是一個活生生的女孩。纖細高挑的個子，短髮凌亂，至於五官，百合子沒來得及看清楚，因為她被對方左頰上的那塊疤痕嚇到了。

這個女孩穿越被烏鴉層層包裹的正門而入，在百合子的眼中，她的全身上下都充滿了噩耗使者的氣息。

百合子胡亂地揮舞著雙手，「不！不！你別過來！」菅樹里仍然一步步朝她逼近，百合子突然意識到，她不是衝自己來的，她的目標是銅像！

全明白了，所有這些可怕的陣仗，就是為了奪取銅像！可是銅像是她最後的指望了，絕不能被任何人奪走。百合子一把將銅像摟在懷裡，嘶聲狂喊起來：「銅像是我的！我的！」

菅樹里卻出乎意料地停住腳步，轉過臉去，「路岸！」

正是這一聲呼喚，把路岸從陷入深度昏迷前的剎那，硬生生地叫了回來。連視力似乎也恢復了一些，他居然掙扎著站了起來，向前方那個模模糊糊的影子走去，「……樹里。」

趁著這當兒，百合子抱著銅像朝大陽台退去。

「百合子，站住！」

沒有想到，攔住去路的竟是半死不活的路岸。菅樹里則站在半步開外，眼睛死死地盯在銅像上，但不知出於什麼原因，就是跨不出那最後半步。

「把銅像留下。」路岸艱難地說，「你可以走。」

「不！」百合子的頭腦徹底混亂了，只是下意識地認定，只要抱緊銅像，自己就還有一線生機。

「放下銅像！」路岸向她逼近。

「你別過來！」百合子退到陽台的邊緣，後背已經抵到欄杆上了。

「百合子，根本就不存在什麼起死回生的妖力！」路岸說，「放下銅像吧，它不屬於你，只會帶來災難！」伴隨著他的話音，天空中群鴉雲集，徹底遮蔽了陽光，陰暗的海面上波濤洶湧，恰似雷霆風暴的前夕。

百合子淚流滿面，「它不屬於我，也不屬於任何人！」雙手一鬆，銅像便朝欄杆的外側掉落下去。

幾乎與此同時，路岸翻過了欄杆。

萱樹里撲過去時，路岸的一隻手抓在欄杆的最底端，另一隻手抱著銅像，抬頭向上看著她。他的視力從未像此刻這麼銳利，前世今生、過去未來，都在眼前一掠而過，最後停留在視線中的，是萱樹里的面龐上，那一雙姜塵的眼睛。

他曾經沒能為她做的，現在終於有了機會。

暴雨傾盆而下，萱樹里拚命地向路岸伸出手去。但是，就差了那麼一點點。

「路岸！」她的臉上全都是水，分不出是雨還是淚。

路岸鬆開了抓住欄杆的手。

「抓住它！」他用盡全身最後的力氣，雙手將銅像高高地拋起，隨即，仰面向大海墜去。這個過程意外地漫長，使他可以從容地看到，萱樹里的手觸到了銅像。

剎那間，海天翻覆，群鴉齊鳴。有什麼東西從菅樹里的臉上飛出來，起初很小，但疾速長大，就在路岸即將落入海水的瞬間，他看見了，那是一條銀色的巨龍，在狂風暴雨中躍然飛騰。

14

海上的風暴持續了一天一夜。

幸運的是，克拉克帶著搜救人員，冒著風雨在海上找了幾個小時後，終於在懸崖下的一處天然岩洞中找到了昏迷不醒的路岸，將他及時地送往東京大學醫院。在日美兩國腦外科專家的共同努力下，手術非常成功，路岸活下來了。

克拉克也聯繫上了盛冬日。在浦東機場沒能打通電話，快急瘋了的盛冬日和任霏霏立即又馬不停蹄地趕回東京。直到路岸康復出院，他們始終陪伴在他的身邊。

日本警方在國際刑警組織的協助下，從伊豆半島南端的臨海別墅中搜出了多件文物，都是列在走私文物國際追查名單上的。更有證據表明，別墅的擁有者栗原百合子是暴力集團藤田組的幕後控制人，曾長期利用黑幫組織從事地下文物走私活動。但栗原百合子在三月二十日的暴風雨之後就瘋了，只能先送入精神病院治療，後續再根據情況追究其刑事責任。

由於栗原百合子和石川集團會長石川一雄存在長期的密切關係，警方也對石川集團展開了調查。石川一雄已於三月二十日的深夜去世，他的兒子們為其指定繼承人，都堅決否認石川集團與走私文物有關，相關調查還在進行中。

克拉克向警方提供了一個情況，三月二十日那天在現場還有一個人。克拉克曾將他制伏並綁了起來，但他還是設法逃掉了。警方匯集各方資訊，確認此人名叫關嘯松，是一個日籍華人，長期以巫術和鬼怪之名行騙。調查還顯示，關嘯松從栗原百合子那裡獲取了大量金錢。有跡象表明，關嘯松已經離開日本，潛逃至香港。香港警方正在配合抓捕。

不過，克拉克向警方隱瞞了當天現場的另外一個人。

克拉克沒有提及菅樹里的原因有二。

一則，他親眼目睹銀龍載著菅樹里飛向暴雨雲團的深處。但這麼對警方說的話，克拉克勢必將和栗原百合子一樣，被送進精神病院。畢竟栗原百合子成天反覆唸叨的也就是那麼一句：她騎著銀龍飛走了。

二則，路岸曾拜託克拉克保護菅樹里。按照克拉克的理解，為菅樹里保守秘密，也是為了保護她。

至於那場烏鴉和式神的混戰，更無須贅言。因為暴風雨把一切痕跡都沖刷乾淨了。

實際上，克拉克還曾在發現路岸的岩洞外面，見到了幾個巨型爪印。這絕不可能是現實世界中的生物留下的，克拉克告訴自己，這就是龍的足印！不過，這些印跡也很快被海水淹沒了。

還有那尊一行的銅像，也被海水沖到了岩洞中。在克拉克找到路岸時，銅像就落在他身邊的細沙裡。救人為先，所以隔了二十四小時，待雨過天晴後，克拉克才又帶著搜救人員乘小艇前往尋找。銅像仍然半埋在沙中，恰好是漲潮的時候，海水沒過銅像淹埋之處，儘管只是淺淺的一層，銅像竟然在眾目睽睽之下融化了。

「真的只是海水啊！」事後，小艇上的成員到處對人講述這件咄咄怪事。微鹹帶苦的尋常海水，居然把銅像溶解成了一堆赤黃色的泡沫。起初，這堆泡沫還保持著銅像的形態，直到又一股潮水湧來，才將它徹底打散，融匯到無垠的大海中。

高野山住持得知此事，只是默誦佛號，不發一言。

所有人都相信了克拉克的陳述，整件事情是由聯合國教科文組織下屬機構的兩位前成員，自發的一場追查走私文物的行動。路岸從已故老師姜國波的線索入手，一路追蹤到了日本。克拉克則從高野山上的一行銅像中發現了一系列蛛絲馬跡，二人相互協作，最終直搗栗原百合子的老巢。

兩個月後，路岸康復出院了。

正如美國專家馬克所預言的，路岸恢復得非常好。手術後，他的腦部機能沒有受到任何損害。測試結果表明，他的邏輯推理能力、記憶力和智商等等各方面甚至比手術前還要好。知識領域同樣完好無缺，路岸仍然是一名優異的考古學者。他唯一失去的，是有關自身的所有記憶。從出生起到手術後醒來，路岸所要面對的，是整整三十年的人生空白。

好在，世界尖端的腦醫學對於這類外傷引起的失憶，已經有了一整套行之有效的康復療法。路岸也許要花費數月甚至數年的時間，才能恢復絕大部分的記憶，但總歸是有辦法的。況且，還有盛冬日、克拉克這樣忠實的夥伴相助，路岸是幸運的。

在路岸轉出加護病房，進入普通病房休養期間，幫助他恢復記憶的過程就已經開始了。工作方面，由克拉克負責講述。而從童年開始的成長過程，盛冬日無疑是最佳人選。

所以當路岸出院的時候，對於自己的過去，已經建立了一個初步的輪廓。雖然大量細節還需要逐步補充，但像一個正常人那樣應付日常生活和工作，綽綽有餘了。

不過，在如何向路岸講述這次日本之行的問題上，克拉克和盛冬日、任霏霏爭論了好一陣子。克拉克傾向於如實表達，但盛冬日和任霏霏卻擔心，如此匪夷所思的經過只會讓路岸的腦子再度陷入混亂，畢竟他才從死亡線上掙扎回來，身心都很脆弱。更要命的是，即使他們三人湊在一起，也還是無法把整個脈絡理清楚。尤其是——菅樹里，這個臉上有疤的神秘女孩，最後還騎著銀龍飛走了。到底該怎麼向路岸解釋她的存在呢？

就在路岸轉入普通病房的前一天，這個難題卻意外地解開了。

那天，克拉克在醫院裡收到一個包裹。打開來，是厚厚一遝毛筆書寫的字紙。克拉克認出了「路岸」這兩個漢字，連忙把東西拿去給盛冬日和任霏霏看。

「路岸書於二〇一六年三月十八日」這句話，讓他們知道，這正是路岸在高野山上的那一夜裡寫下的。當盛冬日讀完第一篇「媽媽」後，便明白了路岸的心意：這是他為自己將來恢復記憶留下的資料。由於時間不多，路岸只選取了無法從其他管道獲取的，深藏於內心的最寶貴的記憶。比如——盛冬日從沒聽路岸提起過的媽媽。

姜國波從甘肅帶回十歲的路岸時，他的媽媽已經因病去世了。即使面對盛冬日這位最親密的夥伴，關於媽媽，路岸也總是寥寥數語應付。所以，後來盛冬日就不再問了。他甚至覺得，路岸早就把媽媽忘掉了。但當盛冬日讀著路岸寫下的這些文字時，才發現他根本沒有忘記。路岸寫了記憶中媽媽的容貌、聲音，她為他做的飯菜和衣服，她給他講的故事，還有她彌留時的情狀……全篇都是滿滿的、生動的，甚至堪稱瑣碎的細節，盛冬日卻唯讀出了一個字：愛。

第二篇「奶奶」的寫法也差不多。但對於盛冬日來說，讀來卻更加親切，因為把路岸帶大的這位奶奶，同樣也是盛冬日的奶奶。所以盛冬日讀得心潮起伏、眼圈潮濕。

翻到第三篇，盛冬日自己的名字赫然躍入眼簾。他不由得激靈了一下，前兩篇文字帶來的似水柔情頓時消散，盛冬日正襟危坐，心懷忐忑地把視線慢慢往下移——路岸會怎麼寫自己呢？

他只看到了簡簡單單的一句話：「盛冬日，最好的朋友。聽他的。」

盛冬日忽然淚崩了。

他捧著這頁薄薄的紙哭成了淚人，把一旁的任霏霏嚇得夠嗆。

等盛冬日好不容易平復了心情，想繼續往下翻閱時，卻發現，沒了。

怎麼回事？盛冬日原以為，路岸至少還會寫一些關於姜國波、姜塵，以及菅樹里的內容。但是，再沒有了。

是路岸根本就沒有寫？還是他寫了，卻被拿掉了？

克拉克回憶說，路岸在高野山上的那個晚上，身邊只有菅樹里一個人。毫無疑問，送包裹來的只能是她。不過，他們都沒打算去追蹤，追是肯定追不上的。

經過討論，三人一致決定，就以對外公布的說法來向路岸解釋他的這次日本之行。因為，不管是路岸本人省略，抑或是菅樹里刪去的這段描述，都應該由他們自己去揭開真相，才更合適。

至於具體的時機嘛，他們都同意，交給老天爺決定就好了。

出院後的第二天，路岸就在盛冬日和任霏霏的陪伴下飛回上海。

在上海歇息了幾天後，路岸踏上了所謂的尋找記憶之旅。當然還是盛冬日和任霏霏作陪。盛冬日已經向任霏霏求婚成功，恰好利用這個時機帶她去見父母，熟悉一下自己從小長大的環境。

三個人在海城度過了充實的一週，依次探訪了路岸和盛冬日從小學到大學的所有故里和故人。盛冬日的父母對任霏霏相當中意，對路岸除了心疼還是心疼，一個勁張羅著給盛冬日在上海買大別墅當婚房，還非要給路岸在隔壁也買一棟一模一樣的，他要也得要，不要也得要。結果一週之後，三個人再也受不了了，只好趕緊開溜。

他們從海城飛往敦煌，這也是路岸尋找記憶之旅的最後一站。

15

六月的敦煌氣候宜人，正是旅遊旺季。他們在敦煌城裡租了一輛LAND ROVER，就像成千上萬的驢友們那樣上了路。根據盛冬日父母的回憶和路岸自己寫下的資料，路岸的家鄉是敦煌莫高窟附近沙漠中的一個村莊。若干年前，從村子裡出土了唐代的《白澤圖》，那是一部古人為妖怪所作的百科全書。姜國波當年就是衝著《白澤圖》來敦煌考古的，在這個村子裡遇到了路岸和他的媽媽。

起初盛冬日還想賣弄車技，主動要求開車。但過了莫高窟之後，鹽鹼地和沙漠交替，路越來越難走，盛冬日只好認慫，把車交給路岸來開。

讓盛冬日和任霏霏感嘆不已的是，不論多麼崎嶇難行的道路，路岸都能把車開得又穩又直。很顯然，野外生存的經驗仍然牢固地刻寫在他的大腦中，但關於家鄉的記憶卻蕩然無存了。目的地在GPS上根本定位不到，打聽了才知道，那個地方實在太偏僻，只能根據鄉民的口述在地圖上勾勾畫畫，邊走邊找。

找了整整一天，將近傍晚時，終於到了。可是下車一看，三個人都不禁大失所望。嚴重的沙漠化已經使這個小村莊面目全非，厚厚的沙土把地面都遮沒了。低矮破陋的瓦房大多只剩了個空殼，寥寥無幾的樹木也都枯死了。從村頭一直走到村尾，看不見一個活人。

此地，分明已經被遺棄多年了。

路岸在村口站立片刻，便對茫然無措的盛冬日和任霏霏說：「走吧。現在出發，還來得及趕回敦煌過夜。」

重新上路後，三個人都保持著沉默。路岸專注地駕著車，心中並無太多波瀾。儘管在這些天裡，他收集了關於家鄉的種種說法，也有自己在高野山上寫下的關於媽媽的回憶，但所有這些內容與他自己之間，始終像有一層隔膜。他總像在傾聽別人的故事，閱讀別人的愛恨與悲喜，而無法感同身受。

此時此刻，這種感覺變得尤其清晰。在醫院裡醒來時，他完全不知道自己剛剛在死亡的邊緣走了一遭，只能帶著迷茫的心態接受別人灌輸的往事。漸漸地，他看似重新建立起了對自我的認知。但每當夜深人靜時，路岸能清楚地感覺到，自己的靈魂仍然在遙不可及的遠方漂泊，尋找著歸路。他不敢去想，這種狀態還將持續多久。但也只有在這種時候，他所體驗到的孤獨卻是實實在在在的。

「快看！彩虹！」後排座位上，任霏霏忽然大聲叫起來。

盛冬日說：「瞎說，太陽都快下山了，又沒下過雨，哪來的彩虹。」

「真的有！在那兒，你快看呀！」

路岸也看到了，沙漠遠端的空中，確實有一道五彩斑斕的雲霞，但又不太像尋常的彩虹。前方的公路邊，已經停下了一排車，人們三三兩兩地走入沙漠，在大大小小沙丘前搔首弄姿，借著空中難得一見的奇美背景拍照。

路岸也把車停在路邊，說：「你們也去拍幾張照吧，難得。」

盛冬日和任霏霏走遠了。

路岸沒有跟上，而是遠遠地望著他倆相互嬉戲的背影。疏離感再次籠罩心頭，雖然瞭解了那麼多，他的過去仍然一片模糊。

忽然，路岸聽到奇怪的聲響，從身旁的一座小沙丘背後傳來。

路岸好奇心起，小心翼翼地繞過去。

他驚訝地看見，一個白髮蒼蒼的老人正在伏地跪拜，口中還唸唸有詞。路岸感覺不好意思，正想躲開，那老人卻停止了唸叨，作勢要起身。路岸連忙上前，把他攙扶起來。

「謝謝，謝謝……」老人喃喃著。

路岸問：「老人家，您剛才在拜什麼？」

「三十年啦，總算在我活著的時候，又能見到一次海市蜃樓。太好啦！」

「這是海市蜃樓嗎？」路岸望了一眼沙漠的盡頭，難怪這道彩虹看上去有些奇怪，原來竟是海市蜃樓嗎？但以現在的自然條件，好像也不應該形成海市蜃樓？

他問老人：「您為什麼要拜海市蜃樓？」

「因為我們村的先人，在一千多年前就是靠著蜃神指路走出沙漠，才活了下來。所以我們世世代代都拜海市蜃樓。可它已經很多年沒出現了，我們的村子也荒了。死的死，走的走。」

路岸的心中一緊，忙問：「您說的是不是一公里外的那個荒村？」

「是啊。」老人絮絮叨叨地說著，「三十年前，最後一次看見海市蜃樓的那一年，村子裡最漂亮的一個姑娘，在路邊撿到了一個男孩兒。姑娘還是個黃花閨女呢，大家都勸她把孩子送給別人家去養，可是姑娘不答應。她說，這是蜃神送給她的孩子，她必須自己把他養大。可惜那孩子長到十歲，姑娘就得了重病。人快不行的時候，她把孩子託付給了一個從城裡來的男人，求他把孩子帶出去，給孩子一個新生活的機會。」

「孩子被帶走了嗎？」路岸的聲音控制不住地發顫了。

「是啊，一去就再沒回來。自那以後，村子裡就來了一次又一次沙暴，後來就完全荒嘍。大家都搬走了，可我不願意搬得太遠，因為我總巴望著，在死之前還能再見到一次海市蜃樓。沒想到，今天蜃神真的顯靈了……」

任霏霏和盛冬日對著彩虹拍了又拍，開心極了。

「欸，你有沒有發現，這個彩虹的樣子有點怪？」看著手機上的照片，任霏霏說。

「哪裡怪了？」

「你看嘛，彩虹的上邊，是不是有片雲像……一條龍？」

「龍？」盛冬日皺著眉頭左看右看，「淡淡的一片雲，看不出什麼來啊。」

「笨！」任霏霏抬起頭，忽然又叫起來，「啊！我看見……」

「你又看見什麼了？」

任霏霏張口結舌地指著前方，「我、我好像看見菅樹里了。」

「菅樹里……？」

「哎呀，就是臉上有疤的那個日本女孩！」

「啊！在哪兒呢？」

「現在又看不見了……」

「你是不是看錯了？」

「大概吧？」任霏霏也拿不準了，「她的臉上好像沒疤……」

當路岸幡然醒轉時，老人已經不知去向了，換成一個陌生女孩站在他的對面，靜靜地注視著他。

女孩專注的目光讓他很不好意思。路岸連忙抹了一把淚。看著路岸的窘相，女孩露出了淺淺的笑容。路岸覺得她笑起來特別好看，她有一張白皙光潔的臉，眼神清純又溫柔，烏黑的頭髮剛剛及肩，還有點亂，像是才從短髮留長的。左前額的劉海上斜斜地夾了一枚小小的 Hello Kitty 髮夾。

「我……」路岸想和她打個招呼，但又不知該說什麼，「你、你認識我嗎？」他憋出了這麼一句。

她的笑容更深了些，還是不回答。

「我們真的認識？」突然，路岸的心就像被一隻溫柔的手握緊了，「對不起，我不久前動了個手術，有很多事情都不記得了。所以，如果我們過去的確認識，還請你原諒我的唐突。」

她仍然沉默著。

路岸大大地喘了口氣，試探著問：「我們是不是……三個月前認識的？」

她點頭，又搖頭。

路岸更糊塗了，只好又問：「還是……五年前、十年前就認識？」

她再一次點頭，又搖頭。

「那是……」

「是三千年前。」

第六章　三千年前

男孩和女孩都知道，他們是羌。

當商王的軍隊攻佔了他們的村莊，屠殺整個部落後，他們就被抓為俘虜，成了商人的奴隸。男孩餵養牲畜，女孩洗涮製陶。未滿十歲的年紀，他們都還只是兒童，卻必須從早到晚地幹活。從來沒有吃飽過，身上的破布幾乎無法蔽體，還要時刻遭到打罵。

但這些並不是最可怕的。最可怕的是，他們是羌。

整個部落殘存的人，都是羌。在商人舉辦的各種祭祀中，需要用活人作為祭品，這樣的人便稱之為羌，也就是人牲。

和男孩、女孩一起被抓來的人，都陸陸續續地消失了。男孩和女孩沒有資格參加祭祀活動，但卻被派去打掃場地，於是便總能在堆積如山的屍骸中，找到熟悉的面孔。或許因為他們還太小，才一直沒輪到。但他們知道自己是羌，所以總會有那麼一天的。

他們在死亡的恐懼中度過每一個日夜，為了消解這份恐懼，他們甚至會討論，將來自己會被怎樣犧牲掉。是被刀砍去頭顱，還是從身體中間一劈兩半，或者被沉入河中，又或者被綁在木架上遭烈火焚燒……

儘管如此，死的恐懼並不能扼制生的渴望。當春天來臨萬物復甦的時候，男孩和女孩還是綻開了天真的笑容，他們一天天地長大了。

那天，女孩在河灘邊看到了一條奄奄一息的小蛇。她把牠放入陶罐帶回草棚，悄悄地養了起來。為了讓小蛇吃得好點，男孩還冒險從銅鼎裡偷來煮熟的肉餵牠。要知道，他倆自己都是從來吃不到肉的。

小蛇恢復得很快，起先灰不溜秋的身體在夜裡竟發出銀光來。

它對他們開口說話了，原來它是龍的幼子蜃龍，以人臨死前的意念為食。它現在還很弱小，當人間浩劫生靈塗炭的時候，它才能一下子吸取巨大的能量而迅速長大變強。

聽了這話，男孩有些討厭蜃龍了，因為它的力量太邪惡。女孩卻為它辯護，說它生來如此，沒有選擇。

他們還沒爭論出一個結果，有人來抓女孩。

她要去獻祭了。

男孩撲上去，求來人放過女孩，自己願意替她去做人牲。可來人卻把他一腳踢開了。乾旱太久，需要祭天求雨，只能用女孩。

男孩還想拚命阻擋，最後被打得昏死過去。

他醒來時，外面正在下著瓢潑大雨。人們站在曠野中齊聲歡呼，感謝天神收下了祭品，給予了恩賜。

男孩拿起刀，想衝出去和那些人同歸於盡。

不要去送死。漆黑的窩棚裡，蜃龍的身子像一條細細的銀線。它對他說，我已經吸取了她死前的意念。等我變得足夠強大時，就有力量把她的意念注入新的身體，讓她再活一次了！

在沒有奴役、沒有人性、沒有恐懼的日子裡，自由自在地再活一次。

這便是她最後的願望。

大雨下了整整三十天。第三十一天時，一大片石頭帶著熊熊烈焰從天而降，澆滅了這場大雨，也把祭壇砸得粉碎。

人們哀號奔逃。混亂中，沒有人注意到男孩帶著一個陶罐奔入了夜色中。

二十年後，周人與商人在牧野激戰。

這是一場你死我活的決戰，為了不再當羌，周人奮勇無比，其中有一位最勇猛的戰士，獨自一人殺敵無數，終於攻到了當年祭壇的位置。

就在這時，一支流箭刺穿了他的胸膛。

勇士倒在亂石堆中，鮮血迅速染紅了周圍的石塊。他抬起頭，看見了蜃龍。它又長大了不少，銀光也更加耀眼了。

他對它說，我就要死了。

蜃龍說，讓我吸取你的意念。

不，你的力量還不足夠保存兩個人的意念。

勇士拔出腰間的匕首，沾著自己胸口上的鮮血，向石塊上劃了下去。

這裡刻下的就是我的記憶。我聽人說，刻在石頭上的字，可以保存許多許多年。當她重生的那一天，也許還能看到。

蜃龍不再勸阻，只是默默地在旁邊注視著他。

勇士的血漸漸流乾了，他刻下最後一個字，望著蜃龍露出微笑——

我知道你能活很久很久，為她找到再活一次的好日子吧……哪怕要等上三千年。

（全文完）

唐隱作品 10

龍嘯夜行抄

大唐懸疑錄

作　　者　唐隱
總 編 輯　莊宜勳
主　　編　孟繁珍
出 版 者　春天出版國際文化有限公司
地　　址　台北市信義路四段458號3樓
電　　話　02-7718-0898
傳　　眞　02-7718-2388
E－mail　frank.spring@msa.hinet.net
網　　址　http://www.bookspring.com.tw
部 落 格　http://blog.pixnet.net/bookspring
郵政帳號　19705538
戶　　名　春天出版國際文化有限公司
法律顧問　蕭顯忠律師事務所
出版日期　二〇二〇年一月初版
定　　價　450元

總 經 銷　楨德圖書事業有限公司
地　　址　新北市新店區寶興路45巷6弄6號5樓
電　　話　02-8919-3186
傳　　眞　02-8914-5524
香港總代理　一代匯集
地　　址　九龍旺角塘尾道64號 龍駒企業大廈10 B&D室
電　　話　852-2783-8102
傳　　眞　852-2396-0050

ISBN 978-957-741-245-4　Printed in Taiwan

龍嘯夜行抄 / 唐隱著. -- 初版. -- 臺北市 : 春天出版國際, 2019.01
面；　公分. -- (唐隱作品 ; 10)
ISBN 978-957-741-245-4(平裝)

857.81　　108018344